Thomas Franke
Das Haus der Geschichten

Über den Autor

Thomas Franke ist bei einem sozialen Träger für Menschen mit Behinderung tätig. Als leidenschaftlicher Geschichten-schreiber ist er nebenberuflich Autor von Büchern. Er lebt mit seiner Familie in Berlin.
Mehr über den Autor: www.thomasfranke.net

Thomas Franke

Das Haus der Geschichten

ROMAN

Für Gudrun Gritzbach, deren außergewöhnliche Tapferkeit und großer Lebensmut mich tief beeindrucken, für ihre Tochter Anne, die der wichtigste Mensch in meinem Leben ist, und für ihre beiden Enkel Matthes und Malte, die mich lehren, die Welt immer wieder mit neuen Augen zu sehen.

Inhalt

Prolog

Das Holz des Tisches war sehr alt. Dunkle Flecken und abgewetzte Stellen zeugten von einem regen Gebrauch des Möbelstückes. Die Abendsonne fiel schräg durch das Fenster aus welligem Glas und ließ feinen Staub wie winzige Glühwürmchen über einem Stapel alter Pergamente tanzen. Der Lichteinfall offenbarte ein bizarres Muster konzentrischer Kreise, die verschiedenste Tassen im Laufe von mehr als zweihundertachtzig Jahren auf dem Schreibtisch hinterlassen hatten. Und die hagere, faltige Hand, die den Federhalter in das Tintenfässchen tauchte, schien nicht weniger arm an Jahren zu sein. Der schwere alte Stuhl knarzte, als der Mann sich in dem ausgebeulten Lederpolster zurechtsetzte und zu schreiben begann.

Das Formular hingegen, auf das er sorgfältig Buchstabe um Buchstabe setzte, war ausgesprochen modern und so gänzlich frei von Ästhetik und Nostalgie, dass es geradezu unnatürlich schien.

„Liebhaber …", schrieb der Mann in geschwungenen, anmutigen Lettern.

„Bist du dir wirklich sicher, dass dies der richtige Weg ist?" Eine schlanke, jugendlich wirkende Frauenhand stützte sich auf den Schreibtisch.

„Ich?", erwiderte der alte Mann, während er mit geübten Bewegungen die Bezeichnung ergänzte. Aus seinem Tonfall war so etwas wie ein Schmunzeln herauszuhören. „Ich bin mir keineswegs sicher. Aber der Besitzer offensichtlich."

„Aber sie ist dein Leben!", stieß die junge Frau beinahe zornig hervor. „Wie kannst du ...?"

„Nein", unterbrach der Mann sie und legte seine Hand auf die ihre. „Sie ist nicht mein Leben. Sie ist nur eine Sammlung von Scherben, eine Sammlung winziger Scherben des großen Spiegels."

Nach einigen Momenten des Zögerns erwiderte die junge Frau mit einem Hauch von Traurigkeit in der Stimme: „Glaubst du das wirklich?"

„Natürlich", antwortete der Mann. „Und du auch!"

„Da scheinst du aber mehr zu wissen als ich", warf die junge Frau fast ein wenig schnippisch ein.

„Selbstverständlich weiß ich mehr als du!", entgegnete der Mann ungerührt. „Schließlich bin ich ein halbes Jahrhundert älter."

Ein vielsagendes Schnauben war die Antwort. Dann setzte sich ein mit einem geblümten Rock bekleidetes Hinterteil respektlos auf das würdige Möbelstück.

„Pass auf, du verschüttest noch die Tinte."

„Erwähnte ich schon mal, dass dein Arbeitsstil nicht mehr ganz zeitgemäß ist?", meinte die Frauenstimme. „Wozu habe ich dir eigentlich diesen Computer gekauft?"

„Wenn ich mich nicht irre, hast du ihn für deine Diplomarbeit verwendet und währenddessen mit deinen finsteren Blicken jeden Kunden vergrault, der es wagte, den Laden zu betreten."

„Wann wirst du endlich lernen, vernünftig mit dem PC umzugehen? Du könntest dir so viel Arbeit ersparen, gerade was deine Buchhaltung betrifft ..."

Schweigen. Der Mann legte den Federhalter beiseite. Alte Augen blickten in junge und diese füllten sich allmählich mit

Tränen. Etwas unbeholfen tätschelte eine faltige Hand das Knie der jungen Frau. „Sei nicht traurig."

„Das hättest du wohl gerne."

„Ja." Der alte Mann nestelte in seiner Weste, holte ein altmodisches Stofftaschentuch hervor und reichte es ihr.

Gleich darauf war ein wenig damenhaftes Schnäuzen zu vernehmen.

„Ganz offensichtlich kriegen wir nicht immer das, was wir wollen", sagte die junge Frau, bevor sie aufstand und den alten Mann fest in die Arme schloss.

Frau Linder

„Ein blasses, überirdisch schönes Gesicht erschien dicht un-
ter der Oberfläche des spiegelglatten Bergsees. Nebelschwaden
strichen über das Wasser wie die liebkosenden Finger eines ge-
staltlosen Riesen. Das Gesicht hatte entfernte Ähnlichkeit mit ...
Cate Blanchett. Langsam ließ Marvin die Hand auf die Was-
seroberfläche gleiten. In diesem Moment drang wie aus weiter
Ferne eine Stimme an sein Ohr. Ein Gesang brach sich Bahn! Ein
Gesang aus einer anderen Welt ... "

„Always look on the bright side of life ..."

Das Bild vor seinen Augen verschwamm.

„Wie? ... Was?", nuschelte Marvin.

„Always look on the bright side of life ...", wiederholte der
Sänger mit geradezu unverschämter Fröhlichkeit. Schrill zerriss die blecherne Stimme die zarten Gespinste seiner Träume,
sodass sie zerstoben wie Butterblumensamen, mit denen der
Wind spielt.

Super Plot ... Ich muss ... zurück ..., schoss es Marvin durch
den Kopf, während er den blechernen Gesang zu verdrängen
suchte, um nach den losen Fäden seines brutal abgeschnitte-
nen Traumes zu greifen. Doch die genialen Ideen zogen sich
mit erschreckender Geschwindigkeit in die tiefsten Sphären
seines Unterbewusstseins zurück. Wie war das gleich noch?
Nebelschwaden ... geheimnisvoller See ... überirdisch schönes
Gesicht ...

„Always look on the bright side of life ..."

„Mist!" Mühsam versuchte Marvin, seine verklebten Augenlider einen Spaltbreit zu öffnen. Gleichzeitig ließ er seine

Hand schwungvoll auf den Radiowecker zusausen, der auf seinem Schreibtisch stand … und traf die Nachttischlampe, die daraufhin, einen Stapel Bücher mit sich ziehend, zu Boden ging. Der Wecker gab indessen ein fröhliches Pfeifen von sich.

„Mist!"

Es gelang Marvin, seinen Kopf ein paar Zentimeter zu heben und über die Bettkante hinweg nach den Leuchtziffern zu schielen – 8 Uhr! Wieso meldete sich das dämliche Teil mitten in der Nacht?

Er hämmerte seine Faust auf die Power-Taste des akustischen Ärgernisses, ließ sich seufzend in die Kissen fallen und kämpfte sich zurück in seinen Traum.

… ein blasses, überirdisch schönes Gesicht erschien dicht unter der Oberfläche des spiegelglatten Sees. Nebelschwaden strichen über das Wasser …

Das plötzlich einsetzende grelle Klingeln ließ sein Herz einen Sprung machen und riss ihn mit brutaler Gewalt aus den Federn. Ein altmodischer mechanischer Wecker schrillte gnadenlos und ausdauernd auf einem Stapel Bücher in der gegenüberliegenden Ecke des Zimmers.

Nach einem weiteren lauten, aber leider völlig ergebnislosen Fluch taumelte Marvin müde aus dem Bett. Die blanken Dielenbretter des Bodens saugten die Wärme aus seinen nackten Fußsohlen. Nicht gerade sanft schaltete er das antike Erbstück seiner Großmutter ab.

„… also, wo war ich stehen geblieben? Ach ja, … überirdisch schönes Gesicht", murmelte er vor sich hin und wandte sich schlurfend zurück in Richtung Bett. Sein Fuß berührte die warme Matratze, und er erinnerte sich an weiches, duftendes Gras in einem stillen Hochtal. Dann klingelte sein Handy im Flur.

Ein unartikuliertes Knurren ausstoßend, machte Marvin kehrt, manövrierte seinen noch halb schlafenden Körper um einen Haufen zerknüllter DIN-A4-Seiten herum und wankte in den Flur. Sein Handy lag auf der Flurkommode auf einem Stapel Briefe. Nachdem er die Weckfunktion seines Mobiltelefons ausgeschaltet hatte, fand er eine Botschaft auf einem Notizzettel – in seiner eigenen Handschrift.

„Stell dir das Gesicht von Frau Linder vor und lies den folgenden Brief!"

Marvin überflog den in kühlem Beamtendeutsch verfassten Text und sein Erinnerungsvermögen kehrte allmählich zurück.

„Okay", sagte er zu sich selbst, „alles klar, ich bin wach! … Wie viel Zeit habe ich noch?"

Ein Blick auf sein Handy verriet ihm, dass noch zwanzig Minuten blieben, bis er losmusste. Leider zu wenig für eine heiße Dusche. Bis die altersschwache Heizungsanlage um diese Zeit einigermaßen warmes Wasser zu ihm hinauf in den vierten Stock gepumpt hatte, konnte gut und gerne eine halbe Stunde vergehen. Kostengünstige Altbauwohnungen hatten mitunter so ihre Nachteile, vor allem, wenn man Wärme liebte.

Nachdem Marvin hastig die Worte „Nebelsee", „Wassernymphe" und nach einem kurzen Gedanken an Frau Linder auch noch „finstere Herrscherin" auf einen Zettel geschrieben hatte, eilte er ins Bad. Obwohl er das Fenster die ganze Nacht offen gelassen hatte, roch es noch immer nach Raubtierhaus. Dafür herrschte eine gefühlte Temperatur von ungefähr 5 Grad. Hastig streute Marvin etwas Katzenstreu über ein längliches bräunliches Gebilde, das im handbemalten Katzenklo unter dem Waschbecken prangte. Es war erstaunlich, welche Unmengen an Ausscheidungen der Verdauungstrakt eines so dürren Katers innerhalb nur einer Nacht produzieren konnte. Seit Käthe Wischnewski, Marvins 84-jährige Nachbarin, ihm vor ungefähr vier Monaten das Tier zur Pflege überlassen hatte – wenn er sich recht erinnerte, waren ihre Worte: „Nur für 'n paar Tage, mein Junge. Ick hab da 'n janz reizenden Witwer aus Bayern kennenjelernt. Josef heißta. Der spendiert mir 'n Wochenendurlaub am Alpenrand. Da konnt ick doch nich Nee sajen" –, verzauberte das edle Geschöpf die gesamte Wohnung mit dem hauchzarten Aroma von Pumakäfig. Kein Wunder, dass seine Nachbarin es nicht eilig hatte, aus Bayern zurückzukommen. Wenigstens hatte sie vor sechs Wochen eine Karte geschickt: „*Schöne Grüße aus dem herrlichen Oberbayern. Der Josef ist ein ganz feiner Mann. Ich bleib noch ein wenig. Grüß mir den Poseidon. Käthe.*"

Seufzend griff Marvin nach der Eisenstange, die zu dem kleinen Fenster am Ende des schmalen Lichtschachtes führte, und schloss es notdürftig. Wie bei vielen Berliner Altbauten hatte man das im Nachhinein eingebaute Bad von der Küche abgezweigt und hinter die Speisekammer gesetzt. Licht und Frischluft drangen nur durch einen schmalen Schacht über der Decke der Kammer in den Raum.

Leider schloss das Fenster nicht richtig, sodass stets ein kühler Windzug durch den Raum wehte und durch den Spalt zwischen Tür und Fliesenboden pfiff. Während Marvin sich zähneklappernd einer hastigen Katzenwäsche unterzog, appellierte er an sich, auch die guten Seiten zu sehen. Gerade im Sommer hatte seine Pankower Zweiraumwohnung durchaus Vorteile. Da alle Fenster ziemlich exakt nach Norden ausgerichtet waren und zudem auf einen engen, durchgehend schattigen Hinterhof führten, blieb es selbst bei tropischen Außentemperaturen angenehm kühl. Außerdem hatte er teilweise alten Stuck an den Decken und genug Platz für seine Bücher.

Als Marvin, notdürftig gewaschen, in die Küche kam, begrüßte Poseidon ihn mit einem vorwurfsvollen Maunzen. Es war Marvin ein Rätsel, wie man ein so wasserscheues Tier wie einen Kater ausgerechnet nach dem Meeresgott der griechischen Mythologie benennen konnte, aber Käthe Wischnewski hatte recht schnippisch erwidert: „Weil er so schön seidijet Fell hat, natürlich!"

Immer wieder musste Marvin feststellen, dass er irgendwann sprachlos dastand, wenn er sich mit Frauen unterhielt – egal, ob es sich um ältere Damen, attraktive Kommilitoninnen oder die hübsche Aushilfe in der nahe gelegenen Stadtbibliothek handelte. Wahrscheinlich war er deshalb immer noch Single.

Während der Kater um seine Beine strich, nahm Marvin eines der sündhaft teuren, mit goldfarbener Folie überzogenen Katzenfutterdöschen aus dem Schrank. Premium-Katzenfutter – delikate Thunfisch-Spezialität mit Karotten und Rucola-Spitzen für die Katze mit dem wählerischen Gaumen.

„Ich hoffe, du bist dir bewusst, dass du die teuersten Blähungen der Katzengeschichte in meine Wohnung entlädst", brummte Marvin, während er seinem Gast die Morgenmahlzeit auf einer geblümten Untertasse darbot. Die Fressgewohnheiten des edlen Tieres schmälerten sein ohnehin schon eher dürftiges Budget nicht unerheblich, aber was sollte er machen? Poseidon fraß nichts anderes. Er hatte es ausprobiert. Aber nach beinahe eineinhalb Wochen Hungerstreik hatte das störrische und mittlerweile recht magere Tier schließlich die Oberhand gewonnen.

Marvins hastiges Frühstück bestand im Wesentlichen aus Instant-Espresso extrastark sowie einem eilends hinuntergeschlungenen Kanten Graubrot mit Margarine. Nach einer letzten liebevollen Ermahnung an den Mitbewohner: „Denk daran: Die Ecke hinter dem Sofa ist kein Pissoir!", schnappte er sich seine Bewerbungen, stopfte sie in den Rucksack und hastete die Treppen hinab. Im Hof schwang er sich auf sein Fahrrad. Noch fünfundzwanzig Minuten bis zu seinem Termin.

Während Marvin im Eiltempo auf die Agentur für Arbeit zusteuerte, gingen ihm recht trübsinnige Gedanken durch den Kopf: In zwei Wochen würde er seinen dreißigsten Geburtstag feiern. Die meisten Menschen, die dieses Alter erreicht hatten, suchten sich ihre Haustiere selbst aus. Sie waren zudem oftmals in verantwortungsvollen Berufen tätig, verdienten eine Menge Geld, hatten funktionierende Partnerschaften und einen Führerschein … Und Marvin? Was konnte er von alledem vorweisen?

Es war ein Jammer!

Zu allem Überfluss hatte am Vortag auch noch der letzte Verlag eine Absage geschickt. Damit war das Projekt „Schattenklinge" endgültig gestorben. Manchmal wünschte er sich, er hätte diesen dämlichen Schreibwettbewerb damals nicht gewonnen. Vielleicht wäre dann alles anders gekommen.

Nach einem Blick auf eine Kirchenuhr nahm Marvin spontan die Abkürzung durch den Park, mied allerdings die Strecke über die mit Hundekot verminte Liegewiese. In raschem Tempo ging es vorbei an einigen schimpfenden Spaziergängern und einem rotäugigen Teenager, der, umgeben von einer schätzungsweise 3,5 Kubikmeter umfassenden Marihuana-Dunstglocke, leicht orientierungslos auf einer umgekippten Parkbank hockte. Nach einer scharfen Rechtskurve und einer etwas anstrengenden Strecke eine mit niedrigem Buschwerk bewachsene Böschung hinauf erreichte er einen geteerten

Radweg. Er trat kräftig in die Pedale. Nun war es nicht mehr weit. Eigentlich konnte nichts mehr schiefgehen.

Als sich die Tür des Büros nach einem vorsichtigen Klopfen zögerlich öffnete und Marvin Heider mit einem entschuldigenden Lächeln und leicht geschwollener Oberlippe in den Raum trat, runzelte Frau Linder derart engagiert die Stirn, dass ihre akkurate Frisur bedrohlich in Schieflage geriet. Wortlos deutete sie mit einem knappen Nicken auf den Stuhl, der vor ihrem Schreibtisch stand.

„Guten Morgen", sagte Marvin, vergeblich um den Erhalt seines Lächelns bemüht. Die drahtige Fallmanagerin von ungefähr fünfzig Jahren hatte etwas an sich, das ihn an die Direktorin seiner Grundschule erinnerte. Es waren Erinnerungen bar jeglicher Nostalgie.

„Guten Tag, Herr Heider. Wenn ich mich nicht irre, hatten wir einen Termin um 9:00 Uhr."

„Sie irren sich nicht", erwiderte Marvin, wischte sich über die verschwitzte Stirn, wobei er den Schmutzfleck über seiner rechten Augenbraue verschmierte, und fischte dann mit zerkratzten Fingern eine zerknitterte Mappe aus seinem Rucksack. „Auf dem Weg hierher gab es ein kleines Problem."

Frau Linder tippte irgendetwas in ihren Computer und starrte auf den Bildschirm.

„Ich hatte einen Unfall", fügte Marvin erklärend hinzu.

Frau Linder druckte ein Formular aus.

Marvin atmete tief durch, schloss für einen kurzen Moment die Augen und versuchte, sich nicht wieder wie ein Achtjähriger zu fühlen, der zu spät zur Schule kam. „Es mag Sie überraschen, aber ich habe mich nicht extra für Sie so hübsch gemacht", fuhr Marvin fort und deutete auf sein lädiertes

Gesicht. Genau genommen waren ein wild gewordener Pudel, eine lose Gehwegplatte und eine schlecht gesicherte Baustelle, die es am Vortag noch nicht gegeben hatte, dafür verantwortlich. „Wenn Sie möchten, kann ich Ihnen gerne die Details nennen."

„Vierzehn", sagte Frau Linder und schob ihm einen DIN-A4-Ausdruck entgegen. „Vierzehn Termine haben Sie bislang bei mir gehabt und nicht ein einziges Mal waren Sie pünktlich. Ich habe Ihnen das Ganze mal ausgedruckt, bitte schön."

„Danke." Marvin nahm das Blatt Papier entgegen, ohne den Zahlen mehr als nur einen flüchtigen Blick zu widmen. Frau Linder hatte vermutlich nicht ganz unrecht, obwohl es da noch so einiges zu seiner Verteidigung vorzubringen gäbe, zum Beispiel die Tatsache, dass ihr Büro am ersten Tag wegen Renovierung geschlossen und er eine halbe Stunde durch das Gebäude geirrt war, bevor er sie in einem entlegenen Winkel im obersten Stockwerk des linken Seitenflügels gefunden hatte. Er öffnete den Mund ... und schloss ihn wieder. Frau Linders eisige Blicke konnten einem die Zunge am Gaumen festfrieren lassen.

„Interessant daran ist, dass Sie jedes Mal eine andere Geschichte für mich parat haben", fuhr Frau Linder fort. „Insofern kann ich Ihnen einen gewissen Einfallsreichtum nicht absprechen." Sie stützte die Ellbogen auf die Schreibtischplatte und blickte ihm über ihre randlose Brille hinweg direkt in die Augen. „Leider kann man mit fantasievollen Ausreden alleine kein Geld verdienen, geschweige denn einer geregelten Arbeit nachgehen!"

Marvin fielen spontan eine ganze Reihe hochrangiger Politiker ein, die offensichtlich genau das taten, aber er schwieg lieber.

Frau Linder seufzte. „Vier Semester Germanistik, zwei Semester Philosophie und ein Semester skandinavische Literatur – welche Tätigkeit wollen Sie damit ausüben?"

Marvin setzte zu einer Antwort an, doch offensichtlich war die Frage eher rhetorischer Natur, denn Frau Linder fuhr bereits fort: „Aber das ist ja nicht alles. Anschließend gab es dann ja noch eineinhalb Jahre lang Ihre qualifizierte Tätigkeit als Verkaufskraft bei einer bekannten Fast-Food-Kette. Zumindest eine gewisse Kontinuität in Ihrer beruflichen Laufbahn ... die allerdings mit einer fristlosen Kündigung endete!"

Marvin lächelte versonnen. Es erfüllte ihn noch immer mit einer gewissen Befriedigung, dass er dem schmierigen Filialleiter in einem kurzen, aber heftigen emotionalen Ausbruch die Meinung gesagt hatte.

Frau Linder schnaufte. „Erst nach einer Rekonvaleszenz von beinahe *einem* Jahr gingen Sie wieder einer beruflichen Tätigkeit nach ..."

„Ich denke, an dieser Stelle sollte nicht unerwähnt bleiben, dass ..."

„Dann waren Sie für vier Wochen bei einer Zeitarbeitsfirma als Montagehelfer in einem Kohlekraftwerk tätig ...", fuhr die Fallmanagerin mit erhobener Stimme fort.

„Sie meinen, als Kesselputzer", brummte Marvin.

„Anschließend fand sich bei dieser Firma erstaunlicherweise keine passende Tätigkeit mehr für Sie und Ihr Vertrag endete in beiderseitigem Einvernehmen."

„Vermutlich hätte ich nicht fragen sollen, ob es rechtens ist, sechs Tage die Woche jeweils 12 Stunden zu arbeiten ..."

„Nach einem halben Jahr Pause", zählte Frau Linder unerbittlich auf, „bekamen Sie eine Anstellung als Fahrradkurier.

Diese endete nach einem Jahr Befristung ohne weitere Angabe von Gründen."

Marvin kniff die Lippen zusammen und schwieg. Die Sache hatte in der Tat nicht ganz ohne sein Verschulden geendet. Die Verwechslung der beiden Lieferungen war einfach zu peinlich gewesen. Sicherlich gab es gewisse orthografische Ähnlichkeiten zwischen dem MF BV e. V. und dem MG BV e. V. Spätestens bei der Abgabe der Lieferung hätte ihm allerdings auffallen müssen, dass eine Sendung des Beate-Uhse-Shops vermutlich nicht die üblichen Arbeitsmaterialien des Marienfelder Batik-Verbandes enthielt. Er hätte sich möglicherweise auch vorher fragen sollen, ob die Tabledance-Gruppe der „Moto-Guzzi-Biker-Veteranen" wirklich Seidenkrawatten, Ansteckblüten und Accessoires beim Hobby-Fix-Versand bestellt hatte. Nun ja, hinterher war man immer schlauer.

„Seitdem gab es noch einen MAE-Einsatz in einer Freizeit- und Begegnungsstätte mit einer reichlich dürftigen Beurteilung, und das war es."

„Macht Ihnen Ihr Beruf eigentlich Spaß?", fragte Marvin.

Frau Linder runzelte die Stirn. „Ich liste die einzelnen Stationen Ihrer beruflichen … Karriere nicht aus Vergnügen auf, das können Sie mir glauben. Ich will Ihnen einfach nur einen Spiegel vorhalten! Sie sind noch jung, Herr Heider. Machen Sie etwas aus Ihrem Leben!"

„Das Problem an der Sache ist, dass Sie bei Ihren Aufzählungen leider meine Haupttätigkeit unterschlagen haben."

Marvin hasste das kleine, mitleidige Lächeln, das auf Frau Linders rot geschminkte Lippen trat. „Ich möchte Sie keinesfalls ungerecht behandeln, Herr Heider. Es geht hier auch nicht um eine Bewertung Ihrer Person. Ich weiß, dass Sie ein fleißiger Geschichtenschreiber sind."

Marvin knirschte mit den Zähnen. So, wie sie es formulierte, klang es irgendwie lächerlich.

„Wie viele Romane haben Sie inzwischen schon fertiggestellt und an verschiedene Verlage gesandt – sechs?"

„Acht!", knurrte Marvin.

„Das ist ohne Frage eine beachtliche Leistung, aber ..." Erneut zeigte sich dieses unangenehme Lächeln auf ihren Lippen. „Ich will es einmal so formulieren: Leider ist es nicht jedem von uns vergönnt, sein Hobby auch zum Beruf zu machen."

„Ich bin nicht naiv", brummte Marvin. „Ich weiß, wie schwer es ist, auf dem Buchmarkt erfolgreich zu sein. Aber Sie vergessen, dass einer meiner Romane bereits verlegt wurde."

„Sie haben bei der Ausschreibung eines kleinen Fantasy-Verlages gewonnen", bestätigte Frau Linder. „Ihr Kurzroman ‚Wolfsbrut' kam als Taschenbuch mit einer Startauflage von 1.000 Stück heraus – vor ungefähr sechs Jahren. Soweit ich weiß, ist die Auflage noch nicht vergriffen. Man kann Ihr Werk noch immer über das Internet bestellen." Sie atmete tief durch und fuhr fort: „Herr Heider, das, was Sie an diesem Buch bislang in sechs Jahren verdient haben, reicht nicht einmal aus, um die Ausgaben eines Monats zu decken."

„Vielen Dank für Ihre wertschätzenden und ermutigenden Worte, Frau Linder. Ich nehme an, jetzt wollen Sie noch meine 15 erfolglosen Bewerbungen des vergangenen Monats sehen und mir anschließend eine MAE-Stelle auf dem städtischen Friedhof aufs Auge drücken."

Frau Linder lehnte sich in ihrem Stuhl zurück und zupfte sich mit der linken Hand am Ohrläppchen. „Wie viele Bücher besitzen Sie, Herr Heider?"

Misstrauisch starrte Marvin die Fallmanagerin an. Was sollte das nun schon wieder?

„Seien Sie unbesorgt. Ich will weder Ihre Ausgaben über-
prüfen, noch werde ich Ihre private Bibliothek als Vermögen
anrechnen. Also, wie viele Bücher in etwa?"

„Ungefähr zweieinhalbtausend Stück, würde ich schätzen",
erwiderte Marvin zögernd. „Worauf wollen Sie hinaus?"

„Wie viele Seiten haben Sie in Ihrer Laufbahn bisher geschrieben? Rechnen Sie auch sämtliche unvollendeten Romane, Kurzgeschichten, Entwürfe und so weiter ein."

Marvin runzelte die Stirn. Wollte sie sich über ihn lustig
machen? Es sah nicht danach aus. Frau Linder sah ihn lediglich interessiert und ohne einen Hauch von Spott in ihrem
Blick an. Aber wer konnte schon sagen, was hinter der Stirn
dieser Frau vor sich ging?

„Bei einer Normseite mit eineinhalbfachem Zeilenabstand
würde ich sagen … an die 7.500 Seiten. Wollen Sie mir jetzt
vorrechnen, wie viele Bäume ich aufgrund meiner vergeblichen
schriftstellerischen Bemühungen auf dem Gewissen habe?"

„Keineswegs." Frau Linder gönnte sich ein beinahe ent-
spanntes Lächeln. „Aber ich schließe daraus, dass Sie eine
gewisse Wertschätzung für Bücher und Erzählungen empfinden."

„Dem kann ich nicht widersprechen", brummte Marvin.

„Man könnte also mit Fug und Recht behaupten, dass Sie
ein Liebhaber von Büchern und Geschichten sind?", bohrte sie
nach.

„Wenn Sie so wollen."

„Gut." Ein breites Lächeln zeigte sich auf den sonst so
strengen Zügen der Fallmanagerin. „Dann habe ich hier das
ideale Jobangebot für Sie." Ihre sorgfältig manikürten Finger
schoben ein handschriftlich ausgefülltes Formular über den
Schreibtisch.

Verblüfft starrte Marvin auf das Blatt Papier und überflog die mit schwarzer Tinte ausgefüllten Zeilen.

Auftraggeber
Name/Firma: Buchhandlung Eichdorff
Betriebsart: Antiquariat und narratorische Apotheke
Rückfragen an: Rasmus-Salomo Eichdorff

Wir bieten
Berufsbezeichnung: Liebhaber von Büchern und Geschichten
Tätigkeitsbeschreibung: Assistenz und Stellvertretung des derzeitigen Mitarbeiters

In etwas anderer Handschrift stand darunter:

PC-Kenntnisse erwünscht

„Und was, bitte schön, ist eine narratorische Apotheke?", fragte Marvin.

Frau Linder zuckte mit den Achseln. „Finden Sie es heraus." Sie warf ihm ein aufmunterndes Lächeln zu. „Das ist Ihre Chance, Herr Heider, ergreifen Sie sie!"

„Finden Sie nicht, dass das Ganze ein bisschen merkwürdig klingt?"

Das Lächeln auf Frau Linders Gesicht gefror.

„Alles klar … Ich werde mich gleich heute dort melden." Marvin erhob sich rasch. „Schönen Tag noch."

„Vermasseln Sie es nicht!", empfahl Frau Linder zum Abschied mit einer Stimme, so samtig und weich wie ein Stahlbetonpfeiler.

Das Haus

Marvin schluckte die letzten Reste der Laugenbrezel hinunter und wischte sich den Schweiß von der Stirn. Es war erst Ende April, aber um die Mittagszeit wurde es bereits ungewöhnlich heiß. Sorgsam kettete er seinen Drahtesel mit einem Fahrradschloss an einen Laternenpfahl. Die verbogenen Speichen seines Vorderrads waren nicht zu reparieren gewesen und er hatte in aller Eile noch auf dem inoffiziellen Flohmarkt an der Kanalbrücke ein neues erstanden. Es passte optisch nicht so ganz zum Rest des Gefährts und hatte außerdem ein französisches Ventil, dafür war es aber auch unschlagbar billig gewesen.

Prüfend betrachtete Marvin sein Spiegelbild in der schlecht geputzten Schaufensterscheibe eines kleinen Cafés. Er beschloss, das Hemd lieber in die Hose zu stecken. Die Stimme des Antiquars war eindeutig die eines älteren Mannes gewesen und ältere Männer waren hinsichtlich der Kleidungsgewohnheiten ihrer potenziellen Angestellten oftmals eher konservativ. Er leckte sich einen Krümel von den Lippen und strich sich durch das vom Fahrtwind zerzauste Haar. *Rasmus-Salomo Eichdorff*, ging es ihm durch den Kopf – ein sehr merkwürdiger Name. Am Telefon zumindest hatte der Mann ausgesprochen normal und recht freundlich gewirkt. Aber so etwas konnte täuschen. Marvins Großvater konnte auch normal und freundlich klingen, aber er war definitiv keines von beidem.

„Kommen Sie doch am besten gleich morgen vorbei", hatte Herr Eichdorff gesagt.

„Wollen Sie nicht erst meine Bewerbungsunterlagen …?"

„Bringen Sie sie einfach mit. Wäre Ihnen 15 Uhr recht?"

„Eine wunderbare Zeit."

„Dann sehen wir uns morgen. Ich freue mich auf Sie."

Marvin betrachtete den Laden auf der gegenüberliegenden Straßenseite. Das kleine zweigeschossige Haus war mindestens dreihundert Jahre alt. An der Fassade über dem Schaufenster stand noch blass in altdeutscher Schrift zu lesen: „Sophien-Apotheke". Auf dem Schaufenster klebte in weißen Lettern der Schriftzug: „Antiquariat" und darunter deutlich kleiner: „Bücher und Geschichten".

Ganz in der Nähe schlug eine Kirchenglocke 15 Uhr.

Ein merkwürdiges Gefühl bemächtigte sich Marvins, als er über das Kopfsteinpflaster auf das alte Geschäft zuging. Natürlich war er aufgeregt, wie immer angesichts eines bevorstehenden Vorstellungsgespräches. Aber dieses Mal spürte er noch etwas anderes, ein ungewöhnliches, aufgeregtes Kribbeln. Es war ein bisschen so, als stünde er am Anfang einer Reise.

Als er die Ladentür öffnete, bimmelte eine altmodische Glocke. Holzdielen knarrten unter seinen Füßen, und es roch nach Staub und alten Büchern; ein angenehmer Duft, wie Marvin fand. Dunkel gebeizte Regale, deren Bretter sich unter der Last Tausender Bücher bogen, füllten den verwinkelten Raum aus. In ordentlicher Handschrift waren die Rubriken verzeichnet worden, nach denen die Werke sortiert waren. Die elfenbeinfarbenen Zettel steckten in kleinen messingfarbenen Metallrahmen, die an die Bretter geschraubt waren.

„Hallo?!", sagte Marvin vorsichtig, nachdem einige Sekunden vergangen waren und niemand auf das Bimmeln reagiert hatte.

Stille.

Marvin blickte sich um. Rechts neben dem Eingang hingen, flankiert von einem riesigen hölzernen Globus, Mantel und Hut an einem antiken Garderobenständer. Schräg gegenüber, halb verdeckt von einem Regal, konnte man den kleinen Verkaufstresen ausmachen, auf dem eine mechanische Registrierkasse und ein Computer standen.

„Herr Eichdorff?"

Wieder nur Stille.

Marvin runzelte die Stirn und trat tiefer in den Laden hinein. Als er hinter das Regal lugte, entdeckte er, dass der Laden aus zwei miteinander verbundenen Räumen bestand. Der etwas kleinere zweite Raum war ebenfalls mit Bücherregalen gefüllt. In einer Ecke neben einem uralten Kachelofen standen zwei Lehnstühle und ein runder Eichentisch. Aber kein Mensch war zu sehen. War dies eine Art Einstellungstest? Nichts war unmöglich. Bei seinen zahlreichen Bewerbungsgesprächen hatte Marvin schon die abenteuerlichsten Prüfungssituationen durchlebt. Als er sich bei einem Callcenter vorgestellt hatte, das für verschiedene Versicherungen tätig war, hatte er im Warteraum zwanzig Euro unter seinem Stuhl gefunden. Als er diese gleich darauf bei der Sekretärin abgab, wurde er wenig später nach einem einminütigen Gespräch mit dem Personalchef wieder nach Hause geschickt. Wie sich später herausstellte, hatte er den Gewissenstest nicht bestanden. Wer nicht mal in der Lage war, einen Zwanzig-Euro-Schein mitgehen zu lassen, war ganz sicher nicht dafür qualifiziert, alleinstehenden Rentnerinnen abenteuerliche Versicherungen aufzuschwatzen, nur um die entsprechende Provision zu kassieren.

„Herr Eichdorff, sind Sie hier?"

Die einzige Antwort war das Knarren der Dielen unter seinen Füßen. Müßig verschränkte Marvin die Hände hinter dem Rücken und spazierte ein wenig im Laden auf und ab. Als er dichter an die Theke herantrat, um die antike Registrierkasse genauer zu betrachten, entdeckte er plötzlich eine Luke im Boden, die für ihn bislang nicht zu sehen gewesen war. Nach kurzem Zögern trat er näher. Eine gusseiserne Stange hielt die schwere Bodenklappe offen. Man konnte ausgetretene Stufen aus rotem Backstein erkennen und einen schwachen Lichtschimmer, der von irgendwo aus dem Kellergewölbe drang.

„Hallo! Ist da jemand?“, fragte Marvin. Unschlüssig blieb er an der Treppe stehen. *Der Arbeitgeber von heute erwartet dynamische, aktive Mitarbeiter, die in der Lage sind, Verantwortung zu übernehmen und eigeninitiativ tätig zu werden.* Es kam ihm etwas absurd vor, dass ihm ausgerechnet dieser Slogan seines letzten pflichtgemäßen Bewerbungstrainings in den Sinn kam. Aber gut, was hatte er schon zu verlieren?

Zögernd stieg Marvin die steinernen Stufen hinab. Der Keller war düster und kühl, aber trocken. Auch hier roch es nach Staub und alten Büchern; offensichtlich wurde der Raum als Lager genutzt. An den Wänden konnte man Regale erkennen. Unter einer geschlossenen dickbohligen Holztür hindurch drang schwach ein Schimmer warmen Lichts auf den nackten Steinboden. Gedämpfte Stimmen waren zu vernehmen. Zwei Männer unterhielten sich.

Erneut zögerte Marvin.

Der Tonfall einer der beiden Stimmen verriet, dass sich ihr Besitzer zurzeit nicht gerade in einem ausgeglichenen emotionalen Zustand befand: „Wenn Sie glauben, auf diese Weise irgendetwas zu erreichen, haben Sie sich getäuscht!“

Die Antwort erfolgte in erheblich ruhigerem Ton und war daher weitgehend unverständlich: „... um Hilfe gebeten ...

Ihre Entscheidung ...", waren die einzigen Worte, die Marvin verstehen konnte.

„Tun Sie doch nicht so scheinheilig", empörte sich der Erste. „Glauben Sie, ich merke nicht, was hier gespielt wird?!"

Marvin schluckte. Das Ganze klang reichlich dubios und in jedem Fall nicht nach irgendeiner Form von Einstellungstest. Auf Zehenspitzen schlich er näher an die Tür heran und lauschte.

„... liegt mir ferner, als Sie zu kompromittieren ...", sagte der zweite Mann gerade.

„Ach, hören Sie doch auf!", unterbrach ihn die erboste Stimme. „Ich weiß doch genau, von wem Sie Ihre Informationen haben!"

Mit angehaltenem Atem legte Marvin sein Ohr an das raue Holz der Kellertür. In diesem Moment drang deutlich hörbar das Bimmeln der Ladenglocke bis zu ihm hinunter in den Keller. *Scheiße!* Einen Augenblick lang stand Marvin wie erstarrt, dann hastete er panisch die Steintreppe wieder hinauf. Er rechnete damit, dass sich jeden Augenblick die Holztür im Keller öffnete und jemand fragte: „Was zum Teufel machen Sie hier?!"

Kaum war er durch die Luke geschlüpft, wirbelte er herum und starrte hinunter. Der Keller blieb dunkel. Sein zweiter Blick galt der Eingangstür des Ladens. Niemand war zu sehen. Erleichtert atmete Marvin aus. Wahrscheinlich war der Kunde gleich wieder gegangen, als er keinen Verkäufer sah. *Und genau das sollte ich jetzt auch machen,* ging es Marvin durch den Kopf. Er warf noch einen letzten Blick durch die offene Bodenluke und schickte sich gerade an, wieder auf die andere Seite des Verkaufstresens zu schlüpfen, als sich jemand dicht neben ihm leise räusperte. Das Geräusch kam so unerwartet, dass Marvin nicht nur erschrocken zusammenzuckte, sondern auch noch einen erstickten Schrei ausstieß.

Direkt neben dem Tresen, halb verdeckt von einem Bücherregal, stand ein unscheinbarer, in blasse Farben gekleideter Mann.

„Es tut mir leid ... Ich habe Sie gar nicht kommen sehen“, stammelte Marvin.

Ein bitteres Lächeln schien kurz über die ebenfalls farblosen Züge des jungen Mannes zu huschen, aber es verging so schnell wieder, dass dieser Eindruck auch getäuscht haben mochte.

„Entschuldigen Sie bitte, ich wollte Sie nicht erschrecken“, sagte der Mann mit leiser Stimme. „Ist Herr Eichdorff zu sprechen?“

„Äh ... Der ist gerade nicht im Laden“, erwiderte Marvin etwas lahm.

„Oh. Würden Sie dann bitte so freundlich sein und ihm das hier geben?“ Der Besucher reichte Marvin einen unbeschrifteten braunen DIN-A5-Umschlag.

„Klar“, entgegnete Marvin verdutzt.

„Danke schön.“

Marvin starrte auf den Umschlag in seinen Händen.

„Ach, und noch etwas.“ Der Mann stand bereits am Ausgang. „Richten Sie Herrn Eichdorff bitte von mir aus, dass ich gestern Abend beinahe den Eindruck hatte, mein Zimmerkaktus würde in Flammen stehen.“ Ein geheimnisvolles Lächeln umspielte bei diesen Worten die bleichen, unscheinbaren Züge des Mannes.

„Kein Problem ... Mach ich“, erwiderte Marvin.

Er musste dabei einen recht verdatterten Eindruck gemacht haben, denn das Lächeln des Mannes wurde breiter, und es trat so etwas wie ein vergnügtes Funkeln in seine blassgrauen Augen. Dann wandte er sich um und verließ den Laden.

Marvin starrte ihm hinterher. *Was sollte das denn?*

„Sie hören noch von mir, Herr Eichdorff!", erklang in diesem Augenblick eine aufgebrachte Stimme schrill aus der Bodenluke. Hastig ließ Marvin den Umschlag auf den Verkaufstresen fallen und eilte auf die andere Seite. Er tat so, als würde er eifrig die Bücher im Regal studieren, beobachtete aber aus den Augenwinkeln weiterhin den Tresen. Energische Schritte stapften die Treppe hinauf. Als Erstes wurde hinter der Registrierkasse ein nahezu kahler Kopf sichtbar. Unter buschigen Augenbrauen kam ein zorniges, rotwangiges Gesicht zum Vorschein. Vervollständigt wurde das Bild durch einen hochgeschlossenen weißen Kragen und einen dunklen Anzug. Der Mann war Geistlicher. Ein feuriger Blick traf Marvin, und er verschanzte sich hastig hinter irgendeinem Buch, das er reaktionsschnell aus dem Regal zog.

„Sie hören noch von mir, Herr Eichdorff!", wiederholte der Mann in schneidendem Tonfall. Dann verließ er ohne ein weiteres Wort den Laden. Die alten Dielen quietschten ängstlich unter seinen zornigen Schritten, und die Ladenglocke bimmelte hektisch, als er die Tür hinter sich ins Schloss knallte.

Inzwischen war ein hagerer, weißbärtiger Mann hinter den Ladentisch getreten. Er trug ein altmodisches Hemd und eine noch altmodischere Weste. Es war schwer zu sagen, wie alt er war, aber nach Marvins erster grober Schätzung musste er in etwa so viele Jahre auf dem Buckel haben wie der Laden selbst, also mindestens hundert. Unzählige Falten und Runzeln durchzogen sein Gesicht; er wirkte wie ein uralter Greis, der irgendeinem Märchen entsprungen sein mochte. Spontan kam Marvin ein Bild des greisen Hobbits Bilbo Beutlin in den Sinn, der drauf und dran war, mit den letzten Elben die große Reise über das westliche Meer anzutreten. Einzig die moderne Gleitsichtbrille, die etwas schief auf seiner Nase saß, und der Flachbildschirm auf dem Tresen neben ihm störten dieses faszinierende Bild ein wenig.

Stumm blickte der kleine alte Mann dem zornigen Geistlichen hinterher. Nach dessen emotionalem Ausbruch hätte Marvin eigentlich erwartet, dass sich entweder Betroffenheit oder Zorn in seinen Zügen widerspiegeln würde, aber dem war nicht so. Fast schien es, als würde so etwas wie ein hoffnungsvolles Glänzen in seinen Augen liegen, und seine bärtigen Lippen umspielte ein leises Lächeln. Er wirkte erstaunlich zufrieden.

Dann fiel sein Blick auf Marvin. Mit einem freundlichen Lächeln kam er auf ihn zu und meinte: „Entschuldigen Sie bitte, dass Sie warten mussten. Sie interessieren sich für mittelalterliche Gynäkologie?"

„Ich, äh …" Marvin schlug das Buch, das er in seinen Händen hielt, zu und warf einen Blick auf den Buchtitel: „Die sieben Kammern des Uterus". Hastig stellte er das Werk zurück ins Regal. „Eigentlich bin ich zum Vorstellungsgespräch hier. Mein Name ist Marvin Heider."

„Ah, guten Tag, Herr Heider." Ein breites Lächeln trat auf die Züge des alten Mannes und er schüttelte ihm die Hand. „Aber warum haben Sie nicht …?" Er hielt inne und schlug sich mit der flachen Hand gegen die Stirn. „Der Zettel!" Er wühlte in einem Stapel Papiere neben der Registrierkasse. „Ich habe vergessen, ihn aufzuhängen." Er förderte einen zerknitterten DIN-A4-Bogen zutage, auf dem geschrieben stand:

„Liebe Kunden,
bitte haben Sie ein wenig Geduld, ab 15:30 Uhr stehe ich Ihnen
wieder zur Verfügung. Schauen Sie sich in Ruhe um und schmö-
kern Sie ein wenig.

Sehr geehrter Herr Heider, wie Sie sehen, verschiebt sich un-
ser Termin leider um eine halbe Stunde. Bitte gehen Sie doch
ins Café gegenüber und genießen Sie auf meine Kosten einen
Milchkaffee oder was immer sonst Ihnen zusagt.

Mit herzlichen Grüßen
Rasmus-Salomo Eichdorff"

Der alte Mann war offensichtlich zerknirscht. „Es tut mir sehr
leid, Herr Heider. Warten Sie schon lange?"

„Nicht der Rede wert." Marvin winkte ab. „Zwischendurch
war übrigens jemand hier und fragte nach Ihnen. Er gab mir
dann diesen Brief." Er deutete auf den braunen Umschlag neben dem Computer.

In den Augen des Alten funkelte plötzlich ein waches Interesse. „Und – ist Ihnen irgendetwas Besonderes an dem Mann
aufgefallen?"

„Äh, eigentlich nicht … Er war sehr unauffällig", erwiderte
Marvin, der von dieser ungewöhnlichen Frage überrascht war.
„Allerdings sagte er etwas Merkwürdiges: ‚Richten Sie Herrn
Eichdorff aus, dass ich gestern Abend beinahe den Eindruck
hatte, mein Zimmerkaktus würde in Flammen stehen.'"

Die Falten und Runzeln im Gesicht des Ladenbesitzers verzogen sich zu einem breiten, jungenhaften Grinsen. „Wunderbar", murmelte er vergnügt, „ganz wunderbar." Dann sah er
zu Marvin auf und meinte: „Kommen Sie, wir machen es uns
gemütlich. Möchten Sie einen Tee oder einen Kaffee?"

Wenig später saß Marvin in einem der beiden alten, ge-
polsterten Lehnsessel in der Leseecke und rührte nachdenklich in einem zierlichen Porzellantässchen mit Goldrand, das
vermutlich schon ein altes Erbstück gewesen war, als Kaiser
Wilhelm II. gerade von einem Platz an der Sonne träumte.

Rasmus-Salomo Eichdorff hatte eine sehr eigene Metho-
de, ein Vorstellungsgespräch zu führen. Er warf nicht einen
einzigen Blick auf die Bewerbungsunterlagen oder stellte eine
Frage zu Marvins bisheriger beruflicher Laufbahn. Kein einziges Mal kam das Gespräch auf die Stärken und Schwächen
des Bewerbers oder notwendige Qualifikationen für die Arbeit in einem Antiquariat. Stattdessen plauderte er mit ihm
über Kindheitsabenteuer und Jugendbücher. Marvin konnte
sich nicht erinnern, wann er sich das letzte Mal mit einem
erwachsenen Menschen über Astrid Lindgren, Erich Kästner
und Karl May unterhalten hatte.

„Und wann", fragte Rasmus-Salomo Eichdorff, „ließ Ihre
Begeisterung für Karl May nach?"

„Eine interessante Frage ..." Marvin gab es auf, den skurri-
len Alten durchschauen zu wollen. Stattdessen lehnte er sich
zurück und versuchte, nachzuempfinden, was ihn damals der
Welt von Winnetou und Old Shatterhand entfremdet hatte.
„Ich glaube, ich empfand sie irgendwann als zu unrealistisch",
meinte er schließlich.

Der Ladenbesitzer rührte fünf Löffel Zucker in seinen Kaffee. „Was meinen Sie damit?"

„Seine Helden sind einfach zu perfekt. Sie sind in jeder
Hinsicht geradezu makellos."

„Und makellose Menschen mögen Sie nicht?"

„Sie etwa?"

Der Alte lächelte.

Das Gespräch wurde von der Ankunft eines Kunden unterbrochen, der den Laden aber schon fünf Minuten später wieder mit einem Buch über die faszinierende Welt der Pfeilgiftfrösche in den Randgebieten des Amazonas verließ. Wenig später kam das Gespräch auf Marvins Lieblingsromane. Die Zeit verging so rasch, als hätte jemand ein Loch in die Uhr gebohrt, sodass die Minuten reihenweise herauspurzelten. Lediglich drei weitere Male wurden sie an diesem Nachmittag von Kunden unterbrochen, von denen allerdings keiner etwas kaufte. Marvin fragte sich kurz, wovon Rasmus-Salomo Eichdorff eigentlich seine Miete bezahlte und wofür, um alles in der Welt, er einen Angestellten brauchte, aber dann kam das Gespräch auf „Der Herr der Ringe", und diese Fragen waren vergessen.

„Es ist schon faszinierend, dass der finstere Herrscher Sauron letztlich durch seinen eigenen Zauber besiegt wird", meinte der Alte. „Er bewirkt die Gier nach dem Ring in Gollum, und diese Gier ist es, die diesen nach dem Ring greifen und in den feurigen Schlund des Schicksalsberges stürzen lässt, wo der Ring vernichtet wird. Was halten Sie eigentlich davon, dass Goethe seinen Mephisto sagen lässt, er sei ein Teil von jener Kraft, die stets das Böse will und stets das Gute schafft?"

„Zumindest bei ‚Der Herr der Ringe' scheint es zuzutreffen", erwiderte Marvin. „Allerdings wird das nur möglich, weil der Hobbit Frodo den zwielichtigen Gollum die ganze Zeit über verschont!"

„Das würde darauf schließen lassen, Barmherzigkeit sorge dafür, dass das Böse sich letztlich selbst besiegt", schlussfolgerte der Ladenbesitzer. „Interessant, nicht wahr?"

„Ich habe so meine Zweifel, dass man auf dieser Grundlage Politik betreiben kann", meinte Marvin.

Der Alte kicherte und das Gespräch wandte sich der wimmelnden Vielfalt der verschiedenen fantastischen Gestalten Tolkiens zu. Falls Rasmus-Salomo Eichdorff mit seinen Fragen irgendeine Strategie verfolgte, war Marvin zumindest in keinem Bewerbungstraining darauf vorbereitet worden.

Es war gegen 19 Uhr abends, als der alte Mann ein Formular aus einer Schublade holte und es Marvin vorlegte. „Lesen Sie sich den Vertrag in Ruhe durch. Und wenn Sie möchten, können Sie morgen bei mir anfangen.“

Marvin überflog das Formular. Es war der erste Arbeitsvertrag nach einhundertvierundsechzig Bewerbungen und neunzehn Vorstellungsgesprächen. Ein leicht surreales Gefühl bemächtigte sich seiner, als er seine Unterschrift auf das Blatt Papier setzte.

„Um wie viel Uhr soll ich da sein?“, fragte Marvin.

Der alte Mann lächelte. „Kommen Sie um neun Uhr.“

Auf dem Heimweg hatte Marvin das Gefühl, als wäre sein Hirn in Watte gepackt. So richtig fassen konnte er nicht, was sich in den vergangenen Stunden ereignet hatte. Als er die Tür zu seiner Wohnung öffnete, wurde er von Poseidons empörtem Maunzen empfangen. Mit einer aufgewärmten Dose Gulaschsuppe als Abendbrot setzte Marvin sich wenig später auf die Couch. Der Kater kam mit vorwurfsvollen Blicken angekrochen und machte es sich auf seinem Schoß bequem.

„Ja, ich kann dich auch nicht leiden“, brummte Marvin und kraulte das seidige Fell des Tieres. „Vermutlich wird es dich nicht interessieren, aber ich habe einen neuen Job.“ Er dachte an den erbosten Geistlichen, der schimpfend aus den Kellerräumen gekommen war, und an den jungen Mann mit dem mysteriösen Umschlag und den merkwürdigen Aussagen. „Okay, möglicherweise erpresst mein neuer Arbeitgeber andere Menschen mit kompromittierenden Informationen und handelt mit bewusstseinsverändernden Drogen. Aber ansonsten ist er ein netter Kerl. Ich mag ihn … und Job ist Job, oder?"

Poseidon maunzte genüsslich und vergrub seine Krallen in Marvins Oberschenkel.

Der braune Umschlag

„Kommen Sie, Marvin. Heute werden wir uns das Lager vornehmen." Der Alte rieb sich vergnügt die Hände. „Ich habe den stillen Verdacht, dass sich dort allmählich die Prinzipien der Chaostheorie durchgesetzt haben. Ich weiß, dass ich bestimmte Bücher irgendwann einmal dort eingelagert habe, aber leider habe ich keine Ahnung mehr, an welcher Stelle sie sich befinden. Andere Titel fallen mir hingegen immer wieder ins Auge, leider ohne dass ich mich daran erinnern könnte, worum es darin eigentlich geht. Ich glaube, so etwas nennt man Heisenberg'sche Unschärferelation."

„Solange wir dort unten nicht auf irgendwelche schwarzen Löcher stoßen, bin ich zu allem bereit", erwiderte Marvin.

„Das kann ich nicht garantieren. Aber was wäre das Leben ohne einen Hauch von Abenteuer? Folgen Sie mir, Marvin."

Vorsichtig stieg der alte Mann Stufe für Stufe in den Keller hinab, wobei er sich mit beiden Händen am Geländer festhielt. In solchen Situationen merkte man ihm sein hohes Alter an. Ansonsten hatte Marvin ihn in seinen ersten Arbeitstagen als einen wachen und intelligenten Mann kennengelernt, der nur sehr wenig mit den älteren Menschen gemein hatte, die Marvin sonst so kannte. Er war von einer bisweilen drollig-altmodischen Art, konnte auf der anderen Seite aber auch sehr jungenhafte und unkonventionelle Verhaltensweisen an den Tag legen.

„Sehen Sie sich nur dieses Chaos an", meinte der Alte und deutete auf die ordentlich an den Kellerwänden aufgestellten Regale, in denen teilweise bis zu drei Reihen Bücher dicht an dicht neben- und voreinander standen. In einer Ecke waren ungefähr ein Dutzend Kartons sorgfältig übereinandergestapelt. Zudem gab es noch eine Kommode und eine winzige Kochecke, die im Wesentlichen aus einem uralten Waschbecken und einer einfachen elektrischen Herdplatte mit einem Teekessel darauf bestand. Marvins Blick blieb an der aus dicken Holzbalken gezimmerten und mit Eisenbeschlägen versehenen Tür hängen – jener geheimnisvollen Tür, an der er vor wenigen Tagen gestanden und gelauscht hatte. Die meiste Zeit war es ihm recht gut gelungen, dieses Erlebnis zu verdrängen. Aber jetzt, da er sich wieder am selben Ort befand, konnte er ein leises Kribbeln, eine Mischung aus Neugier und Argwohn, nicht unterdrücken.

Indessen hatte der Antiquar die alte Kommode geöffnet und eine Schreibtischlampe hervorgeholt, die den Zenit ihres Daseins vermutlich schon in den frühen Sechzigerjahren des vergangenen Jahrhunderts überschritten haben musste, und hantierte mit einem Verlängerungskabel herum. Es war schwer, sich Rasmus-Salomo Eichdorff als einen Kriminellen vorzustellen, andererseits war es auch schwer, ihn überhaupt einzuschätzen. Genau genommen hatte Marvin nicht die leiseste Ahnung, was hinter der faltigen Stirn des hageren alten Mannes vor sich gehen mochte.

„So, dann wollen wir mal ein wenig Licht in die Sache bringen", meinte der Alte, knipste die Schreibtischlampe an und richtete deren Schein auf die Regale, in denen die Bücher dicht gedrängt standen.

„Okeee", erwiderte Marvin nach einigen Sekunden des Schweigens gedehnt. „Und wo genau ist es?"

„Was?"

„Das Chaos."

Der alte Mann schnaubte entrüstet.

„Rasmus …", fügte Marvin hinzu. Sein neuer Arbeitgeber hatte vorgeschlagen, einander beim Vornamen anzusprechen und gleichzeitig beim formellen Sie zu bleiben. Das war etwas fremd für Marvin, aber er gewöhnte sich allmählich daran. „Das ist der mit Abstand ordentlichste Lagerraum, den ich bislang zu Gesicht bekommen habe. Wenn Sie ein echtes Chaos sehen wollen, müssen Sie einfach mal einen Blick auf meinen Schreibtisch werfen."

„Hier …" Der Alte winkte ihn näher und strich mit dem Finger über eine Reihe von Buchrücken. „Die ‚Bekenntnisse' von Augustinus neben einer Bastelanleitung für Puppenstuben, ‚Don Quichotte' eingekeilt zwischen einem Fremdwörterlexikon aus dem Jahre 1952 und dem Nibelungenlied im Urtext. Dann haben wir dort ein Buch mit einem Titel, den die Motten sich einverleibt haben, und zwei Werke, die irgendwie portugiesisch aussehen. Und hier, direkt neben Ihnen: Stevensons ‚Schatzinsel' und die Memoiren von Gerhard Schröder – zwei Bücher, die ganz gewiss nicht in dieselbe Kategorie gehören." Er stemmte die Fäuste in die Hüften und knurrte: „Und Sie können das Chaos nicht sehen?"

Marvin hob abwehrend die Hände. „Schon gut, schon gut, ich gebe mich geschlagen. Wie wollen wir vorgehen?"

„Ich würde sagen, wir stellen die Kartons zunächst hier vor die Tür, leeren das erste Regal und schichten die Bücher, nach Belletristik und Sachtiteln sortiert, auf zwei Stapel. Wenn wir erst ein wenig Platz geschaffen haben, können wir Unterkategorien schaffen, alles katalogisieren und anschließend wieder einsortieren."

„Kein Problem", erwiderte Marvin, „das dürfte höchstens ein bis zwei Jahre in Anspruch nehmen."

Rasmus rieb sich die Hände. „Dann mal los!"

„Äh … Entschuldigen Sie die Frage, aber wohin führt diese Tür eigentlich?", fragte Marvin unschuldig. „Wenn wir hier alles voller Bücher stellen, kommt man ja kaum noch durch."

„Oh, das ist unsere Apotheke", erwiderte Rasmus und schien dabei nicht im Mindesten beunruhigt. „Aber das geht in Ordnung. Für die nächsten Tage haben sich ohnehin keine Besucher angemeldet." Der alte Mann griff sich einen der Kartons und Marvin fasste mit an.

„Apotheke? Besucher?", gab Marvin zurück. „Was meinen Sie damit?"

„Später, jetzt ist nicht der richtige Zeitpunkt …" Gemeinsam stellten sie den Karton ab, und Rasmus stöhnte leise, als er sich wieder aufrichtete. Er sah mit einem Mal sehr blass aus und Schweiß stand ihm auf der Stirn.

„Alles okay?", fragte Marvin.

„Ja", keuchte der Alte, „es geht gleich wieder." Er setzte sich leicht nach vorne gekrümmt auf den Karton. Sein Atem ging schwer und er hatte die linke Hand auf den Brustkorb gepresst.

„Sind Sie krank? Kann ich Ihnen helfen?"

„Danke." Rasmus schüttelte den Kopf. „Ich bin gleich wieder in Ordnung."

Marvin beobachtete ihn mit gemischten Gefühlen. „Soll ich Ihnen vielleicht doch ein Glas Wasser bringen?"

„Nicht nötig, Marvin", erwiderte der Alte und winkte ab. Sein gepresster Tonfall strafte diese lässige Geste allerdings Lügen. „Würde es Ihnen etwas ausmachen, die Kartons alleine zu stapeln? Ich fürchte, ich habe mich ein bisschen übernommen."

„Kein Problem. Warum haben Sie nicht gleich etwas gesagt?"

„Torheit des Alters."

Während Marvin den nächsten Karton hochwuchtete, erhob Rasmus sich keuchend und schlurfte langsam zur Kommode hinüber. Das schlechte Gewissen nagte an Marvin. Er hätte dem alten Mann gleich anbieten können, die Kartons alleine zu tragen. Auf der anderen Seite blieb auch ein Hauch von Misstrauen. Rasmus hatte nichts weiter zu dieser seltsamen Apotheke gesagt und nun auch noch den Zugang erschwert.

„Dort drüben auf dem Regal liegt eine Plane. Würden Sie so freundlich sein und sie auf dem Boden ausbreiten? Selbst Bastelanleitungen für Puppenhäuser haben Schutz vor Staub verdient", sagte Rasmus und versuchte sich an einem Lächeln.

Es wirkte allerdings sehr gequält. Entweder hatte der Mann starke Schmerzen oder er war ein hervorragender Schauspieler. *Oder beides*, dachte Marvin, während er die Plane sorgfältig in der frei gewordenen Ecke ausbreitete.

In diesem Augenblick drang das schrille Klingeln eines altertümlichen Telefons zu ihnen nach unten.

„Oh!" Rasmus runzelte die Stirn. „Das ging aber schnell." Er humpelte auf die Treppe zu.

„Sie wollen doch nicht …? Soll ich nicht lieber rangehen?"

„Nein, nein, ich komme schon klar. Machen Sie hier unten einfach weiter."

Stirnrunzelnd beobachtete Marvin, wie der Ladenbesitzer Stufe um Stufe nach oben kletterte. Dabei kramte er suchend in der Innentasche seines Jacketts.

„Wo habe ich nur diesen dummen Brief?", murmelte er. Rasmus war schon fast durch die Luke, da hörte Marvin ihn brummen: „Ah, da ist er ja!" Zeitgleich flatterte etwas die Treppe hinab und fiel auf den staubigen Kellerboden.

„Rasmus?", sagte Marvin. „Sie haben da …"

Doch der alte Mann war längst durch die Luke verschwunden. Seine Füße schlurften über die Dielen zum Telefon. Das Klingeln brach abrupt ab und die Stimme des Alten drang gedämpft nach unten.

Achselzuckend bückte sich Marvin und hob das heruntergefallene Etwas auf. Es war ein Brief, genauer gesagt ein unbeschrifteter brauner Umschlag. Marvins Herz begann, schneller zu schlagen. *War es etwa …?* Der junge, unscheinbare Mann stand ihm wieder vor Augen. *„Würden Sie dann bitte so freundlich sein und ihm das hier geben?"* Der Umschlag hatte genauso ausgesehen. *„Richten Sie Herrn Eichdorff bitte von mir aus, dass ich gestern Abend beinahe den Eindruck hatte, mein Zimmerkaktus würde in Flammen stehen."*

Marvin betastete den verschlossenen Brief. Er schien lediglich ein paar Bögen Papier zu enthalten. Unschlüssig nagte er an seiner Unterlippe. Rasmus schien noch immer zu telefonieren. Aber er konnte den Umschlag doch nicht einfach öffnen. Es sei denn …

Hastig eilte Marvin zu der Kommode und zog die Schublade auf. *Mist* – nur Schreibpapier und ein paar Postkarten. Er öffnete die linke Tür und fand altes Werkzeug, Schuhcreme und eine verstaubte Barbiepuppe in einem geblümten Sommerkleid. Nicht ganz das, was er erhofft hatte. Die rechte Tür des Möbelstückes klemmte etwas. Er packte den Knauf fester und zog kräftig daran – gewissermaßen mit Erfolg. Die Tür löste sich abrupt aus ihrer Verklemmung, das alte Möbelstück wackelte empört, ein Einlegeboden rutschte aus seiner wackligen Verankerung, und eine Flut von Briefumschlägen, Schreibblöcken und Stiften ergoss sich auf Marvins Schoß. *Mist!* Das Schicksal hatte offenbar einen etwas eigenwilligen

Sinn für Humor. Hektisch brachte er das Brett zurück in seine Position und sammelte das Büromaterial wieder vom Boden auf. Dabei warf er immer wieder nervöse Blicke hinauf zur Bodenluke. Schließlich hatte er alles einsortiert und hielt einen zweiten braunen DIN-A5-Umschlag in der Hand. Sorgfältig schloss er die klemmende Tür wieder. Vermutlich würde einem so ordentlichen Menschen wie Rasmus auffallen, dass die Dinge nun etwas anders sortiert waren, doch darum würde er sich später kümmern. Marvin verglich die beiden Umschläge. Es wäre möglicherweise übertrieben, sie als Klone zu bezeichnen, aber die geringfügig hellere Tönung des leeren Umschlags würde im Nachhinein wohl kaum auffallen.

Er warf noch einmal einen Blick zur Luke, rieb sich die schweißnasse Hand an seiner Jeans trocken und öffnete dann, nicht gänzlich frei von Gewissensbissen, den Umschlag, den Rasmus verloren hatte. *Im Grunde genommen überprüfe ich lediglich, ob mein Arbeitgeber irgendwelchen illegalen Geschäften nachgeht,* redete er sich ein.

Der Umschlag enthielt einige zusammengefaltete DIN-A4-Bögen. Marvin zögerte einen Augenblick. Noch hatte er die Möglichkeit, die Privatsphäre des alten Rasmus zu respektieren und die Blätter ungelesen in den neuen Umschlag zu stecken. Das dünne Papier schien auf einmal sehr schwer in seiner Hand zu liegen. Er knüllte den aufgerissenen Umschlag zusammen und steckte ihn in die Hosentasche.

Nur einen kurzen Blick, wisperte eine Stimme in ihm.

Marvin schluckte trocken und faltete das Papier auseinander ... Es waren eng beschriebene Computerausdrucke. Und was sie enthielten, war ganz gewiss unerwartet.

Er begann zu lesen:

Der Schemen

Die Veränderung vollzog sich nahezu unmerklich. Alles begann ganz harmlos. Das Grauen kam im weiten, abgetragenen Mantel der Alltäglichkeit ...

„Marvin?" Die Stimme des alten Mannes ließ ihn so heftig zusammenzucken, dass er mit dem Ellbogen die Schreibtischlampe von der Kommode stieß.

„Mist!" Mit dem Fuß und einer akrobatischen Einlage fing er das antike Stück auf, bevor es auf dem Boden aufprallte.

„Alles in Ordnung?", rief Rasmus von oben.

„Ja, alles bestens!", erwiderte Marvin, stellte die Lampe zurück auf die Kommode und stopfte hektisch die Blätter in den Umschlag.

„Es tut mir sehr leid, aber ich muss dringend weg. Kommen Sie alleine klar?"

„Selbstverständlich!", rief Marvin und bemühte sich, seine Erleichterung zu verbergen.

„Ich schließe den Laden den Vormittag über ab, damit Sie nicht gestört werden. Ich denke, in zwei bis drei Stunden bin ich wieder da!"

„Kein Problem, ich ... hab hier alles im Griff."

„Wunderbar! Ich danke Ihnen vielmals."

„Keine Ursache."

Sorgsam lauschte Marvin, bis er die Ladenglocke hörte. Erleichtert atmete er tief aus, dann setzte er sich auf die wacklige Kommode und begann erneut zu lesen:

Der Schemen

Die Veränderung vollzog sich nahezu unmerklich. Alles begann ganz harmlos. Das Grauen kam im weiten, abgetragenen Mantel der Alltäglichkeit ...

Markus genoss es, zum ersten Mal seit langer Zeit fernzusehen. Die Sendung war wirklich gut. Der Moderator besaß einen scharfsinnigen Verstand und einen warmherzigen Sinn für Humor. Eine mehr als rare Kombination. Es war Monate her, dass Markus sich so amüsiert hatte. Mehrmals rief er nach Christine, doch sie reagierte nicht. Schließlich kam sie doch frisch geduscht aus dem Bad. Sie ließ sich neben ihm auf den Sessel fallen und widmete sich ihrem Sudoku. Markus zuckte die Achseln und verfolgte weiter das Geschehen auf dem Bildschirm.

Nach einiger Zeit legte Christine das Heft zur Seite, rekelte sich und stand auf. Dann nahm sie die Fernbedienung und schaltete den Fernseher aus. Herzhaft gähnend verließ sie den Raum und murmelte: „Es ist schon spät."

Markus blieb sitzen und starrte in die Dunkelheit. Sehr lange saß er dort, und erst als die Vögel zu zwitschern begannen und der Morgen die Schwärze des Horizonts vertrieb, erhob er sich langsam und schlurfte hinauf ins Schlafzimmer.

Die Woche verstrich, und die Tage gingen ihren gewohnten Gang, so schien es ihm zumindest.

Es war eine klare, laue Spätsommernacht, als sie gemeinsam auf der Terrasse saßen. Der Himmel war blassblau und die Strahlen der untergehenden Sonne hüllten die alten Obstbäume mit ihren knorrigen Ästen und grünen Blättern in purpurne Schleier. Markus hatte das schon oft gesehen, doch aus irgendeinem Grund berührte es ihn dieses Mal auf besondere Weise.

„Schön, nicht wahr?"

Beinahe erschrocken sah Christine von ihrer Zeitschrift auf, als habe sie etwas aus tiefen Gedanken gerissen. Er lächelte zaghaft. Doch Christine sah ihn nicht an, sie ließ ihren Blick durch den Garten schweifen. Schließlich meinte sie: „Es müsste mal wieder gemäht werden", und wandte sich wieder ihrer Lektüre zu.

Markus folgte den Blicken seiner Frau und versuchte, seine Umgebung so wahrzunehmen, wie sie es tat. Das gewohnte Bild des kleinen, gepflegten Gartens breitete sich vor ihm aus. Die Hecken waren sauber gestutzt und der Geruch von feuchtem Gras lag in der Luft. Etwas Obst und Gebäck standen griffbereit auf dem Tisch. Es war wie immer. Nein, das stimmte nicht. Diesmal war etwas anders.

Eine seltsame Art von Traurigkeit kam in ihm auf. Es gelang ihm nicht, das Gefühl in Worte zu fassen, und doch ergriff es ihn mit ungewohnter Heftigkeit. Er spürte den Schmerz eines Verlustes, ohne zu wissen, was er verloren hatte, und gleichzeitig war da ein Sehnen nach etwas, von dem er nicht wusste, was es war. Ein dumpfer Druck lag auf seinem Magen, verursacht durch ein Wirrwarr von Angst, Verlust, Beklemmung und Sehnsucht. Zuerst bemerkte er es nicht; erst als feine, salzige Rinnsale seine Lippen benetzten, wurde ihm bewusst, dass er weinte.

Erschrocken und peinlich berührt blickte er auf. Christine schien nichts zu bemerken. Sie griff sich ein Stück Birne und konzentrierte sich wieder auf ihre Zeitschrift. Markus nestelte ein Taschentuch hervor und schnäuzte sich die Nase. Er war verwirrt. So etwas kannte er von sich nicht. Gefühlsausbrüche waren ihm völlig fremd. Bislang war er immer stolz darauf gewesen, ein beherrschter und emotional ausgeglichener Mensch zu sein. Cholerische oder gar hysterische Ausbrüche waren ihm ein Gräuel. Irgendwie musste er sich wieder unter Kontrolle bekommen. Ein wenig hastig erhob er sich, murmelte eine Entschuldigung und er müsse sich die Beine vertreten. Dann ging er zum Gartentor und lief mit eiligen Schritten die Straße hinunter. Unbewusst hatte er die gewohnte Richtung eingeschlagen, jenen Weg, den er schon seit Jahren an freien Nachmittagen entlangspazierte. Vielleicht, weil er insgeheim gehofft hatte, die Gewohnheit würde seine aus dem Gleichgewicht geratene Gefühlswelt wieder in die alten Bahnen lenken, ihm irgendwie Sicherheit geben. Doch das Gefühl vertrauter, belangloser Behaglichkeit wollte sich nicht einstellen und so verließ er die bekannten Pfade. Innerlich getrieben, ging er immer schneller, bis er fast schon rannte. Er begann zu schwitzen und bemerkte es kaum. Stunde um Stunde lief er, doch es wollte ihm nicht gelingen, das Gefühl der Verlorenheit aus seinem Inneren zu vertreiben.

Gehetzt, außer Atem und schweißnass kam er spätabends wieder nach Hause. Christine lag auf dem Sofa, der Fernseher lief noch. Er ging ins Bad und zog sich um. Als er zurückkam, war sie nicht mehr da; sie war bereits schlafen gegangen. Einige lange Atemzüge stand er einfach nur da und fühlte nichts. Dann folgte er ihr.

Leise, um sie nicht zu stören, schlich er ins Schlafzimmer und legte sich neben seine Frau. Er lag auf dem Rücken und starrte an die Zimmerdecke. Plötzlich hatte er das Gefühl einer unmittelbaren Gegenwart. Es war beinahe so, als hätte eine dritte Person den Raum betreten. Da war nichts Böses und nichts Bedrohliches, und doch spürte Markus, wie er eine

Gänsehaut bekam. Und dann war es ihm, als würde die Stille zu ihm sprechen, als wäre da ein feines, leises Wispern. Doch im nächsten Augenblick war es auch schon wieder verschwunden und er lauschte den gleichmäßigen Atemzügen seiner Frau.

Als Markus am nächsten Morgen aufwachte, kam es ihm so vor, als hätte er kaum ein Auge zugetan. Müde stolperte er die Treppe hinunter. Christine saß bereits in der Küche und frühstückte. Das Radio lief. Als er das Bad betrat, kam ihm ein Schwall Wasserdampf entgegen. Seufzend öffnete er das Fenster und ließ frische Luft herein. Nach einer kurzen Dusche griff er zum Rasierpinsel, um sein Gesicht einzuschäumen. Überrascht stellte er fest, dass der Spiegel immer noch beschlagen war. Nur schemenhaft konnte er sein Gesicht ausmachen. Ärgerlich brummend, wischte er mit dem Handrücken über das feuchte Glas. Zwar wurden nun Streifen kondensierten Wassers sichtbar, doch sein Gesicht konnte er immer noch nicht deutlicher erkennen. Fluchend griff er sich ein Handtuch und rubbelte den Spiegel trocken. Er blickte hinein, kniff die Augen zusammen und blickte nochmals hinein. Deutlich sah er die vereinzelten Fusseln, die das Baumwolltuch auf dem Glas hinterlassen hatte, doch sein Gesicht vermochte Markus nicht zu erkennen. Es war wie hinter einem Nebel verborgen, ein verschwommener heller Fleck. Irgendetwas musste mit dem Glas nicht stimmen. Eher wütend als erschrocken verließ er unbekleidet das Bad, um einen Blick in den großen Flurspiegel zu werfen.

Kaum hatte er die Badezimmertür hinter sich geschlossen, klingelte es. Christine kam in den Flur geeilt und öffnete, ungeachtet der Nacktheit ihres Mannes, die Tür.

„Schön, dass du da bist. Willst du noch einen Happen frühstücken?"

Hilflos beobachtete Markus, wie seine Frau ihre Arbeitskollegin freudig umarmte und in die Wohnung bat, während er splitternackt dastand. Erst als Christine die Tür geräuschvoll schloss und die beiden Frauen plaudernd auf ihn zukamen, schaltete sich sein Verstand wieder ein, und er hastete zurück ins Bad.

Was war nur los? Wie konnte Christine so etwas tun? Und warum um Himmels willen reagierte die Kollegin nicht? Warum tat sie so, als wäre es das Selbstverständlichste auf der Welt, den Mann ihrer Freundin nackt im Flur anzutreffen?

Schwer atmend stützte er sich auf das Waschbecken und lauschte dem Schlagen seines Herzens, das in seiner Brust hämmerte.

Mit zitternden Händen begann er, sich anzukleiden. Unter Aufbietung seiner ganzen Willenskraft gelang es ihm, aus dem Bad zu treten und einen Blick in den Flurspiegel zu werfen. Er sah eine menschliche Gestalt, aber keinen Menschen. Sein Spiegelbild war ein schemenhaftes Etwas ohne Gesicht.

Fluchtartig verließ er die Wohnung. Er spürte, wie sein Herz zu rasen begann und sich seine Nackenhaare sträubten. Panik erfasste ihn, als er ziellos die Straße entlanghetzte. Zitternd tastete er nach seinem Gesicht. Seine Hände fühlten sich merkwürdig taub an. Er stieß auf Widerstand. Seine Finger berührten etwas, doch es war ihm nicht möglich, feste Konturen zu erkennen. Es war, als versuche ein Blinder, Farbe zu ertasten. Er weinte, ohne die Tränen zu spüren, und rannte durch die belebten Straßen, ohne gesehen zu werden.

Es war wie ein Albtraum. Stolpernd eilte er durch die Massen, stieß gegen Körper, wurde angerempelt – und doch nicht wahrgenommen. In den Schaufenstern spiegelten sich die Konturen der geschäftigen Leute, die durch einen blassen, zitternden Schemen hindurchliefen – einen fast unsichtbaren Menschen.

Er stolperte weiter; die Zeit verlor ihre Bedeutung. Irgendwann, als die Straßen sich zunehmend leerten und die Schatten aus ihren Verstecken krochen, blieb er vor einer schmierigen Schaufensterscheibe stehen. Er zwang sich, hineinzusehen und das blässliche, schattenhafte Ding anzustarren, das sich in ihr spiegelte.

Was würde geschehen, wenn die Dunkelheit ihn einhüllte? Würde die Nacht ihn mit sich tragen, wenn der Morgen zu grauen begann, wenn die Strahlen der Sonne die nächtlichen Schatten in Nichts verwandelten?

Markus nahm wahr, wie primitive Instinkte den leeren Thron seines Ichs bestiegen. Ein letzter verzweifelter Versuch, die Kontrolle zurückzuerlangen. Mechanisch liefen seine Bewegungen ab und regungslos harrend sah er dem Kampf seines Körpers zu. Er wartete, hoffte, zitterte vor Begehren, und doch blieb die Leere. Immer wieder stieß sein Schädel gegen die Schaufensterscheibe. Er spürte die Erschütterung und den Schmerz, er sah das Blut, doch er wusste nicht, ob es seines war, und er fand sich nicht. Und wieder weinte er, bis die Dunkelheit ihren Mantel über ihn warf.

Es war Nacht, als Markus erwachte. Regen hatte seine Kleidung durchnässt. Kalte, feuchte Pflastersteine berührten ihn und der Geruch von Hundekot stieg ihm in die Nase. Benommen richtete er sich auf. Er existierte noch. Im kalten Licht der Straßenlaternen warf er einen schwächlichen, verschwommenen Schatten auf den schmutzigen Gehsteig.

Immerhin, dachte er, und ein hysterisches Kichern stieg in ihm auf. *Immerhin!*

Er kannte diese Gegend nicht, war noch nie hier gewesen. Die Straße war leer und er folgte dem Geräusch fahrender Autos. Als er um eine Ecke bog, sah er eine Gruppe aufreizend gekleideter Frauen an einer hässlichen, grauen Häuserfront stehen. Sie warteten.

Vielleicht, vielleicht konnte er sich ja sein Gesicht zurückkaufen. So gut es ging, stolperte er auf die Frauen zu. Eine von ihnen blickte auf, als er näher kam. Er blieb stehen und sie lächelte. Da lächelte er zurück. Er wollte reden, ihren Arm ergreifen, doch etwas hielt ihn zurück, und er wartete, bis das Lächeln verblasste und ihre Augen erneut suchend umherblickten. Er wartete, bis ein anderer Mann hinzutrat und die Lippen der Frau sich erneut zu einem Lächeln verzogen. Mit lähmender Klarheit wurde ihm bewusst, dass er etwas Absurdes erwartete. Hier würde er niemals finden, was er suchte. Denn dies war ein Ort der Schatten, ein Ort, an dem niemand sehen wollte und niemand gesehen werden wollte.

Wortlos wandte er sich ab und ging die Straße hinab, immer weiter vorbei am Strom der fahrenden Autos. Irgendwann bog er ab. Die Gassen wurden schmaler und die Häuser kleiner. Bald waren seine Tritte die einzigen, die durch die Nacht hallten. Er spürte seine Beine nicht mehr und vergaß, ihnen Einhalt zu gebieten. Stumm und ohne einen klaren Gedanken folgte er seinem konturlosen Schatten.

Es war das Läuten einer Glocke, das ihn schließlich verharren ließ. Eine kleine Kapelle schmiegte sich an die schmutzigen Fassaden der Mietshäuser. Einem dumpfen, kaum spürbaren Impuls folgend, schritt Markus darauf zu. Er stieg die alten, durchgetretenen Stufen empor und griff nach der großen, gusseisernen Klinke. Zu seiner Überraschung öffnete sich die Tür knarrend.

Leise trat er ein. Es roch nach feuchtem Stein und altem Holz. Die Luft war ungewöhnlich kühl. Langsam ließ er sich auf einer der eichenen Bänke nieder. Das Holz war dunkel vom Alter. Blass und schweigend warteten die Heiligen in den bunten Fenstern. Einstmals mochten die Bilder, die sich in den bunten Farben wiederfanden, etwas bedeutet haben, doch für ihn tönten sie nur das fahle Licht des Mondes. Einen Augenblick lang schloss er die Lider und senkte den Kopf, als hoffe er, etwas zu spüren. Tief horchte er in sich hinein, doch da war – nichts. Als er die Augen wieder aufschlug, fiel ein rötlicher, sich bewegender Lichtschein auf sein Gesicht. Er blickte nach oben. Über ihm befand sich ein kleines Fenster, unscheinbar, mit einem einzigen, einfachen Bild. Das Licht ging von einem Feuer aus, das darauf zu sehen war. Ein stilisierter Dornenbusch stand in Flammen. In rötlich orangenem Licht umtanzten helle Feuerzungen die braunen Zweige und immergrünen Blätter.

Zögernd trat er in das Seitenschiff der Kapelle, dichter an den Dornenbusch heran. Die Flammen schienen zu wachsen. Bald nahmen sie sein gesamtes Sichtfeld ein. Sie leuchteten, aber sie zerstörten nicht; sie gaben, ohne zu nehmen. Er glaubte, ein Wispern zu vernehmen, so leise, dass das Rauschen seines Blutes dagegen einem reißenden Strom glich. Ein Hauch berührte ihn, warm und trocken wie Wüstenwind.

Plötzlich kehrte Stille ein. Alles schwieg.

Markus schloss die Augen. „Ich sehe dich", wisperte es, „ich sehe dich."

Ganz langsam erhob sich Markus und ging zum Ausgang. Sorgfältig schloss er die Tür hinter sich und stieg die steinernen Stufen hinab. Der Regen hatte aufgehört und die Luft war kühl und frisch. Irgendwie fand er den Weg zurück, den er gekommen war.

Als er in die Gasse trat, in der er wohnte, blieb er stehen. Die Wolken wurden lichter und in der Ferne zeichnete sich das Kommen des Morgens ab. Eine große Pfütze versperrte ihm den Weg. Vorsichtig, um das Wasser nicht zu erschüttern, kniete Markus nieder und blickte hinein. Im faden Licht der Straßenlaterne sah er ein unrasiertes, blutverschmiertes Gesicht mit tiefen Schatten unter den Augen. Da riss die Wolkendecke weiter auf, der Morgenstern schien vom Himmel herab, und beinahe schien es, als würde er sich in seinen Augen widerspiegeln.

Langsam ließ Marvin die Hände sinken. Ein Schauer lief ihm über den Rücken. Einen kurzen Moment lang hatte er das Gefühl, etwas wäre aus den Zeilen herausgeschlüpft und würde nun unsichtbar in diesem Raum auf ihn warten. Dann stieß er ein trockenes Lachen aus und faltete die Seiten zusammen. „Eine Geschichte – mehr nicht! Einfach nur eine Geschichte, das ist das ganze Geheimnis."

In diesem Augenblick ertönte die Ladenglocke und Schritte knarrten auf den Dielen über ihm.

„Rasmus?" Hastig stopfte Marvin die Bögen zurück in den Umschlag und klebte ihn zu.

Die Schritte kamen genau auf die Luke zu.

Unschlüssig hielt Marvin den Brief in den Händen.

Die Luke verdunkelte sich, als jemand die Stufen hinabstieg.

Rasch ließ Marvin den Brief zu Boden fallen. Dann nahm er irgendein Buch zur Hand, um möglichst beschäftigt zu wirken, und meinte: „Sie sind früher zurück, als ..." Weiter kam er nicht. Mit offenem Mund starrte er nach oben. Es war nicht Rasmus, der die ausgetretenen Stufen in den Keller hinabstieg.

Die narratorische Apotheke

Ein makelloser, schlanker Fuß, der in einer dunkelbraunen Ledersandale steckte, trat auf die oberste Stufe der Treppe. Ein feines, silbernes Fußkettchen klimperte leise, als sich ein zweiter hinzugesellte. Leicht gebräunte Waden wurden sichtbar. Dann gab ein kurzes Kleid aus hellem, sommerlichem Stoff den Blick auf die schlanken Beine seiner Besitzerin frei.

Mit offenem Mund starrte Marvin auf das elfenhafte Wesen, das sich in den staubigen Keller des Antiquariats begab. Anmutig stieg es Stufe um Stufe hinab. Volles, dunkelblondes Haar wurde sichtbar, das ein zartes, ebenmäßiges Gesicht umschmeichelte. Unter langen Wimpern glänzten Augen in sattem, strahlendem Blau – die sich unmittelbar darauf erschrocken weiteten, als sie Marvin erblickten. Das elfenhafte Wesen geriet ins Stolpern, stieß einen spitzen Schrei aus, versuchte sich hektisch, aber vergeblich, am Geländer festzuhalten und rutschte dann vergleichsweise unelegant auf dem Hintern die restlichen Stufen der Treppe hinab. Eine kleine Staubwolke stieg auf, als der unfreiwillig beschleunigte Abstieg schließlich auf dem Kellerboden, nur wenige Zentimeter von Marvins Füßen entfernt, endete. Die junge Frau wurde blass und hielt sich einen kurzen Moment lang die Seite.

„Haben Sie sich verletzt?", rief Marvin erschrocken.

Die Sorge war offenbar unbegründet. Die Gestürzte stieß einen wenig damenhaften Fluch aus und ignorierte Marvins hilfreich ausgestreckte Hand. Hastig stand sie auf. Ihre Wangen röteten sich und sie klopfte sich rasch den Staub vom Kleid.

„Scheiße, Mann, wer sind Sie denn?"

„Äh ... Ich arbeite hier ..." Selbst Marvin in seinem verwirrten Zustand fiel auf, dass das vermutlich nicht gerade die intelligenteste aller möglichen Antworten war.

„Sie arbeiten hier", wiederholte die junge Frau gedehnt, die etwa einen Kopf kleiner war als er. Mit gerunzelter Stirn ließ sie ihren Blick über die vollen Regale schweifen. Sie wich einen weiteren Schritt zurück und fragte misstrauisch: „Haben Sie auch einen Namen?"

„Heider. Marvin Heider." Er wedelte mit dem Buch in seiner Hand. „Ich bringe ein bisschen Ordnung in das Lager ..." Irgendwie kam er sich wie ein Volltrottel vor und er biss sich innerlich auf die Lippen.

Die junge Frau nickte. „Der neue Mitarbeiter." Etwas an ihrem Tonfall irritierte Marvin. Gleichzeitig beobachtete er fasziniert, wie sich das Rot auf ihren Wangen vertiefte. Fast könnte man glauben, sie würde zornig. Es sah sehr attraktiv aus.

„Und wer sind Sie?", fragte Marvin in dem Bemühen, so etwas wie eine entspannte Konversation herbeizuführen.

„Mein Name ist Mansfeld." Sie verschränkte die Arme vor der Brust.

„Sehr erfreut. Und wie s-"

„Wo ist Herr Eichdorff?", unterbrach sie ihn ungerührt. Ihre Augen blitzten zornig zu ihm hinauf.

„Er erhielt heute Morgen einen Anruf und verließ dann den Laden. Allerdings verriet er mir nicht ..."

„Er ist gleich nach dem Anruf los?", unterbrach sie ihn erneut, nun in einem gänzlich anderen Tonfall.

„Ja, unverzüglich ... Er meinte, dass er in zwei bis ...", stotterte Marvin.

„Wann war das?", fragte sie. Ihr Gesicht war schlagartig so blass geworden, dass sich Marvin erschrocken fragte, ob er versehentlich irgendetwas Falsches gesagt hatte.

„Das muss vor einer knappen Stunde gewesen sein … Aber wie …?" Verdutzt hielt er inne.

Mit kalkbleichem Gesicht hatte sich die junge Frau umgewandt und eilte die Treppenstufen empor. Sie war bereits durch die Luke entschwunden, als er ihr folgte. Oben angekommen, konnte er nur noch einen kurzen Blick auf sie erhaschen, als sie mit wehenden Haaren über die Straße rannte. Die Tür fiel zurück ins Schloss und die Ladenglocke bimmelte.

„… wie sind Sie eigentlich hier hereingekommen?", beendete Marvin die Frage, die ihm die ganze Zeit auf der Zunge gelegen hatte. Er ging durch den Laden und schloss ab. *Und was wollten Sie überhaupt?*, ergänzte er in Gedanken.

Ein am Türknauf festgebundenes Schild hatte sich durch den stürmischen Abgang der jungen Frau verdreht. „Wegen Inventur geschlossen", stand in der sauberen, geschwungenen Handschrift von Rasmus-Salomo Eichdorff darauf. Der junge Mann drehte es wieder um und blickte durch das Schaufenster auf die menschenleere Straße hinaus.

„Marvin Heider", murmelte er leise zu sich selbst. „Du hast wirklich eine beeindruckende Wirkung auf Frauen. Mag sein, dass du sonst nicht in jeder Hinsicht erfolgreich bist, aber *dafür* hast du wirklich Talent."

Das Lager zu sortieren und zu katalogisieren, gestaltete sich aufwendiger, als er zunächst angenommen hatte. Die Bücherstapel auf den Planen wuchsen. Irgendwann war Marvin so in dem Rhythmus seiner Tätigkeit aufgegangen, dass er nicht einmal mehr an die geheimnisvolle Tür hinter dem

Kistenstapel dachte. Er arbeitete durch, bis ein penetrantes, stetig wiederkehrendes Geräusch ihn schließlich innehalten ließ. Es dauerte eine Weile, bis er registrierte, dass es sich dabei um das Knurren seines Magens handelte. Da er sein Handy heute zu Hause vergessen hatte, stieg er die Stufen zum Laden empor, um einen Blick auf die antike Standuhr zu werfen – es war bereits kurz nach 16:00 Uhr.

Rasmus war noch immer nicht zurückgekehrt. Nachdenklich ging Marvin hinüber zur Garderobe und fischte seine belegten Brote aus der Jackentasche. Er zog sich in die Leseecke zurück, wo er dann sein lukullisches Mahl verzehrte: Schwarzbrot mit Schmalz und Spreewaldgurken. Die merkwürdige Reaktion der jungen Frau ging ihm nicht aus dem Sinn. Wer auch immer sie gewesen sein mochte – die Nachricht, dass Rasmus so abrupt nach dem Anruf aufgebrochen war, hatte ihr Angst eingejagt. Was für ein Geheimnis umgab diesen alten Mann?

Ein lautes Klopfen riss ihn aus seinen Gedanken. Es war der Postbote. Rasch schloss Marvin den Laden auf.

„Herr Marvin Heider?“, fragte der Mann.

„Ja.“

„Telegramm für Sie.“

„Tele-?“ Verdutzt nahm Marvin den Briefumschlag entgegen.

Noch während er ihn aufriss, hatte der Bote sich bereits verabschiedet.

Wurde aufgehalten stopp schönen Feierabend stopp
Rasmus
PS: Bitte Hörer auflegen

Hörer auflegen? Marvin ging hinüber zum alten Ladentelefon, wo er von einem leisen Tuten begrüßt wurde. In der Eile hatte der alte Mann den Hörer nicht richtig auf die Gabel gelegt. Deshalb hatte er ihn auch nicht erreichen können.

Marvins Kopf schwirrte noch immer, als er zwei Stunden später zu Hause saß und Poseidon hinter dem linken Ohr kraulte. Wer hätte gedacht, dass sich seine Tätigkeit als Hilfsantiquar derart geheimnisvoll gestalten würde? Ein Arbeitgeber, der so schwer zu durchschauen war wie ein Mossad-Agent und bei dem Marvin sich keineswegs sicher war, ob er nicht genau das war. Mysteriöse braune Briefumschläge, die nicht weniger mysteriöse Geschichten enthielten. Eine schöne junge Frau, die bei Marvins Anblick die Treppe hinabstürzte und nach nur wenigen Sätzen mit totenbleichem Gesicht die Flucht ergriff – über mangelnde Abwechslung konnte Marvin sich nicht beklagen.

Poseidon gähnte behaglich.

„Du stinkst nach Fisch", teilte Marvin dem Kater freundlich mit.

Das Tier ignorierte den Kommentar souverän und entließ erneut einen nach halb verdautem Lachs duftenden Hauch aus seinem weit geöffneten Maul.

Marvin verzog das Gesicht und ließ den Kater auf das Sofakissen plumpsen, was diesem ein empörtes Maunzen entlockte.

Der junge Mann stand auf und schaltete seinen Computer ein. Das Gerät hatte das in seiner Branche übliche Seniorenalter bereits weit überschritten und nahm nur sehr widerwillig seine Tätigkeit auf. Während es ratternd und ächzend hochfuhr, bereitete sich Marvin in der Küche einen starken Instant-Espresso zu.

Er war fest gewillt, jegliche Chance zu nutzen, die ihm sein neuer Job eröffnete. Bis spät in die Nacht hinein ergänzte er seinen neuen Romanentwurf um einen Botenreiter, der die Fähigkeit besaß, sich unsichtbar zu machen, eine Elfe, die vom Baum stürzte und sich ein Bein brach, und einen geheimnisvollen Magier, der in einer Höhle unter einer alten Eiche lebte und Märchen sammelte.

Der Morgen kam viel zu früh und mit schmerzhafter Helligkeit. Marvin hatte tief, traumlos und eindeutig zu wenig geschlafen. Weder das eiskalte Wasser für die Morgenwäsche noch ein Espresso, der mehr Pulver als Wasser enthielt, waren in der Lage, sich gegen die klebrige Anhänglichkeit der Müdigkeit durchzusetzen. Noch halb in Trance radelte Marvin durch die morgendlichen Straßen Berlins. Erst als er sein Fahrrad an einen Laternenpfahl schloss und auf das Antiquariat zuging, fühlte er sich einigermaßen wach.

Der Laden war bereits offen und Marvin trat ein. Der Mantel des alten Mannes hing nicht an der Garderobe, aber die Luke zum Keller stand offen.

„Rasmus?" Er stieg die Stufen hinab. Im Lager war niemand, aber einige Kisten waren ein kleines Stück zur Seite gerückt worden. Vorsichtig quetschte er sich an Bücherstapeln und Regalen vorbei. Die geheimnisvolle Tür stand einen Spalt offen. Nach einem winzigen Moment des Zögerns trat Marvin darauf zu und öffnete sie ganz. Zwar hätte er nicht sagen können, was genau er eigentlich erwartet hatte, aber in jedem Fall nicht das, was er nun sah.

Durch ein kleines, vergittertes Kellerfenster fiel Licht in den Raum und in einer Ecke brannte eine altmodische Stehlampe. Von der Tür aus führte eine Stufe hinauf auf einen alten, teppichbedeckten Dielenboden. Eine Seite des Raumes nahm ein riesiger, antiker Apothekenschrank ein, der unzählige Schubfächer hatte. Neben einem gusseisernen Kaminofen standen mehrere alte Sessel und ein flacher Tisch aus dunkel gebeiztem Holz.

Ein Mann in Hut und Mantel stand in der Mitte des Raumes. In seiner Hand hielt er einige Bögen Papier, die handschriftlich beschrieben waren. Doch er las nicht; sein Gesicht war dem Licht der Morgensonne zugewandt, das durch das Kellerfenster in einem schmalen Kegel hell auf ihn fiel.

„Rasmus?", fragte Marvin.

Der alte Mann seufzte leise und wandte sich vom Fenster ab. „Guten Morgen, Marvin, kommen Sie herein." Auf seinem Gesicht lag ein ungewöhnlicher Ausdruck. Er sah müde und erschöpft aus und gleichzeitig umspielte ein seltsames kleines Lächeln seine Lippen.

„Ist mit Ihnen alles in Ordnung?", fragte Rasmus.

Der Dielenboden knarrte leise, als der alte Mann auf Marvin zukam. Er verstaute die Zettel in der Manteltasche und reichte Marvin die Hand. „Guten Morgen. Machen Sie sich um mich keine Sorgen." Er nahm den Hut ab und zog den Mantel aus. „Es tut mir leid, dass ich Sie gestern alleine lassen musste. Aber wie ich gesehen habe, sind Sie gut vorangekommen."

„Eine junge Frau war da und hat nach Ihnen gefragt ... eine Frau Mansfeld."

„Ich weiß." Der alte Mann lächelte erneut. „Möchten Sie auch einen Tee?"

„Gerne."

Während Rasmus ins Lager ging, um Wasser aufzusetzen, blickte Marvin sich um. Der Raum strahlte etwas Angenehmes, Warmes aus. Neugierig ging er auf den antiken Schrank zu. Die unzähligen Schubladen waren, ähnlich wie die Regale im oberen Stockwerk, mit kleinen Schildern versehen und beschriftet. Die Stichworte darauf waren jedoch einigermaßen verwirrend.

„Bei chronischem Agnostizismus", las er darauf oder: „Bei klerikaler Verkrustung". Ein Fach enthielt das Stichwort „Bei akutem Nihilismus" und ein weiteres „Bei fortschreitender geistlicher Hybris". Stirnrunzelnd las Marvin weiter: „Bei rezidivierendem Materialismus" ... „Bei Heilungshyperthermie" ... „Bei progressiver Apokalypsionitis" ...

„Möchten Sie Zucker?" Rasmus kam mit zwei dampfenden Porzellantässchen zur Tür herein.

„Nein, danke." Fragend blickte Marvin den alten Mann an. „Was ist das?" Er deutete mit dem Daumen auf den riesigen Schrank.

„Oh, das ist meine narratorische Apotheke", sagte Rasmus unbekümmert und reichte dem jungen Mann eine geblümte Porzellantasse.

„Ach so", erwiderte Marvin und verbrannte sich die Finger an dem heißen dünnwandigen Gefäß. „Auch auf die Gefahr hin, meine Halbbildung damit eindrucksvoll unter Beweis zu stellen: aber was war gleich noch einmal eine narratorische Apotheke?"

Das Lächeln im faltigen Gesicht des alten Mannes wurde eine Spur breiter. „Wollen wir uns setzen?"

„Sie sind der Chef."

Rasmus kicherte leise. „Ich glaube beinahe, Sie haben recht. An manche Dinge muss ich mich erst gewöhnen."

Marvin machte es sich bequem.

Der schmächtige alte Mann sah in seinem breiten, altertümlichen Ohrensessel aus wie ein kleiner Junge, der sich heimlich das Gesicht seines Großvaters stibitzt hatte. Seine Augen funkelten vergnügt, als er sich nach vorne beugte und sagte: „Es gibt eine ganze Reihe von Phänomenen, die den Menschen arg zu schaffen machen, ohne dass sie sich dessen zwangsläufig bewusst sind. Der Einfachheit halber könnte man auch von Erkrankungen sprechen. Erkrankungen, für die Sie nur schwerlich ein Medikament finden werden, denn sie werden nicht in medizinischen Fachbüchern beschrieben. Weder die Pharmaindustrie noch die moderne Psychotherapie interessieren sich sonderlich dafür. Aber das bedeutet nicht, dass sie weniger real wären oder gar weniger gefährlich. Sie können so quälend sein wie Migräne, so hartnäckig wie Lippenherpes und so tödlich wie … Krebs. Oft allerdings sind wir uns ihrer gar nicht bewusst, weil ihre Auswirkungen so subtil sind wie die von Bluthochdruck oder Diabetes." Er nahm vorsichtig einen Schluck aus der dünnen Porzellantasse. „Ich weiß das sehr gut, denn ich leide selbst an einer ganzen Reihe dieser schleichenden Erkrankungen."

Marvin runzelte die Stirn. Er war sich nicht sicher, ob der alte Mann ihn auf den Arm nehmen wollte oder ob er es wirklich ernst meinte. „Darf ich fragen, um welche Erkrankungen es sich handelt?"

„Momentan machen mir eine stark reduzierte Imagination und partielle Vertrauensdefizite zu schaffen."

„Sie sind der erste Mensch, den ich treffe, der behauptet, so etwas könne krankhaft sein."

Der alte Mann lächelte. „Mit diesem Vergleich lässt es sich am leichtesten erklären. Aber natürlich birgt die Bezeichnung ‚Krankheiten' auch eine Menge Gefahren. Deshalb würde ich lieber von verschiedenen Formen der Wirklichkeitsentfremdung oder Zielverfehlung sprechen."

Marvin dachte an den unscheinbaren jungen Mann, der ihm am ersten Tag den braunen Briefumschlag gegeben hatte. Der Brief hatte, wie er nun wusste, eine Geschichte enthalten, eine ziemlich surreale Geschichte – aber er bekam eine Ahnung, worauf das Ganze hinauslief.

„Wenn ich den Begriff ‚narratorische Apotheke' richtig deute, dann sind Erzählungen oder Geschichten Ihr Heilmittel gegen diese Wirklichkeitsentfremdung?"

„Heilmittel?" Rasmus nahm noch einen Schluck Tee. „Ich wünschte, es wäre so. Aber nur die wenigsten Geschichten können tatsächlich heilen, die *wahrsten* aller Geschichten, um genau zu sein. Manchmal gelingt es, durch eine Geschichte einen Perspektivenwechsel zu vollziehen und vielleicht sogar eine erste Einsicht zu bewirken. Ein Alkoholiker, der anfängt, sich selbst und seine Trinkgewohnheiten infrage zu stellen, ist noch lange nicht geheilt, aber er hat einen ersten wichtigen Schritt in diese Richtung unternommen." Er lächelte. „Entscheidend ist, dass die Menschen wieder anfangen, Fragen zu stellen."

Marvin fiel der wütende Geistliche ein, der zornschnaubend den Laden verlassen hatte. „Kann es sein, dass Ihre Behandlungsmethoden nicht immer auf Begeisterung stoßen?"

Der alte Mann nickte langsam. „Fragen können sehr unangenehm sein ..."

„Vor allem, wenn man der Meinung ist, dass man die Wahrheit für sich gepachtet hat ...", ergänzte Marvin.

Rasmus schwieg einen Moment, dann meinte er: „Es gibt Wunden, die einfach nicht heilen wollen – jede Berührung scheint dann unerträglich zu sein. Es ist sehr menschlich, auf Schmerz mit Zorn zu reagieren." Er seufzte. „Aber Sie haben natürlich recht, wir Menschen mögen es im Allgemeinen gar nicht gern, wenn jemand unsere Wahrheiten infrage stellt."

Marvin grinste: „Erst recht nicht, wenn es unser Beruf ist, Wahrheiten zu verkaufen."

Rasmus nickte. „Darf ich fragen, was Ihre Wahrheiten sind, Marvin?"

„Oh, ich glaube nicht an absolute Wahrheiten. Alles Fundamentalistische ist mir suspekt."

Rasmus blickte ihn fragend an. „Was meinen Sie damit?"

„Ich durfte während eines Teils meines Lebens noch den real existierenden Sozialismus genießen, der auch keine Fragen zuließ. Und in einem Zeitalter, in dem religiöse Fundamentalisten auf beiden Seiten mit Bomben predigen und sich gegenseitig als Achse des Bösen und großen Satan bezeichnen, lernt man schnell, dass Wahrheit eben sehr relativ ist."

„Sie ziehen in Zweifel, was andere glauben – das ist durchaus nachvollziehbar. Aber was glauben *Sie*?"

„Hm, was Religion betrifft, würde ich mich daher am ehesten als Agnostiker bezeichnen. Ich will nicht leugnen, dass es so etwas wie ein höheres Wesen geben mag. Vielleicht existiert tatsächlich so eine Art göttliche Energie oder eine Form von schöpferischer Urkraft, vielleicht aber auch nicht. Ich denke, der Alte Fritz hatte recht: Soll doch jeder nach seiner Fasson selig werden."

Rasmus erwiderte nicht sofort etwas. Wohlwollen lag in seinem Blick und noch etwas anderes, das Marvin nicht zu deuten wusste.

„Ich glaube, dass Sie ein feines Gespür für Ungerechtigkeit haben, Marvin", sagte er schließlich. „Schon bei unserem ersten Gespräch hatte ich diesen Eindruck. Sie sind sicherlich kein lautstarker Revolutionär, aber Sie geben sich nicht mit einfachen Antworten zufrieden und stellen das Etablierte infrage."

Marvin lächelte etwas verlegen. So direkt und wertschätzend angesprochen zu werden war er nicht gewohnt.

„Sind Sie bereit für ein kleines Experiment?", fragte Rasmus.

„Warum nicht? Sie bezahlen mich schließlich dafür, dass ich hier sitze."

„Mögen Sie Science-Fiction?"

„Eigentlich schon ..."

Der alte Mann stand auf und ging zu dem antiken Schrank hinüber.

„Oh, wie schmeichelhaft ... Wollen Sie damit dezent andeuten, dass mein Agnostizismus in irgendeiner Weise krankhaft sei?", fragte Marvin.

„Soll ich das Experiment lieber abbrechen?"

Marvin schnaubte. „Nein, schon gut, legen Sie los."

Der alte Mann nahm eine Mappe aus einem der Schubfächer. „Denken Sie daran: Jede dieser Geschichten reißt nur eine Frage an", meinte Rasmus und nahm wieder Platz. „Ob es Ihre Frage ist, müssen Sie selbst entscheiden." Er legte das Manuskript auf seine Knie.

Marvin nahm einen Schluck Tee. „Ich glaube, es ist über zwanzig Jahre her, seit mir jemand eine Geschichte vorgelesen hat."

„Stellen Sie sich einfach vor, ich sei Ihr Großvater."

„Dazu sage ich lieber nichts", erwiderte Marvin.

Rasmus schmunzelte und begann zu lesen. Er hatte eine angenehme Stimme. Die Worte wurden lebendig, wenn er sie aussprach, und es bereitete Marvin keine Mühe, in die Erzählung einzutauchen.

Das Verbrechen

Nun war es also so weit. Schwitzend und mit halb zusammengekniffenen Augen starrte ich auf die supraleitende Leuchtdecke über mir. Kaltes, weißes Licht schien mir ins Gesicht. Der polizeiliche Vorzimmerroboter scannte routiniert den biometrischen Datenchip in meinem linken Ohrläppchen und bot mir gleichzeitig ein Glas frisch entsalztes Mineralwasser aus der Republik Groß-Jemen an. Ich lehnte dankend ab, unter anderem deshalb, weil meine Handgelenke mit atmungsaktiven Kunststoffgurten an die Armlehnen des Warteraumsessels gefesselt waren.

Wenig erfreuliche Gedanken gingen mir durch den Kopf. Ich führte eine Art innerliches Zwiegespräch, wobei die eine Seite die andere kaum zu Wort kommen ließ.

Im Wesentlichen gab die sehr dominante Stimme meines Selbsterhaltungstriebes eine Reihe mehr oder weniger kreativer Beschimpfungen meiner selbst von sich: *Du Idiot, du verdammter Trottel! Wie kann man nur so ein hirnamputierter Schwachkopf sein? Warum konntest du deine dämliche Klappe nicht halten? Warum musstest du dich auch wie ein spätpubertärer, schmollender Trotzkopf benehmen und dich auf so eine Diskussion einlassen! Warum? Kannst du mir einen vernünftigen Grund nennen?*, geiferte die eine Seite.

Weil ich recht habe, erwiderte die Stimme der Wahrheitsliebe in mir.

Weil ich recht habe, äffte mein Selbsterhaltungstrieb spöttisch nach, dann giftete er: *Was ist denn das für ein Schwachsinn? Das ist doch kein Grund! Jeder Vollidiot weiß, dass das kein Grund ist …*

„Schalke!", röchelte der unrasierte Alte neben mir, dessen Kleidung vermutlich vor hundert Jahren mal modern gewesen war. Er lag offensichtlich im alkoholisierten Halbkoma und versuchte, seine runzlige Stirn auf meine Schulter zu betten.

Um der drohenden Berührung zu entgehen, drückte ich mich instinktiv weiter in meinen Wartesessel hinein, was zur Folge hatte, dass sich der Bauchgurt automatisch strammer zog. Das gab meinem Zwerchfell die Gelegenheit, Bewegungen auf engstem Raum zu trainieren.

„Könnten Sie so freundlich sein und den Gurt etwas lockern? Ich krieg keine Luft mehr", röchelte ich.

Aus dem rechten Kameraauge des Vorzimmerroboters schoss blitzartig ein mit einer Art Pipette versehener Greifarm hervor, der sich schmerzhaft in mein linkes Nasenloch bohrte. Von den Membranen seines Lautsprechers schallte mir eine höfliche Entschuldigung entgegen. Nach etwa zehn Sekunden geschäftiger Analyse meinte er: „Sie haben keinen Grund zur Besorgnis. Die Werte bewegen sich im Normbereich."

„Ich bin nicht besorgt, ich bin eingequetscht", erwiderte ich, nicht ohne ein gewisses Quantum an Trotz in der Stimme.

Ungerührt klebte mir der Roboter eine codierte Mikroakte auf die Stirn. „Sie haben die Wartenummer 983, Herr Bünting."

Der säuerliche Geruch von halb verdauter Schweinshaxe und Magenbitter schwebte zu mir herüber.

„Olé, olé, olé, olé, vorwärts, Schalke, olé, olé ...", krächzte es von rechts. Dann fand mein greiser Mitgefangener eine bequemere Position und sein Gesang verebbte zu einem rhythmischen Schnarchen.

Nach einer kurzen optischen Analyse aus dem Augenwinkel heraus korrigierte ich meine erste Einschätzung, dass dieser Mann betrunken sei. Es waren wohl eher die morschen

Synapsen, die für seinen dämmrigen Bewusstseinszustand verantwortlich waren.

„Meine Güte, der Typ muss wenigstens hundert Jahre alt sein. Wo bin ich hier nur gelandet?", stöhnte ich leise.

Allerdings nicht leise genug, denn der Vorzimmerroboter antwortete: „Im Vorraum II der Ermittlungsabteilung FUF des Verfassungsschutzes des Mitteleuropäischen Staatenbundes Toleranzia."

Dieser Aufklärung hätte ich nun wahrlich nicht bedurft. Schließlich war ich die vergangenen fünf Stunden damit beschäftigt gewesen, mir selbst vorzuwerfen, dass ich – ausgerechnet ich! – von den Agenten für Fundamentalistische Fragestellungen verhaftet worden war. Meine Laune war auf einem Tiefpunkt angelangt.

„Ich hab nicht mit dir gesprochen", murmelte ich in meinen Hemdkragen hinein. „Außerdem war das eine rein rhetorische Frage ... blöder Blecheimer."

Der Roboter erwiderte nichts, ergänzte die Mikroakte auf meiner Stirn jedoch mittels Laserstrahl um eine kleine Notiz.

Ich seufzte und linste zur Anzeigetafel hinüber. Dort wechselten sich lediglich grell leuchtende Werbung für Seniorenunterwäsche aus Rotalgenschleimsubstrat und der Trailer für den neuen Spiderman-Film – Teil 34 – ab.

„Welche Nummer ist denn gerade in Bearbeitung?", fragte ich den Roboter.

„Die Anzeigetafel ist defekt."

„Aha." Ich verkniff mir eine Antwort und widmete mich wieder meiner inneren Selbstbeschimpfung. Ich war in Toleranzia geboren und hatte die Grundsätze der Verfassung geradezu mit der Muttermilch aufgesogen. Wie hatte mir so etwas passieren können? Bevor ich gelernt hatte, wie man in einem

69

Buddelkasten vernünftigen Sandkuchen backt, hatte ich schon die Prinzipien der antifundamentalistischen Gesellschaftsordnung verinnerlicht. Und nun das! Warum um alles in der Welt hatte ich mich nur für dieses dämliche Philosophie-Seminar angemeldet?

Es hatte etwas mit einer ausgesprochen attraktiven Kommilitonin namens Xanthippe zu tun, wenn ich mich nicht irre, meldete sich ungefragt meine wahrheitsliebende innere Stimme zu Wort. *Zugegebenermaßen war ihr nicht anzusehen, dass sie eine Agentin des Verfassungsschutzes war.*

Du hättest einfach deine dämliche Klappe halten können, raunzte mein Selbsterhaltungstrieb.

Es kann zuweilen eine sehr frustrierende Erfahrung sein, den eigenen inneren Gesprächen zu lauschen.

Eine Art Gong ertönte und lenkte meine Aufmerksamkeit zurück auf den karg möblierten Warteraum. Eine weibliche Stimme verkündete: „Nummer 982 bitte in Verhörraum 1.34. Nummer 982 bitte in Verhörraum 1.34."

Abrupt setzte sich der Wartesessel neben mir in Bewegung. Der Alte zuckte kurz zusammen, stammelte im Halbschlaf: „Steht auf ... wenn ihr Schalker seid ..." Dann fand er, stark nach Backbord geneigt, einen erneuten Ruheplatz für sein Kinn. Dieses Mal auf seinem angeschnallten Ellbogen. Eine in anatomischer Hinsicht durchaus anerkennenswerte Leistung.

Lautlos glitt der Sessel in zwei Millimetern Höhe über das Parkettimitat. Seit die Kenianer das supraleitende Hermesium in Massen auf dem Mars gefunden hatten und die kommerzielle Ausbeutung der Ressourcen dank der indischen Hybridsonden kein Problem mehr darstellte, hatte die alte, längst abgeschriebene Magnetschwebetechnik eine Renaissance erfahren.

„*Verhörraum*" *klingt irgendwie gar nicht gut*, jammerte mein Selbsterhaltungstrieb.

Erneut ertönte der Gong. „Nummer 983 bitte in Verhörraum 1.27. Nummer 983 bitte in Verhörraum 1.27."

Mit einem Ruck setzte sich mein Wartesessel in Bewegung. Ich verspürte ein sehr unangenehmes Gefühl in der Magengegend, und mein Mund fühlte sich mit einem Mal so trocken an, als würde ich Schmirgelleinen lutschen. Ich fuhr durch einen langen Gang. Sämtliche Pixel der Multicolortapete waren auf Weiß geschaltet. Der schnarchende, halb mumifizierte Schalke-Fan wurde vor mir durch eine Öffnung auf der linken Seite gefahren.

Für mich öffnete sich ein ebenfalls weiß programmiertes Portal schräg gegenüber. Schwungvoll transportierte mich der Sessel vor einen mächtigen Schreibtisch aus klarlackiertem Recycle-Teak.

„Guten Tag." Ein gut gekleideter Mann um die fünfzig nickte mir freundlich zu und scannte die Akte auf meiner Stirn. Nach einem kurzen Blick auf das verdeckte Hologramm seines Computers verzog sich sein Bart zu einem kleinen, wissenden Lächeln. Der Mann wirkte eher wie ein Psychiater als wie ein Agent des Verfassungsschutzes.

„Herr Sokrates Bünting?"

Ich nickte.

„Mein Name ist Romulus von Hennig", stellte er sich vor. „Ich bin Special Agent der Ermittlungsabteilung FUF des Verfassungsschutzes von Toleranzia. Darf ich Ihnen etwas anbieten? Ein Glas Wasser vielleicht?"

„Zunächst wäre ich für etwas mehr Atemluft sehr dankbar", erwiderte ich. „Dieser Wartesessel scheint die Ambitionen einer Zitronenpresse zu haben."

Der Mann berührte die virtuelle Tastatur seines Computers und sagte: „92."

Erleichtert registrierte ich, dass der Gurt sich lockerte.

Erneut betätigte der Mann eine Taste und mein rechter Arm war frei. Romulus von Hennig reichte mir ein Glas Wasser und setzte sich entspannt auf die Kante seines mächtigen Schreibtisches.

„Üblicherweise sind die Leute, die zu mir geführt werden, weil sie das gleiche Vergehen begangen haben wie Sie, zwischen 14 und 17 Jahre alt." Er machte eine Pause. Durch die Tür des Verhörraumes drang ein gedämpftes: „Gelsenkirchen, Schalke, schalala, lala ..."

„Aber hin und wieder gibt es Ausnahmen", ergänzte der Agent mit einem säuerlichen Lächeln.

„Wie kommen Sie darauf, dass ich ein Verbrechen begangen haben könnte?", erwiderte ich mit einem Hauch von Rebellion in der Stimme. Allerdings klang ich selbst in meinen eigenen Ohren wenig überzeugend.

Romulus von Hennig lächelte und aktivierte ein Hologramm. Es zeigte zwei Studenten, die es sich auf einer Wiese irgendwo auf dem Campus der Hochschule bequem gemacht hatten. Eine junge, recht attraktive Frau redete angeregt auf einen Typen ein, der starke Ähnlichkeit mit mir hatte. Da das Ganze aus den Daten von Spionagesatelliten errechnet worden war, konnte man allerdings nicht hören, worüber wir sprachen.

„Habe ich was verpasst?", fragte ich. „Ist es neuerdings verboten, sich auf Wiesen zu unterhalten?"

Der Agent hob eine Augenbraue, aktivierte lässig einen virtuellen Knopf auf seiner Tastatur, und die Perspektive des Hologramms änderte sich. Der Selbsterhaltungstrieb in meinem

Inneren stöhnte auf, als mein um das Zehnfache vergrößertes Gesicht in der Mitte des Raumes erschien und sagte: „... aber merkst du nicht, dass das nur diejenigen überzeugt, die ohnehin schon überzeugt sind?"

Xanthippe!

Natürlich! Sie musste irgendwo eine Mikrokamera in ihrem Top versteckt haben. Wie hatte ich nur so unglaublich dämlich sein können! Und wie hatte ich einer Frau trauen können, die „Xanthippe" hieß? Gut, in den Neunzigerjahren des 21. Jahrhunderts waren altgriechische Vornamen absolut hip gewesen. Ich selbst war schon dankbar, dass meine Eltern mich Sokrates und nicht Tychikus oder Onesiphorus genannt hatten. Der Name selbst war also gar nicht so ungewöhnlich. Aber wenn ein Sokrates auf eine Xanthippe traf, dann konnte das einfach nicht gut gehen.

Romulus von Hennig lächelte erneut und hielt den Film einen Moment lang an. „Ich denke, es ist besser, wir vergegenwärtigen uns beide noch einmal die wichtigsten Passagen dieses äußerst ... interessanten Gespräches, bevor wir uns weiter unterhalten."

Ich erwiderte nichts, in der vollkommen berechtigten Annahme, dass meine Meinung diesbezüglich ohnehin nicht gefragt war.

Der Agent aktivierte das Holovideo erneut und ich sah mich wieder auf dem Rasen des Unicampus sitzen und eine Spionin anlächeln.

„Willst du damit etwa sagen, eine der entscheidenden Säulen unserer Gesellschaftsordnung beruhe auf einem Irrtum?", fragte die junge Frau mit samtener Stimme und einem spielerisch-spöttischen Unterton.

Diese Schlange!

„Wir wären nicht die erste Gesellschaft, die sich geirrt hat", erwiderte mein Spiegelbild mit einem dämlichen Grinsen im Gesicht.

„Du hältst also die Lehren, die wir aus den furchtbaren religiösen Terrorkriegen des 21. Jahrhunderts gezogen haben, für falsch?", bohrte die Stimme der jungen Frau nach.

„Nicht generell, ich habe nur das leise Gefühl, dass wir in unserer Panik etwas mehr über Bord geworfen haben, als uns guttut."

„Und was wäre das?", fragte Xanthippe.

„Die Liebe zur Wahrheit."

„Jetzt klingst du wie ein jugendlicher Idealist." Xanthippe ließ ein beinahe spöttisches Lachen hören. „Und was ist Wahrheit?"

„Irgendwie kommt mir diese Frage bekannt vor", murmelte mein Hologramm.

„Wissen wir nicht inzwischen, dass Wahrheit etwas sehr Relatives ist, genauer gesagt etwas Subjektives?", fuhr Xanthippe fort. „Ist nicht für die einen dieses wahr, für die anderen aber etwas ganz anderes? Sollte nicht jeder nach seiner Fasson selig werden?"

„Ich hätte nichts dagegen", erwiderte ich. „Aber ..." Mein Blick wanderte an der jungen Frau und ihrer unsichtbaren Mikrokamera vorbei und starrte ins Leere. „... aber es gibt da eine Frage, die mich nicht mehr loslässt."

„Und die wäre?"

„*Kann* jeder nach seiner Fasson selig werden?"

Einen Augenblick lang schwieg die junge Frau. Dann fragte sie: „Was meinst du damit?"

„Wer entscheidet wirklich, worauf es ankommt?"

Xanthippe schwieg.

„Wie die meisten Menschen in Toleranzia bin ich bisher davon ausgegangen, dass es durchaus hilfreich sein kann, wenn man irgendwie seine spirituelle Seite auslebt", fuhr ich fort. „Dabei schien mir relativ egal, was man im Einzelnen glaubt, Hauptsache, man richtet sich nach allgemeingültigen ethischen Prinzipien, die im Kern mit unserer Verfassung vereinbar sind. Das ist ein Glaube, der mir nach wie vor nicht unsympathisch ist. Er tut niemandem weh und vermeidet alle größeren Konflikte." Ich lächelte etwas wehmütig. „Aber die Frage ist eben: Ist er auch wahr?"

„Moment, Moment", unterbrach Xanthippe mich. „Was du beschreibst, ist doch gerade kein Glaube, sondern die agnostische Grundhaltung. Ich leugne nicht, dass es Gott oder ein höheres Wesen in irgendeiner Form geben mag. Ich lasse jedem seine religiöse Überzeugung, aber ich selbst hänge keinem speziellen Glauben an."

„Ja", bestätigte ich eifrig, „bis vor Kurzem habe ich das auch so gesehen. Ich war stets davon überzeugt, dass ich keine Überzeugung habe … Aber fällt dir nicht auch auf, dass das ein Widerspruch in sich ist?" An der Art und Weise, wie ich sprach und gestikulierte, war unschwer zu erkennen, dass ich mich zunehmend für das Thema erwärmte und drauf und dran war, jede Vorsicht fahren zu lassen.

Trottel, kommentierte mein Selbsterhaltungstrieb.

„Die meisten von uns sind so sehr davon überzeugt, die einzig richtige Lehre aus den furchtbaren religiösen Konflikten des vergangenen Jahrhunderts gezogen zu haben, dass wir unsere agnostische Überzeugung überhaupt nicht mehr reflektieren", fuhr ich fort. „Ist dir das schon mal aufgefallen?"

„Aber *du* hast es getan?", erkundigte sich Xanthippe. In ihrer Stimme lag die perfekte Mischung aus leiser Ironie und echtem Interesse. Sie war ein richtiger Profi und ich fiel natürlich darauf herein.

„Lass uns ehrlich sein", erwiderte ich. „Wenn wir uns mit den Religionen dieser Welt befassen, dann tun wir das mit dem Gefühl einer wohlwollenden Neutralität. Aus dieser Position heraus finden wir etliche Gemeinsamkeiten und kommen zu dem Schluss, dass doch alle Religionen im Kern eigentlich das Gleiche meinen und es daher keinen Grund gibt, sich zu streiten. Aber ich fürchte, das liegt nicht daran, dass wir einen schärferen Blick hätten als die anderen Menschen, sondern einen unschärferen." Ich lächelte ein wenig verlegen. „Ich für meinen Teil muss gestehen, dass ich bislang auch gar nicht so genau hinsehen *wollte*. Und zwar, so fürchte ich, weil ich Angst vor den Konsequenzen hatte. Aber unabhängig von den Motiven – das Resultat ist ganz offensichtlich. Je unschärfer verschiedene Fotografien sind, desto ähnlicher werden sie sich. Und wenn schließlich nicht mehr zu erkennen ist als ein heller Fleck, dann gibt es in der Tat kaum noch etwas, das die einzelnen Gesichter voneinander unterscheidet. Aber wer ein Gesicht wirklich kennt, wird sich von einer unscharfen Fotografie nicht täuschen lassen. Deshalb haben wir auch das Problem, dass unser liberaler Agnostizismus nur Agnostiker überzeugt. Ein wirklich Gläubiger hat für unsere Argumente nicht viel mehr übrig als ein trauriges Lächeln oder vielleicht auch zornigen Protest."

„Und deshalb hat der gläubige Fanatiker recht?", fragte Xanthippe.

Ich war mit so großer Begeisterung bei der Sache, dass mir ihr lauernder Tonfall gar nicht auffiel.

„Nicht unbedingt", erwiderte ich mit strahlendem Lächeln. „Aber zumindest müssen wir eingestehen, dass auch *wir* Gläubige sind. Auch wir *glauben* etwas. Und zwar etwas, das andere nicht glauben. Und schon stehen wir vor dem alten Problem: Es können nicht alle recht haben. Wenn der Pantheist recht hat, irrt sich der gläubige Jude. Wenn der Islam wahr ist, glaubt der Christ etwas Falsches. Und wenn Jesus die Wahrheit sagt, begeht der Buddhist einen grundsätzlichen Fehler."

„Aber damit sind wir doch wieder bei diesem intoleranten Schwachsinn, der Millionen Menschen das Leben gekostet hat", entfuhr es der jungen Frau.

Ich lächelte. Noch immer hatte ich nicht begriffen, dass wir die Ebene des intellektuellen Disputs schon lange hinter uns gelassen hatten. Ich war so sehr bei der Sache, dass mir die beiden unauffällig gekleideten, breitschultrigen Agenten mit den Fiberglashandschellen gar nicht auffielen, die raschen Schrittes auf mich zukamen.

„Nur wenn wir alles für gleich wahr oder gleich falsch erklären müssen, um tolerant sein zu können. Aber der springende Punkt ist doch ein ganz anderer ...“

Der breite Rücken eines Agenten verdeckte die Kamera.

„He, was soll das ...?!“

„Herr Sokrates Bünting, ich verhafte Sie wegen des Verstoßes gegen Artikel 1, Absatz 3 der Verfassung von Toleranzia!“

„Aber ich ...?!“

Das Hologramm verschwand. Für einen Augenblick wurde es still im Raum. Durch die schallgedämmte Tür konnte ich deutlich eine energische Frauenstimme vernehmen: „Herr Pritschikowski! Jetzt reißen Sie sich mal zusammen ...“

Die restlichen Worte gingen in einem volltönenden, aber in der Intonation nicht ganz sauberen Bariton unter:

„Gelsenkirchen, Schalke,
ob ich verroste und verkalke,
ich gehe immer noch auf Schalke ...“

Romulus von Hennig ließ ein leises, kultiviertes Seufzen hören, während er sich mit Daumen und Zeigefinger die Nasenwurzel massierte.

„Bisweilen kann dieser Beruf sehr ermüdend sein, glauben Sie das?"

„Sie können ja aussteigen", schlug ich mit dünnem Lächeln vor.

Der Blick des Agenten zeugte nicht gerade von einem ausgeprägten Sinn für Humor.

Er nahm ein Dokument aus einem Fach und legte es auf den Schreibtisch. „Ich will es kurz machen: Ich habe hier ein Schuldbekenntnis formuliert. Wenn Sie dort unterschreiben, kommen Sie angesichts Ihrer bislang makellosen Akte mit einer ernsten Verwarnung davon. Das Ganze wird dann als ... verspätete Jugendsünde gewertet. Vermutlich dürfen Sie sogar weiterstudieren. Wenn Sie sich aber weigern ..." Er zuckte vielsagend mit den Achseln. „Die Jungs in den Reintegrationskliniken verstehen ihr Handwerk."

Er zog einen Stift aus der Hemdtasche und meinte: „Sie müssen hier und hier unterschreiben." Er wies auf zwei gestrichelte Linien. „Mit der zweiten Unterschrift bestätigen Sie, dass man Sie nicht zu einem Geständnis gezwungen hat."

Nun mach schon, du Trottel, greif zu. Du wirst dir doch diese Chance nicht entgehen lassen. Nur ein Vollidiot würde nicht unterschreiben, redete mein Selbsterhaltungstrieb hektisch auf mich ein.

Weißt du noch, was Tante Lena immer sagte?, meldete sich die Wahrheitsliebe zu Wort, während ich nachlas, welches Verbrechens ich mich schuldig bekennen sollte.

Hör nicht auf das dämliche Gequassel! Nimm den Stift und unterschreib!, fauchte mein Selbsterhaltungstrieb.

Tante Lena sagte immer: Wenn du dich entscheiden musst, mein Junge, entscheide dich für das Richtige, fuhr die Wahrheitsliebe ungerührt fort.

Was ist denn das für ein bekloppter Spruch?, keifte mein Selbsterhaltungstrieb.

„Hier steht, dass ich mich der Intoleranz und der religiösen Diskriminierung schuldig bekenne", hörte ich mich sagen.

„Richtig, und ich denke, es erübrigt sich jede weitere Diskussion. Sie selbst haben postuliert, dass nur eine Religion beziehungsweise ein Glaube wahr sein könne und demnach alle anderen falsch wären. Das ist ziemlich exakt die gleiche fundamentalistische Aussage, die jenen furchtbaren Terror auslöste, der die Menschheit beinahe vernichtet hätte. Damit erweisen Sie sich als Reaktionär, der die freiheitlichen Grundlagen von Toleranzia infrage stellt. Seien Sie froh, dass Sie so glimpflich davonkommen, und unterschreiben Sie!"

Ich legte den Stift zur Seite. „Es ist also intolerant, wenn ich sage, dass sich widersprechende Aussagen nicht gleichermaßen wahr sein können."

Romulus von Hennig seufzte.

Ich fuhr fort: „Ich behaupte ja gar nicht, dass ich die Wahrheit schon kennen würde. Ich meine doch nur, dass es zumindest fragwürdig ist, ihre Existenz von vornherein auszuschließen."

„Herr Bünting, wollen Sie ernsthaft mit mir diskutieren?"

„Also, wenn Sie mich so fragen ..."

„Sie befinden sich hier nicht auf dem Areopag, sondern in einem Büro der Ermittlungsabteilung für Fundamentalistische Fragestellungen des Verfassungsschutzes von Toleranzia", sagte der Agent in strengem Tonfall. „Hier geht es um den Bestand unseres Staates und nicht um irgendwelche philosophischen

Spekulationen. Also, wollen Sie diesen Raum als freier Mann verlassen oder verspüren Sie Sehnsucht nach der geschlossenen Abteilung der nächstgelegenen Reintegrationsklinik?"

Reaktionsschnell drückte mir mein Selbsterhaltungstrieb den Stift wieder in die Hand.

Durch die Tür drang der Wutschrei einer Frau und anschließend ein fröhliches: „Olé, olé, olé, olé, du schöner S04!".

„Wissen Sie, Herr von Hennig, meine Mutter konnte es nie leiden, wenn mein Vater Fußball schaute ..."

Der wütende Blick des Agenten ließ beinahe mein weiterhin unterschriftsfreies Schuldbekenntnis in Flammen aufgehen. Ich konnte sehen, wie die Muskeln in seinem Kiefer arbeiteten. Dennoch schwieg er.

Ich wusste nicht, woher ich den Mut nahm, aber die Worte kamen aus mir heraus, ohne dass ich viel dagegen tun konnte, und es fühlte sich irgendwie richtig an.

„Ich erinnere mich, wie sie immer seufzend die Augen verdrehte, wenn mein Vater empört ‚Foul!' rief. Dann sagte sie oft: ‚Warum gibt denn keiner den Jungs 22 Bälle? Dann hat jeder etwas zum Spielen und sie müssen sich nicht wie die Bekloppten um diesen einen Ball streiten.'

Mein Vater erwiderte dann jedes Mal ganz ernst: ‚Beim Fußball gibt es nur einen Ball, Sophie.'"

Romulus von Hennig schnappte genervt nach Luft.

„Will man bei einem Fußballspiel Fouls verhindern, wären 22 Bälle keine Lösung, weil es dann nämlich kein Fußballspiel mehr gäbe. Beim Ringen um die Wahrheit lassen sich Konflikte nicht dadurch verhindern, dass ich einfach alles für wahr erkläre – weil damit die Suche nach der Wahrheit selbst überflüssig wird und jegliche intellektuelle Redlichkeit verloren geht."

Der Blick des Agenten verfinsterte sich zusehends.

„Natürlich ist menschliche Wahrnehmung relativ", fuhr ich hastig fort. „Es mag sein, dass es uns gar nicht möglich ist, die Wahrheit zu erkennen. Aber es deshalb von vornherein gar nicht erst zu versuchen, kann nicht die Lösung sein ..." Ich legte den Stift wieder zur Seite.

Romulus von Hennig erhob sich.

„Die Toleranz, auf die sich unsere Gesellschaft gründet, ist im Grunde nicht mehr als eine kultivierte Form von Gleichgültigkeit", fuhr ich fort. „Natürlich kann man versuchen, auf diese Weise Fanatismus zu unterbinden. Vielleicht hat man damit auch eine Zeitlang Erfolg. Aber ich fürchte, auf Dauer ist es einfach zu wenig, um den Menschen gerecht zu werden. Wir brauchen mehr als Gleichgültigkeit ..."

„Ich möchte es einmal so formulieren, Herr Bünting", unterbrach der Agent mich. „Mit diesem verfassungsrechtlichen Foul haben Sie sich direkt für eine unserer wunderschönen Abteilungen der Reintegrationsklinik in Buchenbach qualifiziert." Er zerknüllte das Schuldbekenntnis vor meinen Augen. „Wenn Sie so freundlich wären und Ihren rechten Arm wieder auf die Armlehne legen würden."

Ich gehorchte. Aus irgendwelchen absurden Gründen fühlte ich mich seltsam frei, als sich der atmungsaktive Gurt um mein Handgelenk legte. Als ich durch die automatische Tür auf den Flur gefahren wurde, öffnete sich schräg gegenüber ein weiteres Portal, und der greise Schalke-Fan kam in beachtlichem Tempo auf seinem Sessel aus dem Verhörzimmer gesaust. Eine Agentin mittleren Alters in grauem Kostüm blickte ihm mit zornesrotem Gesicht hinterher.

Eine Zeitlang fuhren wir schweigend nebeneinanderher. Dann beugte sich der Schalke-Fan zu mir herüber und meinte durch seine wenigen ihm verbliebenen Zähne hindurch: „Soll ich dir was sagen, Kumpel? Das Mädel hatte nicht die leiseste Ahnung von Fußball."

Ich kann mich nicht erinnern, jemals schon einmal einen solchen Lachanfall bekommen zu haben. Selbst als ich festgezurrt auf der Rückbank eines weiß lackierten Transporters saß und die fragenden Blicke eines muskulösen Pflegers auf mir ruhten, konnte ich nicht verhindern, dass ich immer wieder in mich hineinkichern musste. Vielleicht lag es daran, dass ich durch den Geruch von Schweiß und Desinfektionsmitteln hindurch den Hauch wahrer Freiheit spürte. Ich hatte mir gestattet, wieder Fragen zu stellen.

Marvin starrte schweigend auf die zierliche Porzellantasse in seinen Händen. Er versuchte, seine widerstreitenden Gefühle miteinander in Einklang zu bringen. Die Erzählung hatte ihn zum Schmunzeln gebracht und gleichzeitig auch etwas verärgert. Sie löste eine ungewohnte Beunruhigung in ihm aus. Beinahe bereute er, sich auf das Experiment eingelassen zu haben. Er blickte auf.

Rasmus nahm einen Schluck Tee. „Danke!", sagte er.

Marvin zuckte mit den Schultern. „Ich habe nichts getan."

„Doch, Sie haben zugehört." Der alte Mann erhob sich und verstaute das Manuskript wieder in seiner narratorischen Apotheke. Dann wandte er sich mit einem etwas schiefen Lächeln wieder um und meinte: „Sind Sie bereit, sich dem Chaos zu stellen? Es lauert direkt nebenan."

„Sie sind der Boss", erwiderte Marvin. Er stand rasch auf und nahm das Geschirr. „Aber heben Sie bitte keine Bücherkisten mehr."

„Ich denke, ich habe meine Lektion gelernt", antwortete der alte Mann und seufzte.

Sehr nachdenklich nahm Marvin seine Arbeit im Lager wieder auf. Dieser Job war wirklich das Außergewöhnlichste, das ihm in seiner bisherigen beruflichen Karriere begegnet war.

Ein blutiger Fuß und ein Irrtum

„Hier begann er, der uralte Wald. Morgennebel erhoben sich von der feuchten Erde und krochen in bleichen Schwaden über mächtige Wurzeln und moosbewachsene Steine. Der junge Krieger starrte in die ewige Dämmerung, die unter dem hohen, dichten Blätterdach herrschte. Er schluckte nervös und unwillkürlich legte sich seine Hand auf den Schwertgriff.

‚Sei kein Narr', sagte er zu sich selbst. ‚Wovor fürchtest du dich?'"

Marvin starrte auf den Bildschirm. Die Buchstaben flimmerten vor seinen Augen. Seit beinahe einer Stunde kam er nicht über diesen Satz hinaus.

„Wovor fürchtest du dich?", murmelte er bestimmt zum hundertsten Mal vor sich hin. Der Roman hatte einen perfekten Start hingelegt, die ersten drei Kapitel waren wie von selbst durch die Tastatur geflossen. Doch nun wurden die Sätze so zäh wie ein halb vertrockneter Kaugummi – es wollte einfach nicht weitergehen.

In der Ecke polterte es und im gleichen Augenblick war ein ärgerliches Maunzen zu hören. Beim Sprung auf das staubige Fensterbrett hatte Poseidon einen wackligen Bücherstapel touchiert und eine zerlesene Taschenbuchausgabe von Tad Williams' „Drachenbeinthron" zu Boden geworfen. Nun hockte das Tier neben einer vertrockneten Yuccapalme und leckte sich empört die malträtierte Pfote.

Immer wieder wanderten Marvins Gedanken zurück zu Rasmus und seiner narratorischen Apotheke. Die Geschichte des alten Mannes war wie ein nerviger Computervirus. Ständig arbeitete sie in seinem Hinterkopf herum und störte seine Konzentration.

Marvin seufzte. „Habe ich aufgehört, nach der Wahrheit zu fragen?", wandte er sich an den maulenden Kater.

Poseidon setzte die Pfote ab, drehte ihm den Rücken zu und starrte aus dem Fenster. Es schien, als wolle er sagen: *Da fragst du noch?*

„Sehr schmeichelhaft, vielen Dank", brummte Marvin. Aber Poseidon hatte recht – sofern man dem eigenwilligen Tier einen Beitrag zu seinem inneren Dialog zugestehen wollte. Wenn Marvin ehrlich war, hatte die Frage nach der Wahrheit für ihn bislang nicht besonders viel Priorität gehabt. Zumindest in Bezug auf seine religiöse Weltanschauung hatte er sich eher daran orientiert, was ihm persönlich angenehm erschien und seinem Verständnis eines modernen und toleranten gesellschaftlichen Miteinanders entsprach.

Marvins Eltern waren Atheisten gewesen und er hatte seine ersten Schuljahre noch nach den Lehrplänen der damaligen DDR genossen. So war er in der festen Überzeugung erzogen worden, dass Religion etwas vollkommen Überholtes sei, eine Art Krücke aus den Anfängen der Menschheit, die inzwischen längst zu einer Last geworden war und die jeder aufgeklärte und selbstbestimmte Mensch mit einem erleichterten Lächeln von sich warf.

Erst später, als ihm klar geworden war, dass das System, das jede Religion für verlogen und manipulativ erklärte, selbst verlogen und manipulativ gewesen war, hatte er sich die leise Frage gestellt, ob es nicht doch etwas geben könnte, das über die Schulweisheit seiner Kindheit hinausging. Und er hatte festgestellt, dass es in ihm Empfindungen und unbestimmte

Sehnsüchte gab, die sich mit einer rein materialistischen Welt nicht zufriedengeben wollten.

Irgendwie hatte die Aussage „Möglicherweise gibt es so etwas wie einen Gott" daher einen recht angenehmen Kompromiss dargestellt, an den er nicht weiter gerührt hatte.

Selbstverständlich konnte man den Standpunkt vertreten, dass eine tiefer gehende Erkenntnis für den Menschen schlichtweg auch gar nicht möglich war. Doch wenn er ehrlich war, musste Marvin zugeben, dass er bislang nie versucht hatte, der Frage nach der Existenz und dem Wesen Gottes intensiver nachzugehen.

In gewisser Weise hatte er die Gretchenfrage beantwortet, bevor er sich ihr wirklich gestellt hatte. Dafür gab es vornehmlich zwei Ursachen: Zum einen hatte er eine zunehmende Aversion gegen jegliche Form von Dogmatismus entwickelt. Zum anderen waren die gottgläubigen Menschen, denen er bislang begegnet war, eher abschreckend gewesen. Meist entpuppten sie sich als Spießer, die ihre engstirnige Moral allen anderen aufzuzwingen versuchten. So hatte er, wie er fand, in einem toleranten Agnostizismus eine Weltanschauung gefunden, mit der er ganz gut leben konnte.

„Wovor fürchtest du dich?", murmelte Marvin vor sich hin. Diese Frage, die ganz unvermittelt in seinem eigenen Roman aufgetaucht war, hatte sich irgendwie mit der Geschichte des alten Mannes verbunden. Sie bohrte nach und schien tiefer zu reichen als seine bisherigen Erklärungsversuche. Agnostiker zu sein hatte einen großen, nicht zu unterschätzenden Vorteil: Es war eine Weltanschauung, die keinerlei persönliche Konsequenzen nach sich zog. Solange Gott ein fernes, vages Etwas blieb, konnte er auch nicht gefährlich werden. Und solange Gott nicht im Nichts des Atheismus verschwand, konnte man sich hin und wieder einem wohligen transzendenten Schauer hingeben, ohne sich der Heuchelei bezichtigen zu müssen. Die Frage nach der Wahrheit war angesichts dieses eleganten Kompromisses eher störend. Nein, weit mehr als das – sie jagte ihm einen Schauer über den Rücken ...

Ein gedämpftes Rumsen riss ihn aus seinen Gedanken. Ein Spatz war unbekümmert auf einem Mauersims direkt vor dem Fenster gelandet und hatte die leicht eingerosteten Jagdinstinkte des verwöhnten Katers geweckt. In seinem frisch erwachten Eifer hatte Poseidon allerdings kurzfristig die Fensterscheibe vergessen. Nun hockte er da, machte einen Buckel und folgte mit glühenden Blicken jeder Bewegung des sorglosen kleinen Vogels.

„Poseidon, alte Killerpranke", schmunzelte Marvin. Dann murmelte er, nicht frei von Selbstironie: „Wer weiß, was noch so alles in uns steckt ...?"

Sein Blick fiel auf den blinkenden Cursor, der noch immer geduldig auf die nächste Eingabe wartete. Erneut beschwor er in seinem Inneren das Bild eines jugendlichen Schwertkämpfers herauf. Mit den Augen des jungen Kriegers starrte er in den uralten Wald. Was fürchtete er? Ungewissheit, mögliche Gefahren, eine uralte Macht? Was auch immer – in jedem Fall war es keine Frage, was er tun würde ...

Marvin rückte seinen Stuhl zurecht und begann zu schreiben. Erst zögernd, dann immer flüssiger strömten die Sätze aus ihm heraus. Es war gar nicht so schwer, über Mut zu schreiben, eigentlich sogar ganz einfach ... und es dauerte bis spät in die Nacht.

Ein lautes Poltern und Klirren aus der Küche ließ ihn am nächsten Morgen aus den Kissen hochschrecken. Nach einem kurzen Blick auf die Digitalanzeige seines Radioweckers verdoppelte sich Marvins Herzschlag und er sprang noch halb benommen aus dem Bett.

„Mist!"

Er hatte vergessen, den Wecker zu stellen.

Taumelnd versuchte er, in seine Jeans zu schlüpfen und gleichzeitig sein Hemd zu schnappen. 9:12 Uhr! Selbst wenn er sein klappriges Damenfahrrad gegen einen Porsche Boxster eintauschen könnte, musste er wohl davon ausgehen, dass er nicht mehr pünktlich um 9 Uhr zur Arbeit erscheinen würde. Barfuß hetzte er durch die Diele, stöhnte auf, als er im Vorbeigehen seine verschwitzten, wirr in alle Richtungen abstehenden Haare im Flurspiegel sah, und stürmte in die Küche, aus der ihm das empörte und unmissverständlich hungrige Maunzen Poseidons entgegenschallte.

Abrupt blieb er inmitten eines unglaublichen Chaos stehen. In dem verwöhnten Stubenkater steckte ganz offensichtlich das Potenzial zu einem autonomen Krawallmacher, der am 1. Mai zu Höchstform aufläuft. In seinem Versuch, sich selbst mit Nahrung zu versorgen, hatte Poseidon, wie es schien, die halbe Einrichtung zerlegt. Geschirr lag zerschlagen auf dem Boden, ein zerfetztes Handtuch hing über dem umgekippten Mülleimer, und aus einer offenen Schranktür quoll der halbe Vorrat an ungeöffneten Dosen mit Katzenfutter.

Vielleicht lag es an der Vielfältigkeit der visuellen Eindrücke, dass ein oder zwei hektische Herzschläge vergingen, bis der Schmerz in Marvins Bewusstsein drang. Dann allerdings ließ es sich seine durchbohrte Fußsohle nicht nehmen, mit aller Eindringlichkeit um die gebotene Aufmerksamkeit zu bitten. Es kam ihm so vor, als habe sich glühender Stahl in seinen nackten Fuß gebohrt.

„Mist!" Mit einer hektischen Handbewegung wischte Marvin einen verschrumpelten Apfel vom Küchenstuhl und ließ sich vorsichtig nieder. Eine daumennagelgroße Glasscherbe steckte in einer stark blutenden Wunde an seinem rechten Fußballen. Marvin sog scharf die Luft ein, als er den Splitter herauszog. Blut spritzte auf seine Finger und für einen kurzen Moment wurde ihm schummrig vor Augen.

„Dämlicher Kater!", murmelte er. „Eines Tages leih ich mir die Pitbulldrillinge von nebenan und sperr sie halb ausgehungert eine Nacht lang mit dir in ein Zimmer, das schwöre ich dir!" Er ließ noch eine ganze Reihe fantasievoller Flüche folgen, riss dann eine Dose mit Katzenfutter auf und schob sie in eine scherbenfreie Ecke des Küchenfußbodens.

Anschließend humpelte er ins Bad – wobei er eine hübsche Blutspur hinterließ – und versorgte notdürftig seine Wunde. Es gestaltete sich etwas umständlich und nicht unbedingt schmerzfrei, den dick bandagierten Fuß in den Turnschuh zu quetschen, aber es gelang ihm. Poseidon ertrug indessen den stetigen Strom von Beschimpfungen mit stoischer Gelassenheit und leckte die letzten Reste des gedünsteten Huhns an Kürbis mit einem Hauch von Petersilie aus der Dose.

Die Holzstufen im Treppenhaus quietschten, als Marvin humpelnd hinab in den Hof hastete. Kühler Fahrtwind zerrte an seinen schweißnassen Haaren, während er in höchstmöglichem Tempo, jede Abkürzung nutzend und jede Verkehrsregel ignorierend, Richtung Berlin-Mitte fuhr. Es war Viertel vor zehn, als er sein Fahrrad mit etwas zittrigen Händen an eine Straßenlaterne schloss.

Als er die Tür zum Antiquariat öffnete, drang eine zornige Frauenstimme an seine Ohren:

„... warum hörst du eigentlich nie auf mich?"

„Wenn ich mich nicht irre, habe ich neulich erst auf deinen Rat hin die Schaufenster neu gestaltet." Es war die Stimme von Rasmus, die leicht amüsiert auf diesen Vorwurf antwortete.

„Du weißt genau, was ich meine!" Die Frau seufzte und fuhr etwas versöhnlicher fort: „Du musst doch einsehen ..."

Marvin humpelte in den hinteren Teil des Ladens. „Guten Morgen. Störe ich?"

Rasmus und die attraktive junge Dame, die sich ihm als Frau Mansfeld vorgestellt hatte, blickten auf. Der alte Mann lächelte erfreut. „Guten Morgen, Marvin. Sie stören keinesfalls. Ich habe mir schon Sorgen gemacht."

Die junge Frau schaute etwas verschnupft drein.

„Es tut mir leid, dass ich mich verspätet habe", meinte Marvin. „Ich werde die Arbeitszeit selbstverständlich nachholen ..."

Rasmus winkte ab. „Darf ich Ihnen meine Enkelin Linnéa vorstellen? Linnéa, das ist Marvin Heider, mein neuer Mitarbeiter."

„Guten Morgen." Marvin humpelte näher und reichte ihr die Hand. Heute war sie etwas legerer gekleidet. Sie trug ausgewaschene Jeans und ein helles T-Shirt. Es stand ihr sehr gut.

„Guten Morgen", erwiderte die junge Frau und zeigte die Andeutung eines Lächelns. „Wir hatten ja bereits das Vergnügen."

Marvins Blick wurde magisch von den winzigen Sommersprossen auf ihrer Nase angezogen.

„Du meine Güte, Sie bluten ja!", rief Rasmus plötzlich erschrocken.

Marvin senkte den Blick. Sein heller Leinenturnschuh wies einen langsam wachsenden dunkelroten Fleck auf. „Oh! Ich äh ... hatte heute Morgen einen kleinen Unfall."

Die junge Frau hob fragend die Brauen.

„Ich bin in eine Glasscherbe getreten." Marvin winkte ab. „… ist eine längere Geschichte."

„Am besten, Sie lassen Linnéa mal einen Blick darauf werfen. Sie hat vor ihrem Studium eine Ausbildung zur Krankenschwester absolviert", bemerkte Rasmus. „Ich hole rasch den Verbandskasten." Der alte Mann öffnete die Bodenluke.

„Also, das ist doch wirklich nicht nötig …", stammelte Marvin.

„Mein Großvater hat recht", unterbrach Linnéa ihn. „So eine Scherbe kann tief schneiden. Vielleicht muss die Wunde genäht werden."

„Aber ich kann doch nicht … mitten im Laden …"

„Dann kommen Sie mit nach unten", meinte die junge Frau resolut. „Brauchen Sie Hilfe?"

„Nein, danke, es geht schon, aber …"

Linnéa stieg bereits die Stufen hinab.

Marvin blieb nichts anderes übrig, als ihr zu folgen. *Ich frage mich, woher ich diese besondere Gabe für peinliche Situationen habe.*

„Am besten, Sie setzen sich nach nebenan", meinte Linnéa.

Sie wies ihn an, auf einem der Sessel neben dem mächtigen Apothekenschrank Platz zu nehmen. Rasmus tauchte mit einem schweren Blechkasten unter dem Arm wieder auf. Der Behälter wies etliche Beulen auf und das rote Kreuz war stark ausgeblichen. Es sah aus, als hätte er bereits als mobiles Feldlazarett im Ersten Weltkrieg gedient.

„Ziehen Sie den Schuh aus und legen Sie Ihren Fuß bitte auf diesen Hocker", befahl die junge Frau.

Marvin unterdrückte ein schmerzerfülltes Keuchen, als er den Schuh vom Fuß zog. Auf keinen Fall wollte er an dieser Stelle das Klischee der theatralisch leidenden Männer bedienen. Doch sein Socken war durchgeblutet, ebenso wie der dicke Wulst des Verbandes.

„Zeigen Sie mal her!"

Notgedrungen gehorchte Marvin.

Die junge Frau kniete nieder und strich sich das lange Haar aus dem Gesicht. Im warmen Schein der Lampe wirkten ihre Züge sehr weich und jung. Ihm fiel auf, dass sie nur wenig Schmuck trug, lediglich eine einfache silberne Kette mit einem altmodisch wirkenden, ovalen Anhänger. Linnéa betrachtete das durchgeblutete Knäuel um seinen Fuß und runzelte miss-billigend die Stirn.

„Ich hatte nicht viel Zeit", entschuldigte Marvin die etwas unorthodoxe Wundversorgung.

„Durch diesen Verband haben Sie ständig Druck auf die Wunde ausgeübt. Das hat die Blutung wahrscheinlich noch verschlimmert. Na, mal sehen." Sie begann, die Schichten des Verbandes zu lösen.

„Brauchst du noch irgendetwas?", fragte Rasmus seine En-kelin, nachdem es ihm gelungen war, die klemmenden Metall-verschlüsse des Kastens zu lösen.

Linnéa schüttelte den Kopf. Ihre Finger arbeiteten geschickt und routiniert. Marvin bemerkte, dass ihr linker Ringfinger einen blassen Streifen aufwies. Natürlich konnte er nur mut-maßen, was das bedeutete, aber unter Umständen war sie auf Männer im Allgemeinen zurzeit nicht gut zu sprechen.

Als der Verband ab war, sickerte Blut aus der Wunde.

„Das sieht böse aus", sagte Linnéa. Gleichzeitig rümpfte sie auf eine Art und Weise die Nase, als wolle sie sagen: ... *und es riecht auch so.*

Möglicherweise lag Marvin mit seiner Interpretation falsch. Aber er spürte dennoch, wie ihm das Blut in die Wangen stieg.

Die junge Frau arbeitete mit reichlich Desinfektionsmittel. „Ich werde versuchen, die Wunde mit Pflastern zu klammern", meinte sie. „Wenn es nicht hält, müssen Sie zum Arzt gehen und sie nähen lassen."

Marvin nickte und sog gleich darauf die Luft ein, als Linnéa ihre Ankündigung engagiert in die Tat umsetzte. Er biss die Zähne zusammen und ließ die Prozedur über sich ergehen.

„Am besten, Sie halten den Fuß ruhig und lagern ihn eine Zeitlang hoch", sagte Linnéa und erhob sich.

„Vielen Dank …"

„Keine Ursache." Sie entsorgte den blutigen Verband mit spitzen Fingern im Papierkorb und wusch sich die Hände. „Sie müssen sich etwas gedulden. Ich habe noch einen wichtigen Termin, aber in ungefähr zwei Stunden bin ich wieder da. Dann fahre ich Sie nach Hause."

„Das brauchen Sie wirklich nicht", begann Marvin, „ich meine, Sie haben doch bestimmt Wichtigeres …"

„Ist längst entschieden", unterbrach Linnéa ihn. Dann wandte sie sich um und hauchte Rasmus einen Kuss auf die Wange. „Tschüss, Opa, ich muss los. Denk bitte an das, was ich dir gesagt habe!"

Der alte Mann lächelte und strich ihr eine Locke aus der Stirn. „Sorg dich nicht so viel und hab einen guten Tag."

Sie schürzte die Lippen. Dann nickte sie Marvin knapp zu. „Bis später."

„Bis … äh … aber Sie müssen das wirklich nicht …"

Die junge Frau verließ den Raum und stieg die Treppe hinauf. Kurz darauf erklang das Klingeln des Glöckchens und die Ladentür fiel ins Schloss.

Etwas hilflos blickte Marvin zu seinem Arbeitgeber. „Das Ganze ist mir wirklich sehr unangenehm."

„Machen Sie sich keine Gedanken." Der alte Mann winkte ab. „Sie ist nicht über Sie verärgert, sondern über mich."

Marvin schwieg. Was sollte er dazu auch sagen?

Rasmus verstaute den alten Blechkasten im Schrank. Er bewegte sich behutsam, als müsse er jede Bewegung ganz bewusst und konzentriert ausüben. *Er hat noch immer Schmerzen*, ging es Marvin durch den Kopf. Er räusperte sich und meinte: „Ich komme mir, ehrlich gesagt, ein bisschen nutzlos vor. Gibt es irgendetwas, das ich für Sie tun kann?"

„Ja", erwiderte Rasmus. „Sie können Ihr Bein hochlagern, damit die Wunde an Ihrem Fuß heilen kann." Der alte Ladenbesitzer zwinkerte ihm zu und nahm einen Stapel Papiere aus einem Fach.

Marvin kam sich ausgesprochen nutzlos vor. Aber noch während er darüber nachgrübelte, wie er mit dieser unangenehmen Situation umgehen sollte, erklang die Ladenglocke. *Kundschaft*, dachte Marvin erleichtert. *Wenn Rasmus oben beschäftigt ist, ist es wenigstens nicht mehr ganz so unangenehm, hier tatenlos herumzusitzen.*

„Herr Eichdorff?", dröhnte eine tiefe Männerstimme nach unten.

„Ich bin in der Apotheke, Pfarrer Zustrow", rief der alte Mann. „Kommen Sie ruhig herunter."

Marvin seufzte leise.

Schwere Schritte ertönten und Schuhsohlen quietschten leise auf den Treppenstufen. Der kahlköpfige, rotwangige Mann, der kurz darauf den Raum betrat, kam Marvin bekannt vor.

„Schön, Sie zu sehen, Pfarrer Zustrow", begrüßte Rasmus ihn und reichte dem Neuankömmling die Hand. „Darf ich Ihnen meinen neuen Assistenten Herrn Heider vorstellen?"

Der mit einem dunkelgrauen Anzug bekleidete Mann um die fünfzig hielt sich nicht mit Begrüßungen auf. Er schien Marvin kaum zu bemerken und meinte an Rasmus gewandt: „Wo ist er?"

Der alte Mann hob fragend die Brauen.

„Hat er Ihnen eine Adresse hinterlassen, als er hier war?" Die Stimme des Mannes war tief und volltönend, aber es lag etwas Gehetztes in ihr.

„Um ehrlich zu sein, ich weiß nicht, von wem Sie reden", entgegnete Rasmus sanft. „Aber bitte setzen Sie sich doch. Darf ich Ihnen einen Tee anbieten?"

„Nein, danke." Der Pfarrer nahm gegenüber von Rasmus steif auf der vorderen Kante eines Stuhles Platz. Sein ohnehin schon gerötetes Gesicht wurde noch eine Spur dunkler. Die verschiedensten Emotionen spiegelten sich darin wider – Zorn, Scham und vor allem Furcht. Er schürzte die Lippen, fuhr sich anschließend mit der Hand über die Augen und meinte dann zögernd: „Ich kann natürlich verstehen, dass Sie ... Wie soll ich sagen ... möglicherweise eine gewisse Aversion gegen mich hegen. Mein Verhalten letztens war unbeherrscht und unangemessen. Ich muss mich dafür entschuldigen ..."

In diesem Augenblick fiel Marvin ein, woher er den Mann kannte. Es war der Geistliche, der am Tage seines Vorstellungsgespräches wutentbrannt aus den unteren Räumlichkeiten gestürzt war und mit Drohungen auf den Lippen den Laden verlassen hatte.

Der Mann senkte den Blick und starrte auf seine Hände. „Ihr Bild von mir ist sicherlich nicht allzu positiv. Aber ..." Er blickte auf und in seinem Gesicht lag ein Ausdruck der Verzweiflung. „Ja, ich weiß, ich habe Fehler gemacht, schwerwiegende Fehler ... Aber es gibt immer zwei Seiten, und die

Informationen, die Sie erhalten haben, waren durchaus subjektiv gefärbt. Ich ...“ Er winkte ab und starrte an Rasmus
vorbei auf die Wand. Seine Augen schimmerten feucht. Dann
sagte er leise: „Bitte, helfen Sie mir! Stellen Sie einen Kontakt
her. Lassen Sie mich wenigstens einen Brief schreiben ...“

Die Heftigkeit der Emotionen irritierte Marvin. Er fühlte
sich recht fehl am Platz und wäre am liebsten unauffällig aus
dem Raum gehuscht. Da dies leider nicht möglich war, versuchte er, sich so unsichtbar wie möglich zu machen.

Rasmus blickte den Mann mit einer seltsamen Mischung
aus Traurigkeit und Zuversicht an. „Pfarrer Zustrow, gerne
nehme ich Ihre Entschuldigung an. Mir war durchaus aufgefallen, dass Sie zutiefst beunruhigt waren, und ich trage Ihnen in
keiner Weise irgendetwas nach. Aber ich muss Ihnen auch in
aller Deutlichkeit sagen, dass hier ein Irrtum vorliegt. Ich habe
keine Informationen erhalten und meines Wissens auch keinen Kontakt zu irgendeiner Person, die Sie suchen könnten.“

Der Geistliche starrte ihn an. Sein Gesicht wurde eine Spur
blasser. „Wollen Sie damit sagen, mein Sohn war nicht bei Ihnen?“

„Es tut mir leid.“ Rasmus schüttelte den Kopf. „Ich kenne
Ihren Sohn nicht.“

„Aber ...“, stammelte der Pfarrer, „diese Geschichte ... Das
war doch meine ... unsere Geschichte ...“ Er blickte auf und
eine Spur von Misstrauen lag in seiner Stimme. „Wie ist sie in
Ihre Hände geraten?“

„Meine narratorische Apotheke speist sich aus den unterschiedlichsten Quellen. Manchmal kenne selbst ich die wahre
Herkunft einer Geschichte nicht genau. In diesem Fall jedoch
fällt es mir nicht schwer, Ihnen Auskunft zu geben.“ Rasmus
lächelte sanft. „Dies ist ein Teil meiner eigenen Geschichte.“

„Ihrer ...?“ Der Pfarrer starrte ihn an. Zuerst stand pure Verwirrung in seinem Gesicht geschrieben, dann machte sich Enttäuschung breit. Er holte tief Luft und erhob sich. „Ich ... danke Ihnen dafür, dass Sie sich Zeit genommen haben. Bitte entschuldigen Sie die Unannehmlichkeiten ...“

„Darf ich Sie bitten, noch einen Augenblick zu verweilen, Pfarrer Zustrow? Glauben Sie mir bitte, ich weiß, wie Sie sich jetzt fühlen.“

Ein Ausdruck der Verbitterung huschte über das Gesicht des Geistlichen. „Seien Sie mir nicht böse, aber das möchte ich bezweifeln ...“

„Über Jahre hinweg loderten in Ihnen die Flammen des Zorns“, fuhr Rasmus leise fort. „Zorn auf ihn, Zorn auf Sie selbst und Zorn auf Gott. Mal loderten diese Flammen hell, mal schwelten sie in stiller, aber heißer Glut. Doch nun ist das Feuer erloschen ...“

Der Pfarrer starrte ins Nichts.

„Und jetzt wird offenbar, was die Flammen lange Zeit verbargen ... Verzweiflung ...“ Die Stimme des alten Mannes wurde noch leiser, und die Worte, die über seine Lippen kamen, schienen aus der Tiefe seiner Seele zu stammen. Marvin spürte, es waren eigene Erinnerungen, die hervorperlten wie giftiges, schwarzes Öl, das an die Wasseroberfläche dringt. „Nein, weit mehr als Verzweiflung ...“, flüsterte Rasmus. „Wenn die Flammen des Zorns verlöschen, bleibt eine unerträgliche Leere zurück, ein düsteres, schwarzes Loch der Hoffnungslosigkeit. Dort gibt es kein Leben mehr, weder gutes noch böses, weder Hass noch Liebe, nur die eisige Kälte der Verlorenheit ...“

„Es ist die Hölle ...“, kam es stumpf von den Lippen des Mannes.

„Nein." Rasmus schüttelte den Kopf. „Es ist das Tal der To-
desschatten ..."

Marvin wusste nicht, was sich hinter diesen Worten verbarg. Aber für den Pfarrer schienen sie irgendeine Bedeutung
zu haben. Der Mann blickte auf. Die Andeutung eines müden,
winzigen Lächelns legte sich um seine Mundwinkel. Er setzte
sich, steif und ungelenk, als müsse er sich diese Bewegung erst
wieder in Erinnerung rufen.

Rasmus blickte auf seine Hände. „Es mag paradox erscheinen, aber der erste Gedanke, der diese dumpfe Leere durch-
drang und Luft zum Atmen brachte, war folgender: *Es geht
nicht um mich!*"

Der Pfarrer sah ihn fragend an.

„Wer in sich selbst verkrümmt ist, presst das Leben aus sich
heraus wie eine Schlange, die den Würgegriff um die eigene
Kehle immer weiter verstärkt. Aber letztlich geht es nicht um
mich ..." Rasmus suchte den Blick seines Gegenübers. „...
und das schließt alles mit ein ... auch mein Versagen."

Etwas im Blick des Geistlichen verkrampfte sich, aber er
schwieg.

„Sie haben die Geschichte damals nicht zu Ende gehört ..."

Der Blick des Pfarrers war auf irgendetwas gerichtet, das
nur er sehen konnte. Er beugte sich vor und stützte die Ellbogen auf die Knie, die Hände so fest ineinandergefaltet, dass die
Knöchel weiß hervortraten. Dann nickte er langsam. „Lesen
Sie ... bitte."

Rasmus erhob sich. Marvin warf ihm einen fragenden Blick
zu und deutete mit einem Nicken zur Tür. Der Alte schüttelte
den Kopf. Dann ging er zur narratorischen Apotheke, öffnete
eine der Schubladen und kam mit einem etwas dickeren Manuskript zurück. Er setzte sich und legte die Unterlagen auf

seinen Schoß. Ein kleines Lächeln umspielte seine Lippen: „Bitte, vergessen Sie nicht, Pfarrer Zustrow, in jedem Brücken-wärter steckt auch ein Wanderer."

Marvin runzelte die Stirn. Der Geistliche starrte auf seine Hände.

Rasmus machte keine Anstalten, seine rätselhaften Worte zu erklären. Stattdessen begann er zu lesen, und seine Stimme ließ Bilder aus den Zeilen emporsteigen, so klar, lebendig und eindrücklich, als tauche man ein in die eigene Erinnerung.

Die Brücke

Der Sturm heulte und fauchte wütend durch die Spalten und Klüfte des nasskalten Felsens. Agnus klammerte sich fest. Die Finger in einen scharfkantigen Riss gepresst, suchte er auf den winzigen Felsvorsprüngen mit seinen groben Stiefeln verzweifelt Halt. *Diese Brücke hält euch alle zum Narren!*, hallte die Stimme des Bärtigen in ihm wider. Er ertastete einen rutschigen Felskopf, verlagerte sein Gewicht und löste eine Hand. Seine klammen Finger suchten hektisch nach dem nächsten Griff. Und gleichzeitig war ihm die Absurdität seiner Situation bewusst. Wie um alles in der Welt war er hierher gelangt? Zorn loderte in ihm auf. Hätte nicht gerade er es besser wissen müssen? Wut verdrängte für einen Augenblick seine Furcht und gab ihm neue Kraft. Er fand eine Lücke im Gestein und kletterte höher. Hatte er nicht immer und immer wieder erfahren müssen, dass all die wohlgesetzten Worte sich als Lüge erwiesen? Warum folgte er noch immer diesem Pfad? Er presste sich in einen Spalt und rang nach Atem. *Weil ich ein Licht gesehen habe,* gab er sich selbst zur Antwort, *den fernen Schimmer einer einzelnen Laterne.*

Agnus biss die Zähne zusammen und kletterte weiter. Noch zweimal rutschte er ab, ehe es ihm gelang, mit klammen, wunden Fingern die abgeflachte Kuppe des hohen Felsblocks zu umfassen. Unter Aufbietung all seiner Kräfte wuchtete er sich empor. Eiskalter Wind peitschte ihm ins Gesicht und er kroch auf dem Bauch über den scharfkantigen Granit. Als er weit genug von der Kante entfernt war, fand er den Mut, sich aufzurichten. Er stemmte sich gegen das Tosen des Sturmes und blickte sich um. Was er sah, ließ ihn beinahe den Halt verlieren. Das konnte doch nicht mehr die Brücke sein! Es war jenem Bauwerk, das er zu Beginn seiner Reise betreten hatte, so fremd wie nur irgendetwas ... und es war furchterregend.

Agnus fand sich auf dem Grat einer gigantischen Felsklippe aus schwarzem Granit wieder, die sich wie eine scharfkantige Klinge Hunderte von Meter aus dem tosenden Meer erhob. Die aufgewühlten Wasser weit unter ihm tobten wie zornschnaubende Urtiere aus grauer Vorzeit. Die Brandung donnerte mit einer solchen Wucht gegen den Fels, dass ihr Dröhnen selbst durch Wind und Regen hindurch bis hier oben zu vernehmen war. Düstere Wolken hatten sich am Himmel zu einer schwarzen, brodelnden Masse zusammengeballt.

Agnus erschauerte.

Weit hinten auf dem schmalen, schwarzen Felsgrat glaubte er, einen schwankenden kleinen Lichtpunkt auszumachen. Ein warmes Leuchten inmitten tobender Urgewalten. Wie um alles in der Welt hatten die alte Jungfer und der einfältige Junge das geschafft?

Agnus begann vorwärtszumarschieren. Der Sturm zerrte an seinem Mantel und peitschender Regen durchnässte ihn bis auf die Haut. Agnus marschierte, so schnell es der trügerische Boden erlaubte. Doch das Licht kam nicht näher – im Gegenteil, es schien sich immer weiter fortzubewegen. Sein Körper sandte verzweifelte Signale der Erschöpfung. Und irgendwann fiel ihm auf, dass er mit jedem Atemzug flüsterte: „Ich kann nicht mehr ... ich kann nicht mehr."

Nach einem Anstieg, der Agnus fast alle Kraft kostete, die noch in ihm steckte, verbreiterte sich der schmale Grat allmählich, und etwas Dunkles, Massiges tauchte seitlich des Pfades auf. Agnus erkannte Mauern und schräge Dachgiebel – ein Haus.

Endlich! Ein Brückenhaus. Hoffnung glomm in ihm auf. Einen Moment lang spürte Agnus so etwas wie Geborgenheit. Der Gedanke an ein wärmendes Kaminfeuer und eine weiche, trockene Bettstatt gab ihm neue Kraft und er schritt schneller aus. Im Schatten des Hauses verlor der Sturm an Kraft; die Elemente zerrten nicht länger an ihm. Endlich durfte er ruhen. Für heute war er genug gewandert. Seine klammen Hände griffen nach der Klinke, er drückte sie herunter und zog, dann stemmte er sich gegen die Tür ... Sie bewegte sich nicht. Das Haus war verschlossen. Das konnte nicht sein! Es war Gesetz, dass die Brückenhäuser stets allen Wanderern offen stehen mussten.

Nach einem Moment des Erstaunens packte ihn der Zorn. Er hämmerte gegen das feuchte, rissige Holz. „Öffnet die Tür für einen müden Wanderer!" Nichts geschah.

„Aufmachen!" Die Tür erzitterte unter seinem wütenden Fußtritt. „Verdammt!" Agnus zog seinen klammen Mantel enger um sich und lief um das Haus. Als er an eines der vergitterten Fenster kam, drückte er sein Gesicht so dicht wie möglich an die Scheibe und versuchte, irgendetwas zu erkennen. Es blieb düster. War das Haus etwa unbewohnt? Das war unmöglich! Keines der Brückenhäuser war ohne Brückenwärter! So lautete das Gesetz!

Der Wind nahm an Wucht zu und drückte Agnus beinahe gegen die unverputzte Wand des alten Hauses. Er musste hinein, irgendwie! Zitternd vor Kälte, Zorn und Erschöpfung umrundete er den Bau und fand schließlich eine morsche, verschlossene Kellerluke. Ein Fußtritt ließ das uralte Holz erzittern und der Riegel gab knirschend nach. Agnus riss die Luke auf. Vollkommene Finsternis starrte ihm entgegen.

Er trat ein paar Stufen hinunter in den Windschatten des Gemäuers. Dann holte er die Öllampe aus seinem Rucksack hervor und entzündete sie. Eine winzige Flamme leckte zögernd am Docht. Rasch stülpte er das Sturmglas darüber, damit sie nicht von einem Windzug wieder verlösche. Die Flamme blieb klein. Selbst als er den Docht höherdrehte, veränderte sie sich nicht. Ihr Schein war kaum stark genug, die nackten und mit Spinnenweben bedeckten Ziegel der nächstgelegenen Kellerwand zu erreichen. Vorsichtig schüttelte er das bauchige Gefäß. Es war beinahe leer! Ein jäher Schreck durchzuckte ihn. Wie konnte das sein? Die Lampe war zu Beginn seiner Reise vollgefüllt gewesen und er hatte sie bislang nicht ein einziges Mal entzündet! Hastig untersuchte er das Tuch, in dem die Lampe eingeschlagen gewesen war. Doch es war vollkommen trocken. Kein Öl war ausgetreten.

Agnus hockte sich auf den kalten Boden und starrte in die Finsternis des Kellers. „Willst du mich verhöhnen, Erbauer der Brücke? Dein Haus ist leer, und das Öl in meinen Händen zerrinnt schon, bevor ich es überhaupt verwendet habe. Sag, sind alle deine Versprechungen so hohl?"

Niemand antwortete, kein Zeichen erschien an der düsteren Kellerwand. Stattdessen vernahm Agnus erneut in seinem Inneren eine kalte, zornige Stimme: *Diese Brücke hält euch alle zum Narren.*

Einige Atemzüge lang hockte Agnus auf dem Boden und fühlte sich so leer wie ein seit Jahrhunderten ausgetrockneter Brunnen. Dann erhob er sich langsam und stieg mechanisch die knarrenden Treppenstufen nach oben. Die obere Tür war so morsch, dass sie beinahe aus den Angeln brach, als er mit der Schulter dagegenstieß.

„Ist da wer?", rief er, ohne wirklich eine Antwort zu erwarten. Nur der Wind zerrte an den Fenstern und pfiff durch Ritzen und Spalten.

Der Versammlungsraum des Hauses war leer. Einige staubige Bänke standen in dem kalten Saal. Das Feuer im Kamin schien vor Äonen erloschen zu sein. Agnus erschauerte. Er spürte etwas vage Vertrautes. Mit einem wachsenden Gefühl der Beklemmung wandte er sich um. Natürlich war es völlig absurd; es konnte nicht sein. Die Brückenhäuser ähnelten einander. Schließlich waren sie nach den gleichen Prinzipien erbaut. Aber das war auch alles ...

Wie von unsichtbaren Fäden gezogen, führten ihn seine Schritte zurück auf den Flur. Noch während er sich selbst versicherte, dass sein Gefühl ihn trügen musste, dass diese unheimliche Ahnung vollkommen absurd war, dass das Schreckenshaus seiner Kindheit sich ganz woanders befand, öffnete er die Tür zu der kleinen Kammer direkt neben dem Saal. Der schwächliche Schein seiner Lampe huschte über die staubigen Dielen. Er schluckte trocken. Unendlich langsam trat er ein. Dann hob er den Arm. Ein Lichtschimmer fiel auf den niedrigen Deckenbalken. Agnus spürte, wie sein Herz einen Schlag aussetzte. Da waren sie! Einfache Bilder, von kindlicher Hand in das alte Holz geritzt, unverändert und genauso, wie er sie in Erinnerung hatte. Schwindel überkam ihn. Er lehnte sich an die Wand. *Ich bin wieder hier! All die Jahre der Flucht, all die Qualen, alle Fragen und alle Hoffnung – und nun bin ich wieder hier!*

Es war unmöglich! Aber war nicht ständig das Unmögliche geschehen, seit er die Brücke zum zweiten Mal betreten hatte?

Langsam sank er zu Boden und hockte sich auf die kalten Dielen, so wie er als Kind dort gehockt hatte, ängstlich auf die tiefe, dröhnende Stimme lauschend, die er mehr als alles hasste. Versunken in Gedanken, in denen Furcht und Trotz sich die Waage hielten. Er hockte genau dort, wo er als junger Mann ein letztes Mal gesessen hatte, erfüllt von loderndem Zorn, bereit, seiner Vergangenheit für immer den Rücken zu kehren. Mit einem Gefühl von Freiheit hatte er die Insel betreten, hatte alles gekostet, wovor man ihn immer gewarnt hatte. Mit grimmiger Befriedigung hatte er jedes einzelne der ehernen Gesetze gebrochen, die man ihm mit harter Hand eingeprügelt hatte. Und doch ... Irgendwann war der Geschmack dieser neuen Freiheit schal geworden. In ihm blieb ein seltsamer Hunger zurück, der nirgendwo gestillt werden konnte. Wohin er auch gewandert war, stets war er ein Heimatloser geblieben. Irgendwann hatte er innegehalten und eingesehen, dass es nur zwei Wege gab, die er beschreiten konnte. Entweder er gab es auf, die Leere in sich selbst auf Dauer füllen zu wollen, oder aber er machte sich auf und suchte jenen Ort, an dem die Sehnsucht geboren wurde.

So war er zurückgekehrt. Er erinnerte sich an diesen Tag, als wäre es gestern gewesen ...

Agnus stand auf einer sonnenbeschienenen Hügelkuppe. Weit unter ihm donnerte das brodelnde und von silbrig-schaumiger Gischt gekrönte Meer gegen die steil aufragenden Klippen. Über den tosenden Fluten spannte sich ein gewaltiger, anmutig geschwungener Bogen, dessen Ausmaße in der hereinbrechenden Nacht nicht zu ermessen waren – die Brücke!

Er schauderte beim Anblick des gigantischen, jahrtausendealten Bauwerks. Die Brücke reichte, so sagte man, bis an die Ufer des jenseitigen Landes.

„Ich bin wieder hier", flüsterte er.

Winzige Lichter waren auf der Brücke zu erkennen. Ein Strom warm leuchtender Punkte bewegte sich auf festem Boden langsam auf das Meer hinaus. Die Lichter der Wanderer.

Vielleicht waren es weniger geworden, aber noch immer war ihre Zahl beeindruckend. Hoffnung keimte in ihm auf. Aber gleichzeitig, wie ein Reflex aus alter Zeit, flüsterte eine Stimme in ihm: *Lass dich nicht täuschen. Der Weg ist schmal und dornig und der Verderber ist niemals fern.* Kalt wie der eisige Hauch des Nordwinds fügte sie hinzu: *Nur wenige von denen, die losziehen, werden auch das Ziel erreichen ...*

„Ein beeindruckender Anblick, nicht wahr?", unterbrach eine tiefe Stimme seine Gedankengänge.

Aus seiner Versunkenheit herausgerissen, schaute Agnus überrascht auf. Sein Blick streifte ein altertümliches, dunkles Gewand. Für einen winzigen Moment krampfte sich alles in ihm zusammen und das Blut rauschte in seinem Kopf. Dann wanderte sein Blick zum freundlich lächelnden Gesicht des Mannes, dessen spärlicher Haarkranz im Licht der untergehenden Sonne flammend rot leuchtete.

Agnus atmete tief durch. „Ja!"

Der Brückenwärter lächelte. „Die meisten Reisenden, die an dieser Stelle stehen, empfinden ehrfürchtiges Staunen. Aber das jenseitige Land ist weit. So weit, dass Empfindungen verblassen. So mancher Wanderer vergisst sogar, wohin er unterwegs ist."

„Schwer vorstellbar", meinte Agnus.

Der alte Mann nickte. „Ja, aber die Brücke hat ihre eigenen Gesetze, und wer zurückschaut, kann rasch die Orientierung verlieren."

Agnus runzelte die Stirn.

„Wenn ich dir einen Rat geben darf ..." Der alte Brückenwärter blickte Agnus freundlich, aber eindringlich an. „Was auch geschehen mag, denk immer daran: Die Brücke ist nicht das, was du siehst, sondern das, was dich trägt."

Agnus konnte sich beim besten Willen nicht vorstellen, warum sie nicht schlicht und ergreifend beides sein sollte, aber er schwieg.

„Heute Nacht kannst du gerne im Brückenhaus schlafen", bot der Alte an, „und morgen früh gemeinsam mit einer Gruppe anderer Wanderer deine große Reise antreten."

„Gerne", erwiderte Agnus und versuchte, die Beklemmung abzuschütteln.

Wider Erwarten schlief Agnus in dem einfachen Brückenhaus gut. Aber er war dennoch froh, es rasch wieder verlassen zu können. Am Morgen schloss er sich einer bunt gemischten Gruppe von ungefähr zwei Dutzend Wanderern an. Ihre Augen glänzten erwartungsvoll, als sie den steinigen Pfad betraten, der sich hinab zur Brücke wand.

Der alte Brückenwärter nahm sich Zeit, sie einzeln zu verabschieden. Jedem von ihnen drückte er eine Öllampe aus Ton in die Hand. „Lass dein Licht leuchten und sieh nicht zurück zur Insel. Folge stets dem Weg des Brückenbauers ..."

Agnus nahm das unscheinbare, einfache Tongefäß schweigend entgegen. Das Siegel des Brückenbauers war darin eingraviert – eine stilisierte Hand mit einem Hammer und einem Nagel. Die freundlichen Abschiedsworte des Mannes glitten an ihm vorüber, und eine andere Stimme wurde in ihm laut, wohlvertraut und verhasst: *Sorgt immer dafür, dass ihr genug Öl habt!* Harte Augen, in denen ein kaltes Feuer glühte, richteten sich auf ihn. *Wenn euer Öl zur Neige geht und euch die Finsternis umhüllt, werdet ihr in die Irre gehen und verloren sein für immer!*

Erschrocken zuckte Agnus zusammen, als sich eine Hand auf seine Schulter legte. Der Brückenwärter blickte ihn fragend an.

„Danke ...", murmelte Agnus.

„Bleib behütet auf deinem Weg." Der Alte lächelte.

Hastig wandte sich Agnus ab. Rasch wickelte er die Lampe in einen Lappen und verstaute sie in seinem Rucksack. Dann eilte er den Pfad hinab. Es dauerte eine ganze Weile, bis sein klopfendes Herz sich beruhigte und die Schatten der Vergangenheit vom hellen Sonnenlicht vertrieben worden waren. Er hielt sich etwas abseits von den anderen und schritt in seinem eigenen Tempo aus. Nur zwei Mitglieder der Gruppe hielten sich hartnäckig in seinem Rücken – eine ältere Frau um die sechzig mit dem Tonfall und dem Habitus einer Dorfschullehrerin und ein einfältiger, dicklicher Jugendlicher, der aufgeregt neben ihr herwatschelte.

Ihre Kommentare störten den erhabenen Moment, als Agnus die Sohlen seiner Wanderschuhe zum ersten Mal auf die uralten Steine des sakralen Baus setzte.

„Guck mal da drüben", quäkte der junge Mann, „warum ist dieses Brückenhaus so hoch, Tante Miria?"

„Es wurde zur Ehre des Erbauers errichtet."

„Aha." Der Junge schwieg einen Augenblick nachdenklich. „Ich wusste gar nicht, dass er sich hohe Gebäude wünscht."

Die Frau lachte. „Nun, so genau hat er das auch nie gesagt."

„Na ja, zum Glück ist die Brücke stabil genug für so viele Steine."

„Da hast du recht, Beni." Die Frau lachte erneut. Ein bisschen albern, wie Agnus fand. Er seufzte und schritt noch ein wenig schneller aus. Die Steine aus hartem, rotem Granit unter seinen Füßen hatten zweifellos alle ihre eigene Geschichte zu erzählen. Sie waren jahrtausendealt. Männer und Frauen von großer Weisheit und tiefer Barmherzigkeit hatten auf ihnen ihre Spuren hinterlassen, und später hatten begnadete Künstler Pfeiler, Geländer und Brückenhäuser von betörender Schönheit

erschaffen, die den mächtigen Bau krönten und ihm eine erhabene Würde verliehen. Es gab eine ganze Reihe von Wanderern, auf die Agnus gerne verzichtet hätte. Aber dieser Bau
war ohne Zweifel ein beeindruckender, Ehrfurcht gebietender
Anblick. *Zum Glück ist die Brücke stabil genug für so viele Steine.*
Er schüttelte über die Albernheiten des Jungen den Kopf.

Kurz darauf stellte er zufrieden fest, dass er die beiden Stö-
renfriede inzwischen einige Hundert Schritte zurückgelassen
hatte. Das Meer brauste tief unter ihm und der Wind pfiff ihm
ins Gesicht. Er liebte das raue Klima dieser schier unendlichen
Weite. Wenn die Menschen schwiegen und die Urelemente ihr
Lied sangen, dann fühlte er sich dem Geist des Erbauers stets
besonders nahe. Dann hatte er das Gefühl, wie durch ein Fenster in der Zeit zurückzublicken und die Brücke in ihrem reinen
Zustand zu erspähen, ohne das Geplärr der Narren und die
Verdorbenheit der Schmarotzer, die von diesem Bauwerk lebten.

Stunde um Stunde wanderte Agnus dahin und bekam kaum
einen anderen Wanderer zu Gesicht. Das überraschte ihn,
hatte er doch am vorangegangenen Abend aus der Ferne die
dichten Scharen der Öllichter gesehen. Die Brücke schien noch
weitaus größer und mächtiger, als es zunächst den Anschein
gehabt hatte. Mit ihren Wiesen und Parks glich sie stellenweise
eher einer natürlichen Landzunge als einem Bauwerk. Ehe der
Abend dämmerte und er das nächste Brückenhaus erreichte,
begegnete er kaum einer Menschenseele.

Agnus fröstelte, als er in den Eingang des Gebäudes trat.
Ferne Erinnerungen wurden in ihm wach. Rasch eilte er durch
den Flur in den gut gefüllten Versammlungssaal. Im offenen
Kamin prasselte ein Feuer. Wanderer hatten ihre Mäntel abgelegt und es sich an einfachen Holztischen gemütlich gemacht.

Es wurde eine warme Suppe gereicht. Er suchte sich einen Platz in der Nähe des Kamins, von wo aus er die anderen ungestört beobachten konnte.

Etwas irritiert bemerkte er, dass in einer Ecke des Zimmers auch bereits der dickliche Junge und die hagere Frau saßen. Er war sich eigentlich sicher gewesen, dass er die beiden viele Meilen hinter sich gelassen hatte. Aber möglicherweise waren sie an ihm vorbeigezogen, als er in einem Obsthain gerastet hatte. Kopfschüttelnd stellte er fest, dass der Junge den Docht seiner Lampe weit herausgedreht hatte, als wolle er den gesamten Raum alleine damit erhellen. Wenn er dies schon den ganzen Abend über so gehandhabt hatte, musste das Öl fast aufgebraucht sein.

Die Frau gähnte verstohlen in ihre Hand und meinte dann freundlich lächelnd: „Du kannst deine Lampe jetzt ruhig auslöschen, Beni. Gewiss sind die Wanderer nun alle eingekehrt, und es ist Zeit, schlafen zu gehen.“

„Aber, Tante Miria, draußen ist es doch dunkel. In der Dunkelheit muss das Licht brennen!“

„Natürlich, aber es war heute ein anstrengender Tag. Du musst dich ausruhen. Morgen kannst du die Lampe wieder brennen lassen.“

So werdet ihr nicht weit kommen, dachte Agnus. Aber er sagte nichts. Jeder musste seine eigenen Entscheidungen treffen.

Etwas widerwillig löschte der Junge seine Lampe aus.

Agnus wandte sich ab und starrte in die Flammen des Kamins. Als die mächtigen Scheite nur noch schwach glommen, nahm er seine Decke, zog sich in eine Ecke des Zimmers zurück und legte sich schlafen.

Einige Tage blieb Agnus bei dieser Gruppe. Bald jedoch begann er, sich zunehmend unwohl zu fühlen. Ungute

Erinnerungen kamen hoch, wenn die Wanderer ihre traditionellen Lieder sangen, und in der Art und Weise, wie sie miteinander umgingen, entdeckte er vieles, das ihm missfiel. Die Schatten der Vergangenheit holten ihn ein und nahmen ihm schier die Luft zum Atmen.

Eines Morgens, als die anderen noch schliefen, brach er auf und trat alleine in den nebligen, kalten Morgen hinaus. Die Feuchtigkeit kroch in seine Kleidung, und er schritt forsch aus, um sich warm zu halten.

Zu gerne hätte Agnus wieder den Wind der Freiheit gespürt und das Rauschen der Wogen vernommen. Stattdessen schien der Nebel immer dichter zu werden und das moosbewachsene, ausgewaschene Pflaster unter seinen Füßen wurde glitschig und trügerisch. Selbst das scheinbar allgegenwärtige Zeichen des Brückenbauers hatte an dieser Stelle dem Wirken von Wind und Wetter nicht standhalten können. Nur hier und da erblickte er halb verwitterte Andeutungen in einem Pfeiler der Brüstung oder einem Stein, der noch nicht vollständig von Moos überwuchert war.

Die wabernden Nebel schienen Raum und Zeit zu schlucken. Agnus verlor jedes Gefühl dafür, wie lange er unterwegs war. Zum ersten Mal kam ihm der Gedanke, dass er möglicherweise in die Irre gelaufen war. Natürlich war dies eine Brücke, und sie führte nur in zwei Richtungen, aber sie war auch viel größer und unübersichtlicher, als er vermutet hatte.

Alte Zweifel begannen, an Agnus zu nagen. Die Frage aller Fragen – ob der Brückenbauer und all die Geschichten, die sich um ihn rankten, am Ende nicht doch bloß eine große Lüge waren – drängte an die Oberfläche seines Bewusstseins. Nur mit Mühe gelang es Agnus, die düsteren Gedanken zu verbannen. Er versuchte, die Kälte in seinem Herzen durch beherztes

Ausschreiten zu vertreiben. Das Pflaster unter seinen Füßen war inzwischen losem Geröll gewichen und der Nebel wurde zunehmend dichter. Er brauchte irgendeinen Anhaltspunkt, sonst würde er sich auf dieser Brücke tatsächlich noch verlaufen.

Er beschloss, sich an der Brüstung zu orientieren. So rasch es ging, wanderte er seitlich über Geröll und moosiges Gestein und erreichte schließlich das Brückengeländer. Doch statt einer steinernen Mauer war da nur ein rostiges Gitter, hinter dem wallender Nebel den Blick in die Ferne verdeckte. Agnus vernahm das leise Glucksen von Wasser, das tief unter ihm die Pfeiler der Brücke umspülte. Müde lehnte er sich vor, um einen Blick nach unten zu werfen.

Kurz darauf vernahm er ein hässliches, kreischendes Geräusch. Ehe er recht begriff, was es damit auf sich hatte, gab das Geländer nach. Agnus spürte, wie er nach vorne kippte. Er stieß ein erschrockenes Keuchen aus und klammerte sich hektisch an die rostigen Stangen. Mit einem dumpfen Knirschen brachen diese aus der Verankerung und er sackte abrupt ein ganzes Stück nach unten. Das Gefühl zu fallen ließ ihn einen panischen Schrei ausstoßen. Den Bruchteil einer Sekunde später kam er auf dem Gitter zu liegen, das nunmehr beinahe waagerecht über den Brückenrand hinausstand. Rost rieselte zwischen seinen Fingern hindurch in die Tiefe. Agnus wagte kaum, sich zu rühren. Er rechnete damit, dass sich das auf und ab wippende Geländer jeden Augenblick unter seinem Gewicht aus der Verankerung lösen und ihn mit hinab in die Tiefe reißen würde.

Plötzlich drang eine Stimme durch den Nebel.

„Verflucht sollt ihr sein, ihr Heuchler und Narren!" Schwere Tritte stampften über das Geröll. Jemand kam näher.

„Achtung!", keuchte Agnus heiser. Irgendwie gelang es ihm, seine klammen, verkrampften Finger vom Gitter zu lösen. „Achtung, die Brüstung ist trügerisch und kann jeden Moment zusammenbrechen!" Mit zitternden Gliedern tastete Agnus sich zurück auf festen Grund. Er blieb kurz am Boden hocken, bis sich sein Herzschlag etwas beruhigt hatte und er wusste, dass seine Beine ihn wieder tragen würden.

Die Schritte kamen rasch näher und die zornige Stimme murmelte irgendetwas von verlogenen Kleingeistern.

Staunend beobachtet Agnus, wie ein bärtiger Mann in einem weiten, dunklen Mantel aus den Nebeln trat und sich dicht neben ihn an den Abgrund stellte. Nicht die geringste Spur von Furcht zeichnete sich auf seinem Gesicht ab, als er hinabsah. Stattdessen stieß der Mann mit wuchtigen Tritten gegen eine der rostigen Streben, die sich bislang noch im Boden gehalten hatte. Es gab ein kurzes metallisches Kreischen und ein Teil des Geländers löste sich und fiel in die Tiefe.

Agnus' Herzschlag setzte beinahe aus, als er sah, wie morsch die Brüstung tatsächlich gewesen war.

Der Bärtige lachte grimmig. „Da sieht man, was diese angebliche Brücke in Wahrheit ist", knurrte er, ohne Agnus anzusehen, „nichts weiter als ein halb zerfallener Trümmerhaufen, bedeckt vom Staub der Jahrhunderte und völlig verrostet." Der Mann starrte in den Nebel in Richtung der Insel. „Dieses Bauwerk ist der reinste Hohn. Es hält nicht das, was es verspricht!"

„Was willst du damit sagen?", fragte Agnus.

Der Bärtige warf Agnus einen kurzen, abschätzigen Blick zu. „Du hast meine Worte gehört. Die Brücke ist eine Lüge."

„Wie kommst du darauf?"

„Ich habe ihr Ende erreicht."

„Du hast das jenseitige Land betreten?", staunte Agnus.

Der Mann stieß ein höhnisches Gelächter aus. „Das jenseitige Land? Hast du es immer noch nicht begriffen? Es gibt kein jenseitiges Land. Die Brücke endet mitten im Meer, sie führt ins Nichts! Ihr Zweck ist einzig und allein der, die Leute zu täuschen und die Pfründe der Brückenwärter zu sichern ..." Der Mann schwieg einen Augenblick. Es schien, als habe er in den wallenden Nebelschwaden etwas entdeckt. Ein grimmiges Lächeln umspielte seine bärtigen Lippen. „Dachte ich es mir doch", murmelte er.

Er warf Agnus einen wilden Blick zu. „Haben sie dich auch davor gewarnt zurückzusehen?"

Agnus nickte.

„Sie fürchten sich davor." Er nickte, wie um sich selbst zu bestätigen. „Sie haben Angst, dass man die Wahrheit erkennt. Aber ich sage dir: Seit ich zurückschaue, sehe ich mehr als all diese dumpfen Narren, die wie Schafe unter der Knute der Brückenwärter dahintrotten. Ich habe das wahre Gesicht dieser sogenannten Brücke erblickt." Er verzog angewidert das Gesicht und spie aus. Dann trat er ein paar Schritte zurück und warf seinen Mantel ab.

Voller Entsetzen stellte Agnus fest, dass der Mann drauf und dran war, sich von der Brücke zu stürzen. „He, mach keinen Unsinn!"

Der Mann antwortete nicht und Agnus stellte sich ihm in den Weg. „Bist du wahnsinnig?! Du wirst ertrinken!"

„Aus dem Weg!" Der Bärtige nahm Anlauf, stieß Agnus zur Seite und sprang mit einem trotzigen Schrei hinab in die Tiefe.

Erschüttert kroch Agnus an den Rand der Brücke und starrte in den Abgrund. Tatsächlich konnte er den Mann in der Nähe eines Pfeilers schwimmen sehen. Mit kräftigen Stößen entfernte er sich von der Brücke.

„Komm zurück!", rief Agnus. „Vielleicht kannst du am Pfeiler emporklettern. Schwimmend wirst du die Insel nie erreichen. Es ist viel zu weit!"

„Unsinn", rief der Mann zurück, „sie ist kaum hundert Meter entfernt. Diese Brücke hält euch alle zum Narren!"

Was sagte der Mann da? Agnus traute seinen Ohren nicht. War der Kerl völlig wahnsinnig geworden? Seit er die Brücke betreten hatte, war Agnus tagelang gelaufen – wie konnte die Insel da nur hundert Meter weit entfernt sein? Der Brückenwärter hatte gesagt: „Wer zurückschaut, kann rasch die Orientierung verlieren." Aber der Bärtige wirkte ganz und gar nicht orientierungslos. Gab es vielleicht einen ganz anderen Grund, warum man die Leute so vorantrieb? Gab es etwas, das die Brückenwärter insgeheim fürchteten?

Agnus starrte wieder in den Nebel hinaus.

Kurz darauf vernahm er einen triumphierenden Schrei, gefolgt von einem lauten, zynischen Lachen. Hatte der Bärtige tatsächlich die Insel erreicht? War dieser dunkle Strich zwischen den Nebelschwaden etwa die Küste?

Die Geräusche näher kommender Wanderer rissen Agnus aus seinen Gedanken. Er wandte sich vom Abgrund ab und konnte in einigen Dutzend Schritten Entfernung einige Lichter im Nebel ausmachen, von denen eines besonders hell loderte.

Kurz darauf vernahm er eine wohlbekannte quäkende Stimme: „Sieh mal, der Baum dort sieht ganz krank aus!"

„Das ist eine Krüppelkiefer, Beni. Diese Bäume müssen so aussehen."

„Was du alles weißt."

Agnus erhob sich seufzend und folgte den Lichtern, die nun lediglich ein verschwommenes Muster bildeten, in einigem Abstand. Er tat es, ohne darüber nachzudenken. Die Banalität dieser Situation ließ ihn ein grimmiges Lachen ausstoßen. Er hatte einen Mann von der Brücke springen sehen. Eben noch hatten die grundsätzlichsten Zweifel ihn zermürbt, und nun folgte er einem Trottel, einer dürren alten Jungfer und ein paar unbekannten Wanderern auf einem Weg, der vielleicht irgendwo im Nichts endete.

Warum tue ich das?, fragte Agnus sich, während er gleichmäßig einen Fuß vor den anderen setzte. *Ist es reine Gewohnheit? Wäre es nicht einfacher, umzukehren, statt weiterzuwandern und stets aufs Neue enttäuscht zu werden?* Er rutschte auf einem moosigen Stein aus und konnte sich gerade noch auf den Beinen halten. *Ja, vielleicht wäre es einfacher zu springen. Aber wäre es auch richtig?* Er verzog die Lippen zu einem schiefen Grinsen. *Das wird sich spätestens dann herausstellen, wenn ich das Ende der Brücke erreicht habe.*

Die Lichter vor ihm schienen kleiner zu werden. Agnus war gewiss kein langsamer Wanderer und doch schienen die anderen deutlich schneller voranzukommen. Das war erstaunlich. Zwar kam allmählich eine leichte Brise auf, und der Nebel verlor an Dichte, doch der Weg wurde auch zunehmend beschwerlicher. Mächtige, geborstene Felsen lagen überall herum. Es ging immer steiler bergauf. Kaum zu glauben, dass dies noch die Brücke war, die der Erbauer einst angelegt hatte. Der Weg, dem Agnus nun folgte, glich einem Gebirgspfad. Bald musste er seine Hände zu Hilfe nehmen, um über Geröll und Fels zu klettern. In der Ferne war noch immer der Schein einer Lampe zu sehen, der durch stetig dünner werdenden Nebel zu ihm drang.

Mit zusammengebissenen Zähnen kraxelte Agnus weiter. Der Wind wurde stärker und kälter. Nebel kam erneut auf und wirbelte um ihn herum wie Schneetreiben. Dann fand er sich plötzlich vor einer steil aufragenden Wand wieder. Es war ihm ein Rätsel, wie die alte Jungfer und der einfältige Junge dort emporgekommen waren. Aber wenn sie es geschafft hatten, musste es leichter sein, als es aussah. Er begann zu klettern. Es dauerte nicht lange, bis er feststellte, dass er sich getäuscht hatte. Es war nicht leichter, sondern weitaus schwerer und gefährlicher, als es von unten ausgesehen hatte.

Der glatte Fels bot kaum Halt und war zudem noch feucht und kalt. Agnus kletterte höher. Wind pfiff ihm um die Ohren, und er spürte, dass seine Kräfte allmählich nachließen. Der Fels wurde zunehmend rutschiger und plötzlich glitten seine Füße ab. Es gelang ihm gerade noch, sich in einem scharfkantigen Riss festzuklammern. Furcht packte ihn, und während er sich panisch festklammerte, nahm das Brausen der Elemente zu. Der Sturm heulte wütend, er fauchte durch die Spalten und Klüfte des nasskalten Felsens ...

Die Bilder vor seinem inneren Auge verblassten und Agnus starrte wieder auf die nackten Wände der kleinen Kammer.

Er stieß ein bitteres Lachen aus. Es glich wohl einem Wunder, dass er es lebend bis hierher geschafft hatte. Aber es war ein Wunder, das an Zynismus kaum zu überbieten war. Mit aller Macht hatte es ihn fortgetrieben von diesem Haus mit seiner unerbittlichen Strenge, mit seinen kalten Mauern und dem engen gepflasterten Hof. All die Jahre war er davor geflohen, nur um festzustellen, dass sich der schaurige Ort seiner Kindheit mit einem Mal auf diesem einsamen, nassen Felsen wiederfand.

Es gab keinen Platz auf der Welt, von dem er sich weiter weg wünschte als von diesem. Doch wenn es ihn schon hierher verschlagen hatte – warum dann nicht den bitteren Kelch bis zur Neige leeren?

Agnus verließ die Kammer und stieg hinauf in das Obergeschoss. Alle Zimmer waren leer. Einen Moment lang blieb er unschlüssig stehen. Das Haus schien seit Jahren verlassen, doch ein dumpfes Gefühl sagte ihm, dass dies eine Täuschung war.

Schließlich stieg er die schmale, morsche Treppe zum Dachboden hinauf. Dort pfiff ein kalter Wind durch lose Schindeln, es roch muffig und feucht.

Hier kann doch niemand hausen, ging es Agnus durch den Kopf. Dennoch drängte es ihn vorwärts. Im kärglichen Licht der winzigen Flamme durchwanderte er den Dachboden. Ganz am Ende stieß er schließlich auf einen Bretterverschlag. Er zog einen mottenzerfressenen Vorhang beiseite und der dünne Strahl seiner Lampe beschien ein kärgliches Nachtlager. Eine löchrige, durchgelegene Strohmatratze lag auf den staubigen Dielen, darauf, sorgfältig zusammengefaltet, eine fadenscheinige Wolldecke. Darunter lag, halb verdeckt, ein seidenes Kissen, das einstmals rot gewesen sein mochte.

Agnus schluckte. Wen zog es freiwillig an den kältesten, zugigsten und ungeschütztesten Ort dieses halb zerfallenen Hauses? Wer schlief schutzlos und kärglich wie ein Bettler auf fauligem Stroh und hielt dabei, wie einen gestohlenen Schatz, ein Seidenkissen in seinen Armen?

Agnus nahm das Kissen und entdeckte einen langen, notdürftig geflickten Riss, der sich quer über die Unterseite zog. Es schien, als habe jemand das Kissen hastig mit einem Messer aufgeschlitzt und anschließend wieder mit ungeschickten, stümperhaften Fingern zusammengenäht. Einem plötzlichen Impuls folgend, drückte Agnus das weiche Polster zusammen. Es knisterte. Etwas war darin verborgen. Er zögerte. Hatte er wirklich das Recht ...?

Zorn loderte ihn ihm auf. Er hatte alles Recht der Welt! Es war nicht schwer, die dilettantische Arbeit zu lösen. Agnus ertastete zwischen muffig riechenden Daunenfedern einige zusammengefaltete Bögen Papier. Mit klopfendem Herzen faltete er sie auseinander und erstarrte.

Im kärglichen Licht seiner Lampe erkannte er auf dem fleckigen Papier, halb vergilbt und blass, das Gesicht einer Frau. Es war verzerrt und missgestaltet, blickte begehrlich und abweisend, verschlossen und fordernd zugleich. Es war abstoßend und doch enthielt es auch einen Hauch von menschlicher Wärme.

Das Bild spiegelte ein solches Wirrwarr an Empfindungen wider, dass es zu einer grotesken Karikatur geriet. Und doch, Agnus erkannte dieses Gesicht. Ihm wurde heiß und kalt, ein harter Klumpen bildete sich in seiner Kehle. Er schluckte und legte das Bild mit zitternden Händen beiseite.

Darunter befand sich ein noch grausigeres Bild. Eine Fratze starrte ihm entgegen, die Fratze eines Jungen. Sein kindliches Lächeln war zu einem bösartigen Grinsen verzerrt. Er starrte von unten herauf, doch ein Schatten fiel auf sein Gesicht, sodass seine Augen in einem unheimlichen Glanz glühten, als wollten sie dem Betrachter tief in die Seele schauen. Unwillkürlich verspürte Agnus den Drang, das Bild aus den Händen zu legen, doch er tat nichts dergleichen. Er löste seine Augen nicht von diesem Bild, selbst dann nicht, als Tränen seinen Blick verschleierten. Er suchte, bis er ihn fand ... den winzigen Funken kindlicher Unschuld, den der Zeichner dem Jungen bewahrt hatte. Erst dann legte er das Bild beiseite ... das verzerrte, verdorbene Abbild seiner selbst.

Der Hass, der stets wie eine dunkle Glut am Grunde seines Herzens geglommen hatte, loderte auf; heiße Flammen wollten den Mantel der Traurigkeit verzehren, der sich um sein Gemüt gelegt hatte. Sein Blick fiel auf das dritte und letzte Bild. Es zeigte einen düsteren Schatten, ein missgestaltetes Wesen, dessen verzerrtes, schrecklich anzusehendes Antlitz kaum mehr als menschlich zu erkennen war. Es bildete die Seele eines Mannes ab, der von Leidenschaften und grausamer Härte gegen sich selbst zerrissen war.

Abrupt erhob sich Agnus und sah hinauf zu den morschen Schindeln. Er konnte ihn nicht mehr ertragen, den Anblick dieser verzerrten, von der Finsternis gezeichneten Gebilde einer verkümmerten Seele ... und doch, er war mit ihnen verbunden, unlösbar für immer ... Das war sein Erbe.

Ein bitteres Lächeln legte sich auf seine Lippen. Wenn diese Abbilder ohnehin sein Erbe waren, dann konnte er sie auch mitnehmen. Er faltete die drei Bilder zusammen und steckte sie in seine Manteltasche. Dann verließ er das Haus, so rasch er konnte. Um keinen Preis der Welt würde er an diesem Ort Schutz suchen.

Der Wind peitschte ihm entgegen und traf ihn wie ein Faustschlag mitten ins Gesicht. Auch der Regen prasselte mit der Wucht von Hagelkörnern auf ihn herab. Erstaunlicherweise konnte er in weiter Ferne noch immer ein Licht erkennen. Das war eigentlich unmöglich, denn die anderen Wanderer mussten inzwischen viel zu weit entfernt sein. Dennoch war es da und Agnus folgte dem Lichtschein. Vielleicht war es ein winziger Hauch von Hoffnung, ein letzter Funken Sehnsucht, der ihn vorantrieb, vielleicht aber auch nur bitterer Trotz. Er wanderte über einen schmalen Grat toten Felsens, der in die tosende Unendlichkeit des Meeres hineinragte. Der schwache Lichtschein am Horizont schien weiter entfernt als das Ende des Universums. Und der Schein seiner eigenen Lampe drang kaum zwei Schritte weit. In dieser sturmgepeitschten Nacht schien sie ihm nicht mehr als der letzte sterbende Funken einer zu Asche verbrannten Welt.

Agnus bemerkte die Gestalt zunächst als wabernde Schwärze, als dunkles, faseriges Loch, in dem der letzte Funken Licht zu erlöschen drohte. Erst als er bis auf wenige Schritte herangekommen war, erkannte er, dass ein hagerer Mann, der in einen windgepeitschten, fadenscheinigen Mantel gekleidet war, das winzige Licht in der Ferne verdeckte.

„Halt, Wanderer!", dröhnte eine kalte, tiefe Stimme. „Kehr um und geh den schmalen Weg zurück oder du wirst in dein Verderben laufen!"

Agnus hielt abrupt inne und duckte sich, einem alten Reflex folgend, unter der Wucht dieser Worte. Unwillkürlich tastete seine Hand nach den Bildern in seiner Tasche. Dann atmete er tief durch und richtete sich auf. Zorn und ein kaum merklicher Hauch eines anderen, gegensätzlichen Gefühls ließen ihn langsam vortreten. Die winzige Flamme seiner Öllampe erzitterte, als wolle sie verlöschen.

„Kehr um! Hörst du nicht, wie der Verderber schon deinen Namen flüstert?"

„Vater", sagte Agnus und hob seine Lampe, sodass sie sein Gesicht beschien.

Die Gestalt schwieg. Langsam beugte sie sich vor. Der bleiche Schemen eines Gesichtes schien über Agnus in der Luft zu schweben. Dann wich er wieder zurück, hastig, als fürchte er, allzu viel von sich zu offenbaren.

„Das Öl in deiner Lampe ist fast verbraucht, Sohn. Habe ich dich nicht stets gewarnt? Sorge dafür, dass du genug Öl hast! Wenn die Finsternis kommt ..."

„Wo ist dein Licht, Vater?", unterbrach Agnus ihn.

„Ich habe genug Öl in meiner Lampe", erwiderte die Gestalt, und es schien, als drücke sie etwas Dunkles an ihre Brust. „Und ich sehe den Weg wohl. Er ist schmal und gewunden, überall lauern Gefahren."

Agnus wandte sich um. Einen kurzen Moment lang glaubte er, mit den Augen seines Vaters sehen zu können. Er sah einen steinigen, scharfkantigen, einsamen Pfad und wallende Nebel, die sich zusammenballten und Gestalten formten. Rasch wandte er den Blick wieder ab. Für einen Wimpernschlag leuchtete ein warmes Licht über der Schulter seines Vaters auf, dann wurde es von der lodernden Schwärze des wehenden Mantels verdeckt.

„Sieh!", dröhnte die Gestalt. „Der Weg ist schmal. Du musst wachsam sein, immer wachsam, denn der Feind ist listig!"

In diesem Moment geschah etwas Seltsames mit Agnus. Inmitten des wütenden Sturmes, inmitten der Erschöpfung, des brodelnden Hasses und der Furcht erlebte er plötzlich einen kostbaren Augenblick der Ruhe. Doch dann schlugen die Wogen des Lärms und der Bedrängung erneut über ihm zusammen.

„Ja, der Weg ist schmal", erwiderte Agnus, „und du versperrst ihn mir. Siehst du das denn nicht? Schau dich um. Sieh doch die Lichter hinter dir!"

„Du Narr!", ertönte die tiefe Stimme der Gestalt. „Niemand ist an mir vorbeigekommen. Es sind Irrlichter, denen du gerade folgst."

Agnus schüttelte traurig den Kopf.

„Du glaubst mir nicht?", schrie die Gestalt beinahe triumphierend und trat einen winzigen Schritt beiseite. „Nun denn, sieh selbst, wirf einen Blick in den Abgrund. Und dann kehre um oder geh für immer verloren!"

Agnus drängte sich an der Gestalt seines Vaters vorbei. Er trat zwei Schritte vor und hielt abrupt inne. Direkt vor seinen Füßen endete die Brücke! Sie brach ab, als hätte jemand sie mit einer gewaltigen Axt in Stücke geschlagen. Hinter einem scharfkantigen Rand lauerte schwarze Leere, und weit unten prallten, von Gischt gekrönt, die mächtigen Wogen des Meeres an den schwarzen Felsen.

Agnus erstarrte. Eine eisige Klaue griff nach seinem Herzen. *Verloren!*, flüsterte es in seinem Inneren. *Es ist alles verloren!*

Wieder erklang die Stimme des Bärtigen in seinem Inneren:

„*Die Brücke ist eine Lüge.*"

„*Wie kommst du darauf?*"

„*Ich habe ihr Ende erreicht.*"

„*Du hast das jenseitige Land betreten?*"

„*Das jenseitige Land? Hast du es immer noch nicht begriffen? Es gibt kein jenseitiges Land. Die Brücke endet mitten im Meer, sie führt ins Nichts!*"

Agnus hob den Blick. Da, in der Ferne war noch immer das winzige Licht zu sehen. Es flackerte und bewegte sich, es lebte. Ein Irrlicht? Vielleicht. Der kleine Funken Helligkeit veränderte sich einen kurzen Moment lang; es schien, als würde dahinter etwas aufleuchten. Ein Spiegel, ein Bild? Agnus vermochte es nicht genau zu erkennen.

Die Brücke ist nicht das, was du siehst, sondern das, was dich trägt. Es schien beinahe, als würde jemand ihm diese Worte ins Ohr flüstern.

Langsam drehte er sich um. Die hagere Gestalt seines Vaters kehrte ihm den Rücken zu. Agnus merkte, dass seine linke Hand noch immer die Bilder in seiner Manteltasche umklammert hielt.

„Vater?"

Die Gestalt wandte sich um, zögernd, als hielte eine unsichtbare Gewalt sie fest. „Hast du genug gesehen? Bist du nun bereit, dem Abgrund den Rücken zu kehren und den Weg des Lebens zu gehen?" Die Worte wurden hart und kalt hervorgestoßen, als kämen sie von steinernen Lippen.

„Ja", erwiderte Agnus. Dann kniete er nieder und nahm dabei die Bilder aus seiner Tasche.

„Was hast du da?" Die Stimme seines Vaters klang barsch ... aber eine winzige Spur menschlicher.

„Erkennst du sie denn nicht wieder, deine Bilder?", fragte Agnus.

Die Gestalt zuckte zusammen. Es schien, als wollte sein Vater auf ihn zustürmen, um ihm die Blätter zu entreißen. Im letzten Moment hielt er sich zurück. „Gib sie sofort her! Sie gehören dir nicht!", befahl der alte Mann stattdessen mit gebieterischer Stimme.

Vorsichtig stellte Agnus die Öllampe mit der winzigen Flamme auf den Boden.

„Gib der Finsternis in dir keinen Raum, Sohn. Gib zurück, was nicht dir gehört!" In der Stimme seines Vaters lag eine seltsame Mischung aus Bestürzung, Zorn und ... Scham.

„Es ist mein Erbe, oder nicht?"

„Noch bin ich nicht tot."

Agnus sah ihn schweigend an.

Die Gestalt seines Vaters schien zu erschauern. Dann fauchte sie: „Gib mir die Bilder zurück!" Die Hand des Mannes schoss vor. Im schwachen Schein der Lampe wirkte sie hager und gebrechlich, gekrümmt von Krankheit und Alter.

„Ich möchte dir nichts nehmen", erwiderte Agnus und hob das Sturmglas eine Winzigkeit empor.

„Was hast du vor?", kreischte der Mann.

„Ich werde dir etwas schenken", entgegnete Agnus. Dann hielt er die Blätter an den glühenden Docht seiner Lampe. Das Papier fing sofort Feuer. Die zuckenden Flammen beleuchteten das bleiche Gesicht seines Vaters und warfen einen warmen Glanz auf seine schreckgeweiteten Augen. Dann warf Agnus die brennenden Reste hinab in den Abgrund.

Einige Herzschläge lang sahen sie einander an. Die hagere, schwarz gewandete Gestalt seines Vaters starrte auf Agnus hinab. Seine Augen glühten und sein Gesicht bildete eine kalte, steinerne Maske. Er schwieg, die blutleeren Lippen zu einem schmalen Strich zusammengepresst.

Agnus erwiderte seinen Blick. Verblüfft stellte er fest, dass er zum ersten Mal, seit er denken konnte, weder Hass noch Furcht empfand. Er nahm seine Lampe, die noch immer brannte, ja, erstaunlicherweise sogar einen Funken heller zu leuchten schien. Es drängte ihn, etwas zu sagen ... irgendetwas. Doch er spürte, dass es keine Worte gab, die jene Einsamkeit zu durchdringen vermochten, keine Worte ... nur Taten. So nickte er ihr nur zu, der stummen, kalten Gestalt, die sein Vater war, und sein Blick war ohne Hass, ohne Verachtung, ohne Vorwurf. Etwas Neues lag darin. Dann wandte er sich ab und schritt auf den Abgrund zu. Seine Augen hatte er dabei fest auf jenen fernen Punkt gerichtet, von dem noch immer ein Leuchten zu ihm herüberdrang.

„Bleib!", erklang eine raue Stimme hinter ihm.

Agnus schritt weiter. Er blickte nicht nach unten und sperrte das Wüten des Meeres aus.

„Tu es nicht!"

Er ging weiter, auf den Abgrund zu und über ihn hinaus ...

Die Brücke ist nicht das, was du siehst, sondern das, was dich trägt. Seine Füße fanden Halt, sie wurden getragen, irgendwie.

Agnus achtete nicht darauf, er blickte auch nicht nach unten. Er ging einfach weiter. Und mit jedem Schritt, den er tat, kehrte neue Kraft in seine müden Glieder zurück. Das Leuchten in der Ferne schien stärker zu werden. Agnus schloss die Augen. Er brauchte sie nicht. Das Tosen des Sturmes sank herab zu einem Flüstern. Er ging weiter. Etwas strich sanft über sein Gesicht. Dann stolperte er plötzlich, verlor den Halt und stürzte. Erschrocken schrie er auf ... um gleich darauf feuchtes Gras unter seinen Händen zu spüren. Der Geruch von Erde drang in seine Nase. Agnus riss die Augen auf und sah dichtes, üppiges Grün, auf dem einige Wassertropfen perlten, die vom warmen Licht einer Öllampe beschienen wurden.

Plötzlich meldete sich eine quäkende Stimme. „Soll ich dir helfen?“

Als Agnus aufsah, erblickte er das freundlich grinsende Gesicht eines dicklichen Jungen, der ihm seine plumpe Hand hinhielt. In der anderen trug er eine Öllampe, deren Flamme so hell brannte, dass sie im Umkreis von etlichen Metern alles in ihren warmen Schein tauchte.

Agnus ergriff die Hand.

„Ich heiße Beni.“

„Ich weiß“, erwiderte Agnus.

„Gehst du auch ein bisschen spazieren?“

„Nein, Beni, ich bin eben über jenen Abgrund hierhergekommen.“ Agnus deutete mit dem Daumen über seine Schulter.

Der dickliche Junge blickte interessiert in die angegebene Richtung. „Was für ein Abgrund?“, fragte er schließlich.

„Was für ein ...?!“ Agnus fuhr herum und erblickte einen sanft abfallenden Hügel, der zu einer gepflasterten Straße führte. In einiger Entfernung konnte er die verzierten Ornamente der Brückenbrüstung erkennen.

„Aber ...", stammelte er, „eben war da noch ...?!"

„Guten Abend, junger Mann", meldete sich die Stimme einer älteren Frau.

„Hallo, Tante Miria", sagte Beni. „Ich habe noch einen Wanderer getroffen, er heißt ..."

„Agnus", ergänzte Agnus. „Ich habe jetzt eine vielleicht etwas merkwürdig klingende Frage ..." Er wandte sich an die Frau. „Was siehst du da?"

„Eine Wiese und den gepflasterten Weg der Brücke. Warum fragst du?"

„Weil", brach es aus Agnus heraus, „weil da eben noch ein tiefer Abgrund war, ein riesiges Loch über den tosenden Wellen des Meeres!"

Miria nickte. „Ich verstehe."

Agnus starrte sie an, unschlüssig, was er von dieser Reaktion halten sollte.

Ein Lächeln trat auf das Gesicht der älteren Frau. „Ich sehe zwar keinen Abgrund, aber das bedeutet nicht, dass er nicht da war."

Agnus starrte auf die grüne Wiese. „Aber wie ist so etwas möglich? Ich schwöre, eben stand ich noch an einem schwarzen, windumtosten Abgrund, und nun bin ich hier."

„Und morgen zeigt dir die Brücke möglicherweise erneut ein viel raueres Gesicht", erwiderte die Frau. „Ich zweifle nicht an deinen Worten, Agnus. Aber eines solltest du wissen: Alles, was du siehst, was du spürst, was du zu denken vermagst oder auch erträumst, ist nur die Oberfläche ... Die Wirklichkeit ist tiefer, als unsere Augen sehen können."

Agnus blickte nachdenklich an ihr vorbei und beobachtete den dicklichen Jungen, der unbekümmert über die Wiese spazierte, während seine Lampe alles in einen warmen Schein tauchte. „Warum lässt er sie brennen? Der Himmel ist klar, es ist hell genug."

„Hier ja, aber sagtest du nicht selbst, dass du gerade aus Sturm und Finsternis gekommen bist? Beni lässt sein Licht für andere leuchten, nicht für sich selbst."

„Aber ...", murmelte Agnus. Er sah sich selbst am Abgrund stehen, sah das ferne Licht, und die Erkenntnis kam so rein und klar über ihn wie ein Sonnenstrahl, der durch dichten Nebel dringt. „Dann war er es, der die ganze Zeit ... Ich hatte nichts begriffen ... nichts ... Ich komme mir vor wie ein ahnungsloses Kind, das gerade erst sprechen lernt."

„Und das ist nicht das Schlechteste", entgegnete Miria.

„Vielleicht." Agnus sah erneut zu Beni hinüber. Dieses Mal betrachtete er ihn mit ganz anderen Augen.

„Warum brennt seine Lampe immer noch?", fragte er schließlich. „Wenn er sie die ganze Zeit so weit aufgedreht hat, müsste sein Ölvorrat schon seit einer ganzen Weile aufgebraucht sein."

„Oh!" Miria sah ihn überrascht an. „Wusstest du nicht, dass das Öl sich mehrt, wenn die Lampe brennt?"

Agnus blickte sie einen Moment lang mit offenem Mund an. Dann schüttelte er den Kopf und fuhr sich durch die wirren Haare. „Ich glaube, ich habe noch tausend Fragen."

„Dann lass uns besser zu den anderen hineingehen."

„Zu den anderen?"

Sie deutete auf dichtes Buschwerk, das auf der Hügelkuppe hinter ihnen wuchs. Erst jetzt bemerkte Agnus das kleine Brückenhaus dahinter. Durch ein Fenster drang schwach warmes Licht nach draußen.

Miria hakte sich bei ihm unter, dann wandte sie sich um und rief: „Beni, kommst du?"

Der dickliche Junge schüttelte den Kopf: „Ich bleibe noch ein Weilchen. Ich glaube, da draußen ist jemand, für den es gerade sehr dunkel ist."

Sorgfältig legte Rasmus das letzte Blatt zurück auf den Stapel. Marvin blickte zu dem Pfarrer hinüber. Der Mann starrte noch immer auf seine Hände. Er hatte sich die ganze Zeit nicht einmal gerührt. Es schien, als läge ein feuchter Schimmer in seinen Augen, aber das mochte auch täuschen.

Nach einer Minute des Schweigens räusperte sich der rotwangige, schwere Mann und erhob sich. Er reichte Rasmus die Hand und murmelte: „Herr Eichdorff."

Der alte Mann lächelte freundlich.

„Auf Wiedersehen." Der Pfarrer nickte Marvin kurz zu und verließ dann raschen Schrittes den Raum. Den Geräuschen nach zu urteilen schien er es sehr eilig zu haben, den Laden zu verlassen.

Fragend blickte Marvin hinüber zu dem alten Antiquar. Rasmus machte ein erstaunlich fröhliches Gesicht. Dann erhob er sich, schlurfte zu seiner narratorischen Apotheke zurück und verstaute das Manuskript sorgfältig in einer Schublade mit der Aufschrift: *Bei ekklesianischer Sichteintrübung und Liebesparadontose.*

Der Trick

Schweigend beobachtete Marvin den weißbärtigen alten Mann. Hinter der narratorischen Apotheke verbargen sich zweifellos Jahre von Arbeit. Marvin fragte sich, was Rasmus motivierte. Die überschwänglichen Reaktionen seiner Zuhörer waren es wohl eher nicht.

Behutsam nahm der Alte auf dem Sessel Platz. „Wie geht es Ihrem Fuß, Marvin?"

„Alles halb so schlimm." Marvin winkte ab. Dann räusperte er sich und meinte: „Dieser Pfarrer ... wie ist er eigentlich zu Ihnen gekommen?"

Rasmus betrachtete ihn aufmerksam. Er schien aus irgendeinem Grund zu ahnen, dass dies nicht die Frage war, die Marvin eigentlich stellen wollte. Dann zuckte er die Achseln und entgegnete: „Ich weiß es nicht. Nur selten berichten mir die Menschen, wie sie von der Apotheke erfahren haben. Und ich frage auch nicht danach." Er lächelte. „In unseren Gesprächen geht es um wichtigere Dinge."

„Sicher. Aber Sie müssen die ganze Sache doch zuvor in irgendeiner Art und Weise publik gemacht haben."

Rasmus hob verblüfft die Brauen.

„Ich meine, ohne Werbung läuft doch heutzutage gar nichts mehr."

Der Antiquar kratzte sich am Bart und schwieg.

Marvin starrte den alten Mann an. „Soll das heißen, Sie haben sich all die Mühe gemacht, diese ganzen Geschichten zu sammeln ..." – mit einer Handbewegung deutete er auf den mächtigen alten Schrank – „... ohne auch nur den

Funken einer Ahnung zu haben, ob jemand davon erfährt?!"
Er schüttelte den Kopf. „Das ist eine wirklich sehr eigenwillige
Marketingstrategie."

Rasmus stützte die Ellbogen auf die Knie, runzelte nachdenklich die Stirn und blickte ins Leere. Dann sah er wieder
auf. „Darf ich Sie fragen, was Sie in der Brücke gesehen haben?
Was empfinden Sie bei diesem Bild?"

„Was ich empfinde …?", gab Marvin überrascht zurück.
„Über diese Frage muss ich erst einen Moment nachdenken."

Der alte Mann lehnte sich entspannt zurück und wartete.

Marvin versuchte, sich erneut in die Erzählung einzufüh-
len. Er holte die Bilder zurück und ließ sie auf sich wirken.
„Ich empfinde die Brücke als etwas … Geheimnisvolles …
Unberechenbares. Als Liebhaber von Fantasy fasziniert mich,
dass sie uralt und dennoch irgendwie lebendig ist. Zunächst
gibt es da aber auch einiges, das mich eher abschreckt. Da ist
zum einen das Statische der Konstruktion – eine Brücke lässt
ja nicht allzu viele Alternativen offen –, zum anderen sind da
… die Wanderer und diese seltsamen Brückenwärter, die zum
Teil recht lästig zu sein scheinen. Später aber wird deutlich:
Die Brücke ist nicht das, was sie auf den ersten Blick zu sein
scheint. Was zunächst starr schien, erweist sich als erschreckend veränderlich und dynamisch, und hinter der schein-
baren Naivität eines Menschen verbirgt sich manchmal auch
eine große Stärke. Zusammenfassend könnte man sagen: Das
Eigentliche ist unsichtbar."

Rasmus lächelte. „Man spürt, dass Sie Geschichten lieben,
Marvin." Er beugte sich vor. „Nun stellt sich natürlich die Frage: Was ist das Eigentliche?"

Marvin tippte sich mit dem Finger ans Kinn. „Können dies
nicht verschiedene Dinge sein – je nach Situation?"

„Vielleicht. Aber was ist das Eigentliche in dieser Geschichte?“

„Ich würde sagen, es zeigt sich in dem Moment, in dem Agnus am Abgrund steht und den ersten Schritt darüber hinaus tut …“

Rasmus kniff die Augen zusammen. „Aber auch der bärtige Mann, der glaubt, dass man ihn betrogen hat, tut einen Schritt über den Rand der Brücke hinaus“, warf er ein.

„Das ist nicht dasselbe“, erwiderte Marvin. „Der Bärtige springt ins Wasser, weil er die Brücke für eine Täuschung hält. Agnus geht über das Wasser, weil er den *Abgrund* für eine Täuschung hält. Oder besser gesagt, weil er darauf vertraut, dass die Brücke da ist, selbst wenn er sie nicht sieht.“

„Besser kann man es nicht formulieren.“

„Warum haben Sie dem Pfarrer diese Geschichte vorgelesen?“, erkundigte Marvin sich.

„Weil er sich selbst zu wichtig nahm und daran verzweifelte“, erwiderte Rasmus bedächtig. „Weil er kurz davor war, jegliche Hoffnung zu verlieren. Weil er das Eigentliche fast vergessen hatte.“

„Okay …“, sagte Marvin. „Und das halten Sie jetzt für eine Antwort?“

Rasmus lachte. Dann beugte er sich vor, sah ihm in die Augen und meinte: „Sie wollen wissen, was diese Geschichte mit mir zu tun hat?“

„Ich bin wohl ziemlich leicht zu durchschauen.“

Der Alte zuckte mit den Schultern. „Ich an Ihrer Stelle würde mich das auch fragen.“ Sein Blick wurde nachdenklich und ernst. „Ich habe die Kirche gehasst“, begann er dann leise. „Schon der Geruch der alten Kirchenbänke löste in mir Übelkeit aus. Der Anblick der verstaubten Gesangbücher jagte mir einen Schauer über den Rücken. Und wenn der Pfarrer auf die Kanzel stieg und die Holzstufen unter seinen schweren Schritten knarrten, dann verkrampfte sich alles in mir, und ich wollte nur noch fort, fort von diesem furchtbaren Ort."

Marvin war überrascht von der Heftigkeit dieser Aussage. Das hatte er nicht erwartet.

„Irgendwann war ich alt genug, um meine eigene Entscheidung zu treffen", fuhr Rasmus fort. „Ich kehrte der Kirche den Rücken, warf den Glauben über Bord und machte mich auf und davon. Viele Jahre lang rannte ich fort, hielt Abstand zu allem, was mich auch nur im Entferntesten an jenen Ort des Grauens erinnerte, und doch kam ich nicht davon los. Denn irgendwann stellte ich fest, dass ich die Bilder meiner Kindheit stets mitnahm. Egal, was ich tat, sosehr ich auch rannte – ich konnte ihnen nicht entfliehen. Das ist nämlich das Perfide an der Vergangenheit: Wenn ich vor ihr fliehe, wird sie mich verfolgen. Nur wenn ich mich ihr stelle, habe ich die Chance, mich von ihr zu befreien. Also blieb ich stehen und wandte mich um … Ich zwang mich, genau zu betrachten, was mich da eigentlich verfolgte." Rasmus machte eine Pause. Es schien, als würde er vor seinem inneren Auge noch einmal all das sehen, was er damals gesehen hatte. „Es war erstaunlich, wie klein das hässliche, schwarze Ding war, vor dem ich davongelaufen war, und wie gewöhnlich. Was mich damals von der Kanzel herab angeschrien hatte, waren kleinbürgerliche Engstirnigkeit, Angst vor Veränderung, primitive Machtgelüste und Furcht vor der eigenen Schwäche, die dann auf andere projiziert wurde. Ich sah Misstrauen, Selbstherrlichkeit und vor allem Angst." Er blickte Marvin an und lächelte leicht. „Ich muss gestehen, ich war recht erschrocken darüber."

„Weil die erhabene Kirche so erschreckend menschlich war?“

„Nein.“ Rasmus schüttelte den Kopf. „Weil ich das Falsche über Bord geworfen hatte. Ich erkannte nämlich plötzlich, dass es nicht der Glaube war, der die Kirche für mich so abschreckend gemacht hatte, sondern der Unglaube, nicht das Gottvertrauen, sondern das Misstrauen, nicht die göttliche Liebe, sondern die menschliche Kälte. Ich musste mir eingestehen, dass ich mich wegen der Verantwortungslosigkeit anderer selbst aus der Verantwortung für mein Leben geschlichen hatte.“

„Was meinen Sie damit?“

„Ich hatte aufgehört, nach der Wahrheit zu fragen. Ich war an der Oberfläche geblieben. Aber das Eigentliche ist unsichtbar. Oder um im Bild zu bleiben: Die Bestandteile der Brücke, die ich sehe, können durchaus hilfreich sein – ein stabiles Brückengeländer beispielsweise oder ein gepflasterter Weg. Sie können aber auch sehr abschreckend sein – wie ein schmaler, trügerischer Pfad oder ein gigantischer Abgrund. Aber entscheidend ist nicht das, was ich *sehe*, sondern das, was mich *trägt*.“

„Und was trägt mich?“

„Das ist eine gute Frage“, erwiderte Rasmus. „Was trägt Sie, wenn alles, auf das Sie sich sonst verlassen können, auf einmal wegfällt? Was trägt Sie, wenn Sie alleine vor einem Abgrund stehen?“

„Ich war noch nie in einer solchen Situation.“

„Ich schon …“ Rasmus lehnte sich in seinem Sessel zurück und starrte ins Leere. „Der Abgrund ist bodenlos, und die schwarze Unendlichkeit des Alls scheint zu klein, um ihn zu fassen. Und die kalte Nacht, die von dort unten emporsteigt, ist so finster, dass sie alles Licht und alle Wärme aus dir herauspresst. Man spürt nur noch eisige Kälte und Schmerz, und irgendwann kommt der Punkt, an dem man gar nichts mehr empfindet … Das ist das Schlimmste: wenn die Leere wie ein gieriger Parasit in dich eindringt und dich aussaugt bis ins Mark, sodass nichts mehr bleibt, das es wert ist, ‚Leben‘ genannt zu werden …‟

Rasmus schwieg lange, und es schien beinahe, als würde sich ein Teil dieser Leere auch hier in diesem Raum ausbreiten. Marvin fröstelte.

Schließlich fuhr der alte Mann fort: „Und dann, von einem Moment auf den nächsten, spürst du plötzlich einen leisen Atem neben dir. Er ist warm und lebendig und so dicht, dass dein erstarrtes Herz neu zu schlagen beginnt. Du wendest dich um, aber es ist niemand zu sehen. Dann hörst du eine leise Stimme: ‚Ich bin da‘ – mehr nicht. Ein leises Flüstern, aber es entfaltet mehr Macht als ein gewaltiger Donnerschlag. Und mit einem Mal weißt du, es gibt einen, der diesen unendlichen Abgrund überschritten hat. Nun hast du die Wahl: Du kannst verharren und irgendwie versuchen, die Leere in dir und um dich herum zu überdecken, oder du vertraust und wagst einen Schritt hinaus in das schwarze Nichts.‟

Rasmus lächelte. „Und dann wirst du erfahren, dass du getragen wirst.‟

„Sie haben Ihren Glauben wiedergefunden.‟

„Ich würde es etwas anders formulieren: Zum ersten Mal im Leben begriff ich, was Vertrauen heißt.‟

Marvin spürte die Authentizität dieser Worte. Schweigend starrte er den alten Mann an.

„Sprechen Sie ruhig aus, was Ihnen durch den Kopf geht‟, ermunterte ihn Rasmus.

„Was Sie da erzählen, klingt faszinierend, aber es hat so wenig mit meinem Leben zu tun. Die Frage nach Gott spielte für mich nie eine Rolle, und bislang haben mir gläubige Menschen auch wenig Anlass gegeben, daran etwas zu ändern. Ich weiß nicht, wie ich es ausdrücken soll. Vielleicht gibt es Gott wirklich. Es gibt aber nichts, das mich zu ihm treibt. Bitte verstehen Sie mich nicht falsch. Ich will nicht respektlos klingen oder so. Aber die Kirche erscheint mir nicht besonders attraktiv. Ich verspüre auch nicht die Sehnsucht, als Engel im Himmel auf Wolken zu sitzen und Harfe zu spielen ...“

Rasmus lachte. „Ich auch nicht, zumal ich musikalisch nicht besonders begabt bin. Und haben Sie keine Bange: Ich halte Sie nicht für respektlos, nur weil Sie ehrlich sind. Das, was Sie sagen, ist auch mir nicht unvertraut.“

„Ehrlich gesagt, irritiert mich das ein bisschen“, meinte Marvin. „Sie sind doch ein sehr religiöser Mann, oder?“

„Religion kann mitunter sehr hinderlich sein, wenn es darum geht, Gott zu begegnen.“

Marvin runzelte verwirrt die Stirn.

„Religiöse Bräuche, sakrale Bauten, bestimmte Traditionen und ein bisweilen wenig natürlicher Sprachgebrauch von den Kanzeln herab – all das ist leider allzu oft wie ein staubiger Vorhang, der das Eigentliche verdeckt. Gott ist wichtig und die Menschen. Es geht um Beziehungen – alles andere ist nebensächlich. Wenn Sie möchten, kann ich Ihnen einen Trick verraten, wie man mit diesem Problem umgehen kann.“

„Und wie lautet dieser ... Trick?“

„Bleiben Sie bei sich und hören Sie nicht auf zu fragen.“

„Wie meinen Sie das?“

„Sie sind von der Kirche enttäuscht, sie erscheint Ihnen wenig attraktiv und unglaubwürdig?“

Marvin nickte. „Das könnte man so sagen."

„Aber warum sind Sie enttäuscht? Was haben Sie denn erwartet?"

Marvin schürzte die Lippen. „Sie meinen, ich erwarte zu viel?"

„Nein", widersprach ihm Rasmus ernst, „es geht mir nicht darum, die Unzulänglichkeiten der Frommen zu verteidigen. Es geht um die Frage nach der Wahrheit. Sie spüren eine Diskrepanz zwischen Anspruch und Wirklichkeit. Bezieht sich das nur auf die Kirche oder stoßen Sie auch an anderen Stellen auf das Problem?"

Marvin zuckte die Schultern. „Das Scheitern von Idealen haben wir sicherlich auch an anderen Stellen oft genug erlebt. Auch der Kommunismus hat eine grandiose Bauchlandung hingelegt. Und all die jungen Leute im Westen, die mit dem Marsch durch die Institutionen die Welt verändern wollten, sind selbst verändert worden. Irgendwann haben sie ihre Ziele aus den Augen verloren. Macht korrumpiert eben, das wissen wir doch alle."

„Sie nehmen das bemerkenswert locker."

Erneut zuckte Marvin die Schultern. „Ich kann daran wohl kaum etwas ändern."

„Warum nicht?", bohrte Rasmus nach.

„Sie sind wirklich ausgesprochen hartnäckig."

Rasmus lachte. „So lästig wie ein nervendes Kind, dem nie die Fragen ausgehen, nicht wahr?"

„So respektlos würde ich das nie formulieren."

„Ich hätte es als Kompliment aufgefasst", erwiderte der Alte. „Das Schöne ist ja, dass dieses nervende, fragende Kind in jedem von uns steckt. Holen Sie es hervor. Lassen Sie Ihr inneres Kind Ihren erwachsenen Verstand benutzen und Fragen

stellen: Wir wünschen uns echte Toleranz und ergreifen stattdessen die Krücke der Beliebigkeit – warum? Wir wünschen
uns Gerechtigkeit, wir haben ein tief sitzendes Gespür dafür
und dennoch – welche Gesellschaft könnte von sich behaupten, wahrhaft gerecht zu sein? Warum ist das so? Dass Nächs-
tenliebe ein hohes Gut ist, etwas, das jeder praktizieren sollte,
ist nahezu unbestritten. Die Frage ist: Lebt jemand wirklich
danach … lebe *ich* danach?"

Marvin blickte Rasmus fragend an. Mit einem leichten Gefühl des Unbehagens stellte er fest, dass sie von einer
Diskussion über die Schwächen der Kirche mit einem Mal bei
deutlich persönlicheren Fragestellungen gelandet waren.

In diesem Augenblick drang leise das Bimmeln der Ladenglocke zu ihnen hinab.

„Bleiben Sie hier", sagte Rasmus. „Ich kümmere mich
darum." Er erhob sich langsam und ging zur Tür. Am Trep-
penabsatz wandte er sich noch einmal um und meinte: „Wenn
Sie Lust haben, können Sie ja ein wenig in der Rubrik ‚Zur
diagnostischen Bestimmung ausgeprägter anthropologischer
Paradoxie' schmökern. Vielleicht hilft Ihnen das bei Ihren
Fragen weiter."

„Danke für den Tipp."

Der alte Mann stieg behutsam die Treppe hinauf. Marvin
schaute ihm nach. *Anthropologische Paradoxie?* Er konnte eine
gewisse Neugier nicht verhehlen. Vorsichtig erhob er sich und
humpelte zu dem alten Apothekenschrank hinüber. Es war
nicht schwer, die von Rasmus empfohlene Rubrik zu finden.
Der junge Mann zog das Fach auf und fand an oberster Stelle einen Bogen, der eine Art Inhaltsverzeichnis oder Register
enthielt. Er überflog die Zeilen und blieb schließlich an einer
Überschrift hängen: „Ein Nachtmahr".

Ein leichtes Schmunzeln kräuselte seine Lippen. Der Titel verströmte zwar nicht gerade übersprudelnden Optimismus, schien dafür aber recht lebensnah zu sein. Marvin nahm die dünne Mappe mit dem entsprechenden Manuskript zur Hand und humpelte zurück zum Sessel. Vorsichtig legte er seinen malträtierten Fuß wieder auf den Hocker. Er überflog die ersten Zeilen, stutzte und begann stirnrunzelnd noch einmal von vorn.

Ein Nachtmahr

„Entschuldigung, ich möchte ja nicht unhöflich sein, aber ...
Sie haben da ein Ei auf dem Kopf."

Die junge Frau runzelte die Stirn und sah mich an. „Wollen
Sie mich hier anmachen, oder was?", fragte sie.

„Äh ... keineswegs", versicherte ich, „aber ..."

„Dann lassen Sie's!", unterbrach sie mich. Halb ironisch,
halb verächtlich schüttelte sie den Kopf und wandte sich ab.
Anschließend spitzte sie die Lippen und pickte beiläufig eine
kleine graue Assel von dem orangefarben lackierten Mülleimer
an der Bushaltestelle. Es knackte leise, als sie das Tier zwischen den Zähnen zermalmte.

Ich war irritiert. Nun ... genau genommen war ich scho-
ckiert. Stimmte etwas mit meiner Wahrnehmung nicht? Die
junge Frau wirkte wie eine Studentin der Betriebswirtschaft aus
gutem Hause. Sie trug eine cremefarbene Bluse, einen engen
Rock und exquisite Designerschuhe. In der rechten Hand hielt
sie eine schmale Laptoptasche. Sie strahlte Selbstbewusstsein
aus. Ihr Make-up war dezent, Ohrringe und Halskette waren
perfekt aufeinander abgestimmt ... und zwischen ihren streng
zurückgekämmten, dunkelblonden Haaren ragte klar erkennbar ein Ei mit einer hellen, leicht gesprenkelten Schale hervor!
Es schien beinahe so, als würde es aus ihrer Schädeldecke em-
porwachsen.

Die junge Frau schluckte die zerkleinerte Assel hinunter und
schüttelte missbilligend den Kopf, als sie bemerkte, dass ich
sie noch immer unverhohlen anstarrte. Unauffällig rückte sie
weiter von mir ab.

Ich schob mein Basecap tiefer in die Stirn und blickte mich unauffällig um. Erlaubte sich hier irgendjemand auf meine Kosten einen Scherz? Die Straße war menschenleer. Ich entdeckte auch keine versteckte Kamera ...

Verunsichert senkte ich den Blick und konzentrierte mich auf die Pflastersteine. Sie waren absolut gewöhnlich ... vollkommen normal. Dennoch empfand ich sie irgendwie als störend. Ich schabte mit der Fußsohle darüber und wünschte mir sehnlichst, kühle, braune Erde zwischen den Zehen zu fühlen. Die Vorstellung davon war sehr klar, lebendig und seltsam beruhigend, irgendwie bodenständig. Auf der anderen Seite schien mir das Ganze jedoch auch ein klein wenig bizarr.

Das Geräusch des näher kommenden Busses riss mich aus meinen Gedanken. Ich stieg ein und zeigte meine Fahrkarte. Der Fahrer nickte gelangweilt ...

Unfähig, mich zu rühren, starrte ich ihn an. Ein helles, beigefarbenes Ei wuchs aus seiner fast kahlen Schädeldecke.

„Sie ...“ Ich schluckte. „... Sie haben da ein Ei auf dem Kopf.“

„Und Sie versperren den Eingang“, erwiderte der Fahrer, ohne eine Miene zu verziehen.

Etwas pickte von hinten gegen meine Schulter.

„Nun machen Sie schon“, fauchte die junge Frau hinter meinem Rücken.

Hastig, beinahe fluchtartig begab ich mich in den hinteren Teil des Busses und setzte mich auf die letzte Bank. Drei Sitzreihen vor mir saß ein Mann mittleren Alters und las eine Zeitung; durch sein sorgfältig gescheiteltes Haar schimmerte hellbraune Eierschale.

Das Schlagen meines eigenen Herzens dröhnte mir in den Ohren. Wenn sich jemand einen Scherz mit mir erlaubte, dann ließ er sich diesen Spaß einiges kosten.

Die junge Frau nahm ganz vorne hinter dem Fahrer Platz und der Bus fuhr an. An der nächsten Station stieg eine ältere Dame ein. Sie trug einen altmodischen Hut und hielt ihr türkisfarbenes Handtäschchen mit beiden Händen umklammert. Irrte ich mich oder ruhte ihr Blick ein wenig länger auf der Schädeldecke des Busfahrers? Nein, ganz sicher hatte sie das Ei des Mannes bemerkt, ihre Mundwinkel waren missbilligend nach unten gezogen. Und der Blick, mit dem sie die Frisur der jungen Frau streifte, hatte etwas unverkennbar Ablehnendes. Endlich jemand, der den bizarren Kopfschmuck seiner Mitmenschen zur Kenntnis nahm! Als der Bus an einer Ampel hielt, pirschte ich mich vor und setzte mich auf die Bank hinter der älteren Dame.

Ich räusperte mich. „Entschuldigen Sie, wenn ich Sie so direkt anspreche. Aber mir ist aufgefallen, dass Sie ebenfalls die Eier auf den Köpfen der anderen bemerkt haben ..."

„Erschütternd, nicht wahr? Es gibt überhaupt keinen Anstand mehr!" Sie schüttelte den Kopf. „Früher gab es das nicht!"

Ich spürte Hoffnung in mir aufsteigen. „Kann es sein, dass es so eine Art Krankheit ist?", fragte ich.

Die Frau wandte halb den Kopf. Sie schielte zu dem akkurat gescheitelten Zeitungsleser und meinte mit gesenkter Stimme: „Ich glaube, das kommt von diesem ganzen Computerzeugs. Die Leute sitzen doch stundenlang davor und verlieren völlig den Bezug zur Wirklichkeit. Kein Wunder, dass die ganze Welt verrückt spielt." Sie schüttelte entrüstet den Kopf.

„Sie meinen also, die Leute hätten sich gewissermaßen über den Computer mit dieser seltsamen Krankheit infiziert?", hakte ich etwas verwundert nach.

„Sie glauben gar nicht, wie weit es schon gekommen ist", fuhr die ältere Dame fort und kramte in ihrer Tasche. „Neulich habe ich einen jungen Mann gesehen, der hatte sich ein Ei auf die Stirn tätowiert." Sie schnaufte empört. „Jetzt sind sie auch noch stolz darauf! Das ist doch alles nicht mehr normal."

Ein hysterisches Kichern kam in mir hoch und bahnte sich unaufhaltsam seinen Weg nach draußen. „Ja, da haben Sie wohl recht!" Mein Kichern blieb mir allerdings im Halse stecken, als ich sah, wie die ältere Dame eine durchsichtige Plastiktüte aus ihrer Handtasche hervorholte und anfing, trockene Maiskörner daraus zu picken, als sei es das Natürlichste von der Welt.

„Natürlich hatten wir früher auch das eine oder andere kleine Ei auf dem Kopf", meinte sie kauend. „Wir sind ja schließlich auch nur Menschen. Aber dass dies so schamlos in aller Öffentlichkeit gezeigt wird, das geht wirklich zu weit." Sie kratzte sich beiläufig am Kopf, und ich konnte sehen, dass sich ein Ei von der Größe eines Zierkürbisses unter ihrem altmodischen Hut verbarg.

An der nächsten Station verließ ich fluchtartig den Bus.

Der Albtraum wollte allerdings kein Ende nehmen. Wohin ich auch ging – überall wuchs den Leuten ein Ei aus dem Kopf. Die einen trugen es verschämt, die anderen mehr oder weniger offen. Wagte ich es, sie darauf anzusprechen, waren die Reaktionen zwar sehr unterschiedlich, aber allesamt irgendwie unpassend, wie mir schien:

„Ja, ja. Jeder von uns hat sein Eichen zu tragen", sagte die Bäckereiverkäuferin lächelnd. „Bienenstich ist heute im Sonderangebot. Soll ich Ihnen ein Stück einpacken?"

Eine hagere Mittdreißigerin fuhr mich an: „Was geht Sie das an?!"

„,Ovula humanum sunt' – Eier sind menschlich", zitierte ein älterer Mann mit grauem Bart.

Ein Obdachloser empfahl mir: „Schauen Sie sich mal genau die Köpfe der Manager und Bankenbosse an. Dort finden Sie nämlich die fettesten Eier."

Und eine zarte Jugendliche mit Bauchnabelpiercing knurrte: „Leck mich, Alter!"

Ich war an einem Punkt angelangt, an dem ich es für angemessen hielt, professionelle Hilfe zu suchen. Am Bahnhof fand ich eine altmodische Telefonzelle. Sie schien intakt und, was noch wichtiger war, sie verfügte über ein Telefonbuch. Sorgfältig wählte ich die Nummer der Telefonseelsorge. Es meldete sich ein freundlicher Mann mit angenehm sonorer Stimme.

„Entschuldigen Sie bitte die direkte Frage, aber haben Sie ein Ei auf dem Kopf?", begann ich das Gespräch.

Ein sympathisches Lachen war die Antwort. „Ich muss zugeben, so bin ich noch nie begrüßt worden."

Sein Lachen hatte etwas Befreiendes an sich und ich musste unwillkürlich lächeln.

„Warum fragen Sie das?", erkundigte sich der Mann. Es lag keinerlei Vorwurf in seiner Stimme, nur waches Interesse.

„Um ganz ehrlich zu sein, ich bin mir nicht sicher, ob ich anfange, wahnsinnig zu werden. Mir ist nämlich aufgefallen, dass alle Leute, die ich sehe, ein Ei auf dem Kopf haben ..." Ich lachte ein wenig gekünstelt.

„Hm", brummte der Mann. „Was genau meinen Sie damit?"

„Nun, ich meine damit, dass ihnen ein Ei aus der Schädeldecke wächst."

„Schon klar." Der Mann lachte freundlich. „Aber was bedeutet das für *Sie*? Halten Sie es für moralisch verwerflich?"

„Äh ..." Die Frage überraschte mich ein wenig. „Es geht mir nicht um Moral ... Es ist einfach nur so ... Eier wachsen nicht aus den Schädeln von Menschen. Das ist schlicht und ergreifend nicht normal. Es ist sogar völlig anomal!"

„Was wäre denn normal?", hakte der Mann nach.

„Menschen, die weder Eier auf dem Kopf tragen noch nach anderen picken oder Asseln verspeisen."

„Wie viele Menschen ohne Ei auf dem Kopf sind Ihnen denn schon begegnet?"

„In letzter Zeit keiner, um ehrlich zu sein."

Der Mann machte eine bedeutungsvolle Pause. Dann fragte er ganz vorsichtig: „Drängt sich da nicht der Verdacht auf, dass es ganz menschlich sein könnte, ein Ei auf dem Kopf zu haben?"

„Nein! Dieser Verdacht drängt sich ganz und gar nicht auf!", erwiderte ich hitzig.

„Was macht Sie da so sicher?"

„Ich weiß es einfach!", knurrte ich gereizt. Mittlerweile war mir der Mann nicht mehr ganz so sympathisch.

„Wäre es möglich, dass Sie einen sehr hohen Anspruch an sich selbst haben?", fragte der Mann. „Fällt es Ihnen schwer, sich selbst anzunehmen, so wie Sie sind?"

„Es geht hier nicht um mich", erwiderte ich barsch. „Es geht ..." Ich verstummte. Ein Gedanke zwängte sich in meine Gehirnwindungen. Ein Gedanke, der so erschreckend war, dass ich wie erstarrt dastand, unfähig, mich zu rühren oder etwas zu sagen. Es war einfach zu absurd! Es konnte doch nicht ... Ich schluckte. Dann, ganz langsam, hob ich die Hand, nahm mein Basecap ab und tastete vorsichtig nach meiner Schädeldecke. Ich spürte Kopfhaut, dichtes Haar und dann, glatt und kühl und hart ... eine mindestens hühnereigroße Beule. „Oh nein!"

„Hallo, sind Sie noch da?"

Ich ließ den Hörer fallen. In der Scheibe des öffentlichen Fernsprechers spiegelte sich schwach ein prächtiges Ei, das aus meinem Schädel wuchs.

„Hallo ...?", quäkte die Stimme des Seelsorgers aus dem Apparat.

Ich packte das Ding auf meinem Kopf mit der Hand und zog daran – erfolglos. Dann schlug ich mit dem Handballen dagegen. Es tat weh! Das Ei war hart wie ein Stein und fest mit mir verwachsen ...

„Sind Sie noch da ...?", drang es erneut aus dem Hörer.

Fluchtartig verließ ich die Telefonzelle. Was für ein entsetzlicher Albtraum! Hastig setzte ich mein Basecap wieder auf und rannte quer über den Marktplatz. Die Leute wichen mir verwundert aus. Einige lachten, andere riefen mir ärgerlich Schimpfworte hinterher.

Instinktiv hielt ich auf den Stadtpark zu. Ich spurtete an einer Warteschlange vor einer Eisdiele vorbei. Wenigstens zwei Dutzend Menschen standen da und scharrten mit den Füßen. Einige bewegten ruckartig die Köpfe hin und her, andere schüttelten sich, als wollten sie ihre Kleider von Staub befreien. Wenig später sah ich aus dem Augenwinkel mehrere Kinder wütend auf ein schwächeres einhacken. Ich verdoppelte mein Tempo.

Schwer atmend und völlig entkräftet, erreichte ich endlich eine stille Ecke des Stadtparks. Umgeben von dicht belaubten Büschen und im Schatten eines weit ausladenden Walnussbaums blieb ich stehen. Endlich alleine, endlich fernab von all diesem Wahnsinn.

War ich denn wirklich der einzige Mensch, der es nicht normal fand, dass die ganze Welt ein Ei auf dem Kopf hatte? Merkten die anderen denn nicht, dass sie anfingen, sich völlig irre zu verhalten?

Ich wischte mir den Schweiß von der Stirn und hockte mich hin. Gedankenverloren drehte ich die Steine um, die auf dem Boden lagen. Es musste doch einen Weg geben, dieses Ding wieder loszuwerden. Vielleicht war es möglich, das Ei chirurgisch zu entfernen. Voraussetzung dafür war allerdings, dass ich irgendjemanden fand, der bereit war, eine solche Operation durchzuführen. Und alle anderen schienen sich ja für vollkommen normal zu halten.

Unter einem handtellergroßen, flachen Stein kringelte sich ein schöner, fetter Wurm. *Zunächst gilt es also, Gleichgesinnte zu finden*, ging es mir durch den Kopf. Ich pickte den Wurm auf, bevor er sich im Erdreich verkriechen konnte. *Du musst wachsam sein!*, befahl ich mir selbst. *Irgendwo muss es noch andere geben, denen das Verständnis für wahre Menschlichkeit geblieben ist.* Ich schluckte den zappelnden Wurm hinunter und griff nach dem nächsten Stein. *Es kann doch schließlich nicht sein, dass ich der letzte normale Mensch auf Erden bin!*

Marvin blieb eine Weile nachdenklich sitzen. Dann humpelte er zum Apothekenschrank und legte die Geschichte zurück in die Schublade. Es war natürlich nicht gänzlich von der Hand zu weisen, dass der Mensch ein recht widersprüchliches Wesen war. Womöglich das widersprüchlichste Wesen auf diesem Planeten. Aber diese Geschichte … Er schüttelte den Kopf.

Einige Minuten grübelte er vor sich hin. Dann vernahm er Schritte auf der Treppe und wenig später erschien die Gestalt des alten Mannes in der Tür. Sein Gesicht wirkte sehr blass, aber er lächelte. „Wie geht es Ihnen?"

„Danke. Recht gut", erwiderte Marvin. „Ich muss allerdings sagen, diese bizarre Eiergeschichte aus Ihrer Apotheke zeichnet nicht gerade ein schmeichelhaftes Bild der Menschheit."

Rasmus ließ sich auf einen Sessel sinken, der ihm gegen-überstand. „Sie haben also ‚Ein Nachtmahr' gelesen. Ich muss zugeben, die narratorische Dosis ist bei dieser Geschichte recht hoch. Aber ich könnte mir vorstellen, dass Sie sie gut verkraften."

„Um ehrlich zu sein, ich habe mich ein bisschen geärgert."

Der alte Mann lächelte sanft. „Das ist nicht das Schlech-teste."

Marvin verzog die Lippen zu einem schiefen Grinsen. „Ich gebe ja gerne zu, dass die Menschheit ihre Fehler hat. Aber diese Geschichte deutet an, dass sie generell anomal sei, und das scheint mir dann doch ein wenig übertrieben."

Rasmus nickte nachdenklich.

Dann fragte er unvermittelt: „Was halten Sie von dem Be-griff ‚Erbsünde'?"

„Ein furchtbares Wort!"

Der alte Mann nickte. „Das will ich gerne zugeben, vor al-lem, wenn man es moralisch interpretiert. Es ist übrigens ein Wort, das in der Bibel gar nicht vorkommt. Aber es geht dabei nicht darum, den Menschen schlechtzureden oder ihn zu un-terdrücken. Es geht auch nicht um Moral, sondern es ist der Versuch, etwas viel tiefer Liegendes in Worte zu fassen."

Marvin hob die Brauen. „Nämlich?"

„Es geht um den gravierenden Widerspruch, den jeder Mensch in sich trägt. Er unterscheidet uns von allen anderen Wesen auf diesem Planeten. Ein weiser Mann namens Ches-terton hat es einmal so ausgedrückt: ‚In einem Wirsing drängt alles dahin, einen guten Wirsing hervorzubringen, dagegen drängt in einem Menschen nicht alles dahin, das hervorzu-bringen, was wir einen guten Menschen nennen.' Der Mann war Kriminalschriftsteller, er wusste also, wovon er redete."

Marvin kratzte sich nachdenklich am Kopf „Da ist schon etwas dran … Aber nicht jeder Mensch ist ein Verbrecher."

„Natürlich nicht." Rasmus nickte. „Es fällt uns leichter, den inneren Widerspruch zu erkennen, wenn wir die Menschheit als Ganzes betrachten. Für fast jeden Menschen ist ersichtlich, dass keine Bestie so bestialisch sein kann wie der Mensch und kein nicht menschliches Wesen so unmenschlich. Aber das geht nicht tief genug. Letztlich ist es entscheidend zu erkennen, dass ich selbst ebenfalls diesen Widerspruch in mir trage. Ich habe eine sehr genaue Vorstellung von dem, was einen wahrhaft guten Menschen ausmachen würde, aber in aller Regel schaffe ich es nicht einmal ein paar Stunden, auch wirklich entsprechend zu leben. Und das ist verwirrend. Kein Huhn trägt etwas Unhühnerhaftes in sich. Ein Wal trachtet nicht nach Dingen, die er eigentlich ablehnt. Und nicht ein einziger Regenwurm auf diesem Planeten strebt die Weltherrschaft an und verbirgt seine Machtgelüste hinter der Täuschung, etwas Besseres schaffen zu wollen."

„Vermutlich."

„Wir Menschen tragen jedoch einen tief gehenden Widerspruch in uns, nicht nur die Menschheit als solche, sondern jeder Einzelne von uns. Etwas ist in uns, untrennbar mit uns verbunden und doch so unmenschlich wie eine bösartige Geschwulst …" Er schmunzelte. „… oder aber eben wie ein Ei auf dem Kopf."

„Eine durchaus frustrierende Vorstellung", bemerkte Marvin. Nach einem Moment des Nachdenkens fügte er hinzu: „Aber selbst wenn ich das für den Augenblick einmal so hinnehme, erschließt sich mir nicht, was das mit Gott zu tun hat. Und es macht mir auch die Kirche nicht sympathischer. Der Mensch ist widersprüchlich, und er ist auf dem besten Wege, diesen Planeten zu zerstören. Vielleicht ist er schlicht eine Fehlkonstruktion?"

„Möglicherweise", erwiderte Rasmus freundlich. „Dann würde sich natürlich die Frage stellen: Wie ist diese Konstruktion zustande gekommen? Und vor allem: Welche Konsequenzen ziehen wir daraus?"

Verdauungsextrakte und muffiger Tee

In diesem Augenblick erklang die Ladenglocke. „Irgendwann räumt dir noch jemand den Laden aus, wenn du deine ganze Zeit im Keller verbringst", erklang Sekunden später die Stimme einer jungen Frau.

Rasmus lächelte. „Ich freu mich auch, dich zu sehen", rief er. „Komm runter, dein Patient wartet schon!" Dann meinte er, an Marvin gewandt: „Lassen Sie uns ein andermal weitersprechen. Jetzt wird es wirklich Zeit, dass Sie nach Hause kommen."

Marvin spürte einen Hauch von Enttäuschung, dass ihr Gespräch so abrupt endete. Gleichzeitig merkte er jedoch auch, wie sein Puls sich beschleunigte, als er die leichten Schritte die Treppe herabkommen hörte. Er wertete dies als kein allzu gutes Zeichen.

„Es tut mir leid, dass es ein wenig länger gedauert hat." Die junge Frau gab Rasmus einen Kuss auf die Wange und nickte Marvin zu. Ihr Gesicht wirkte etwas blass und abgespannt.

Marvin lächelte verlegen. „Das braucht Ihnen ganz und gar nicht leidzutun. Ganz im Gegenteil – es ist mir sehr unangenehm, dass ich Ihnen solche Umstände bereite …"

„Unsinn", unterbrach ihn die junge Frau und strich sich eine Strähne ihres Haares hinters Ohr. „Wenn Sie den Fuß jetzt belasten, muss er wirklich noch genäht werden. Kommen Sie, ich helfe Ihnen." Sie griff nach seinem Arm, um ihn zu stützen.

Die Treppe war recht eng. Ihre Haare kitzelten an seiner Wange, als sie ihm die Stufen hinaufhalf, und ihre Hüfte streifte seinen Oberschenkel. Er konnte ihr Parfüm und einen Hauch von Pfefferminzbonbon riechen. Schade, dass die Treppe so kurz war. Auch peinliche Verletzungen hatten so ihre Vorteile, wie er gerade feststellte.

„Bleiben Sie die zwei Tage bis zum Wochenende zu Hause, Marvin", sagte Rasmus.

„Ich glaube nicht, dass ich so lange brauchen werde."

Sie verabschiedeten sich, und Linnéa führte ihn zu einem uralten VW Polo, dessen Farbe man am ehesten als Schlamm-grünmetallic bezeichnen konnte. Sie öffnete die Beifahrertür und kletterte routiniert über Schalthebel und Handbremse auf die Fahrerseite.

„Die andere Tür lässt sich nur von innen öffnen", erklärte sie. „Das Schloss funktioniert nicht mehr richtig, seit ich einen Betonpoller touchierte, weil ich einer ungefähr 85-jährigen Mopedfahrerin ausweichen musste, die auf der falschen Seite fuhr. Steigen Sie ein."

Marvin fegte dezent einige leere Schokoriegelverpackungen von der Sitzfläche und nahm Platz. Der Motor startete mit einem asthmatischen Röcheln und der Kassettenrekorder des Autoradios schaltete sich ein.

„Im Grunde genommen bin ich noch glimpflich davon-gekommen", meinte Linnéa, während sie, ohne zu blinken, losfuhr, ihrem Großvater zum Abschied zuwinkte und gleich-zeitig die etwas blecherne Musik von „Abba" leiser stellte, die aus den maroden Lautsprechern drang. „Die alte Dame be-zichtigte mich eines Mordanschlags, und ich war froh, dass sie mir nicht ihr Gebiss an den Schädel warf, nachdem ich ihr er-klärt hatte, dass ich mich recht unschuldig fühlte, da ich ja von der richtigen Seite aus in die Einbahnstraße eingebogen sei." Linnéa gestikulierte wild mit den Händen und rammte dann den Schalthebel zurück in den zweiten Gang. „Das ist eben Berlin. Ich weiß nicht, ob ich diese Stadt lieben oder hassen soll." Sie trat das Gaspedal durch, ließ den Motor aufheulen und schaffte es noch über die Ampel, als diese gerade auf Rot umschaltete. „Wo muss ich eigentlich hin?"

Marvin erklärte ihr den Weg.

„Na, wunderbar", grollte sie. „Das führt uns direkt durch eine Armada von Baustellen. Kennen Sie eine Abkürzung?"

„Nur mit dem Fahrrad."

Linnéa murmelte etwas Unverständliches. Anschließend zwängte sie sich bei einer Fahrbahnverengung zwischen ein Taxi und einen silberfarbenen BMW und ignorierte das wütende Hupen der beiden anderen Verkehrsteilnehmer souverän.

„Vielen Dank, dass Sie mich nach Hause bringen", meinte Marvin. „Ich muss gestehen, es ist mir ein bisschen peinlich, dass Sie sich wegen meiner Ungeschicklichkeit so viel Mühe machen müssen."

„Unsinn." Linnéa winkte ab. „Ich habe etwas gutzumachen. Ich fürchte, bei unseren ersten Begegnungen war ich nicht besonders freundlich zu Ihnen."

Marvin errötete leicht. Er zuckte die Achseln. „Halb so wild."

Die junge Frau trat auf die Bremse und sie standen in ihrem ersten Stau. Marvin betrachtete sie von der Seite. Bei hellem Tageslicht wirkte ihr Gesicht noch blasser und es lagen dunkle Schatten unter ihren Augen. Auch wenn sie sich um einen lockeren Tonfall bemühte, lag etwas Angespanntes in ihren Zügen.

„Sie sehen nicht gut aus …", begann Marvin.

„Danke." Linnéa verzog die Lippen zu einem spöttischen Lächeln.

„Nein, so war das nicht gemeint. Ganz im Gegenteil …" Marvin spürte, wie er erneut rot wurde. „Ich meine … es scheint Ihnen gerade nicht so gut zu gehen."

„Es ging mir schon besser." Sie starrte durch die Windschutzscheibe angestrengt auf die Bremslichter eines Lieferwagens.

„Sie machen sich Sorgen."

Ein Bauarbeiter warf seinen Presslufthammer an. Der Lärm ließ die Scheiben des alten Polos erzittern. Zwei weitere Arbeiter an der Baustelle lehnten müßig auf ihren Schaufeln und starrten einer jungen Radfahrerin hinterher, die sich an den wartenden Autos vorbeizwängte.

Der Lieferwagen fuhr weiter. Linnéa schien es nicht zu bemerken.

„Es geht weiter", meinte Marvin.

Linnéa gab abrupt Gas und sie ließen den Lärm der Baustelle rasch hinter sich.

„Ist es wegen Ihres Großvaters?", fragte Marvin nach einer Weile. Linnéa bog in eine enge Straße ab und lenkte gleich darauf den Wagen in eine Auffahrt, um einen heranbrausenden Pizzalieferanten vorbeizulassen. Als sie weiterfuhr, meinte sie leise: „Er ist schon jemand ganz Besonderes."

Marvin nickte. Ein paar Querstraßen weiter fragte er: „Sie haben eine sehr enge Beziehung zueinander, nicht wahr?"

Linnéa sagte nichts. Ihr Gesicht war noch blasser geworden und es schienen feine Schweißtropfen auf ihrer Stirn zu stehen.

„Dort vorne links ist es", sagte Marvin. „Sie können mich an der Straßenecke rauslassen."

Die junge Frau nahm die Kurve mit beeindruckender Geschwindigkeit. Sie hielt allerdings nicht an, sondern fand zweihundert Meter weiter eine Parklücke. Die Felgen des Wagens gaben unangenehme Geräusche von sich, als sie am Bordstein entlangschrammten.

Linnéa stellte den Motor ab. Ihr Gesicht war kalkbleich, als sie sich Marvin zuwandte. „Könnte ich vielleicht …" Sie gab ein merkwürdiges Geräusch von sich und ihre Augen wurden groß.

„Was …?"

Sie presste die Hand vor den Mund und versuchte noch, sich rechtzeitig abzuwenden, aber es war zu spät. Schwallartig übergab sie sich. Ihr halb verdautes Mittagessen, das offensichtlich aus einer riesigen Portion Bohneneintopf und mindestens eineinhalb Tafeln Schokolade bestanden hatte, verteilte sich gleichmäßig auf Marvins Hose, ihrem Kleid und dem Armaturenbrett. Es gelang ihr aber gerade noch, die Tür zu öffnen und den nächsten Schwall auf die Straße zu entleeren. Ein Smart brauste, laut hupend, vorbei.

Marvin stieg aus dem Auto und humpelte auf die andere Seite. Er kam gerade noch rechtzeitig, um zu beobachten, wie Linnéas Magen schwungvoll eine dritte Ration halb verarbeitetes Mittagessen präsentierte. Die schiere Menge an Nahrungsmitteln, die dieser zarte Körper von sich gab, war beeindruckend. Die junge Frau würgte, bis nur noch Galle kam. Marvin reichte ihr ein zerknittertes Taschentuch.

„Danke." Mit zitternden Händen wischte sie sich den Mund ab. Dann versuchte sie, den Schaden im Auto damit zu beseitigen, und reichte es ihm zurück.

„Sie dürfen es gerne behalten", sagte Marvin mit der Andeutung eines Lächelns.

„'Tschuldigung …", murmelte sie heiser und ließ das Taschentuch hastig zu Boden fallen. Ihr Gesicht hatte mittlerweile eine fleckige Färbung angenommen. Sie strich sich mit zitternden Fingern ihre Haare hinters Ohr. „Ich habe Sie vollgekotzt, tut mir leid."

„Ich bin mir sicher, dass Sie das nicht heimtückisch geplant hatten", erwiderte Marvin. „Achtung!" Er trat dicht an das Auto heran und ließ einen schimpfenden Klempner in einem alten VW-Bus vorbei. „Am besten, Sie kommen kurz mit rauf und waschen sich."

Linnéa nickte und legte ein etwas zerknirschtes Lächeln an den Tag. „Vielen Dank, dass Sie auf Kosten Ihrer Hose meinen Beifahrersitz gerettet haben."

„Gerne geschehen."

Nachdem Linnéa ihre Handtasche von der Rückbank geholt hatte, schlichen sie im Tempo eines 80-jährigen Rentner-ehepaars die Stufen bis in den vierten Stock hinauf. An der Wohnungstür hielt Marvin kurz inne. „Vielleicht sollte ich Sie vorwarnen: Es ist nicht besonders aufgeräumt, mein Leihkater hasst Menschen, und es dauert annähernd eine halbe Stunde, ehe das Wasser warm wird."

„Klingt großartig", erwiderte Linnéa und stützte sich schwer auf das Treppengeländer. „Ich bin sehr froh, dass ich mich gerade hier übergeben habe."

Marvin schloss die Tür auf und ließ sie vorgehen. „Das Bad ist dort drüben. Ich schaue mal, ob ich passende Sachen finde. Sie können ja unmöglich in den verschmutzten Klamotten weiterfahren."

„Danke", murmelte Linnéa. Kurz bevor sie die Badezimmertür schloss, konnte er hören, wie sie aufstöhnte. „Oh Mann, ich sehe aus wie ein Zombie."

Marvin schmunzelte und entledigte sich mit spitzen Fingern seiner verschmutzten Hose. Im Schlafzimmer zog er sich rasch eine frische Jeans an und meinte, an das beleidigte Fellbündel gewandt, das es sich auf dem Kopfkissen gemütlich gemacht hatte: „Wenn du ihr auch nur einen einzigen Kratzer verpasst, ramm ich dir dein ‚Premium-Futter für die wählerische Katze mit dem wählerischen Gaumen' ungeöffnet in die Gurgel, verstanden?"

Ein ignorantes Schnarchen war die Antwort.

Marvin durchwühlte den Schrank nach passenden Sachen. Er fand ein annähernd weißes T-Shirt und eine Trekkinghose, die in der Wäsche eingelaufen war. Das war zwar nicht gerade sexy, würde aber seinen Zweck erfüllen.

„Ich lege Ihnen hier ein paar frische Sachen vor die Tür", rief der junge Mann durch die geschlossene Badezimmertür hindurch.

„Danke!"

Hastig schaffte Marvin einigermaßen Ordnung in seiner Küche und brühte einen Pfefferminztee auf. Die Teebeutel rochen zunächst etwas muffig, aber sobald heißes Wasser hinzukam, ging es.

„Entschuldigen Sie, dass ich Ihnen so viele Umstände mache", erklang plötzlich Linnéas Stimme hinter ihm. Sie hatte sich augenscheinlich das Gesicht gewaschen und ihre blonden Haare zu einem Zopf zusammengebunden.

„Entschuldigen Sie, dass ich Sie mit diesem Chaos hier konfrontiere", erwiderte Marvin. „Geht es Ihnen etwas besser?"

Sie zuckte mit den Schultern und lächelte ihn dünn an. „Ganz okay eigentlich. Mir ist noch ein wenig blümerant, aber ich bin ... alle. Insofern besteht kein Grund zur Besorgnis mehr."

„Welche Tasse möchten Sie?" Die Auswahl war übersichtlich – es gab nur vier Tassen.

Linnéa deutete auf ein ausgeblichenes schwarzes Exemplar mit einem Totenkopf darauf. „Die spricht mich irgendwie emotional am meisten an."

Marvin warf ihr einen fragenden Blick zu, doch Linnéa schien nicht die Absicht zu haben, ihren Kommentar zu erläutern. In der geliehenen Kleidung sah sie irgendwie klein und zerbrechlich aus. Das Shirt reichte ihr fast bis zu den Knien, und die Hose hatte sie viermal umkrempeln müssen, damit sie nicht auf dem Boden schleifte. Sie setzte sich auf einen der Stühle und zog die Beine an. Das Kinn auf die Knie gestützt, nippte sie an ihrem Tee und starrte schweigend ins Leere.

Auch Marvin trank einen Schluck aus seiner Tasse. Dabei vergaß er völlig, dass er Pfefferminztee eigentlich verabscheute und nur im Krankheitsfall zu sich nahm. „Ich mache mir ein bisschen Sorgen um Ihren Großvater", sagte er nach einer Weile.

„Ich auch …" Sie nippte an ihrem Tee. „… und zwar ungefähr seit meinem achten Lebensjahr."

„Ist er ernsthaft erkrankt?"

Linnéa starrte in ihre Tasse. „Fragen Sie ihn selbst. Er ist alt genug."

„Entschuldigung, ich wollte nicht unangemessen …"

„Nein, ist schon okay. Ich weiß, wie Sie es gemeint haben. Manchmal … bin ich in meiner Wortwahl etwas ruppig. Nehmen Sie das nicht zu ernst." Sie blickte kurz zu ihm hinüber.

„Wie gefällt Ihnen Ihre neue Arbeit?", wechselte sie das Thema.

Marvin schmunzelte. „Ich glaube, ich kann mit Fug und Recht sagen, es ist der interessanteste Job, den ich je hatte."

Sie hob die Brauen.

„Angesichts meiner bisherigen Karriere will das schon etwas heißen. Schließlich war ich unter anderem schon als Fahrradkurier, Fast-Food-Verkäufer und Kraftwerkkesselreiniger tätig."

Linnéa nickte. „Da haben Sie wirklich sehr vielfältige Erfahrungen. Kein Wunder, dass Opa unbedingt Sie haben wollte."

„Und ich dachte immer, ich wäre der einzige Bewerber ..."

„Das ist auch richtig", erwiderte Linnéa.

Marvin lächelte schief. „Ihr Großvater ist wirklich ein außergewöhnlicher Mann", meinte er nach einer Weile. „Man kann ihm nicht begegnen, ohne dass man anfängt, die Welt mit neuen Augen zu sehen. Diese Geschichten, die er sammelt ... Sie sind bisweilen sehr skurril, aber ich muss zugeben, sie bringen mich dazu, Fragen zu stellen, die ich bislang nie gestellt habe. Seit Kurzem erlaube ich mir beispielsweise die Frage, ob es nicht tatsächlich wahr sein könnte, dass Gott mehr ist als nur ein religiöses Konstrukt."

Linnéa neigte den Kopf und blickte ihn durch eine herabhängende Haarsträhne hindurch an, die sich aus ihrem Zopf befreit hatte.

„Für mich als atheistisch geprägten Menschen ist allein die Vorstellung, dass Gott sich in irgendeiner Weise unsichtbar in diesem Raum aufhalten könnte, so grotesk, dass sie auf gewisse Weise schon wieder faszinierend ist." Marvin schmunzelte. „Es ist ein bisschen so, als würde plötzlich Gandalf aus ‚Der Herr der Ringe' schlüpfen, den Zauberstab in die Ecke stellen und ein magisches Feuer in meinem Herd entfachen, um sich daran die Hände zu wärmen. Dabei würde er mich dann ganz nebenbei fragen, ob ich nicht zufällig einen goldenen Ring gesehen hätte, der unsichtbar machen kann."

Ein winziges Lächeln umspielte Linnéas Lippen. „Es fiel mir nie schwer, an Gott zu glauben, wenn ich mit meinem Großvater zusammen war …"

Die Art und Weise, in der sie diese Worte formulierte, machte ihn stutzig. „Aber …?", hakte er nach.

Linnéas Lächeln verblasste. Ihre Augen wanderten zu der halb vertrockneten Yuccapalme auf dem Fensterbrett. Dann murmelte sie leise, mehr zu sich selbst als zu Marvin: „Manchmal scheint die Wüste einfach kein Ende zu nehmen …"

Der junge Mann blickte sie irritiert an. War das jetzt eine metaphorische Antwort auf seine Frage oder spielte sie auf seinen nicht vorhandenen grünen Daumen an?

Gedankenversunken starrte Linnéa auf das kümmerliche Zimmergewächs. „Von allen Geschichten meines Großvaters habe ich eine immer ganz besonders geliebt." Sie strich sich eine Haarlocke aus der Stirn und stellte ihren Tee auf dem Tisch ab. „Sie trug den Titel ‚Der goldene Schlüssel'. Das erste Mal las ich sie heimlich. Ich war elf Jahre alt, als ich sie in einem Briefumschlag auf Opas Schreibtisch fand. Ich weiß noch, wie irritiert er guckte, als ich ihn wenig später fragte, was ein Balg sei und was Wehmut bedeuten würde …" Ein leises Lächeln stahl sich auf ihre Lippen. „Ich musste ihm die Geschichte zurückgeben, also schrieb ich sie ab. Es dauerte Stunden und hinterher hatte ich einen Krampf in der Hand. Seitdem trug ich die Zettel stets bei mir, wie einen Liebesbrief …" Ihr Blick wurde nachdenklich. „Manche Gewohnheiten sind hartnäckig … Irgendwo in meiner Handtasche muss noch immer dieser Umschlag liegen, obwohl ich die Geschichte seit Jahren nicht gelesen habe …"

In diesem Augenblick betrat Poseidon die Küche. Mit einem ärgerlichen Maunzen registrierte er, dass keine Leckereien für ihn bereitgestellt waren. Dann bewegte er sich gezielt auf Linnéa zu und begann, mit leisem Schnurren um die Stuhlbeine herumzustreifen. Die junge Frau ließ die Hand sinken und kraulte das weiche Fell des Tieres.

Marvin verspürte einen Anflug von Eifersucht.

„Der Leihkater, nehme ich an?"

„Er heißt Poseidon", brummte Marvin

„Besonders unfreundlich wirkt er aber nicht."

„Das täuscht. Sein zweiter Vorname ist Janus."

Linnéa stellte die Füße auf den Boden und ungeniert nahm Poseidon auf ihrem Schoß Platz. Er schnurrte behaglich, als sie ihm den Bauch kraulte. *Verräter!*

„Ich würde davon abraten, ihn zu intensiv zu streicheln", merkte Marvin grimmig an.

„Warum? Kratzt er?"

„Das auch." Er stellte seinen Pfefferminztee auf den Tisch. „Das eigentliche Problem tritt allerdings auf, wenn er sich zu sehr entspannt. Dann entlässt er nämlich Darmwinde, die einem die Tränen in die Augen treiben."

Linnéa schmunzelte. „Das klingt nach einer wirklich harmonischen Männer-WG. Ihr scheint euch sehr zu mögen."

Sehr zufrieden registrierte Marvin, dass die junge Frau spontan zum Du übergegangen war. Großzügig verzieh er dem lästigen Kater seine Aufdringlichkeit.

Er goss noch etwas Tee in Linnéas Tasse und fragte: „Darf ich sie hören?"

„Was?"

„Die Geschichte ... Du hast mich neugierig gemacht."

Die persönliche Anrede schien Linnéa nicht zu stören. „Ich weiß nicht", meinte sie und kraulte Poseidon an der Kehle. „Ich bin aber keine besonders gute Vorleserin ..."

„Bitte! Ich koche auch gerne noch eine zweite Kanne von diesem prähistorischen Pfefferminztee. Und wenn du willst, kannst du den Kater auch anschließend mit nach Hause nehmen."

Linnéa lachte. „Sehr großzügig, aber ich glaube, ich verzichte auf beides." Ihr Blick wurde nachdenklich. „Es ist schon so viele Jahre her …"

„Soll ich dir deine Handtasche bringen?"

„Okay, überredet … aber du darfst nicht lachen …"

„Das würde ich niemals tun!", sagte Marvin ernst.

Poseidon schaute etwas pikiert drein, als Linnéa die recht umfangreiche Handtasche auf seinem Hinterteil ablegte, aber er war keinesfalls bereit, seinen Kuschelplatz so schnell aufzugeben. Mit einem zufriedenen Lächeln zog Linnéa einen Briefumschlag aus den Untiefen ihrer Tasche. „Der goldene Schlüssel" stand in der geschwungenen Schönschrift eines Kindes darauf.

„Es ist eine Art Märchen, wenn auch nicht unbedingt für elfjährige Mädchen gedacht." Die junge Frau entfaltete die Blätter.

Marvin lehnte sich zurück und schwieg. Poseidon schnurrte behaglich, als sie seinen Rücken kraulte und dabei zu lesen begann.

Der goldene Schlüssel

Es war einmal vor langer, langer Zeit in einem armen und unwirtlichen Land, fernab der bedeutenden Fürstentümer und Königreiche. Dort lebte ein Mädchen mit Namen Alvina.

Das Dorf, in dem sie bei ihrem Onkel und ihrer Großmutter wohnte, war im Grunde nur eine Ansammlung ärmlicher Lehmhütten, die sich in eine flache Mulde im Schatten eines steil aufragenden Felsens duckten, wo sie ein wenig vor den rauen Winden der Hochebene geschützt waren. Der Acker, auf dem sie Rüben und Kartoffeln anbauten, war karges, dürres Land und reichte kaum aus, die drei und die kleine Herde von zähen Hochlandziegen zu ernähren.

Alvina hatte ihre Mutter nicht gekannt, und ihr Vater war gestorben, noch bevor sie das dritte Lebensjahr erreicht hatte. „An gebrochenem Herzen!", sagte Großmutter stets mit Gram in der Stimme. Ihr Onkel verzog nur abfällig die Lippen und schnaubte verbittert, wenn die Rede auf ihren Vater kam. Manchmal murmelte er vor sich hin: „Er war ein Narr, ein Träumer ... und sein Balg frisst mir jetzt die Haare vom Kopf."

Verständlicherweise fühlte Alvina sich in diesen Augenblicken nicht besonders willkommen. Vielleicht war das auch der Grund dafür, dass sie in jeder freien Minute, die ihr blieb, die Einsamkeit suchte und, den Blick in den Himmel gewandt, vor sich hin träumte. Vielleicht war es aber auch ein ganz anderer.

In den seltenen Momenten, in denen sie mit ihrer Großmutter alleine war und nicht auf dem Felde aushelfen oder die Ziegen hüten musste, hatte die alte Frau ihr erzählt, wer ihre Eltern waren.

Alvinas Vater war in jenem kleinen Dorf geboren worden. Irgendwann war ihm diese Welt zu eng geworden und er hatte sich auf Reisen begeben. Wohin, wusste niemand. Bei seinem Aufbruch war er ein fröhlicher, aufgeweckter Junge gewesen, voller Mut und Tatendrang. Nur mit seinem Wanderstab und einer Wasserflasche ausgerüstet, hatte er seiner Familie zugewinkt und war mit einem fröhlichen Lied auf den Lippen in die Berge gewandert. Zehn Jahre später war er als ausgezehrter, gebrochener Mann zurückgekommen. Seine Kleidung war zerschlissen, sein Bart war voller grauer Strähnen, und seine Wangen waren eingefallen gewesen, als sei er bereits ein alter Mann. In seinem Blick hatte eine Wehmut gelegen, die für seine Familie kaum zu ertragen gewesen war. Nur wenn sein Blick auf das kleine Mädchen gefallen war, das er von seiner Reise mitgebracht hatte, war ein anderer Glanz in seine Augen getreten. „Sie heißt Alvina", hatte er geflüstert, als er auf das kleine Kind in seinen Armen hinabgeblickt hatte, „und sie ist etwas ganz Besonderes. Ihre Mutter ... verließ für sie ihre Welt und ging daran zugrunde."

„Was meinst du damit, mein Junge? Was ist geschehen?", hatte Großmutter ihn besorgt gefragt.

„Er redet im Fieberwahn", hatte Alvinas Onkel geknurrt.

In der darauffolgenden Nacht war ihr Vater gestorben.

Alvina starrte in den blauen Himmel hinauf, der in der Abenddämmerung langsam verblasste. Erste Sterne wurden sichtbar und Abendnebel stieg von den kargen Weiden auf. Morgen würde sie fünfzehn Jahre alt werden.

„Wer bin ich?", flüsterte sie.

Die kalten, schroffen Berge blieben eine Antwort schuldig.

Es war beinahe Nacht, als sie in die ärmliche Hütte trat, die sie ihr Zuhause nannte. Sogleich bekam sie die harte Hand ihres Onkels zu spüren, der sie für ihr Zuspätkommen bestrafte. Doch als sie die Stufen zur Dachkammer hinaufstieg und sich ins Bett legte, ließ der Schmerz in ihrer Seele die Schläge ihres Onkels verblassen. Im Schlaf suchten sie wirre Träume heim von dunklen Tiefen und riesenhaften Schatten, von elfenhaft blassen Gestalten und azurblauem Licht.

Am Morgen fühlte sie sich erschöpfter als am Abend zuvor. Sie fror, wie fast an jedem Morgen ihres bisherigen Lebens. Als sie sich müde aufrichtete, fiel ihr Blick auf ein glitzerndes, kleines Ding, das unter ihrem zerschlissenen Kopfkissen hervorlugte. Behutsam nahm sie den seltsamen Gegenstand in die Hand. Er war etwas mehr als daumennagelgroß und von schlichter, halbrunder Form. Im Licht der Morgensonne glänzte er golden. Etwas seltsam Lebendiges schien von ihm auszugehen. Ihre Haut prickelte, wenn sie ihn berührte, und ihr Herz klopfte schneller.

Sie vernahm schwere Schritte, die die Stufen zur Dachkammer emporkamen. Rasch verbarg sie den glänzenden Gegenstand in ihrer Faust.

„Es ist Zeit!", drang die mürrische Stimme ihres Onkels durch das dünne Holz der Tür zu ihr.

Hastig steckte Alvina den Gegenstand in ihre Tasche und kleidete sich an. Ihre Haut prickelte noch immer von der Berührung und ein schmerzhaftes Gefühl des Verlustes ergriff sie. Woher mochte das glänzende Ding gekommen sein? War es ein Geschenk? Sie stieg die Stufen vor ihrer Dachkammer hinab.

Im offenen Kamin glomm ein rauchiges Feuer aus Torf und Dung. Es gab kaum Wärme und noch weniger Licht ab. Mit einem kurzen Blick streifte sie das verbitterte Gesicht ihres Onkels, als sie sich an den Tisch setzte. Großmutter teilte jedem von ihnen eine Portion dünne Hafersuppe zu. Ihre Augen sahen müde aus. „Herzlichen Glückwunsch", flüsterte sie leise.

Ihr Onkel räusperte sich und Großmutter wandte sich rasch ab. Schweigend nahmen sie die Mahlzeit ein. Früher hatten sie noch dem Schöpfer für seine Gaben gedankt. Doch irgendwann hatte ihr Onkel das verboten. „Ein Schöpfer, der mit seinen Gaben so geizig ist, hat entweder seine Kraft verloren, oder er ist es nicht wert, dass man ihm dankt", hatte er geknurrt.

So schwiegen sie und aßen ohne Dank. Aus irgendeinem Grund machte das die Mahlzeiten noch trostloser.

Instinktiv tastete Alvina nach ihrem Geschenk. Es fühlte sich glatt und kühl und lebendig an. Sie konnte der Versuchung nicht widerstehen. Vorsichtig zog sie es aus der Tasche, um heimlich einen Blick darauf zu werfen.

„Was hast du da?!"

Sie zuckte erschrocken zusammen und schloss hastig die magere Faust um ihren Schatz. „Nichts ... ich ..."

„Lüg mich nicht an!" Ihr Onkel sprang so rasch auf, dass sein Stuhl mit einem lauten Poltern umfiel. Er streckte die Hand aus: „Gib es her!"

„Ich habe nichts ..." Alvina wich ängstlich zurück.

Der Onkel stieß ein hartes Lachen aus. „Halt mich nicht zum Narren. Ich hab es gesehen, das Glänzen!" Ein wildes Feuer trat in seine Augen. „Was ist es? Eine Münze? Ein Schmuckstück?" Er kam um den Tisch herum auf sie zu. Wie ein riesenhafter dunkler Schatten ragte er vor ihr auf. „Seit Jahren füttern wir dich durch. Wir sparen uns für dich alles vom Munde ab. Und das ist der Dank?" Sein Schlag traf ihre Wange mit solcher Wucht, dass sie zu Boden stürzte.

„Es gehört mir", schluchzte Alvina und berührte ihre schmerzende Wange.

„Ha, wusste ich's doch!", rief ihr Onkel triumphierend. Blitz-schnell packte er ihre Hand. „Weiß der Teufel, woher du das Gold hast. Mir ist es gleich. Aber es gehört uns!"

Sosehr sich Alvina auch wand, es nützte nichts. Mit brutaler Gewalt bog er ihre Finger zurück und griff nach dem glänzen-den Gegenstand.

„Ha!" Doch der Triumph in seinen Augen währte nur kurz. „Was ...?" Bittere Enttäuschung machte sich auf seinem Ge-sicht breit und wich gleich darauf wildem Zorn. „Wertloser Tand!", schrie er und warf den Gegenstand ins Feuer.

„Nein!" Alvina sprang auf.

Er packte sie bei den Haaren und riss sie zurück.

„Närrin!", brüllte er. „Verdammte Närrin!" In unbändiger Wut schleuderte er sie gegen die Wand. Alvina wurde schwarz vor Augen, als sie zu Boden glitt.

Das Erste, was sie sah, als sie wieder zu sich kam, war das bekümmerte Antlitz ihrer Großmutter. Die rauen Hände stri-chen ihr sanft das Haar aus der Stirn.

Alvina hustete und spuckte Blut aus. Dann fragte sie: „Ist er fort?"

„Ja, aber er wird wiederkommen." Ein trauriges Lächeln leg-te sich auf die faltigen Züge ihrer Großmutter. Ihr Blick wander-te in die Ferne. „Er ist kein böser Mensch, aber das Leben hat ihn bitter und hart werden lassen."

Alvina richtete sich stöhnend auf. In ihr regte sich Wider-spruch. Aber sie wollte es der alten Frau nicht noch schwerer machen und so schwieg sie.

„Er bereut sicherlich schon, was er dir angetan hat", sagte Großmutter leise. „Aber der Zorn lodert zu stark in ihm. Eines Tages wird er dich totschlagen – und anschließend wird er es bereuen. Es ist besser, du gehst."

Ein bitteres Lächeln trat auf Alvinas Gesicht. „Ja ... das ist es wohl."

„Hier ..." Großmutter zog einen kleinen ledernen Beutel aus der Tasche. Es klimperte leise darin.

Mit großen Augen nahm Alvina den Beutel entgegen und fühlte, dass sich eine Reihe von Münzen darin befanden. „Aber, woher ...?", stammelte sie.

„Es ist nicht viel, aber es wird dich eine Zeit lang versorgen."

„Das kann ich doch nicht annehmen!"

„Es gehört dir. Du bist meine Enkelin und das ist dein Erbe." Sie lächelte. „Und dies hier wird dich leiten."

Alvina schluckte. An einem ledernen Band baumelte der kleine, glänzende Gegenstand, den sie am Morgen gefunden hatte. Die Hitze des Feuers hatte ihn verformt und schwarze Flecken in ihn hineingebrannt, und dennoch schlug ihr Herz höher, als ihre Großmutter ihr das Band um den Hals legte und ein vertrautes Prickeln auf ihrer Haut zu spüren war.

„Dies ist ein goldener Schlüssel", sagte Großmutter ernst. „Bewahre ihn gut auf, trage ihn stets nah an deinem Herzen, dann wird er dir verborgene Türen öffnen."

„Was meinst du damit?"

„Du wirst schon sehen", erwiderte Großmutter, und das Lächeln, das sich auf ihr runzliges Antlitz legte, ließ ihre Augen leuchten. In diesem Moment wirkte sie beinahe wie eine junge Frau.

„Hast *du* mir diesen Schlüssel unter das Kissen gelegt?", fragte Alvina.

„Er gehörte schon immer dir. Ich fand ihn in den Decken, in die dein Vater dich gewickelt hatte ..." Ihr Blick trübte sich und sie wandte sich rasch ab. „Es ist Zeit, dass du gehst. Dein Onkel wird bald zurückkommen." Sie griff nach einem

Wasserschlauch und einem weiteren ledernen Beutel. „Wenn du sorgfältig damit bist, wird dir diese Wegzehrung für eine Woche reichen."

Alvina legte die ledernen Riemen um. Großmutter reichte ihr ein Bündel und einen Stab. „Die Decke ist rau, aber warm. Und den Wanderstab brachte dein Vater von seinen Reisen mit. Ich glaube, seine glücklichsten Jahre verlebte er, als er ihn in den Händen hielt."

Der Stab fühlte sich seltsam an. Er schien nicht aus Holz zu bestehen, sondern aus einem unbekannten hellen Material, das Alvina noch nie gesehen hatte.

„Ich weiß nicht, was ich sagen soll", stammelte sie. „Hab Dank für alles."

Großmutter küsste sie auf die Wange. „Es ist wenig genug. Dein Vater wandte sich nach Osten. Das scheint mir eine gute Wahl zu sein." Sie gab ihr einen Klaps auf den Arm. „Und nun geh rasch."

Der Tag war grau, und der schmale Pfad, dem Alvina folgte, war nebelverhangen. Sie wandte sich um und winkte der kleinen gebeugten Gestalt, die neben der Hütte stand. Doch schon bald war das Haus, das ihr ganzes bisheriges Leben lang ihr Heim gewesen war, kaum mehr als ein dunkler, schemenhafter Fleck. Alvina atmete tief durch. Sie spürte Erleichterung und Traurigkeit zugleich.

Als es Nacht wurde, klarte der Himmel allmählich auf. Das Licht unzähliger funkelnder Sterne brach sich Bahn und es wurde empfindlich kalt. Der Winter war gerade erst vorüber und noch immer lag ein Nachhall seines eisigen Atems über dem Land. Alvina fand abseits des Pfades eine schmale, windgeschützte Nische in einem Felsüberhang. Sie wickelte sich in die Decke und war bald darauf eingeschlafen.

Als sie am nächsten Morgen erwachte, war es noch sehr früh. Ihre Kleidung war klamm und sie fror. Zitternd wartete sie auf die wärmenden Strahlen der Sonne. Als der Horizont sich rötete und bald darauf das klare Licht des Morgens die Dämmerung durchbrach, sah sie dicht vor sich auf sattem, grünem Moos winzige Tauperlen funkeln, wie reinste Edelsteine, klar und hell. Sie spürte einen Stich im Herzen und ein Prickeln auf der Haut, dort, wo der goldene Schlüssel sie berührte. Die Stärke ihrer Empfindungen verwirrte Alvina. Eine wilde Sehnsucht erfasste sie und ließ ihr Herz pochen. Unvermittelt und unerwartet spürte sie, dass sie dem Glück so nah war wie noch nie in ihrem Leben. Sie streckte die Hand aus, berührte unendlich sanft die feinen zitternden Perlen in ihrem weichen Bett. Und der zarte und schmerzende Moment der Schönheit zerrann, genauso wie die winzigen Wassertropfen.

Einige Herzschläge lang verharrte sie und lauschte dem Nachhall ihrer Gefühle. Ihre Finger suchten den goldenen Schlüssel, strichen über seine glatte Oberfläche, doch das Prickeln war verschwunden und ließ sich nicht wieder zurückholen.

„Was bedeutet das?", murmelte sie. Der Klang ihrer eigenen Stimme erschreckte sie. Er ließ diesen Moment des Erschauerns irgendwie unwirklich erscheinen.

Alvina nahm ein kurzes Frühstück zu sich und schritt rasch aus, um die Kälte aus ihren Gliedern zu vertreiben. Den ganzen Tag lang grübelte sie über ihre Erfahrung nach. Doch je mehr sie zu erfassen suchte, was das Geheimnis des goldenen Schlüssels war, desto stärker verblasste die Erinnerung an ihre Gefühle. Sie fühlte nur eine seltsame Leere in sich. So drängte alles in ihr danach, diesen besonderen Augenblick noch einmal zu erleben.

Als es Abend wurde, hielt sie Ausschau nach einem geeigneten Schlafplatz. Sie fand eine flache Mulde hinter einem moosbewachsenen Baumstamm. Der Platz war geradezu vollkommen. Sie richtete sich ein, nahm ein wenig Brot und Dörrobst zu sich und wartete. Sie schlief unruhig in dieser Nacht, aus Sorge, den Moment des Sonnenaufgangs zu verpassen. Immer wieder schreckte sie hoch und suchte den Himmel nach den Zeichen der Morgendämmerung ab. Zäh kämpfte die Nacht um ihre Herrschaft. Dann endlich tauchte die Sonne die Wipfel der fernen Wälder in ein sanftes rotes Leuchten. Ihr Herrschaftsbereich wuchs und die Dämmerung floh. Gebannt starrte Alvina auf das taubenetzte Moos. Sie hielt den Atem an, als die Strahlen der Sonne den Baumstamm erreichten. Tausend Perlen glitzerten in hellem Licht. Einen Atemzug lang glaubte sie, ein schwaches Prickeln auf ihrer Haut zu spüren, dann verging der Moment, und ein schales Gefühl der Leere blieb zurück. Mit Macht versuchte sie, die Magie des Schlüssels wiederzubeleben, doch es wollte ihr nicht gelingen.

Enttäuscht nahm sie ihr karges Frühstück zu sich. „Was habe ich falsch gemacht?" Den ganzen Tag lang trug sie diese bohrende Frage in sich. Und ganz allmählich wandelte sich ihre Enttäuschung in Zorn. Vielleicht hatte sie gar nichts falsch gemacht. Vielleicht hatte ihr Onkel in seiner Wut ja die Wahrheit ausgesprochen und der goldene Schlüssel war nichts als wertloser Tand.

Sie sah sein hartes Gesicht vor sich, vernahm sein zynisches Lachen und erinnerte sich an die Leere in seinem Blick. Ein Schauer lief ihr über den Rücken. Vielleicht war die Wahrheit nicht so einfach zu finden. Vielleicht lag das Geheimnis des Schlüssels darin, dass er sich weder den Wünschen noch den

Gesetzen der Menschen beugte? Nachdenklich wanderte sie weiter.

Kurz bevor ihre Verpflegung zur Neige ging, erreichte sie ein kleines Städtchen am Fuße der Berge. Mit großen Augen durchwanderte sie die engen Gassen und staunte über die unzähligen Menschen und das bunte Treiben. An diesem Ort trafen sich die wichtigsten Handelswege. Gewiss war auch ihr Vater vor vielen Jahren hier entlanggekommen. Doch als sie sich nach ihm erkundigte, erntete sie nur Kopfschütteln und mildes Lächeln.

Als sie gegen Abend mit müden Füßen und müdem Herzen ihren Wasserschlauch am öffentlichen Brunnen füllte, vernahm sie plötzlich die brüchige, raue Stimme eines alten Weibes: „Was suchst du hier, mein Kind? Es ist nicht ganz ungefährlich für ein junges Mädchen, alleine auf den Gassen der Stadt unterwegs zu sein."

Alvina wandte sich um und blickte in ein Gesicht, das so runzlig und knorrig war wie eine uralte Weide. Unter faltigen Lidern blitzten wache Augen hervor und der zahnlose Mund zeigte ein freundliches Lächeln.

„Ich ..." Sie zögerte. Wie sollte sie erklären, was sie vorantrieb? „Ich folge den Spuren meines Vaters ... Er muss vor langer Zeit durch diesen Ort gekommen sein."

„Das tun viele junge Menschen."

„Und wohin wenden sie sich?"

„Die meisten wandern nach Süden zur Stadt des Fürsten, um dort Arbeit zu finden. Einige wenige Abenteurer treibt es aber auch weiter nach Osten in die Berge. Sie träumen von Abenteuern und fernen Ländern. Es sind mutige Narren." Sie lächelte wehmütig. Dann erkundigte sie sich: „Ist dein Vater ein solcher Mann?"

Alvina lächelte. *Ein mutiger Narr?* „Ja, so ein Mann war er", erwiderte sie.

„*War* ...?" Der versonnene Blick der alten Frau wurde ernst. „Also lebt er nicht mehr."

Alvina nickte.

„Und was suchst du dann hier, mein Kind?"

Der Blick der alten Frau schien bis in Alvinas Seele dringen zu wollen, und sie spürte ein Kribbeln auf ihrer Haut, dort, wo der goldene Schlüssel sich verbarg. „Ich ... suche den Ort, an dem die Sonne die Nacht vertreibt und Tautropfen glitzern lässt wie einen Schatz aus tausend kostbaren Perlen ..." Verschämt senkte sie den Blick. Sie kam sich selbst wie eine Närrin vor.

Doch die alte Frau lachte sie nicht aus. Stattdessen nickte sie langsam. „Dann lass mich dir einen Rat geben: Es ist noch zu früh, um hinauf in die Berge zu wandern. Noch besteht die Gefahr, dass das Wetter jederzeit umschlägt und die Höhen mit Schnee und Eis überzieht. Wer dann dort oben ist, kehrt nicht mehr lebend zurück."

Ein trauriges Lächeln huschte über ihr Gesicht. Dann meinte sie freundlich: „Ich kenne einen Mann, der eine Magd sucht. Bei ihm kannst du dich verdingen und etwas Geld verdienen. In ein oder zwei Monden sind die Pässe sicher, dann kannst du eine Entscheidung treffen."

„Ich danke dir", entgegnete Alvina und ergriff die runzlige Hand der Frau.

Diese blickte ihr ernst ins Gesicht: „Kehrte dein Vater je von seiner Reise zurück?", fragte sie.

„Ja."

„Und war er glücklich?"

Alvina schwieg.

Die Alte nickte. „Dann sei sparsam mit deinem Dank." Wehmut und ein Hauch von Bitterkeit mischten sich in ihr Lächeln. „Vielleicht wirst du mich eines Tages verfluchen."

Der Mann, in dessen Dienst Alvina trat, war ein wohlhabender Kaufmann, der mit Wolle und Seide handelte. Er hielt sich für einen harten Dienstherrn, doch was er von ihr forderte, war leicht zu tragen angesichts dessen, was ihr Onkel ihr abverlangt hatte. Sie arbeitete fleißig und sparte jeden Heller.

Die alte Frau sah sie nicht wieder. Als sie sich nach einigen Wochen auf dem Markt nach ihr erkundigte, erfuhr sie von einem der Bettler, die am Brunnen herumlungerten, dass sie nur wenige Tage nach ihrer Begegnung gestorben war. Sie war auf dem Totenacker der Armen begraben worden, der außerhalb der Stadt lag.

Gegen Abend des nächsten Tages machte Alvina sich auf den Weg dorthin. Ein warmer Wind strich ihr durchs Haar, als sie vor die Mauern der Stadt trat. Der Totenacker der Armen lag am Rande eines uralten kleinen Wäldchens. Es war ein schlichter Rasenplatz ohne Grabsteine. Weit und breit war niemand zu sehen. Langsam schlenderte Alvina auf die mächtigen alten Bäume zu.

„Ich danke dir!", flüsterte sie in den Wind. „Und ich glaube nicht, dass der Tag kommen wird, an dem ich Güte und Hilfsbereitschaft verfluchen werde."

Eine Windbö zerzauste ihr Haar. Mild und leicht spielte sie mit ihren Locken und strich ihr über das Gesicht. Alvina schloss die Augen. Das Wogen der dicht belaubten Bäume rauschte in ihren Ohren. Ein vertrauter, süßer Schmerz stieg in ihr auf. Der goldene Schlüssel prickelte auf ihrer Haut. Sie öffnete die Lider einen Spaltbreit, und die ausgelassene, überschäumende Lebendigkeit der tanzenden Blätter schien eine

Art Erinnerung in ihr zu wecken, die tief unter der Oberfläche ihres Bewusstseins verborgen gewesen war. Eine Erinnerung an etwas, das sie nicht kannte. Ihr Herz klopfte wild, und sie versuchte, diesen Augenblick festzuhalten, versuchte, tiefer einzudringen in das Geheimnis, das sie berührte – vergebens. Der Moment verging, sosehr sie sich auch an ihn klammerte, und zurück blieb der sanfte Schmerz der Sehnsucht.

Aufgewühlt machte sie sich auf den Rückweg in die Stadt. Die seltsame Magie des goldenen Schlüssels war an einer Stelle zum Leben erwacht, an der sie nicht damit gerechnet hatte. Was hatte das Glitzern des Taus mit dem Rauschen der Blätter im milden Frühlingswind gemein? Warum lagen Schmerz und Freude so dicht beieinander? Wohin nur führte der Schlüssel sie?

Das junge Mädchen schlief unruhig in jener Nacht. Der Kaufmann ließ es nicht an tadelnden Worten fehlen, als sie gleich am nächsten Morgen ihre Anstellung kündigte. Beim Feilschen um den noch ausstehenden Lohn zeigte sie, dass sie einiges von ihm gelernt hatte. Und in seinen zornig blitzenden Augen lag ein Hauch von Anerkennung, als er ihr die ausgehandelten Münzen in die geöffnete Hand zählte.

Als Alvina zwei Tage später aufbrach, lag der Rucksack schwer auf ihren Schultern. Dieses Mal war er gut gefüllt mit Proviant, Wasser und warmer Kleidung. Nach einem kräftezehrenden Aufstieg wischte sie sich schließlich den Schweiß von der Stirn und blickte zurück ins Tal. Weit unten sah sie einige schwarze Punkte, die sich langsam auf sie zu bewegten. Weitere Wanderer? Achselzuckend wandte sie sich um und folgte weiter dem steil ansteigenden Pfad, der sie in weiten Serpentinen auf die schneebedeckten Gipfel zuführte.

Es war gegen Abend, als sie den Pass erreichte: eine schmale Schlucht, düster und geheimnisvoll. Kalte, feuchte Luft schlug

175

ihr entgegen, der Atem des Berges. Obwohl ihr noch etwas Zeit bis zum Sonnenuntergang blieb, beschloss sie, am Rande der Schlucht zu übernachten. Sie suchte sich einen windgeschützten Platz und wickelte sich in ihren warmen Mantel.

Als es Nacht wurde, konnte sie unter sich ein flackerndes, orangefarbenes Licht ausmachen. Durch die klare, kalte Bergluft drangen Stimmen und Gelächter zu ihr herauf und bald darauf die fröhliche Melodie einer Flöte. Sie schloss die Augen. Der goldene Schlüssel an ihrer Brust ließ ein kaum spürbares Prickeln über ihre Haut gleiten, dann übermannte sie dumpfe Schläfrigkeit.

Am nächsten Morgen erwachte sie jäh und mit klopfendem Herzen. Es war noch dunkel, nur schwach deutete der kommende Morgen sein Erscheinen an. Ein Geräusch hatte sie aufgeschreckt. Reglos lag sie da und lauschte. Stille. Vorsichtig hob sie den Kopf und blickte sich um. Es war nichts Verdächtiges zu sehen, doch in der Luft lag ein Hauch von Moschusduft. Angespannt richtete sie sich auf und packte ihren Wanderstab fester. Ob es hier wilde Tiere gab?

Sobald das Licht der Dämmerung es zuließ, machte sie sich auf den Weg. Der Pass war uneben und stellenweise so schmal, dass sie die aufragenden Felswände zu beiden Seiten mit den Schultern berührte. Wenn sie über Felsbrocken kletterte und sich durch enge Spalten zwängte, war der Fels unter ihren Händen kalt und feucht.

Auch nachdem sie einige Stunden mühsam über Stock und Stein geklettert war, wurde es nicht heller. Der Himmel hatte sich zugezogen und es begann zu regnen. Es wurde Zeit, dass sie von diesem unwirtlichen Ort fortkam. Obwohl die Felsen immer glitschiger wurden, beschleunigte sie ihre Schritte. Der Regen nahm zu und ihre Kleidung sog sich mit Wasser voll.

Erst als Alvina einen Augenblick innehielt, um zu verschnaufen, erkannte sie die Gefahr. Von überall strömte Wasser herab. Die Schlucht war auf dem besten Weg, sich in eine tödliche Falle zu verwandeln.

Mit einem Fluch auf den Lippen kletterte das junge Mädchen weiter. Inzwischen strömten die Wasserfluten die Felsen hinab und bildeten in tiefen Mulden kleine Seen. Sie musste den Pass überquert haben, bevor die Wassermassen ihn in einen reißenden Fluss verwandelten! Alvinas Atem ging nun stoßweise und ihr Puls hämmerte. An einer besonders engen Stelle glitt sie plötzlich ab und stürzte kopfüber in die Fluten. Panik ergriff sie, als sie spürte, wie das Wasser über ihr zusammenschlug. Augenblicke später kam sie hart auf dem Grund auf. Dann geschah etwas sehr Seltsames: Der goldene Schlüssel schien plötzlich lebendig zu werden. Sie spürte ein starkes Prickeln auf ihrer Haut und in ihre Todesangst mischte sich die dumpfe Ahnung von etwas Großem, Gewaltigem. Für den Bruchteil einer Sekunde ahnte sie, dass sie unter der Oberfläche der tödlichen Fluten überschäumende Lebendigkeit erwartete. Dann stieß sie sich vom Grund ab und durchbrach einen Herzschlag später die Wasseroberfläche. Hustend und keuchend rang sie nach Atem. Zwei Schwimmzüge später konnte sie bereits stehen. Triefnass und fröstelnd watete sie zurück auf festen Grund. *Du bist auf dem besten Wege, wahnsinnig zu werden*, stellte eine nüchterne Stimme in ihr fest. *Du fängst an, dich nach dem Tod zu sehnen.*

Unbewusst umklammerte ihre Hand den goldenen Schlüssel. *Nein*, flüsterte eine andere Stimme in ihr. *Nicht nach dem Tod, nach dem Leben sehne ich mich.*

Mit vor Kälte zitternden Gliedern kletterte sie weiter. Ihre wollenen Kleider lasteten schwer wie Blei auf ihr. Doch sie durfte sich keine Pause gönnen. Wenn sie jetzt innehielt, würde die Kälte ihr jede Lebenskraft rauben. Alvina taumelte weiter durch die enge Schlucht und schürfte sich an den scharfkantigen Felsen die Haut von ihren Händen. Geröll und glitschiger Fels ließen sie stolpern und immer wieder ausgleiten. Irgendwie schaffte sie es, sich auf den Beinen zu halten. Und dann, so plötzlich, als hätte sie ein unsichtbares Tor durchschritten, war der Spuk vorbei. Der Pass weitete sich und bald darauf konnte sie blauen Himmel sehen. Während hinter ihr noch immer ein Unwetter tobte, trat sie in helles Tageslicht hinaus. Die Luft war so klar und warm, dass sie auf der Haut prickelte. Vor sich erblickte Alvina ein sonnendurchflutetes, fruchtbares Tal in sattem Grün. Ringsum ragten schneebedeckte Gipfel in den wolkenlosen Himmel, deren weiße Häupter im Sonnenlicht glänzten. Der Anblick war Ehrfurcht gebietend. Das Mädchen spürte, wie der goldene Schlüssel sich regte. Es schloss die Augen.

„Wunderschön, nicht wahr?", erklang plötzlich eine Stimme neben ihr.

Sie zuckte so heftig zusammen, dass sie stolperte. Eine kräftige Hand packte ihren Ellbogen und hielt sie fest. Alvina fuhr herum und sah, dass ein junger Mann neben ihr stand. Rasch ließ er sie los und lächelte sie strahlend an.

„Wie kannst du mich so erschrecken?", fuhr Alvina ihn an.

Sein Lächeln schien noch eine Spur breiter zu werden. „Die Bergkette bildet eine Wetterscheide. Für mich ist es jedes Mal so, als würde man durch die düsteren Nebel der Unterwelt ins Paradies eintreten." Schalk blitzte in seinen Augen. „Und dieses Mal bot sich mir ein besonders schöner Anblick."

Alvina wich einen Schritt zurück. Ihr Herz klopfte heftig, aber sie verspürte keine Furcht. „Wer bist du?"

„Sagen wir, ich bin jemand, der die Freiheit liebt! Ich heiße Adon." Er reichte ihr die Hand.

Alvina ergriff sie nach kurzem Zögern. Sein Händedruck war warm und fest.

Adon lächelte. „Seit gestern fragen wir uns, welcher wagemutige ... oder verrückte Mensch ganz alleine durch die Berge zieht. Ich hatte mit einem entflohenen Sträfling oder einem graubärtigen Wilderer gerechnet ... aber mit dir?"

„*Wir?*", unterbrach Alvina ihn.

„Meine Freunde warten dort drüben", erwiderte Adon.

Erst jetzt erblickte Alvina die kleine bunte Schar von Wanderern, die einige Hundert Schritte abseits im Schatten eines kleinen Hochlandwäldchens lagerte.

„Gehört ihr zum fahrenden Volk?"

Adon lachte. „So nennt man uns wohl. Etwas hochtrabend, wie ich finde, denn leider haben wir nichts, mit dem wir fahren könnten. Willst du dich uns ein Weilchen anschließen?"

Alvina zögerte.

„Es ist vergnüglicher, als alleine zu reisen, und weniger gefährlich." Sein Blick wurde ernst. „Es gibt Bären in dieser Gegend. Zuweilen auch Wölfe und Bergkatzen ..."

Alvina schauderte. Sie dachte an die Geräusche in der Nacht und den seltsamen Moschusduft, der in der Luft gelegen hatte.

„Da es ohnehin so aussieht, als hätten wir den gleichen Weg ..."

Adon lachte. „Komm. Ich freu mich schon darauf, die Gesichter der anderen zu sehen, wenn ich ihnen den *einsamen Wilderer* vorstelle."

Das fahrende Volk war eine bunt zusammengewürfelte Gruppe von Männern, Frauen und Kindern. Die meisten waren nicht viel älter als Alvina oder sogar noch jünger. Mit Lachen und Scherzen hießen sie den Neuankömmling willkommen. Die Anführerin der Gruppe hieß Fria und war eine dunkelhaarige Frau um die fünfzig. Sie hatte sich mit Unmengen von Armreifen und Ohrringen geschmückt, trug klingelnde Fußkettchen und hatte ihre Augen mit blauer und schwarzer Farbe ummalt. Früher musste sie eine sehr schöne Frau gewesen sein.

Sie musterte Alvina mit unergründlicher Miene, dann lächelte sie. „Willkommen, mein Kind. Kannst du tanzen?"

„Tanzen?" Verblüfft starrte Alvina sie an.

Fria lachte. „Keine Sorge, du wirst es noch lernen." Sie legte ihren Arm um die Schultern des Mädchens. Die bunt bemalten Reifen an ihrem Handgelenk klirrten leise. „Unser Fürst ist die Freiheit. Er erwartet nichts von denen, die ihm dienen, und sein Lohn ist großzügig. Er schenkt uns das Land, das niemandem gehört, den Tau am Morgen, die Sonne und das Licht, die Sterne am Himmel …"

„… und die Blasen an den Füßen", ergänzte Adon grinsend.

„Das auch", bestätigte Fria lachend. „Aber die Morgensonne kann man nicht essen und das Licht der Sterne nicht trinken. Auch wir müssen arbeiten, um leben zu können. Wir leben vom Spiel, vom Glück und vom Lachen der Menschen."

„Ich würde gerne lernen, wie man tanzt", erwiderte Alvina schüchtern. Die Worte der Frau hatten sie nicht unberührt gelassen, auch wenn sie etwas rätselhaft klangen.

Fria lächelte. Sie wirkte sehr zufrieden.

Als sie gegen Abend ihr Lager aufschlugen und Feuer entzündeten, brach ein buntes Treiben los. Über den Feuern wurden Kaninchen und Wildenten gebraten, die einige der erfahrenen Männer erlegt hatten. Die Mädchen lösten ihre langen schwarzen Haare und schmückten sich mit bunten Tüchern. Die jungen Männer legten ihre Umhänge ab. Es wurde gesungen und gelacht. Als die Sonne untergegangen war und das Licht der Flammen auf den Gesichtern der Menschen tanzte, stand Adon plötzlich auf und legte sein Obergewand ab. Er ergriff einige Stäbe und begann, diese hoch in die Luft zu werfen. Geschickt fing er sie wieder auf. Nach und nach entzündete Adon die Stäbe an den Flammen der Feuer und schon bald jonglierte er mit einem halben Dutzend Fackeln. Es war ein faszinierender Anblick. Ein wenig beschämt stellte Alvina fest, dass sie ihre Augen nicht von seiner dunklen Haut und dem geschmeidigen Spiel seiner Muskeln abwenden konnte.

Indessen hatte Fria eine kleine Flöte hervorgeholt und begann, eine lebhafte und zugleich etwas wehmütige Melodie zu spielen. Nun kam Leben in das Lager. Die Mädchen erhoben sich und begannen zu tanzen und die jungen Männer fügten sich in den Reigen ein oder übten sich etwas abseits in den verschiedensten akrobatischen Kunststücken. Mit glühenden Wangen beobachtete Alvina die wiegenden Bewegungen der Tanzenden. So etwas hatte sie noch nie gesehen.

Plötzlich stand Adon vor ihr und reichte ihr die Hand. „Komm, ich zeige dir, wie es geht."

Das Rot ihrer Wangen vertiefte sich. Zögernd erhob sie sich. Er begann damit, dass er ihr erste einfache Bewegungen zeigte. Alvina war verwirrt; der erhitzte Körper des jungen Mannes dicht neben ihr löste seltsame Empfindungen in ihr aus. Sie tanzte, ohne zu merken, wie die Zeit verging.

Ein Hauch von Enttäuschung bemächtigte sich ihrer, als Fria weit nach Mitternacht die Flöte weglegte und meinte: „Es ist Zeit zu schlafen, Kinder. Schon bald werden wir wieder bewohnte Gegenden erreichen und dann müssen wir ausgeruht sein."

Erst als Alvina sich in ihre Decke wickelte, spürte sie die Müdigkeit in ihren Gliedern. Sie sah einige der jungen Leute eng umschlungen fortgehen und vernahm leises Kichern. Im schwachen Licht der Flammen versuchte sie vergeblich, Adon zu erspähen. Aber kurz darauf war sie eingeschlafen.

Während der nächsten Tage ihrer Wanderung ergriffen die unterschiedlichsten Gefühle von Alvina Besitz. Ihr Herz klopfte wild, wenn Adon in ihrer Nähe war. Jedes freundliche Wort, jedes Lächeln berührte sie auf besondere Art und Weise. Eine seltsame Mischung aus Furcht und Freude erfüllte sie dann. Unvermittelt konnte dieses Gefühl allerdings in Traurigkeit umschlagen, sobald er sich abwandte. Und wenn sie sah, wie er mit anderen Mädchen scherzte, verspürte sie einen schmerzhaften Stich, und ihr Herz wurde schwer.

Nach vielen Tagen der Wanderung erreichten sie schließlich ein fruchtbares grünes Tal, wo sie sich im Schatten eines kleinen Wäldchens lagerten.

„Heute bleiben wir hier", sagte Fria. „Genießt den Tag, denn morgen werden wir unseren ersten Auftritt haben."

Etliche junge Leute machten sich auf, um Feuerholz zu suchen. Adon war unter ihnen. Er plauderte scherzhaft mit einem der Mädchen und legte seinen Arm um ihre Schultern.

Alvina hockte sich an einen Baum und blickte ihnen hinterher, bis sie im Unterholz verschwunden waren.

„Kleine Närrin", flüsterte plötzlich eine Stimme. „Wer die Früchte nur anstarrt, statt sie zu pflücken, wird ewig hungrig bleiben."

Alvina zuckte zusammen und wandte sich um. Fria sah mit unergründlicher Miene auf sie hinab.

„Was meinst du?", gab das junge Mädchen zurück.

„Du begehrst ihn, jeder kann das sehen."

Alvina errötete und wandte sich ab. Etwas an diesen Worten irritierte sie. Aber sie konnte nicht genau sagen, was es war. Sie spürte, dass der Blick der Frau weiterhin auf ihr ruhte. Schließlich murmelte sie leise: „Ich weiß nicht, wie er fühlt. Er behandelt mich nicht anders als die anderen Mädchen."

„Adon ist stark und frei, wie ein Adler im Wind. Warum sollte er diese Freiheit aufgeben?"

Halb verwundert, halb zornig blickte Alvina zu der älteren Frau auf.

Diese hob jedoch lediglich die Brauen und meinte kühl: „Die Frage war ernst gemeint. Wofür sollte er seine Freiheit aufgeben? Für ein schmollendes Kind, das schweigend an einem Baum hockt?"

Alvina presste die Lippen zusammen und starrte wütend zu Boden.

Fria lachte. „Lausche in den Wald. Hörst du das Singen der Vögel? Klingt es nicht lieblich und unschuldig in unseren Ohren?"

Das junge Mädchen nickte zögernd.

Die Lippen der älteren Frau verzogen sich zu einem grimmigen Lächeln. „In Wahrheit befinden sie sich in einem erbitterten Wettkampf. Sie buhlen um die Liebe, denn sie wissen, nur wer die schönsten Lieder singt, wird am Ende gewinnen."

Alvina starrte sie wortlos an.

„Du hast nur dieses eine Leben. Genieße es, solange du jung bist. Lebe die Liebe mit aller Leidenschaft, denn sie ist flüchtig und lässt sich nicht für immer festhalten." Im Blick der älteren Frau lag eine Härte, die nicht zu ihren Worten zu passen schien. Aber vielleicht war es auch eine schmerzhafte Erinnerung, die sie zu verbergen suchte. „Geh zu ihm! Oder möchtest du irgendwann voller Verbitterung feststellen, dass dein Leben nicht mehr war als eine Reihe verpasster Gelegenheiten?"

Eine ungewohnte Beklommenheit blieb nach den Worten der älteren Frau in Alvina zurück. Sie erhob sich und tastete nach dem goldenen Schlüssel. Er blieb jedoch stumm. Oder war da nicht doch ein leises Vibrieren? Verwirrt von ihren eigenen Gefühlen, stapfte sie in den Wald und folgte dem schmalen Pfad, den Adon eingeschlagen hatte. Begehrte sie ihn? Schließlich schlug ihr Herz bei seinem Anblick schneller. Sein Gesicht war ihr ständig vor Augen. Sie lebte auf, wenn er mit ihr sprach, und die Zeit mit ihm war ihr kostbar wie ein verborgener Schatz. Aber fand sich dies alles in den Worten wieder: *Du begehrst ihn?*

Irgendwie schien ihr dies zu wenig zu sein. Nein, es schien sogar auf subtile Art und Weise falsch zu sein. Aber wer war sie schon, dass sie eine solch erfahrene und weise Frau wie Fria infrage stellen konnte?

Durch das leise Rauschen der Blätter drang ein helles Plätschern zu ihr herüber. Sie glaubte, eine Stimme zu hören, und folgte den Geräuschen. Schließlich entdeckte sie durch das dichte Grün des Unterholzes einen kleinen Wasserfall, der sich in ein steiniges Becken ergoss. Irgendetwas bewegte sich dort. Alvina hielt darauf zu, und die Fragen in ihr verblassten, als sie eine helle Gestalt aus dem Wasser auf einen Felsen klettern sah.

Adon lächelte, als sie näher kam. Er war alleine; seine Kleidung lag neben ihm auf dem Felsen. Alvina spürte, wie ihr die Röte ins Gesicht stieg.

„Komm, das Wasser ist herrlich."

Sie sagte nichts, aber ihr Blick verriet wohl genug von ihren widerstreitenden Gefühlen.

Er lachte. „Ich verstehe schon." Demonstrativ wandte er sich um.

Alvina musste lächeln. Rasch schlüpfte sie aus ihrem Kleid und stieg ins Wasser. Anfangs schreckte die Kälte sie ab, doch als sie tiefer in das natürliche Becken hineinwatete und das Wasser sie ganz umschloss, fühlte sie, wie prickelnde Lebendigkeit sie durchströmte.

Plötzlich spürte sie einen warmen Körper in ihrer Nähe. Eine Hand streifte flüchtig ihre Schulter. „Komm, ich zeige dir was", sagte Adon. Seine Stimme klang so unbekümmert, dass sie ihre Beklemmung abschüttelte. Er schwamm auf den Wasserfall zu und sie folgte ihm.

Augenblicke später prasselten die Wasser auf sie herab. Der goldene Schlüssel auf ihrer Haut prickelte und eine wilde Freude durchströmte sie. Dann spürte sie, wie eine warme Hand die ihre umschloss und sie weiterzog. Sie tauchte unter dem Wasser hindurch und befand sich schließlich in einer Höhle. Das Ufer stieg flach an, weiches Moos bedeckte den Fels, und die herabstürzenden Wasser zeichneten wellenartige Muster in das gedämpfte Licht. Mit einem Mal war Adon ganz dicht bei ihr.

„Ist das nicht ein wundervoller Ort?" Seine Stimme klang seltsam.

Alvina spürte, wie ihr Herz wild zu schlagen begann, als er sie an sich zog. Ein Schauer durchlief sie, als seine Lippen ihren Nacken liebkosten.

„Was ist das?", fragte er plötzlich.

Er hielt ihren kostbarsten Besitz in seinen Fingern und drehte ihn hin und her.

„Das ist ... mein goldener Schlüssel", erwiderte Alvina zögernd.

„Ich verstehe. Leider hat er die unangenehme Eigenschaft, mir die Haut zu zerkratzen." Er zwinkerte ihr zu. „Es stört dich doch nicht, wenn ich ihn für einen Augenblick beiseitelege?"

Ehe sie etwas erwidern konnte, hatte er ihr das Halsband abgestreift und auf einem nahe liegenden Felsen abgelegt. Dann verschloss er ihre Lippen mit einem Kuss. Seine Hände glitten sanft über ihre Haut. Er schien zu wissen, was er tat, und Alvina ließ sich von ihm führen. Seine Liebkosungen ließen ihr Herz schneller schlagen. Ungewohnte Gefühle wurden in ihr wach. Dann sah sie in seine Augen, und der kostbare Augenblick verschwand so rasch, wie er gekommen war. Nichts von dem, was sie empfand, spiegelte sich in seinen Blicken wider.

Als seine Leidenschaft abgeklungen war, lagen sie dicht nebeneinander im seichten Wasser und lauschten dem Rauschen des Wasserfalls.

„War es dein erstes Mal?", fragte Adon und strich sich eine Haarsträhne aus der Stirn.

Verwirrt und schweigend starrte Alvina auf die herabfallenden Wasser.

Adon grinste. „Das dachte ich mir."

Alvina antwortete nicht. Etwas tief in ihr war aufgewühlt worden, und gleichzeitig fühlte sie sich taub und kalt, wie eine erloschene Kerze.

„Die Liebe ist eine Kunst, die geübt sein will." Er warf ihr einen schelmischen Blick zu. „Ich kann dich Dinge lehren, die dich überraschen werden. Du wirst sehen, wir werden eine Menge Spaß zusammen haben."

Alvina schwieg und versuchte zu verstehen, was geschehen war.

Er strich ihr durchs Haar und küsste sie flüchtig auf die Wange. „Du nimmst das Leben zu schwer, mein Herz. Liebe und Lachen und die Freiheit zu tun, was auch immer du tun willst, das ist das Geheimnis des Glücks."

Sie wandte den Kopf und sah ihm in die Augen.

Einen Moment lang erwiderte er ihren Blick, dann wandte er sich ab. „Ich habe versprochen, heute Abend für frischen Fisch zu sorgen. Bleib doch noch ein Weilchen und genieße diesen Ort. Wir sehen uns später." Er küsste ihre Stirn, sprang wieder in den Teich und schwamm auf die andere Seite.

Langsam erhob sich Alvina und griff nach ihrem Halsband, das immer noch neben ihr lag. Vorsichtig streifte sie es über ihr nasses Haar. Kühl und leblos lag der goldene Schlüssel auf ihrer Haut, nicht die leiseste Regung war zu verspüren. Es schien, als habe er seine Magie verloren. Stumm watete Alvina ins Wasser. Die Tränen, die ihr über das Gesicht liefen, mischten sich mit den funkelnden Tropfen des Wasserfalls.

Sie kehrte spät in das Lager des fahrenden Volks zurück. Die Feuer brannten, aber sie wärmten das junge Mädchen nicht. Das Lachen, der Tanz und die Melodien der Flöte perlten an ihr ab wie Wassertropfen. Adon warf ihr fragende Blicke zu, aber sie reagierte nicht. Irgendwann gab er auf und widmete sich wieder dem Spiel der Fackeln.

Abseits von den anderen wickelte Alvina sich in ihren Mantel und schlief ein. In der Nacht, als alles Lachen und Singen verstummt war und das Lager in tiefem Schlaf lag, erwachte sie, von einem ungewohnten Geräusch geweckt. Ein lauer Wind lag in der Luft und spielte mit den Blättern der Bäume. Er trug etwas Unbekanntes in sich, ein fernes, wehmütiges Singen. Es war keine menschliche Stimme, die sie vernahm, und doch schien etwas Beseeltes und Machtvolles in der fernen Melodie zu liegen, als webe jemand sein innerstes Sehnen darin ein. *Manchmal, so sagt man, kann man in den Wäldern des Ostens den Ruf des Mitternachtsvogels vernehmen,* hörte Alvina die Stimme ihrer Großmutter in ihrer Erinnerung. *Er bringt die*

Herzen zum Weinen. Ja, manche behaupten gar, er könne das La-
chen der Menschen für immer verstummen lassen.

Unter der warmen Decke spürte sie ein winziges Prickeln auf ihrer Brust. Der Hauch eines Lächelns legte sich auf ihre Lippen: Der Zauber des goldenen Schlüssels war also nicht erloschen.

Die nächsten Tage vergingen in eifriger Geschäftigkeit. Jeden Abend führte das fahrende Volk seine Künste in einem anderen Dorf vor. Und die Menschen bezahlten mit Münzen und Brot, mit bewundernden und mit scheelen Blicken.

Schließlich erreichten sie eine große Stadt, die von mächtigen Mauern umgeben war, auf deren Wehrgängen Soldaten patrouillierten. Es gab Häuser, die so groß waren, dass sie ein ganzes Dorf fassen konnten, und armselige Hütten, die nicht mehr waren als halb zerfallene Bretterverschläge. Menschen liefen wie Ameisen umher und es stank zum Himmel.

An jenem Tag hatte das fahrende Volk seinen größten Auftritt. Alvina verließ die Gruppe ohne ein Wort des Abschieds. Ziellos wanderte sie durch die Gassen. Ob ihr Vater auch in dieser Stadt gewesen war? Doch wo sollte sie suchen, wohin sollte sie sich wenden? Dieser Ort schien ihrer Sehnsucht so fern zu sein wie die dumpfe Enge eines Erdlochs der Weite eines wolkenlosen Sommerhimmels. Noch nie hatte sie sich so einsam gefühlt.

Allmählich wurde es dunkel und die Gassen wurden leerer. Alvina spürte eine zunehmende Beklemmung. *Du musst einen Schlafplatz zum Übernachten finden,* sagte sie zu sich selbst.

Aus einer Schenke drang zorniges Männergeschrei hinaus auf die schmutzige Gasse. Sie eilte rasch vorüber. Als sie sich umwandte, erkannte sie, dass eine Handvoll Männer das Wirtshaus verlassen hatte. Eine der Gestalten blickte zu ihr herüber.

Alvina schluckte und wandte sich hastig ab. Sie vernahm ein paar derbe Worte und dann Schritte, die ihr zu folgen schienen. Sie wagte nicht, sich umzuwenden, stattdessen bog sie hastig in die nächstbeste Gasse ab. Die Häuser ragten zu beiden Seiten wie stumme Riesen empor. Sie schluckten das spärliche Licht des späten Abends und hüllten die schmale Gasse in konturlose Schatten. Alvina hastete weiter und versuchte, dem herumliegenden Schutt auszuweichen.

Die Schritte folgten ihr.

Sie warf einen Blick über die Schulter und erkannte eine dunkle Gestalt hinter sich. Instinktiv begann sie zu rennen. Derbes Lachen hallte durch die Gasse. Alvina stolperte, schlug mit der Schulter hart gegen eine Hauswand und fiel zu Boden. Etwas schien nach ihrem Bein zu greifen. Ein angstvoller Schrei entrang sich ihr. Sie rappelte sich auf und hetzte weiter. Als sich zur Rechten eine Lücke zwischen den Häuserreihen auftat, bog sie ab und stolperte über einen Haufen Lumpen. Erneut stürzte sie. Zu ihrem Entsetzen bewegten sich die Lumpen plötzlich; ein unartikuliertes Knurren erklang. Panisch sprang sie auf und rannte weiter, stieß gegen leere Fässer und Hauswände. Immer wieder bog sie ab, stürzte und rappelte sich wieder auf. Die Schritte schienen ihr überallhin zu folgen und Rufe hallten durch die hereinbrechende Nacht. Alvina floh wie ein von Jägern gehetztes Wild. Ihre Lunge schmerzte mit jedem Atemzug und ihre Muskeln brannten. Als sie erneut stolperte, war sie zu schwach, um sich wieder aufzurichten. Am Ende ihrer Kräfte angelangt, krabbelte sie auf Händen und Füßen weiter. Die Schritte kamen näher. Plötzlich tat sich neben ihr ein Riss in den Mauern auf, ein schmaler Spalt vollkommener Schwärze. Sie zwängte sich hinein, kroch ein paar Schritte und rollte sich schließlich auf dem Boden zusammen.

Ihr Herz flatterte wie ein Kolibri in ihrer Brust. Sie schloss die Augen und zwang ihren Atem, ruhiger zu werden. Das Blut rauschte in ihren Ohren, und Alvina wartete auf die schweren Schritte, wartete darauf, dass harte Männerhände sie ergriffen und fortzerrten. Doch nichts dergleichen geschah. Stattdessen drang eine Stimme an ihre Ohren, heiser und zitternd, wie von einem Menschen, der um die Kraft ringt, Atem zu schöpfen: „Wer bist du?"

Alvina zuckte zusammen und kauerte sich noch dichter auf dem Boden zusammen.

„Warum schweigst du?", fragte die heisere Männerstimme nach einer Weile. „Wenn du nach meinem Besitz trachtest, muss ich dich enttäuschen. Ich besitze nichts, was zu rauben sich lohnt."

Alvina schwieg. Sie vermutete, dass der Mann in dem Schatten ihr nichts tun würde, aber sie war sich keineswegs sicher. Mit halbem Ohr lauschte sie nach draußen. Keine Schritte näherten sich. Zur Sicherheit beschloss sie, noch eine Weile abzuwarten.

„Ich weiß, dass du noch da bist", durchbrach die heisere Stimme die Stille. „Du bist neu hier in der Stadt, habe ich recht?"

Alvina richtete sich auf. Konnte der Fremde sie sehen? Vergebens versuchte sie, mit den Blicken die Schwärze zu durchdringen. Doch es waren nicht mehr als ein paar graue Schemen zu erkennen.

Der Mann kicherte. „Ich rieche deinen Schweiß und deine Kleidung, in der noch der Atem des Waldes liegt." Er sog geräuschvoll Luft ein. „Baumharz und feuchte Erde ... Ich habe diesen würzigen Geruch schon immer gemocht ... Warum versteckst du dich? Hast du Angst vor mir?"

Alvina schwieg.

„Ein paar Schritte weiter findest du einen kleinen Sims, darauf liegen eine Zunderschachtel und eine Kerze. Das Licht wird nicht hell genug scheinen, um nach draußen zu dringen, aber du wirst genug erkennen können, um zu wissen, dass du mich nicht zu fürchten brauchst."

Alvina spürte, dass er die Wahrheit sagte. Langsam tastete sie sich vor und fand, was der Mann beschrieben hatte. Die Flamme der Kerze war tatsächlich winzig. Nachdem ihre Augen sich an das Licht gewöhnt hatten, erkannte sie, dass sie sich in ein halb zerfallenes, mit Schutt und Geröll gefülltes Kellerloch geflüchtet hatte. Auf einem verkohlten Balken, den Rücken matt an die feuchte Wand gelehnt, saß ein uralter Mann. Seine ausgemergelten Glieder waren in zerschlissene, farblose Lumpen gehüllt. Sein dichter, verfilzter Bart vermochte nicht zu verbergen, wie hohlwangig und eingefallen sein Gesicht war. Trübe Augen lagen in tiefen Höhlen. Der Alte war blind und er lag im Sterben. Alvina verspürte Mitleid. Als sie jedoch den Stab in seinen Händen sah, sog sie scharf die Luft ein. Zuerst dachte sie, es wäre ihr eigener Wanderstock, den sie irgendwo auf der Flucht verloren hatte. Dann erkannte sie, dass er etwas anders aussah. Seine Tönung war eine Spur dunkler.

„Was hast du?", fragte der Alte. Sein Gehör schien noch immer sehr scharf zu sein. „Ist mein Anblick denn so erschreckend?"

„Dieser Stab", sagte Alvina und schluckte trocken, „woher hast du ihn?"

„Ah, ein Mädchen ..." Die bärtigen Lippen verzogen sich zu einem Lächeln. „Was treibt dich so alleine in diese Gegend?"

„Bitte, ich muss es wissen. Mein Vater besaß einst einen solchen Stab. Ich muss wissen, woher er stammt!"

„Oh!" Der Mann sah überrascht aus. Dann jedoch lächelte er versonnen. Seine Finger strichen sanft über die glatte Oberfläche seines Wanderstabes. „Ich war noch blutjung, gewiss nicht älter als du selbst, als ich ihn fand. Er war ein Geschenk … ja, ein Geschenk meiner großen Liebe."

„Du hast ihn von einer Frau?", fragte Alvina verwundert.

Der Mann schüttelte den Kopf. Sein Lächeln bekam etwas Wehmütiges. „Ich vermisse ihre Stimme und den salzigen Geschmack ihrer Küsse. Noch immer träume ich von ihr, obwohl es Jahre her ist …"

Irritiert blickte Alvina ihn an. Was er sagte, schien keinen Sinn zu ergeben, und doch spürte sie etwas Vertrautes. Dann erinnerte sie sich an die Worte ihrer Großmutter, als diese von Alvinas Vater gesprochen hatte: *In seinem Blick hatte eine Wehmut gelegen, die unerträglich gewesen war … Er starb an gebrochenem Herzen …* Ein leises Prickeln trat auf ihre Haut. Der goldene Schlüssel rührte sich.

„Wer war deine große Liebe?", fragte sie leise.

Der alte Mann seufzte. „Du wirst mich einen Narren nennen, wenn ich es dir verrate. Und die Erinnerung ist mir zu heilig, als dass ich sie mit Spott beschmutzen möchte." Das Lächeln auf seinen Lippen erstarb langsam.

„Du bist gewiss kein Narr", sagte Alvina, „immerhin weißt du, wonach du dich sehnst. Ich hingegen weiß es nicht. Ich wundere mich nur, warum Augenblicke tiefster Schönheit mit Schmerz einhergehen und warum das Glück so flüchtig ist und stets den Keim einer fernen Erinnerung in sich zu tragen scheint."

Der alte Mann schwieg, aber Alvina spürte, dass er ihr sehr genau zuhörte. „Eine Frage brennt in mir", fuhr sie leise fort, „eine Frage, die mir keine Ruhe lässt: Was ist sanft und glänzend wie der Morgentau im Licht der aufgehenden Sonne und gleichzeitig wild und brausend wie ein stürmischer Wind, der mit den Blättern der mächtigen Bäume spielt? Was ist voller Lebendigkeit wie ein plätschernder Bach und gleichzeitig mächtig wie die Berge, die majestätisch in den Himmel ragen? Was ist gefährlich wie ein reißender Fluss und gleichzeitig voller Versprechen wie der Blick der ersten Liebe? Was dringt an deine Ohren wie der ferne Ruf des Mitternachtsvogels, dem niemand lauschen kann, ohne dass die Sehnsucht in seinem Herzen wach wird?"

Ein Lächeln umspielte die bärtigen Lippen des alten Mannes. Seine Stimme war leise, und sein Atem ging flach, als er antwortete: „Dieser Stab, den ich in meinen Händen halte, ist nicht aus Holz. Er wurde aus den Gebeinen der mächtigsten Geschöpfe geschnitzt, die dieser Erdkreis je erblickte. Diese Wesen sind gewaltiger als die mächtigen Wehrtürme dieser Stadt, und doch tanzen sie mit der Leichtigkeit spielender Kinder in den rauen Fluten der ewigen See. Wer diesen Anblick einmal vor Augen hatte, wird ihn nie wieder vergessen. Das Meer ist meine Geliebte, sie ist unnahbar und voller Übermut, tödlich und lieblich zugleich, kalt und voller Lebendigkeit. Ich habe sie fast mein ganzes Leben befahren. Sie hat mir alles genommen, und doch vergeht kein Tag, an dem ich mich nicht nach ihr sehne ...“

Alvinas Herz begann, schneller zu schlagen, und der goldene Schlüssel an ihrer Brust schien leise zu summen. „Das Meer – wo kann ich es finden?"

Das Lächeln auf den Lippen des Mannes erstarb. Er zuckte plötzlich zusammen und verzog schmerzhaft das Gesicht. Der Stab entglitt seinen Händen und er tastete nach seinem linken Arm.

„Was hast du?", fragte Alvina erschrocken.

Der Alte schüttelte den Kopf. „Das Meer ist weit, weit entfernt", murmelte er, „zu weit."

Alvina schluckte. „Wie weit?"

„Gib deinen Plan auf, Mädchen. Dieser Weg würde dich umbringen", murmelte der Mann, „mich hat er beinahe getötet ... und er nahm mir das Augenlicht!"

„Bitte, sag mir, wie ich das Meer finden kann!"

Der Alte stöhnte leise und griff sich an die Brust.

„Was hast du?", fragte Alvina und kroch zu ihm hinüber. Sein Atem roch säuerlich.

„Kannst du den Schnitter nicht sehen?", flüsterte der Mann.

Alvina schüttelte den Kopf und vergaß dabei, dass der alte Mann blind war.

„Ich spüre schon seine kalte Hand", murmelte er.

Er stirbt!, schoss es Alvina durch den Kopf. „Bitte, sag es mir!"

Der Mann gab ein seltsam gurgelndes Geräusch von sich, und Alvina brauchte einen Augenblick, bis sie erkannte, dass es ein Lachen war. „Deine Stimme ist sanft ... aber dein Wille ist eisern." Er keuchte und sein Gesicht verzerrte sich erneut vor Schmerz. Ein paar Atemzüge später entspannte er sich ein wenig. „Wende dich nach Osten", flüsterte er. „Folge des Morgens der Sonne und des Abends deinem Schatten. Wenn die Berge hinter dem Horizont verschwinden, wirst du an eine Wüste gelangen, weit wie das Meer und weiß wie Schnee – eine Wüste voller Salz. Dort gibt es kein Leben ... Aber auch das Meer ist tödlich. Niemand kann sein Wasser trinken und am Leben bleiben ..." Der Mann stöhnte auf und griff sich wieder an die Brust. Gleichzeitig tasteten seine Finger suchend umher.

Hilflos blickte Alvina ihn an.

Schließlich schlossen sich seine Finger um den Stab, der ihm zuvor entglitten war. Seine Lippen verzogen sich zu einem Lächeln. „Du wirst es versuchen ...?"

„Ja."

„Natürlich wirst du das ..." Er zuckte zusammen. „Hier ...", krächzte er. „Bring ihn zurück ... nach Hause ..."

Das junge Mädchen ergriff den Stab. Der Mann stöhnte noch einmal auf, dann entspannten sich seine Züge, und er rührte sich nicht mehr ... Alvina schluckte. Der Alte war tot. Sie schloss seine blinden Augen und faltete seine Hände über der mageren Brust. Dann hielt sie bei ihm Wache, bis die Kerze erlosch und der Morgen anbrach.

„Hab Dank, alter Mann."

Erst als sie die Mauern der Stadt weit hinter sich gelassen hatte, fiel die Beklemmung langsam von ihr ab. Sie spürte, wie eine Last von ihrem Herzen abfiel und neue Kraft sie durchströmte. Endlich hatte sie ein Ziel. Endlich wusste sie, wohin ihr Weg sie führte. Der goldene Schlüssel summte leise an ihrer Brust.

Doch der Weg war weit, viel weiter, als sie geahnt hatte. Sie kam nur langsam voran, da sie immer wieder arbeiten musste, um das Geld für ihre weitere Reise zu verdienen. Zwei Jahre vergingen, bis sie die Ausläufer der Salzwüste tatsächlich erreichte. Es war ein harter und rauer Menschenschlag, der sich dort am Rande der Wüste angesiedelt hatte. Die Leute erklärten sie für verrückt, als sie berichtete, dass sie die Wüste durchqueren wollte. Aber sie verkauften ihr dennoch alles, was sie benötigte, und verlangten einen hohen Preis dafür.

„Man reist nicht tiefer in die Wüste als ein oder zwei Tagesmärsche", brummte eine alte Frau, die Alvina nach zähen

Verhandlungen einen ungefärbten Wollmantel für das Dreifache seines Wertes verkauft hatte.

„Ich kannte einmal einen Mann, dem es gelang, sie zu
durchqueren."

Die Frau winkte ab.

„Es ist wahr", erwiderte Alvina. „Sieh her: Dieser Stab wurde
aus den Knochen eines gewaltigen Meerestieres gefertigt."

„Das behauptet er." Die Alte zuckte mit den Schultern.
„Aber geh nur, wenn du magst, jeder ist seines eigenen Glü-
ckes Schmied."

Das Gewicht der prall gefüllten Trinkschläuche beugte Alvinas Rücken, als sie sich eines frühen Morgens auf den Weg
machte. Aber die Hoffnungslosigkeit der Wüstenbewohner las-
tete mindestens ebenso schwer auf ihr. Gleichgültig, mit wem
sie gesprochen hatte, sie alle hatten sie angesehen, als sei sie
dem Tode geweiht. Das hatte die Leute allerdings nicht daran
gehindert, Alvina beinahe ihr gesamtes Erspartes abzuknöpfen.

Die Sonne färbte den Horizont rot und ließ die Salzkristalle
funkeln und glitzern. *Wer weiß, vielleicht ist die Wüste gar nicht
so groß,* redete sie sich Mut zu. *Wenn alle nicht mehr als zwei
Tagesreisen in sie eindringen, kann niemand wissen, ob man sie
vielleicht schon nach drei oder vier Tagen durchquert hat.*

Die Sonne stieg höher und höher. Unbarmherzig brannte
sie herab und der Schweiß rann wie Wasser über ihre Haut.
Beinahe schlimmer noch als die Hitze war die unerträgliche
Helligkeit. Die weißen Salzkristalle reflektierten das grelle Sonnenlicht, sodass es wie Feuer in ihren Augen brannte. Das
Mädchen band sich feinen Gazestoff vor das Gesicht, so wie
die Wüstenanwohner es ihm gezeigt hatten. Dennoch strömten ihm die Tränen über das Gesicht und es konnte kaum noch
etwas erkennen.

Als die Sonne schließlich am Horizont versank und die flimmernde Hitze abklang, ließ Alvina sich erschöpft auf die harte Salzkruste sinken. Erschrocken stellte sie fest, dass sie bereits ein Drittel ihrer Wasservorräte getrunken hatte. *Du musst sparsamer sein!*, befahl sie sich selbst. In der Nacht sank die Temperatur unerwartet rasch und fröstelnd wickelte sie sich in ihren Wollmantel. Die harte Kruste knirschte, als sie sich niederlegte. Instinktiv tastete Alvina nach ihrem goldenen Schlüssel. Sie spürte nichts.

Ihre guten Vorsätze hielten nicht stand, als die Sonne am nächsten Tag erneut mit unbarmherziger Heftigkeit auf sie niederbrannte. Der Durst war so quälend, dass sie den Lederschlauch immer wieder an ihre Lippen setzte. Als sie am Abend ihre Wasservorräte überprüfte, stellte sie fest, dass ihr weniger als die Hälfte geblieben war.

Kehr um, bevor es zu spät ist, wisperte eine leise Stimme in ihr.

Ihre Finger tasteten nach dem goldenen Schlüssel. *Nein!* Alvina spürte, wenn sie jetzt umkehrte, würde sie nie wieder den Mut aufbringen, es noch einmal zu versuchen.

Sie schlief unruhig und erwachte mit schmerzendem Kopf aus wirren Träumen. Sie aß nur wenig, damit ihr Durst nicht zu stark wurde. Dann wanderte sie weiter. Immer wieder war sie aufs Neue von der Heftigkeit überrascht, mit der die Sonne auf sie niederbrannte. Mit gesenktem Kopf stolperte sie voran. Sie versuchte, sich die Bilder der Sehnsucht ins Gedächtnis zurückzurufen – vergebens. Die Wüste duldete nichts als sich selbst.

Drei Tage lang hielt sie durch. Als sie abends erschöpft zu Boden sank, stellte sie fest, dass ihr nur noch ein winziger Rest Wasser geblieben war. Verzweiflung legte sich über sie wie ein schwarzer Mantel. *Ich werde sterben!* Mit dieser Gewissheit schlief sie ein.

Sie vermochte nicht zu sagen, was genau sie mitten in der Nacht aus dem Schlaf gerissen hatte, sie verspürte lediglich eine Art Nachhall, ein Brennen in ihrer Brust und einen Schmerz auf ihrer Haut. Als sie nach dem goldenen Schlüssel tastete, war er kühl und stumm.

Alvina richtete sich auf. Über ihr erstrahlte der Sternenhimmel, klarer und heller, als sie ihn je zuvor gesehen hatte. Myriaden von Lichtpunkten leuchteten auf sie herab und die Schönheit dieses Augenblicks ließ sie ruhig werden. Als sie sich wieder niederlegte und ihre Augen zum Horizont wandte, bemerkte sie, dass etwas ihre Sicht trübte. Verwundert runzelte sie die Stirn. Dann erkannte sie, dass dünne Nebelschleier fast bewegungslos über dem Boden schwebten. Ihr Herz pochte.

Rasch wickelte sie sich aus ihrem Mantel und breitete ihn auf dem Boden aus. Und obwohl sie erbärmlich fror, spürte sie einen Hauch von Hoffnung zurückkehren, als sie etwas später in der aufkommenden Dämmerung winzige Tautropfen auf dem Stoff glitzern sah. Als sie den Mantel auswrang, waren es kaum zwei Handvoll Flüssigkeit, die sie gewann – zu wenig, viel zu wenig. Aber wo Nebel war, konnte Wasser nicht fern sein.

Sie wanderte los, als die ersten Anzeichen der Dämmerung sich zeigten. Hoffnungsvoll suchten ihre Augen den Horizont ab. In der Nähe des Meeres musste es Fischerdörfer geben, vielleicht sogar eine Stadt. Die Sonne erhob sich und entfaltete ihre Macht. Trotzig band sich Alvina den feinen Gazestoff vor die Augen und ging weiter.

Gegen Mittag hatte sie den letzten Tropfen Wasser getrunken. Ihre Lippen waren aufgesprungen und ihre geschwollene Zunge kratzte an ihrem wunden, ausgetrockneten Gaumen.

Die Wüste nahm kein Ende. *Es hat keinen Sinn!*, wisperte eine Stimme in ihrem Inneren. *Hör auf zu kämpfen. Gib auf!* Die Stimme klang ruhig und vernünftig. Und sie schien recht zu haben. Das lebensfeindliche, blendende Weiß der Salzwüste war alles, was Alvina umgab. *Seit du aufgebrochen bist, bist du einem Traum gefolgt, und nun ist die Zeit des Erwachens gekommen,* sagte die Stimme.

Alvina setzte beharrlich einen Fuß vor den anderen und schleppte sich über die glühend heiße Salzkruste. Ihre Hand umklammerte den goldenen Schlüssel. Er schwieg, aber tief in ihrem Inneren wusste sie, dass er nicht tot war. Eine Ahnung, die tiefer reichte als das fatalistische Reden scheinbarer Vernunft, sagte ihr, dass sie keiner Lüge folgte. Nein, was der Schlüssel ihr gezeigt hatte, war so real wie der Durst, der sie quälte. Sein Wirken war diesem sogar recht ähnlich. Er weckte so etwas wie einen Durst der Seele, einen Durst nach etwas, das sie irgendwie verloren hatte und das nur in Form vager Erinnerungen dann und wann ihr Bewusstsein streifte.

Alvina war sich nicht sicher, ob ihre Wahrnehmung bereits gestört war oder ob der Wüstenboden tatsächlich anstieg, auf jeden Fall fiel ihr plötzlich jeder Schritt doppelt so schwer, und die Salzkruste schien unter ihr wegzugleiten. Einige Schritte später stürzte sie und schlug hart mit dem Kopf auf. Alles drehte sich vor ihren Augen, und sie war nicht in der Lage, sich zu rühren. *Es ist vorbei*, wisperte die Stimme. *Bald kannst du schlafen, kannst ruhen für immer.*

Alvina war zu schwach, um dieser Stimme noch etwas entgegenzusetzen. Regungslos und mit geschlossenen Augenlidern lag sie auf dem Wüstenboden. Doch die letzte Stille kam nicht. Stattdessen vernahm sie wie durch einen dichten Schleier hindurch plötzlich ein Rauschen. Es klang beinahe wie der

Wind, der durch die Blätter eines belaubten Waldes streicht. Ganz sanft begann der goldene Schlüssel an ihrer Brust zu vibrieren. Ein Hauch von Kraft schien von ihm auszugehen. Zu schwach, um aufzustehen, kroch Alvina auf allen vieren weiter. Die raue Salzkruste zerriss ihre Kleidung und brannte auf ihrer wunden Haut. Das Rauschen wurde zunehmend lauter. Das Mädchen kroch über einen vorstehenden Felsbrocken. Ein feiner Wind streifte ihr Gesicht und ein fremder und doch seltsam vertrauter Geruch stieg ihr in die Nase. Das Vibrieren des Schlüssels wurde stärker.

Der Boden stieg noch steiler an und sie blickte direkt in den blauen Himmel. Der goldene Schlüssel brannte auf ihrer Haut und sein Vibrieren mischte sich mit dem hastigen Schlag ihres Herzens. Alvina war zu Tode erschöpft und doch brachte sie irgendwie die Kraft auf weiterzukriechen. Plötzlich endete ihr Weg so abrupt, als hätte sie das Ende der Welt erreicht.

Fassungslos starrte Alvina auf das, was sich vor ihren Augen ausbreitete. Sie befand sich am Rand eines gewaltigen Steilhanges, der gut hundert Schritt in die Tiefe abfiel, und vor ihr erstreckte sich eine lebendige, brausende Ebene aus azurblauem Licht und weiß gekrönten Spitzen, die bis zum Horizont reichte.

Das Meer!

Tief unter ihr donnerte die Brandung gegen die Klippen und ließ einen feinen, im Sonnenlicht glitzernden Nebel aufsteigen. Das Rauschen der Meereswogen war wild und voller Leben. Und das tiefe Blau kündete von Ruhe und tiefen Geheimnissen, die weit unter dem spielerischen Tanz der Wellen verborgen lagen.

Tränen rannen Alvina über die Wangen. Sie hatte es geschafft! Der goldene Schlüssel jubelte regelrecht und brannte auf ihrer

Haut. Sie hatte wider alle Gefahren und Zweifel das Meer erreicht. Der Ort ihrer Sehnsucht war Wirklichkeit geworden ... und doch war sie zum Tode verurteilt.

Keine menschliche Ansiedlung war zu sehen. Kein Schiff ankerte in der Nähe. Kein Bach schenkte frisches Wasser und Hoffnung auf Leben. Mühsam richtete Alvina sich auf und setzte sich an den Rand der Klippe. *Du bist eine Närrin*, flüsterte die Stimme in ihr. *Du hast dich selbst zum Tode verurteilt.*

Alvina starrte in die Tiefe hinab. Wasser und Leben schienen zum Greifen nah zu sein. Aber das Meer war tödlich. Plötzlich musste sie an die Worte des alten Mannes denken. *Niemand kann sein Wasser trinken und am Leben bleiben.*

Der goldene Schlüssel prickelte und brannte, beinahe schien es, als bewege er sich, ungeduldig und drängend. Und dann vernahm sie über dem Rauschen der Wellen und dem Donnern der Brandung den fernen Nachhall eines Gesanges, lieblicher als die Melodien des Mitternachtsvogels. Er war schwach und schien aus weiter Ferne zu kommen ...

Alvina lächelte. Sie wusste, was nun zu tun war. Langsam entledigte sie sich ihrer Kleidung. Wie abgestorbene Haut fiel der salzverkrustete Stoff von ihr ab. Die Sonne brannte auf ihrer nackten Haut. Sie stellte sich an den Rand der Klippe, sodass ihre Zehen über den Abgrund ragten. Angesichts der Tiefe wurde ihr schwindlig und ihr Herz pochte.

Dann sprang Alvina. Mit weit ausgebreiteten Armen flog sie durch die Luft. Kühl streiften Wind und Nebel ihre Haut. Dann tauchte sie mit einem harten Schlag in die kalten, brodelnden Wogen ein. Sie wurde in die Tiefe gerissen. Todesangst packte sie, ihre brennenden Lungen verlangten nach Luft. Sie schlug wild mit den Armen und versuchte aufzutauchen, doch der Sog der Tiefe war stärker. Durch ihre Angst hindurch spürte sie, wie der goldene Schlüssel sich von dem Band löste und über ihre Haut wanderte. Mit einem schmerzhaften Brennen setzte er sich unter ihrem Bauchnabel fest. Sie riss die Augen auf. Das Salzwasser brannte in ihren Pupillen, ihre Sicht verschwamm. Ihre Lippen öffneten sich zu einem gequälten Schrei und ihre Lungen verlangten reflexartig nach Luft. Alvina schluckte Wasser, ihre Muskeln zuckten krampfartig. Verwundert erkannte sie, dass ihr Bewusstsein wach blieb, während sie starb.

Nein, das war nicht richtig, *etwas* in ihr starb, aber etwas anderes, Tieferes wurde in ihr lebendig. Überrascht stellte sie fest, dass sie nun klarer sehen konnte. Als sie den Blick senkte, sah sie den goldenen Schlüssel unter ihrem Bauchnabel. Er wirkte verwandelt, irgendwie lebendiger, und er schimmerte in silberbläulichem Licht. Es schien, als wäre er nun mit ihrer Haut verwachsen. Doch das störte sie nicht, ganz im Gegenteil, es fühlte sich richtig an. Das Brennen hörte auf, stattdessen fühlte es sich angenehm kühl an. Und dann war das Prickeln plötzlich überall. Das, was einst ihr goldener Schlüssel gewesen war, vermehrte sich, wuchs über ihre Hüften und Beine. Ihr Körper veränderte sich. Er wurde zu einer Gestalt des Meeres ... und der Gesang, den sie von den Klippen vernommen hatte, kehrte zurück.

Etwas in ihr starb und etwas Neues wurde geboren. Die Erkenntnis kam über Alvina, erfrischend und kühl wie die herabstürzenden Fluten eines Wasserfalls. Nun endlich ergaben die letzten Worte ihres Vaters Sinn: „Sie heißt Alvina ... und sie ist etwas ganz Besonderes. Ihre Mutter ... verließ für sie ihre Welt und ging daran zugrunde."

Der goldene Schlüssel war das Erbe ihrer Mutter gewesen, und es war seine Gabe, eine Erinnerung in ihr zu wecken. Aber nicht die Erinnerung an etwas, das sie erlebt hatte, sondern die Erinnerung an das, was sie in Wirklichkeit war!

Der ferne Gesang wurde lauter und endlich konnte sie ihn verstehen. Das Mädchen konnte sogar einzelne Stimmen unterscheiden. Sie riefen ihren Namen.

„Ich komme", antwortete sie in derselben Sprache. „Ich komme nach Hause!"

Falsche Antworten
und richtige Fragen

Lediglich das leise Schnurren Poseidons, der auf dem Schoß der jungen Frau eingeschlafen war, durchbrach die Stille, als Linnéas letzte Worte verklungen waren. Marvin betrachtete sie von der Seite. Linnéa hielt den Blick gesenkt. Sie faltete die Bögen zusammen und steckte sie zurück in den Umschlag.

„Du bist eine sehr gute Vorleserin", sagte Marvin leise.

Linnéa ließ den Umschlag seufzend in ihre Tasche fallen und streckte sich. Poseidon zuckte mit dem Schwanz, machte aber keine Anstalten, sein gemütliches Plätzchen zu verlassen.

„Dein Kater ist auf die Dauer ein bisschen lästig", meinte Linnéa und zupfte diesen spielerisch an den Ohren.

„Möchtest du noch einen Tee?" Sie schüttelte den Kopf. „Warum gefiel dir die Geschichte so gut?", fragte Marvin.

„Sie war für mich wie ein Spiegel. Ein Spiegel meiner Empfindungen …" Sie verstummte nachdenklich.

„Und inzwischen ist das nicht mehr so?"

Sie zuckte mit den Achseln und begann erneut, geistesabwesend Poseidons Nacken zu kraulen.

„Ich hoffe, die Frage ist nicht zu persönlich. Aber vorhin meintest du, es würde dir leichtfallen, an Gott zu glauben, wenn du mit deinem Großvater zusammen bist. Warum?"

Sie strich sich nachdenklich eine blonde Haarsträhne aus der Stirn. „Die meisten frommen Menschen, denen ich bislang begegnet bin, präsentieren mir Gott als ein ziemlich abstraktes, befremdliches Wesen, das so gut wie nichts mit meinem Leben zu tun hat. In der Kirche begegnete mir Gott nicht selten als ein Sammelsurium von Antworten auf Fragen, die ich nie gestellt hatte. Bei meinem Großvater ist das irgendwie anders …"

Marvin runzelte fragend die Stirn.

Linnéa lächelte. „Er gibt keine vorschnellen Antworten. Es ist eher so, als würde man sich gemeinsam mit ihm auf Entdeckungsreise begeben. Ich weiß noch genau, wie er mich eines Tages fragte: ‚Warum wolltest du die Geschichte heute hören, Linnéa?'

Ich zuckte mit den Achseln. ‚Sie gefällt mir.'

‚Sie gefällt dir?' Er sah mich ganz verdutzt an. ‚Aber du musstest dabei weinen. Weinst du etwa gerne?'

‚Nur manchmal‘, erwiderte ich und wunderte mich selbst über meine Antwort. Dann seufzte ich und murmelte: ‚Ich wäre gerne wie Alvina.'

Opa sah mich eine Weile nachdenklich an. Dann beugte er sich zu mir hinunter und flüsterte: ‚Soll ich dir mal ein Geheimnis verraten?'

‚Ja‘, flüsterte ich zurück.

‚Du bist wie Alvina!'

Ich sah ihn mit großen Augen an. ‚Du meinst, ich bin auch eine Meerjungfrau?'

Er schüttelte ernst den Kopf. ‚Nein. Aber ich glaube, auch du besitzt einen goldenen Schlüssel. Deiner allerdings ist unsichtbar.'

‚Meinst du wirklich?'

‚Was glaubst du denn? Geht es dir manchmal ähnlich wie Alvina? Hast du manchmal so ein komisches Kribbeln in dir, wenn du etwas besonders Schönes siehst oder hörst? Und wenn du versuchst, dieses Kribbeln noch einmal zu erleben, ist es auf einmal verschwunden?'

Ich nickte langsam und erinnerte mich an einen Bach, an dem ich in den Ferien gespielt hatte. Wir waren später oft an dieser Stelle gewesen, aber es war nie wieder so etwas Besonderes gewesen wie beim ersten Mal.

‚Warum ist das so?', fragte ich.

Opa hat nur gelächelt: ‚Es lohnt sich, darüber nachzudenken, finde ich.' Und damit ließ er es auf sich beruhen."

Poseidon hatte endlich genug von ihren Liebkosungen und sprang von ihrem Schoß.

Linnéa starrte irritiert auf ihre Beine. „Oh, ich glaube, dein Kater hat die Hälfte seiner Haare auf meinen Knien zurückgelassen."

„Steht dir ausgezeichnet."

Sie rollte mit den Augen und wischte sich die Katzenhaare von der Hose.

„Diese Sache mit dem goldenen Schlüssel bringt durchaus eine Saite in mir zum Klingen", meinte Marvin nachdenklich. „Aber wie verstehst du diese Geschichte?"

„Ist es nicht ein seltsames Mysterium, dass die Momente größten Glücks und größter Schönheit stets mit dem Schmerz der Sehnsucht verbunden sind? Eigentlich dürfte das nicht so sein. Wenn ich hungrig bin, esse ich, und anschließend bin ich satt. Wenn ich großen Appetit habe, dauert es zwar manchmal etwas länger, aber irgendwann ist dieses Ziel erreicht."

„Schön, dass du wieder problemlos übers Essen reden kannst", warf Marvin ein und grinste.

Linnéa ignorierte seinen Kommentar und fuhr fort: „Gleiches gilt für alle anderen körperlichen Bedürfnisse. Wenn ich genug getrunken habe, bin ich nicht mehr durstig; wenn ich ausgeschlafen habe, nicht mehr müde. Aber es gibt da etwas in uns, das nicht so funktioniert. Wir haben eine Leere in uns, die nicht gefüllt werden kann, eine Art Hunger der Seele, den wir nicht stillen können. Ich verspüre eine Sehnsucht nach Schönheit, aber wenn ich solche tiefen Momente der Schönheit erlebe, bleibt stets so etwas wie Wehmut zurück. Es ist fast so, als ob ich diesen Hunger der Seele erst wecken würde, statt ihn zu stillen." Sie blickte ihn an. „Verstehst du, was ich meine?"

„Ich glaube schon", erwiderte Marvin. „Als ich ‚Der Herr der Ringe' zum ersten Mal las, war ich begeistert, berührt, fasziniert ... aber ich war nicht satt. Im Gegenteil – diese Geschichte weckte eine Sehnsucht in mir, noch tiefer in fantastische Welten einzutauchen. Seitdem habe ich unzählige Bücher verschlungen und sogar eigene fantastische Welten kreiert. Gestillt habe ich meine Sehnsucht damit aber nicht ... Paradoxerweise werden diese besonderen Momente eher seltener. Und so denke ich beinahe mit Wehmut an die Zeit zurück, als ich Tolkiens Werk zum ersten Mal aufschlug. Es ist wie ein Kreislauf, ein Rad der Sehnsucht, das sich dreht und dreht. Erst lässt es mich in die Zukunft und dann in die Vergangenheit sehen, aber ans Ziel gelange ich nie."

„Genau", rief Linnéa aus. „Genau das meine ich!"

„Tja." Marvin starrte auf seine Fußspitze. „Aber was fangen wir mit dieser Erkenntnis an?"

„Im Grunde genommen gibt es nur zwei Antworten darauf", meinte Linnéa nachdenklich. „Entweder sind wir Betrogene, die von ihren eigenen Empfindungen an der Nase herumgeführt werden. Oder aber wir stoßen in solchen Momenten tatsächlich auf eine tiefe Ahnung, die wir in uns tragen."

„Meinst du Erinnerungen an frühere Leben?"

„Im Sinne von Reinkarnation?"

„Ja."

Sie schüttelte den Kopf. „Das wäre keine Antwort auf die eigentliche Frage, es würde das Phänomen ja nur unendlich wiederholen. Nein, es ist etwas Tieferes … Wie es in der Geschichte vom goldenen Schlüssel heißt: ‚Nicht die Erinnerung an etwas, das wir erlebt haben, sondern die Erinnerung an das, was wir in Wirklichkeit sind.'"

„Und was sind wir in Wirklichkeit?"

„Das ist eine verdammt gute Frage", meinte Linnéa. Gedankenverloren starrte sie aus dem Fenster.

Marvin glaubte schon, sie wollte es dabei bewenden lassen, dann sah sie ihn unvermittelt an: „Was glaubst du, was macht den Menschen zum Menschen?"

Sie blickte ihn eindringlich an, und Marvin spürte, dass dies keine philosophische Spielerei für sie war. Linnéa formulierte Fragen, die sie tatsächlich bewegten. Er staunte über die plötzliche Nähe zwischen ihnen. Nach kurzem Nachdenken erwiderte er: „Möglicherweise ist es unsere Fähigkeit zu logischem Denken."

„Computer können auch logisch denken."

„Meiner nicht", entgegnete Marvin. „Jedes Mal, wenn ich ihm den Druckbefehl gebe, reagiert er ganz panisch, als würde er diese Anweisung zum ersten Mal erhalten. Manchmal kommt er unvermittelt ins Grübeln und macht gar nichts mehr. Und wenn ich etwas speichern will, fragt er mich, ob ich diese Datei wirklich löschen möchte. Also Logik ist etwas anderes."

„Man sagt ja, ein Computer sei nur so schlau wie derjenige, der ihn bedient …"

„Vielen Dank auch", erwiderte Marvin. Dann meinte er: „Möglicherweise ist es nicht nur das logische Denken, sondern vor allem das menschliche Bewusstsein, das uns ausmacht.

Wir sind uns bewusst, dass wir eigenständige Persönlichkeiten sind."

Sie nickte. „Ja. Ich glaube, das kommt der Sache auf jeden Fall näher. In jedem zweiten Science-Fiction-Film wird irgendein Computer oder Roboter in gewisser Weise menschlich, indem er sich seiner selbst bewusst wird und Gefühle entwickelt. Aber ich denke, auch das Bewusstsein ist nur eine Voraussetzung, aber nicht das Ziel des Menschseins."

„Das verstehe ich nicht."

„Kennst du den Film ‚Verschollen‘ mit Tom Hanks?"

„Ja."

„Was ist deiner Meinung nach das größte Problem von Chuck Noland, den Hanks in diesem Film verkörpert?"

„Dass er nicht von dieser einsamen Insel runterkommt?"

„Nein, ich glaube, sein größtes Problem ist, dass er *alleine* auf einer einsamen Insel gefangen ist. Sein einziges Gegenüber ist ein Volleyball, dem er mit seinem eigenen Blut ein Gesicht aufgemalt hat. Und dieses Alleinsein ist es, was dazu führt, dass Chuck Noland im Laufe der Zeit ziemlich merkwürdig wird. Ich glaube, das, wonach er sich am meisten sehnt, ist eine echte Begegnung."

Marvin nickte. „Interessanterweise wird er allerdings enttäuscht, als es ihm tatsächlich gelingt, von dieser Insel zu fliehen. Zwar trifft er die Menschen wieder, die er kannte, aber er bleibt einsam. Seine Verlobte hat inzwischen seinen Zahnarzt geheiratet, und es scheint, als hätten ihn alle aus ihrem Leben gestrichen."

„Martin Buber sagte einmal treffend, dass alles wirkliche Leben Begegnung ist." Sie verzog die Lippen. „Und offenbar gelingt es uns nur sehr bruchstückhaft und in seltenen Momenten, wirklich zu leben."

Ein wenig überrascht stellte Marvin fest, dass sich echte Verbitterung in ihre Worte geschlichen hatte. „Du meinst, in uns allen steckt ein bisschen Chuck Noland?"

„Wie siehst du das?", gab sie die Frage zurück.

„Da ist was dran. Es scheint tatsächlich, als hätten wir etwas Entscheidendes verloren."

„Bist du jemals auf den Gedanken gekommen, dass das irgendwas mit Gott zu tun hat?"

„Nein."

„Warum nicht?"

Marvin zuckte die Achseln. „Es passt irgendwie nicht zusammen."

„Wie kommst du darauf?"

„Ich weiß nicht. Gott ist irgendwo da draußen, meinetwegen eine Art schöpferische Urkraft. Was hat er mit meinen persönlichen Sehnsüchten und Problemen zu tun?"

„Vielleicht ist genau das der Knackpunkt. Vielleicht besteht ja das Problem darin, dass Gott für uns irgendwo *dort draußen* zu sein scheint, weil wir die Fähigkeit verloren haben, ihn unmittelbar wahrzunehmen und ihm zu begegnen."

„Willst du damit andeuten, die ungestillte Sehnsucht, die wir in uns tragen, sei in Wahrheit die Sehnsucht nach Gott?" Marvin schüttelte den Kopf. „Schwer vorstellbar. Außerdem bleibt die Frage, warum das Ganze so ist."

„Opa würde sagen: weil die Menschen einen ziemlich schlechten Tausch gemacht haben."

„Inwiefern?"

„Kennst du die Geschichte vom verlorenen Paradies?"

„War es nicht irgendwie so, dass Eva Adam mit einem verbotenen Apfel verführte? Und dann verloren sie ihre Unschuld und flogen aus dem Paradies?"

„Eigentlich ging es darum, dass die Menschen so wie Gott sein wollten. Sie wollten unabhängig von ihm werden, sein Wissen erlangen und selbst entscheiden, was richtig und was falsch ist. Sie tauschten eine unmittelbare, vertrauensvolle Beziehung gegen das Wissen um Gut und Böse ein."

„Für mich klingt die Story ziemlich abgefahren – wenn ich das Ganze mal etwas respektlos formulieren darf."

„Darfst du." Linnéa lächelte. „Interessant finde ich, dass diese abgefahrene Geschichte unser Problem ziemlich gut widerspiegelt. Jeder Mensch hat eine Ahnung davon, was gut und was böse ist. Eigentlich wissen wir, wie gutes Leben aussehen müsste, aber keiner von uns schafft es, wirklich so zu leben."

Marvin runzelte die Stirn. „Hast du dich mit deinem Großvater abgesprochen?"

„Inwiefern?"

„In seiner narratorischen Apotheke gibt es so eine kafkaeske Geschichte über Menschen, denen Eier aus dem Kopf wachsen. Sie beschreibt ziemlich genau das, was du gesagt hast."

Linnéa zuckte die Achseln. „Davon hat Opa mir nichts erzählt." Etwas leiser fügte sie hinzu: „Wir haben über anderes gesprochen."

Marvin sah sie fragend an.

„Das Leben ist manchmal kompliziert." Sie lächelte ihn schief an. „Gibt es einen Dönerladen hier in der Nähe? Ich habe einen Mordshunger."

„Einen Dönerladen? Bist du dir sicher … Ich meine …"

„Mir geht's prima", unterbrach Linnéa ihn und schob kampfeslustig das Kinn vor.

Marvin hob abwehrend die Hände. „Schon gut … aber ich lade dich ein, okay?"

Sie warf einen skeptischen Blick auf seinen bandagierten Fuß.

„Keine Sorge, ich krieg das schon hin!"

Wenig später humpelte er, auf einen Besenstiel gestützt, die Straße entlang, während Linnéa neben ihm an ihrem viel zu großen T-Shirt zupfte. „Ich gebe zu, unser Auftritt ist ein bisschen peinlich, aber wenn mein Magen nicht bald was zu tun bekommt, fängt er an, sich selbst zu verdauen."

„Schon klar."

Der Ladenbesitzer strahlte über beide Ohren, als sie eintraten. Er sah ganz so aus, als hätte er lange keine Kunden gehabt; das dunkelbraun gegrillte Fleisch und der leicht angewelkte Salat bestätigten diesen Eindruck. Linnéa schien das nicht zu stören.

„Einen Döner mit scharfer Soße, ohne Zwiebeln und mit extra viel Fleisch, dazu eine Cola ... nein, lieber ein Mineralwasser und ... zwei Snickers, bitte."

Marvin blickte sie mit großen Augen an.

Linnea verschränkte die Arme vor der Brust.

„Das ist alles?", fragte der Dönerverkäufer.

Marvin nickte. Wenig später saßen sie draußen auf einer wackligen Biergartengarnitur.

„Du hast keinen Hunger?", fragte Linnéa kauend.

Marvin schüttelte den Kopf. „Schmeckt's?"

„Hervorragend", erwiderte Linnéa und biss zur Bekräftigung in das fetttriefende Fladenbrot.

„Was machst du eigentlich beruflich?", erkundigte sich Marvin nach längerem Schweigen. Es war etwas seltsam, nach ihrem tief gehenden Gespräch Small Talk zu betreiben, aber irgendwie schien es auch unpassend, an ihr vorheriges Thema anzuknüpfen.

„Pschyschologin", nuschelte die junge Frau zur Antwort. Dann schluckte sie den Bissen hinunter und ergänzte: „Ich hab eine Teilzeitstelle in der Forensischen Abteilung der Karl-Bonhoeffer-Nervenklinik."

„Oh, und das heißt?"

„Ich arbeite mit psychisch kranken Straftätern", erwiderte Linnéa und biss erneut herzhaft in ihren Döner.

„Klingt ... äh toll", erwiderte Marvin. „Der Job ist wohl nicht immer ganz einfach, oder?"

Plötzlich hielt Linnéa mit dem Kauen inne. Ihr Gesicht wurde blass. „Scheische ..."

„Was ist?"

Sie sprang so abrupt auf, dass die Bank umfiel. Dann hastete sie an Marvin vorbei und übergab sich geräuschvoll in den Papierkorb. Nachdem sie sich, schweißnass im Gesicht und leise fluchend, wieder aufgerichtet hatte, reichte Marvin ihr mitfühlend eine Serviette.

„Seit wann bist du schon schwanger?", fragte er.

Grassierende Santa Clausinitis

Überrascht starrte Marvin Linnéa hinterher. Sie hatte sich unvermittelt abgewandt und eilte, leicht schwankend, die Straße hinunter.

„Warte!" So rasch es sein verletzter Fuß zuließ, folgte er ihr. „Linnéa, warte auf mich!"

Er holte sie ein, als sie am Bordstein kniete und sich in einen Gully übergab. Sie war kalkbleich im Gesicht und ließ zu, dass er ihr aufhalf. Dann wischte sie sich mit der Serviette den Mund ab und murmelte: „Mein Scheißleben geht dich einen Scheiß an – klar?!"

„Entschuldige ... Ich wollte nicht ... Ich wollte dich nicht verletzen."

Ihre Augen füllten sich mit Tränen und sie wandte sich abrupt ab.

„Ich begleite dich ein Stück, okay?", sagte Marvin rasch. „Nur für den Fall, dass dein Kreislauf nicht mehr mitspielt."

Schweigend humpelte er neben ihr her, bis sie das Auto erreichten. Die junge Frau schloss die Beifahrertür auf. Marvin starrte auf ihren Rücken. Er wollte irgendetwas sagen, irgendetwas, das sie tröstete und diese Situation irgendwie entspannte. Doch ihm fiel nichts ein.

Linnéa wandte sich um. Sie war so bleich wie Kopierpapier und ihre Augen waren rot gerändert. „Danke." Sie lächelte schmallippig.

„Ich ..."

Die junge Frau wandte sich wieder um und stieg wortlos in ihren Wagen.

„Du kannst dich jederzeit melden … wenn du Hilfe brauchst oder einfach nur reden willst …"

Linnéa schlug die Autotür zu. Dann startete sie, gab Gas und würgte den Motor ab. Marvin lugte durch die heruntergekurbelte Fensterscheibe und deutete auf die angezogene Handbremse. Doch die junge Frau legte den Kopf auf das Lenkrad und gab ein leises Schluchzen von sich.

„Bist du dir sicher …?", setzte Marvin an, wurde jedoch vom Geräusch des neu gestarteten Motors unterbrochen. Linnéa wischte sich mit dem Handrücken über die Augen, löste die Handbremse und gab Gas. Schweigend starrte Marvin dem schlammgrünen Polo hinterher, der mit quietschenden Reifen um die nächste Straßenecke verschwand. Er starrte noch immer die Straße hinab, als der Wagen plötzlich wieder zurückkam und mit überhöhter Geschwindigkeit auf ihn zuraste. In einem waghalsigen Manöver brachte die junge Frau das in die Jahre gekommene Gefährt erneut in der Parklücke zum Stehen.

Mit gerunzelter Stirn beugte sich Marvin vor und lugte hinein.

„Ich hab meine vollgekotzten Klamotten bei dir vergessen", sagte Linnéa.

„Warte, ich hol sie dir", bot Marvin an.

Linnéa brach erneut in Tränen aus, wandte sich ab und begann, haltlos zu schluchzen.

Einen Moment lang blieb Marvin unschlüssig stehen. Dann öffnete er die Beifahrertür, stieg ein, zog die Handbremse an und schaltete den Motor aus.

Lange Zeit sagte er nichts. Das Schluchzen wurde leiser. „Shit!" Linnéa schlug mit der Faust auf das Lenkrad und schniefte.

Marvin reichte ihr ein Taschentuch.

Die junge Frau schnäuzte sich, tupfte sich dann die Tränen von den Wangen und warf einen Blick in den Spiegel. „Oh, nein."

Marvin schwieg.

„11. Schwangerschaftswoche", murmelte Linnéa mit heiserer Stimme.

Marvin blickte sie fragend an.

„Ja. Ich will es behalten." Sie verzog die Lippen zu einem bitteren Lächeln. „Ich bin eine Idiotin. Und ... er ist ein Arschloch! Aber das Kind kann ja nichts dafür."

Marvin warf einen Blick auf ihren Ringfinger, an dem noch immer ein heller Strich zu sehen war. „Bist du verheiratet?"

Linnéa schüttelte den Kopf. „Verlobt ... seit fast zwei Jahren. Die Hochzeit war für Juli geplant."

„Oh ... und jetzt hat er dich verlassen?"

„Nein, ich habe ihn verlassen." Sie schnaufte. „Er hielt es für besser, mehrere Eisen im Feuer zu haben ..."

„Verstehe."

„Ich kam früher nach Hause ... und dann – na ja ..." Linnéa starrte aus dem Fenster. „Es war so schrecklich ..."

Marvin sagte nichts.

„Es lief laute Musik, irgend so ein Latin-Zeug. Ich war irritiert, aber nicht sehr, dazu ging es mir zu schlecht. Mein erster Weg führte mich ins Bad. Ich hatte nämlich meine ersten Übelkeitsattacken ... Sie waren auch der Grund gewesen, warum ich früher zurückgekommen war. Ich hatte mir Sorgen gemacht und war nach Hause gefahren, um mit ihm darüber zu reden ... Dann fand ich ihren BH im Badezimmer. Ab diesem Zeitpunkt war ich dann ernsthaft irritiert. Ich ging den Flur entlang, einen langen Altbauflur, der bei der Küche einen Knick machte. Als ich um die Ecke bog, rutschte ich beinahe auf einem Rock aus, der definitiv nicht mir gehörte. Ich folgte der Spur bis ins Schlafzimmer. Sie bemerkten mich erst, als ich die Musik ausschaltete." Linnéa verzog die Lippen zu einem bitteren Lächeln. „Weißt du, was seine ersten Worte waren?"

Marvin sagte nichts, es war ohnehin eine rhetorische Frage gewesen.

„,Was machst du denn hier?' Kannst du dir das vorstellen? Er war nicht verlegen, er entschuldigte sich nicht oder stammelte: ,Ich kann dir alles erklären.' Er fragte: ,Was machst du denn hier?' Ich weiß nicht mehr genau, was ich im Detail antwortete. Aber im Zuge meiner Antwort traf ich mit dem Zimmerfarn seinen neuen, sündhaft teuren Flachbildschirmfernseher und mit meinem Verlobungsring ein halb gefülltes Rotweinglas. Der Wein ergoss sich daraufhin in die Tastatur seines Laptops und hinterließ auch noch ein paar hübsche Flecken auf seinem Designerhemd. Ich bin heute noch ein bisschen stolz auf diesen Wurf." Sie strich sich eine Haarsträhne aus dem Gesicht. „Später erfuhr ich dann, dass es keineswegs seine erste Affäre gewesen war. Er hatte fast ein halbes Dutzend Frauen gehabt, seit wir zusammen waren." Sie seufzte. „Wie gesagt, ich bin eine Idiotin …"

An dieser Stelle hätte Marvin gerne etwas Ermutigendes gesagt, aber ihm fiel nichts ein.

„Er war offensichtlich schon immer ein Arschloch, wenn auch ein charmantes."

Marvin runzelte die Stirn.

„Ich hätte es wissen müssen", fuhr Linnéa fort. „Jetzt im Nachhinein sehe ich, dass es tausend Hinweise gegeben hatte. Aber ich hatte es einfach nicht wahrhaben wollen."

„Wir alle machen Fehler", meinte Marvin und verfluchte sich selbst dafür, dass ihm nicht mehr als dieser dämliche Allgemeinplatz einfiel.

„Nun wohne ich wieder bei meiner Mutter, mit der ich mich täglich streite." Sie schüttelte den Kopf. „Nachts hocke ich in meinem Mädchenzimmer, weine still vor mich hin und mache Gott Vorwürfe, weil er diesen ganzen Mist zugelassen und nicht verhindert hat, dass ich schwanger wurde." Sie hielt inne und sah Marvin von der Seite an. „Warum erzähle ich dir das Ganze eigentlich?"

„Manchmal muss man einfach loswerden, was in einem rumort, sonst wird es unerträglich."

Linnéa lächelte ihn freudlos an.

„Weiß dein Großvater davon?", fragte Marvin.

Sie schüttelte den Kopf.

„Er hätte sicherlich Verständnis für deine Situation."

„Ja, das hätte er." Ihr Blick fiel auf die Uhr. „Ich muss los."

„Warte, ich hole noch deine Sachen."

„Du hast deinen Fuß schon genug belastet. Ich komme mit hoch."

Mittlerweile konnte Marvin in etwa einschätzen, wann Widerstand zwecklos war. Er nickte. Zum zweiten Mal an diesem Tag schleppten sie sich gemeinsam die Stufen hinauf. Marvin betrat seine Wohnung und holte ihr die Tüte mit der verschmutzten Kleidung.

„Danke."

„Ich danke dir ... für dein Vertrauen", sagte er.

Linnéa lächelte ihn schief an. Dann wandte sie sich abrupt ab. „Ich muss gehen. Tschüss."

„Tschüss." Marvin blickte ihr hinterher, bis das Knarren der Treppenstufen verstummte und die Haustür geräuschvoll ins

Schloss fiel. Dann drehte er sich seufzend um. „Warum nur ist das Leben so kompliziert?", wandte er sich an seinen Leihkater, der es sich auf dem Küchentisch bequem gemacht hatte.

Poseidon streckte sich und gähnte.

„Okay, ich verstehe. Du hast diesbezüglich eine etwas andere Ausgangsposition", brummte Marvin und kochte sich einen Kaffee. Dann setzte er sich und starrte aus dem Fenster. Gedankenverloren rührte er in seiner Tasse, bis das dunkle Gebräu kalt wurde.

Es fiel ihm schwer, sich auf irgendetwas zu konzentrieren. Wenn er den PC einschaltete, starrte er stundenlang auf die Tastatur, ohne einen vernünftigen Satz zustande zu kriegen. Und als er beschloss zu lesen, legte er das Buch irgendwann frustriert zur Seite, weil er feststellte, dass er denselben Satz fünfmal las oder aber beim Umblättern einer Seite schon wieder vergessen hatte, was er gerade gelesen hatte.

Als er sich abends ins Bett legte, registrierte er erstaunt, dass er plötzlich mit Gott sprach. Volle fünf Minuten lang erzählte er ihm, was ihn beschäftigte, und bat ihn, auf Linnéa aufzupassen. Dann erst wurde er sich der Absurdität dieser Situation bewusst und er beendete sein Gebet mit den Worten: „… aber eigentlich glaube ich, dass du nur ein menschliches Fantasiekonstrukt bist, mit dem wir unsere eigene Hilflosigkeit kompensieren und unsere Urängste besänftigen wollen."

In den nächsten Tagen wurde die Verwirrung nicht geringer. Marvin rührte sich Salz in den Kaffee, saß stundenlang grübelnd auf dem Klo und schüttete versehentlich Ravioli in Poseidons Futternapf. Beim Schreiben seines Romans verlor er den Überblick. Schließlich ertappte er sich sogar dabei, dass er den finsteren schwarzen Magier mit seinem Haustroll eine philosophische Diskussion über die mutmaßlichen

Intentionen des Schöpfergottes führen ließ. Er war sehr froh, als das Wochenende vorbei war und er wieder arbeiten durfte.

Der Geruch des Antiquariats hieß ihn willkommen wie einen alten Freund. Rasmus saß am Tisch und schrieb mit gerunzelter Stirn Zahlen in eine Tabelle. Er wirkte müde. Ob er inzwischen von den Sorgen seiner Enkelin wusste?

„Ah, guten Morgen, Marvin." Er blickte auf und lächelte. „Ich freue mich, Sie zu sehen. Wie geht es Ihnen?"

„Guten Morgen." Er drückte die Hand des alten Antiquars. „Danke, mir geht es gut. Der Fuß heilt rasch und ich habe die Arbeit vermisst."

„Das höre ich gerne." Rasmus erhob sich müde. „Kommen Sie, ich will Ihnen etwas zeigen." Er führte Marvin hinab ins Lager. Es sah inzwischen etwas aufgeräumter aus. Offenbar hatte sich der alte Mann allen Empfehlungen widersetzt und in den vergangenen Tagen selbst Hand angelegt. Doch das war es nicht, was er Marvin zeigen wollte. Stolz wies er auf einen riesigen Stapel von Umzugskartons, der sich in der Mitte des Raumes bis zur Decke türmte.

„Was ... ist das?", fragte Marvin.

„Bücher", erwiderte der Alte strahlend. „Die Restbestände einer aufgelösten Regionalbibliothek aus Nordfriesland. Ich habe sie selbst über eBay ersteigert, und das für einen sagenhaften Preis."

Marvin kratzte sich am Kopf. „Und die dafür notwendigen Lagerräume gab es gratis dazu?"

Rasmus lachte. „Ich habe doch einen findigen Assistenten, dem wird schon etwas einfallen."

„Na ja ..."

Rasmus rieb sich die Hände. „Kommen Sie, wir packen aus."

Marvin musste unwillkürlich grinsen. Die Begeisterung des alten Mannes war ansteckend. Er wuchtete einige der schweren Kartons vom Stapel und schon bald waren sie völlig in die Entdeckung alter Schätze versunken. Marvin fand einige ihm völlig unbekannte Bücher von Jules Verne und die deutsche Erstausgabe von „Lederstrumpf".

„Oh, wie erstaunlich", sagte Rasmus. „Sie hatten sogar ‚Lilith' von George MacDonald. Wenn Sie Lust haben, Fantasy zu lesen, die deutlich älter ist als Tolkiens Werke, kann ich Ihnen das Buch nur empfehlen. Zwischen den Zeilen werden Sie einige Schätze von tiefer Weisheit finden."

„Ich dachte, wir wollen die Bücher verkaufen."

„Ein guter Antiquar muss die Werke kennen, die in seinem Laden stehen."

Marvin schlug eine gut erhaltene, ledergebundene Ausgabe von Goethes „Zauberlehrling" aus dem Jahr 1895 auf. „Die Geister, die ich rief, werde ich nicht mehr los …" Diese Erfahrung konnte er gut nachvollziehen. Seit er angefangen hatte, sich mit den Fragen auseinanderzusetzen, die Rasmus' narratorische Apotheke in ihm aufwarf, kam er aus dem Grübeln kaum noch heraus. Und die Begegnung mit Linnéa hatte ihr Übriges dazu beigetragen. Er warf einen Blick auf den alten Mann, der mit glänzenden Augen in den Kartons wühlte, und war überrascht, wie sehr er ihn mochte. Nicht minder überrascht war er über die Frage, die ihm so unvermittelt über die Lippen kam, als hätte sie schon die ganze Zeit darauf gewartet, ausgesprochen zu werden.

„Kommt nicht irgendwann der Zeitpunkt, an dem Fragen nicht mehr genügen?"

Rasmus legte Erich Kästners „Als ich ein kleiner Junge war" beiseite und sah ihn mit wachem Blick an.

„Ich meine ... Nun ja ... Es gibt schon einige Fragen, die mich jucken und mich nicht mehr so recht loslassen", fuhr Marvin fort. „Die Widersprüchlichkeit des Menschen – sein Gerechtigkeitsempfinden auf der einen und sein Scheitern auf der anderen Seite, sein ständiges Suchen und die Erfahrung, dass Schönheit und Wehmut so oft Hand in Hand gehen. All das sind Erfahrungen, die ich durchaus auch schon in meinem Leben gemacht habe. Aber wo ist die Antwort darauf?" Marvin legte Goethes „Faust" auf einen Stapel. „Ich ahne schon, was Sie mir sagen wollen. Und vielleicht haben Sie ja recht. Möglicherweise findet sich die Lösung dieses Dilemmas bei Gott. Aber es ist nun einmal so, dass er unsichtbar ist. Niemand weiß wirklich, wie er ist und ob er sich überhaupt für uns interessiert. Ich habe den Eindruck, dass die Indizien eher dagegensprechen. Jedenfalls kann er sein Interesse ziemlich gut verbergen. Seine Schöpfung versinkt im Chaos und er scheint sich nicht die Mühe zu machen einzugreifen."

„Würden Sie so freundlich sein und mir diesen Karton dort drüben reichen?"

„Kein Problem."

Der alte Mann begann, den Karton auszupacken, der das Gesamtwerk von Charles Dickens zu enthalten schien. Sorgfältig studierte er jeden Einband.

Auch Marvin widmete sich wieder seiner Arbeit.

„Ich liebe Weihnachten", sagte Rasmus schließlich nach einer Weile, „und Sie?"

„Als Kind hat es mir durchaus etwas bedeutet. Es war ein absolutes Highlight im Jahr."

„Und heute?"

Marvin zuckte die Achseln. „Letztlich ist es doch nur Kommerz und eine Ansammlung sehr lästiger Familienpflichten."

„Sie rechnen nicht mehr damit, dass man Sie unerwartet mit einem Geschenk überrascht?"

„Unerwartete Geschenke sind meist wie unerwartete Briefe", erwiderte Marvin, „und die bedeuten in der Regel nichts Gutes, weil sie Rechnungen enthalten oder die Information, dass die Betriebskosten schon wieder steigen."

Rasmus grinste. „Sie klingen wie ein steinalter Pessimist."

„Lebenserfahrung", brummte Marvin.

„Wie schade." Der alte Mann faltete den inzwischen geleerten Karton zusammen. „Ich finde, Sie sollten sich Weihnachten zurückerobern."

Marvin schmunzelte. „Es wird nicht ganz einfach werden, mir selbst einzureden, dass es den Weihnachtsmann doch gibt."

Rasmus zwinkerte ihm zu. „Nehmen Sie sich nachher in der Pause ein wenig Zeit und schmökern Sie in der Apotheke ein bisschen in der Rubrik ‚Bei grassierender Santa Clausinitis'. Könnten Sie mir vielleicht diesen Karton dort herunterreichen?"

Etwa zwei Stunden später hielt Marvin einen frisch gebrühten Instant-Kaffee in der Hand und überflog die verschiedenen Stichworte, nach denen die Geschichten kategorisiert waren. Die Rubrik „Bei grassierender Santa Clausinitis" erstreckte sich über zwei Schubladen. Schließlich blieb er an den Begriffen „Horror/Werwesen" hängen. Er grinste in sich hinein. Das war zumindest schon mal eine sehr interessante Kategorie, wenn man bedachte, dass es eigentlich um Weihnachten ging. Marvin nahm den entsprechenden Ordner aus dem Schubfach, machte es sich in seinem Sessel bequem und begann zu lesen.

Der Werhamster

Leise schlich Stefan ins Kinderzimmer. Er versuchte, sich mit weit aufgerissenen Augen an das Dunkel zu gewöhnen und zugleich den unsichtbaren Fallen auf dem Boden durch behutsames Vortasten auszuweichen. Trotz langjähriger Erfahrung konnte er allerdings nicht verhindern, dass sich der muskulöse Unterarm von Barbies Freund Ken in seine rechte Ferse bohrte, während sein linker kleiner Zeh unsanft mit einer Ritterburg aus Legosteinen kollidierte.

Verdammte ...

„Papa?" In Annas Stimme lag nicht der leiseste Hauch von Müdigkeit.

„Pssst, nicht so laut, dein Bruder wacht auf."

„Papa?", wiederholte Anna in donnerndem Flüsterton.

„Ja?"

„Ich kann nicht schlafen!"

„Das ist mir auch schon aufgefallen." Stefan kniete sich neben das Bett seiner Tochter. Er konnte ihr Gesicht inzwischen als hellen Fleck vor sich ausmachen. Sanft strich er durch ihr dichtes braunes Haar. „Was geht dir denn durch den Kopf, hm?"

„Warum gibt es im Krippenspiel keine Prinzessin?"

Ich hasse Weihnachten! Stefan seufzte leise. „Bist du mit deiner Rolle als Pute nicht zufrieden? Mama hat dir doch so ein tolles Kostüm gemacht."

„Ich bin gerne eine Pute", erwiderte Anna. „Frau Borchert sagt, wir haben bestimmt das einzige Krippenspiel auf der Welt, in dem eine Pute vorkommt."

„Und damit hat sie unzweifelhaft recht", bestätigte Stefan.

„Aber warum hat sich das Jesuskind nicht einen schöneren Ort ausgesucht, als es vom Himmel gekommen ist? Warum ist es zum Beispiel nicht in einem Königspalast gelandet?", sinnierte Anna. „Also, *ich* wär in einem Königspalast gelandet."

„Anna-Schatz, das Jesuskind kam nicht vom Himmel, sondern aus dem Bauch von seiner Mama. Genauso wie dein kleiner Bruder Max aus Mamas Bauch gekommen ist."

„Aber das Jesuskind kam *auch* vom Himmel und Max nicht", insistierte Anna nicht im Mindesten verunsichert. „Es hätte sich auch eine Prinzessin aussuchen können, so wie Mose, der hat sich auch eine Prinzessin ausgesucht, als er gerade im Nil war. Obwohl Mose ja vorher nicht mal vom Himmel gekommen ist ..."

„Mose?"

„Aber weißt du", fuhr Anna mit ihren Ausführungen fort, „das Jesuskind hätte sich doch vorher denken können, dass alles so schlimm ausgeht. Und in einem Königspalast wär's garantiert nicht so schlimm geworden. Aber nein, es musste ja in den Stall gehen."

Vielleicht war es doch ein Fehler, die Kinder in einer konfessionellen Kita anzumelden, ging es Stefan durch den Kopf.

Indessen erklärte ihm seine fünfjährige Tochter: „Und als das Jesuskind groß wurde, wurde es noch viel schlimmer. Denn als es Ostern wurde, haben sie ihn an einem Kreuz umgebracht. Dabei hat er doch den Leuten geholfen, sie gesund gemacht und ihnen am Brunnen und auf einem Berg und so die Wahrheit erzählt. Er hat gar nix Schlimmes gemacht. Warum war'n die Leute dann so böse auf ihn?"

Einen Augenblick lang herrschte Schweigen im Kinderzimmer. Dann fragte Stefan: „Kennst du eigentlich die Geschichte vom Weihnachtsmann ... der, äh ... der die Wunschzettel verwechselte?"

Seine Tochter sah ihn mit großen Augen an. „Nö."

Stefan lächelte zufrieden. Komplizierten theologischen Fragen begegnete man immer noch am besten mit Ablenkung. „Also, das war so: Der Weihnachtsmann war sehr im Stress. Sein Rentier Rudolph hatte schlimmen Schnupfen, die Weihnachtswichtel zankten sich ständig, und alle zwei Minuten rief der Osterhase an und fragte, ob denn nicht endlich Frühling sei. Und ständig brachte die Post Tausende von Wunschzetteln. Da standen die unterschiedlichsten Dinge drauf. Die Jungs wünschten sich meistens Autos und Piratenschiffe, aber die Mädchen wollten viel lieber ..."

„Einen Hamster!", unterbrach Anna ihn freudestrahlend. „Genau wie ich!"

„Ich auch Hamster!", meldete sich in diesem Augenblick die schlaftrunkene Stimme von Max zu Wort.

„Wieso bist du denn wach?", fragte Stefan, nicht ohne einen Hauch von Vorwurf in der Stimme.

„Schlaf nich mehr", erwiderte Max.

Angesichts der verblüffenden Logik seines Jüngsten kurzfristig aus dem Konzept gebracht, verlor Stefan die Kontrolle über das Geschehen. Seine Tochter fragte ihn irgendetwas, und er antwortete, ohne nachzudenken, mit Ja.

„Dann kriegt also Max einen Jungs-Hamster und ich einen Mädchen-Hamster!", rief Anna triumphierend.

„Hamster? Moment mal!?"

„Versprochen ist versprochen!", unterbrach Anna ihn.

„Ich hab nichts versprochen ..."

„Hast du doch!", rief Anna empört. „Eben hast du Ja gesagt. *Man darf nicht lügen!*"

„Aber, aber ... ich kann doch gar nichts versprechen!", verteidigte sich Stefan. „Die Geschenke bringt schließlich der Weihnachtsmann."

„Das stimmt." Anna nickte. „Aber Mama und du, ihr kauft sie vorher."

„Wie kommst du denn darauf?"

„Gestern hast du zu Mama gesagt: ‚Für Max reicht der große Bagger von Aldi als Weihnachtsgeschenk. Wir müssen sparen und man muss ja nicht gleich den Markenfeminismus föhnen ...'"

„Ich glaube, ich sollte jetzt die Geschichte vom Weihnachtsmann zu Ende erzählen", unterbrach Stefan sie hastig.

„Ich nenne meinen Hamster Lilly", verkündete Anna, die die Ablenkungstaktik ihres Vaters souverän ignorierte.

„Ich auch!", rief Max.

„Das geht nicht! Du kriegst doch einen Jungs-Hamster", wies seine ältere Schwester ihn zurecht. „Du kannst ihn ja Hans nennen."

„Nich Hans." Max schüttelte den Kopf. „Lieber Lilly!"

„Nein!", schimpfte Anna. „*Mein* Hamster heißt Lilly! Dein doofer Hamster kriegt irgend'nen anderen Namen ..."

„Ruhe, ihr beiden!", befahl Stefan. „Es gibt keine Hamster zu Weihnachten und außerdem ist es schon sehr spät ..."

„Doch Hamster!", krähte Max.

„Ich habe gesagt: Nein! Und jetzt ist Schluss!"

„Du hast es aber versprochen!", schluchzte Anna und warf sich mit dramatischer Geste auf ihr Kissen.

„Ist ja gut, Mäuschen." Beruhigend strich Stefan ihr über das Haar. „Weißt du, Hamster machen ganz schön viel Arbeit. Außerdem sind sie nur nachts wach und sterben ganz früh ..."

Annas Heulen wurde lauter.

In brüderlicher Solidarität fiel Max in das Klagegeschrei mit ein.

Die Tür öffnete sich und Miriams Kopf erschien im Türspalt. „Kannst du mir bitte erklären, was hier los ist?" Es schien ein Hauch von Vorwurf in ihrer Stimme zu liegen, aber das konnte auch täuschen.

„Eigentlich nicht", erwiderte Stefan wahrheitsgemäß.

„Wie auch immer. Ich muss jetzt los. Gute Nacht, Kinder." Sie warf zwei Kusshände in das Inferno und schloss die Tür sorgfältig hinter sich.

Der schmale Streifen Licht, der durch den Spalt gedrungen war, erlosch, und dunkle Nacht umhüllte Stefan. Das Gebrüll seiner Kinder schien anzuschwellen. In diesem Augenblick fühlte er sich plötzlich sehr einsam.

Es dauerte gefühlt mehrere Stunden, bis er die stürmischen Wogen der kindlichen Verzweiflung so weit geglättet hatte, dass die Tränen versiegten und das mitleiderregende Schluchzen allmählich in leises Schnarchen überging. Allerdings erreichte er dieses Ziel nur dank gravierender pädagogischer Inkonsequenz.

Das Verhängnis legte sich wie eine dunkle Wolke über die ohnehin schon getrübte Vorweihnachtsstimmung. Dunkle Nebel umwaberten die Kirchenglocken, als sie um Mitternacht den 23. Dezember einläuteten ...

„Fröhliche Weihnachten!" Ein weißer Polyesterbart streifte Stefans Gesicht, und glühweingeschwängerter Atem drang in seine Nase, als er sich an dem dicken Gelegenheitsweihnachtsmann vorbeizwängte. Noch immer herrschte reges Treiben auf dem Weihnachtsmarkt in der Innenstadt.

Die Sonne war bereits untergegangen und der Vollmond stand am Himmel über der Stadt. Überstrahlt von grellbunter Weihnachtswerbung und glitzernden Weihnachtsbäumen, wirkte die runde Scheibe des Himmelsgestirns allerdings etwas blass und kränklich.

Zwei sehr unterschiedliche Gedankengänge gingen Stefan durch den Kopf, als er sich durch die Menschenmengen schlängelte. Zum einen beschäftigten ihn die theologischen Überlegungen seiner Tochter: Er hatte bislang nie darüber nachgedacht, aber es war schon eine interessante Frage, warum Jesus bei seinen Zeitgenossen damals auf so viel Aggression und Ablehnung gestoßen war. Soweit Stefan wusste, war der Mann kein schlechter Mensch gewesen, ganz im Gegenteil. Was also hatte einen solchen Hass hervorgerufen? Stefans zweiter Gedankengang war etwas profanerer Art. Er beschäftigte sich mit der Frage, ob das Zoogeschäft um diese Zeit noch geöffnet hatte.

Akustisch eingekeilt zwischen „Jingle Bells" aus dem Ghettoblaster eines Bratapfelverkäufers und einem Chor zarter Knabenstimmen, die, unterstützt von mehreren hundert Watt starken Lautsprecherboxen, mit ungefähr hundertachtzig Dezibel „Stille Nacht" intonierten, überhörte er beinahe den Warnruf einer schwarz gekleideten jungen Frau mit geschätzten zwölf Piercings im Gesicht. Sie hielt in der rechten Hand einen Plastikteller mit einer gewaltigen Portion fettiger chinesischer Nudeln und nahm nebenbei einen kräftigen Schluck aus einer Bierflasche.

In letzter Sekunde wich Stefan aus und kollidierte mit der Weihnachtswerbung eines Fast-Food-Restaurants. Das Plakat zeigte einen attraktiven, für die Jahreszeit sehr leicht bekleideten weiblichen Weihnachtsengel mit Modelmaßen. Die blond gelockte Dame pries einen mit einer roten

Weihnachtsmannmütze verzierten Vollkorn-Bio-Burger als adäquates Mittel gegen den alljährlichen Weihnachtsspeck an. Hastig rückte Stefan den Plakatständer wieder zurecht und zwängte sich weiter durch die Menschenmenge.

Das Zoogeschäft hatte geöffnet! Rasch trat Stefan in den vollgestopften Laden und sperrte den Weihnachtslärm mit dem Scheppern einer altmodischen Ladenklingel aus. Es roch nach Sägespänen, Heu und nassem Hund. Ein riesiger Neufundländer lag lang ausgestreckt neben der Kasse und warf ihm unter halb geschlossenen Augenlidern einen phlegmatischen Blick zu. Zwei etwa zehnjährige Jungen klebten mit ihren Nasen an der Scheibe eines Aquariums und versuchten, eine Wasserschildkröte dazu zu animieren, Jagd auf einen Guppy zu machen, der sich irgendwie in das falsche Becken verirrt hatte. Von der Verkäuferin sah Stefan zunächst nur ein recht imposantes, in fleckige Jeans gekleidetes Hinterteil.

„Ist ja gut, mein armer Liebling. Ich verspreche dir, es tut auch nicht weh."

„Frohe Weihnachten", sagte Stefan.

Die Verkäuferin wandte sich um. Sie hatte einen Topf Salbe in der Hand. Hinter ihr hockte in einem Käfig die hässlichste Ratte, die Stefan je gesehen hatte, und bleckte fauchend die gelben Zähne.

„Die Kleine hat Hautpilz", erklärte die Verkäuferin. Ein mitleidiges Lächeln trat auf ihr rotwangiges Gesicht. „Sie ist mir zugelaufen. Man könnte fast glauben, das arme Ding sei aus einem Versuchslabor entkommen. Was kann ich für Sie tun?"

„Ich suche Hamster."

„Oh, da habe ich ein paar ganz wundervolle Exemplare. Sie stehen gleich hinter den Vögeln. Schauen Sie sich ruhig um. Ich komme gleich zu Ihnen. Ich muss mich erst noch um meine kleine Patientin kümmern." Sie wandte sich wieder um. „Na komm, mein kleiner Schatz." Die Ratte ließ ein Zischen vernehmen, das jeder Kobra Ehre gemacht hätte.

„Danke!", meinte Stefan ungeachtet der Tatsache, dass er selbstverständlich keine Ahnung hatte, wo sich in diesem verwinkelten Laden die Vögel befanden. Er folgte einfach seinem Instinkt. Dieser führte ihn zu den Terrarien mit Schlangen und Eidechsen, durch ein Labyrinth aus Hundehütten, vorbei an einem kleinen Katzenkratzbaumwald direkt in eine Sackgasse, in der Stabheuschrecken hausten. *Ich hasse Weihnachten*, ging ihm durch den Kopf. Da drang das Gekrächze eines Papageis an seine Ohren. Mit neuer Hoffnung erfüllt, folgte er dem Geräusch und fand tatsächlich einen grimmig dreinblickenden Kakadu und ein paar zwitschernde Wellensittiche. Daneben, an einer Sperrholzwand, standen die Käfige der Nagetiere.

„Na bitte, wer sagt's denn – schon gefunden", murmelte Stefan. Erfreut starrte er auf einen großen Käfig mit einem Dutzend geschäftig umherwuselnder Goldhamster.

Kindheitserinnerungen wurden wach, und er erinnerte sich – nicht ohne Wehmut – an Goldi, Linda, Berti Backe und Kapitän Blackeye. Vier Hamster hatte er im Laufe seiner Kindheit besessen. Und er hatte sie geliebt! Einem plötzlichen Impuls folgend, öffnete Stefan die Käfigtür und griff nach einem der putzigen Tierchen, das gerade an den Gitterstäben nach oben kletterte. Der kleine Hamster hatte ein samtiges, goldbraunes Fell und einen markanten schwarzen Fleck unter dem rechten Auge. Es sah beinahe so aus, als hätte er in einem Faustkampf um die besten Weizenkörner den Kürzeren gezogen. Nervös schnupperte er, als er von der riesigen Hand emporgehoben wurde.

„Na, Kumpelchen, was würdest du davon halten, Annas neuer Spielgefährte zu werden, hm?"

Stefan strich mit dem Zeigefinger der linken Hand sanft über das winzige Köpfchen und zuckte im selben Moment mit einem lauten Fluch auf den Lippen zurück. Das dämliche Mistvieh hatte zugebissen. Seine kräftigen Zähne hatten sich tief in Stefans Finger gebohrt und zu allem Überfluss weigerte sich das blutgierige Miststück auch noch loszulassen. Mit zusammengebissenen Zähnen einen Schwall von Beschimpfungen ausstoßend, wedelte Stefan den bissigen Nager hektisch hin und her, während er sich gleichzeitig verstohlen nach etwaigen Zuschauern umsah. Endlich ließ das Tier los und plumpste unsanft gegen das Hamsterrad. Fassungslos starrte Stefan auf seinen malträtierten Finger, aus dem in dicken Tropfen Blut quoll. Der pochende Schmerz, der von der Wunde ausging, schien irgendwie stärker, als er hätte sein sollen. Stefan spürte, wie Schwindel ihn erfasste.

„Was seid ihr denn für mutierte Monster!?", zischte er die unbeeindruckt umherwuselnden Hamster an. „Hat man euch mit Vampiren gekreuzt, oder was?"

Er hörte die Jungen im Laden kichern, während er gleichzeitig Halt suchend gegen den Papageienkäfig stieß.

„Alles in Ordnung?", hörte er die Stimme der Verkäuferin.

Stefan schloss den Käfig. Ein stechender Schmerz lähmte seinen linken Arm und er spürte Übelkeit in sich aufsteigen. Hinter einem Regal mit Hundespielzeug lugte das besorgte Gesicht der Verkäuferin hervor. *Ich muss raus hier!*

„Was ist denn passiert?", erkundigte die rundliche Frau sich und starrte ihn irritiert an.

„Ich brauch frische Luft!" Taumelnd eilte Stefan an ihr vorbei durch den engen Gang. Dabei riss er eine Packung Vogelsand aus dem Regal und stieß einen Katzenkratzbaum zu Boden.

„Warten Sie! Was haben Sie denn?"

Stefan eilte zum Ausgang. Kalte Luft, eine Unzahl von Gerüchen und eine Kakofonie der unterschiedlichsten Geräusche schlugen ihm entgegen, als er die Tür öffnete und hinausstürzte. Grelles Neonlicht stach in seine Augen und der bleiche Schein des Mondes juckte auf seiner Haut. Keuchend und seinen schmerzenden Arm haltend, stolperte Stefan in eine dunkle Seitengasse. Es roch nach Hundekot und Rattenurin. *Verdammt, was ist nur los mit mir?* Ein plötzliches Geräusch ließ ihn beinahe panisch herumfahren. Es war das Krächzen eines Raben. Und noch während er sich darüber wunderte, dass der Vogel ihm solche Angst einjagte, knallte sein Schädel mit voller Wucht gegen etwas Hartes.

Schlagartig wurde alles dunkel und friedlich. Die vertraute Sicherheit kühler, feuchter Erde umfing ihn. Nicht weit entfernt lag der sonnig-nussige, beruhigende Duft seines Vorrats in der Luft, der ihn in Kälte und Dunkelheit am Leben halten würde.

Wie ein ferner Nachhall schwebte das Aroma dieses Duftes noch immer federleicht in der Luft, als er die Augen aufschlug. Direkt vor ihm ragte ein düsteres, stumpfes Ding in die Höhe. Nach einem unangenehm langen Moment des Nachdenkens identifizierte Stefan es als einen Laternenpfahl. Mühsam richtete er sich auf, rieb sich den dröhnenden Schädel und blieb einen Moment schwankend stehen. Ein knurrendes Geräusch und ein unangenehmes Ziehen in der Magengegend lenkten seine Aufmerksamkeit auf etwas anderes. *Hunger!*, schoss es ihm durch den Kopf. *Ich habe seit einer halben Ewigkeit nichts gegessen. Kein Wunder, dass mein Verstand allmählich verrücktspielt.* Entschlossen lenkte er seine Schritte zurück in Richtung Einkaufszone.

Lärm schwoll ihm entgegen und ein verwirrendes, waberndes Spiel von Licht und Schatten irritierte seine an das

Halbdunkel der Gasse gewöhnten Augen. Eine Vielzahl von Gerüchen streifte ihn wie unsichtbare Nebelschwaden, der scharfe Duft eines Frauenparfüms mischte sich mit dem schweren, süßlichen Aroma von Glühwein und dem öligen Gestank von heißem Fett. Stefan schüttelte den Kopf, um die seltsamen Sinneseindrücke zu vertreiben.

Obwohl er eigentlich kein Fan von Fast Food war, lenkte irgendetwas seine Schritte an der Weihnachts-Burger-Werbung vorbei ins Schnellrestaurant. Es waren nur wenige Gäste im Raum. Zielsicher steuerte er den Verkaufstresen an. Eine junge Frau asiatischer Herkunft lehnte gelangweilt an ihrem Milchshakeautomaten und starrte verträumt auf den künstlichen Weihnachtsbaum im gegenüberliegenden Schaufenster. Als er näher kam, richtete sie sich langsam auf. Stefan starrte auf die Anzeigetafel über ihr und gab seine Bestellung auf, nur um sie im gleichen Atemzug zweimal zu verdoppeln. Sein Hunger war wirklich gewaltig.

Das junge Mädchen glotzte ihn irritiert an.

Stefan starrte zurück. Sein Magen knurrte laut und vibrierend. Das Mädchen machte leider keinerlei Anstalten, den Job, für den sie bezahlt wurde, auch auszuüben. Mit mühsam beherrschtem Tonfall wiederholte Stefan seine Bestellung: „Ein großes Mineralwasser und acht Power-Bio-Burger zum Hier-Essen."

Die kleine Asiatin gaffte ihn an, als wäre Godzilla höchstpersönlich in ihrem Laden aufgekreuzt und hätte fünfundzwanzig frische Japaner im Teigmantel bestellt.

Als Stefan, nun deutlich ungehalten, sein Ansinnen erneut formulierte, fiel ihm nach einer kurzen Schrecksekunde auf, dass das, was er sagen wollte, und das, was er tatsächlich aussprach, nicht ganz miteinander übereinstimmte: „Spreche ich portugifisch oder waf? Acht Power-Bio-Burger fum Hier-Effen ... Oder warten fie ... Machen fie gleich fehn darauf ..."

„Äh ..." Wie hypnotisiert fixierte das Mädchen Stefans Gesicht südlich der Nase und nördlich des Kinngrübchens. Nach einem Moment, der Ewigkeiten zu dauern schien, wiederholte sie schließlich: „... also zehn Power-Bio-Burger, ja?"

Stefan nickte.

„Das ... äh ..." Es gelang der Verkaufskraft kaum, sich auf ihre Kasse zu konzentrieren. „... das macht dann vierunddreißig Euro neunzig."

Stefan drückte ihr wortlos einen Fünfzig-Euro-Schein in die Hand.

Das Mädchen stellte Mineralwasser, Wechselgeld und eine Handvoll Burger auf ein Tablett. „Die restlichen Burger dauern noch etwas ... Ich bringe sie Ihnen gleich."

Stefan dankte mit einem Kopfnicken und ergriff hastig sein Tablett. Er zwängte sich an einen Tisch zwischen der verwaisten Kinderspielecke und den Toiletten. Ungelenk wickelte er die Burger aus dem Papier und begann, hastig zu essen. Es schmeckte nicht so gut, wie es aussah – zu viel Salz und Schärfe durch das Rösten. Roh wären sie erheblich besser gewesen. Als Stefan vier Burger gegessen hatte, setzte allmählich ein leichtes Sättigungsgefühl ein. Dennoch packte er auch den fünften Burger aus und quetschte ihn, ohne zu kauen, in die linke Backe. *Für später*, versicherte er sich selbst.

In diesem Augenblick kam die kleine Asiatin mit einem Tablett und weiteren fünf Power-Bio-Burgern. Sie erbleichte, als Stefan zu ihr aufsah, und ihre Hände zitterten, als sie das Tablett auf den Tisch stellte. „Guten ... Appetit."

Stefan brummte etwas und machte sich sofort daran, die Burger von diesem lästigen Papier zu befreien. Indessen trat das Mädchen hastig den Rückzug an und verschwand hinter ihrem Tresen.

Nachdem Stefan sich einen Burger in die rechte Backe gequetscht hatte und drauf und dran war, sich den nächsten in den Mund zu schieben, fiel sein Blick auf seine Hände. Irgendetwas stimmte nicht damit. Sie waren aufgedunsen und stark gekrümmt, und fast schien es, als wären seine Fingernägel um das Doppelte angewachsen. Während ein starker Impuls ihn dazu drängte, sich den nächsten Burger in die Backen zu schieben, geriet ein anderer Teil von Stefans Hirn in Panik. Ohne den Burger loszulassen, sprang er auf und humpelte o-beinig auf die Toiletten zu. Der Saum seines Mantels schleifte auf dem Boden. *Verdammt, was ist nur los mit mir?* Hastig stieß er die Tür auf. Er musste sich am Waschbecken abstützen. Dann reckte er sich empor und starrte in den Spiegel. Ein groteskes, fremdes Wesen starrte zurück.

Zwei mächtige Vorderzähne blitzten im kalten Licht der Halogenlampe. Drahtige, spärliche Schnurrbarthaare zitterten unter der rosa verfärbten Nase. Der vorgewölbte Oberkiefer und das fliehende Kinn gaben dem kaum mehr als menschlich zu erkennenden Gesicht etwas Mäuseartiges. Die vollgestopften Backen ließen es jedoch breiter erscheinen. Dunkle, fast schwarze und weit auseinanderstehende Augen glubschten aus den Höhlen. Ein flaumiger, weißlich brauner Bart bedeckte das bizarr verformte Antlitz.

„Au Scheife!", entfuhr es ihm.

Das fremde Wesen im Spiegel hatte die Lippen bewegt und mitgesprochen.

Das ist ja wie in einem verdammten Horrorfilm! Der Burger entglitt Stefans Fingern und rollte in das Waschbecken. Seltsame Bilder huschten durch seinen Geist. Visionen von dunklen

Gängen, riesigen Getreidekörnern und monströsen, geifernden Füchsen. Eine Welt von unbekannten und intensiven Gerüchen explodierte in ihm, und Geräusche aus weiter Ferne drangen so klar und differenziert an sein Ohr, dass er fast sehen konnte, was dort vor sich ging.

Ein leichter, kaum noch zu spürender Schmerz lenkte seine Aufmerksamkeit auf seine verformte linke Hand. Ein winziger Riss und ein wenig Blut waren zu sehen. *Das Mistvieh hat mich infiziert*, fuhr es Stefan durch den Kopf. *Ich verwandle mich in einen ... Hamster.*

Als Stefan aus der Toilette stürmte, verhedderte er sich beinahe in seinen viel zu lang gewordenen Hosen. Er stieß ein ärgerliches Quieken aus, nestelte und zerrte an seinem Gürtel und entledigte sich schließlich des lästigen Kleidungsstückes. Dann huschte er unter einem Tisch hindurch auf dem kürzesten Weg nach draußen. Aus dem Augenwinkel sah er, wie die asiatische Verkäuferin, blass wie Kunstschnee, hinter ihrem Tresen hockte und hektisch auf ihr Handy eintippte. Mittlerweile konnte er merkwürdigerweise nur noch aus den Augenwinkeln einigermaßen deutlich sehen ... und zwar in beide Richtungen gleichzeitig. Einen Atemzug später wurde ihm klar, dass dieser merkwürdige optische Perspektivenwechsel daher rührte, dass seine Augen mittlerweile seitlich am Kopf saßen.

Er stieß die Tür auf, sprang auf die Straße, hetzte, seinen Mantelkragen aufrichtend, an ein paar verdutzten Passanten vorbei und rannte, so schnell er konnte, zwischen Häuserreihen und Marktbuden entlang in die nächste freie Gasse. Sein Herz hämmerte wie wild und ihm war heiß. Auf allen vieren hetzte er über das Pflaster und verfluchte die Ärmel seines Mantels, die scheinbar immer länger wurden. Schließlich erreichte er einen winzigen, ziemlich verwahrlosten Park. Er duckte sich hinter einen Mülleimer, der im Schatten einer ausladenden Konifere stand. Fluchend zerrte er an seinem Mantel und warf ihn hinein. Anschließend zog er auch den Wollpullover aus. Dabei ließ er die Gasse keine Sekunde aus den Augen. Nicht auszudenken, was geschehen würde, wenn irgendein Mensch ihn in diesem Zustand entdeckte.

Verfluchter Schlamassel! Geistesabwesend kratzte er sich mit dem rechten Fuß unter der Achsel. Anschließend drückte er mit den Pfoten einen Power-Bio-Burger aus der rechten Backentasche und verspeiste ihn. Das gleichmäßige Kauen beruhigte ihn. Allerdings nicht lange, denn plötzlich ließ ihn ein Geräusch herumfahren, das ihn an das asthmatische Pfeifen einer alten Dampflok erinnerte.

Er sah sich einem riesigen, unrasierten, zahnlosen Mann gegenüber, der sich in einen schäbigen Mantel gehüllt hatte und mit offenem Mund auf ihn herabstarrte. Der Obdachlose sagte nichts, und Stefan fiel im ersten Moment auch nichts ein, womit er die Situation hätte entspannen können. Der Mann rührte sich nicht. Sein Blick wanderte zu dem offenen Tetrapak Glühwein, den er in seiner schmutzigen Hand hielt, und dann wieder zurück zu dem nur mit einem Unterhemd bekleideten Riesenhamster, der einen halb verzehrten Power-Bio-Burger in den Pfoten hielt.

Ganz langsam, beinahe feierlich drehte der Mann den Tetrapak um und goss den Glühwein auf den Boden. „Das Teufelszeug bringt mich noch um", murmelte er dabei.

Stefan nutzte die Gelegenheit und sprang ins nächste Gebüsch. Von dort aus beobachtete er, wie der Obdachlose, kopfschüttelnd und leise vor sich hin murmelnd, davonstolperte. Das Licht des vollen Mondes glitzerte auf seinem kahlen Schädel.

Während Stefan auch den letzten Burger verspeiste, fasste er einen Entschluss: Er musste zurück in dieses Zoogeschäft. Dumpf erinnerte er sich an einen Film mit Dustin Hoffman. Ein Affe hatte eine halbe Stadt mit irgendeinem gefährlichen Virus angesteckt, und erst als das Vieh gefangen wurde, hatte man aus seinem Blut eine Art Antiserum herstellen können, mit dem die Krankheit besiegt wurde. Wenn das bei Affen funktionierte, warum nicht auch bei Hamstern? Er musste das bissige Mistvieh finden, bevor es verkauft wurde. Das war, wie er selbst zugeben musste, kein besonders ausgereifter Plan, aber angesichts seiner Situation konnte man auch schwerlich intellektuelle Höchstleistungen erwarten.

Geduckt schlich er sich im spärlichen Schutz von Straßenbäumen und hier und da etwas dürrem Buschwerk durch Seitengassen. An einem Stacheldraht büßte Stefan auch noch sein Hemd ein. Doch es störte ihn nicht. Erstens war es ihm inzwischen viel zu groß geworden und zweitens hielt ihn sein üppig sprießendes Hamsterfell ausreichend warm.

Es gelang ihm, unbemerkt nahe an das Zoogeschäft heranzukommen. Mittlerweile war er klein genug, um sich hinter einem Stapel ausgedienter Bananenkisten verstecken zu können. Das hatte durchaus seine Vorteile.

Ein Nachteil war allerdings, dass die Tür des dämlichen Zoogeschäftes nach außen aufging und er zu klein war, um an die Klinke zu gelangen. Geduckt sprintete er über die Straße und verbarg sich notdürftig unter einem zweirädrigen Karren, auf dem Werbezeitschriften lagerten. *Bitte*, bettelte er zu niemand Bestimmtem, *bitte lass doch irgendjemanden in dieses Geschäft hineingehen!*

Lange Zeit geschah nichts, sehr lange Zeit. Nervös begann Stefan, am Holzrahmen des Karrens zu knabbern.

Dann, kurz vor Ladenschluss, kam ein etwas orientierungslos wirkender Mann die Straße entlang und lenkte seine Schritte auf das Zoogeschäft zu. Er trug einen langen, eleganten Wintermantel und einen spärlichen, ungepflegten Haarkranz. In der linken Hand hielt er einen winzigen Zettel, in der rechten ein altmodisches Diktiergerät. Mit nachdenklich gerunzelter Stirn diktierte er gerade: „... Die Blattlausphobie von Klient M. könnte allerdings auch auf eine spezielle Form von Dermatozoenwahn zurückzuführen sein, und zwar aufgrund der übermäßigen Identifikation mit der Yuccapalme seiner Großmutter im frühen Kindesalter. Möglicherweise betreten wir hier Neuland ... Ich erwähne mal das Stichwort ‚vegetative Introjektion‘ ...“

Nun hatte der Mann das Zoogeschäft erreicht. Irritiert betrachtete er die Glastür, die sich nur wenige Zentimeter vor seiner Nase befand.

„Nun mach schon auf!“, flüsterte Stefan.

Tatsächlich öffnete der Mann auch im selben Moment die Tür. Stefans Muskeln zuckten schon startbereit, da ließ der Mann die Tür wieder zufallen.

„Kürbiskernbrot“, murmelte er. Es klang irgendwie auswendig gelernt. Dann wandte er sich um und schickte sich an, in Richtung Bäckerei davonzustapfen.

„Verdammt“, zischte Stefan. Nervös linste er unter dem Wagen hindurch zur nicht weit entfernten Kirchturmuhr. Es war siebzehn Uhr achtundfünfzig.

„... vielleicht sollte ich mit Dr. Specht Kontakt aufnehmen“, diktierte der Mann weiter, „er ist eine Koryphäe auf dem Gebiet abnormer ...“ Mitten im Satz hielt er abrupt inne. Sein Blick fiel auf den Zettel in seiner Hand. Er betrachtete ihn, als sähe er ihn zum ersten Mal.

„Ha!", rief er schließlich. „Specht – das nenne ich mal einen ornithologischen Brückenschlag!" Und mit den Worten „vier Meisenknödel" auf den Lippen machte er wieder kehrt und marschierte zum Zoogeschäft zurück. Er öffnete die Tür, und die Ladenglocke bimmelte, dann hielt er erneut mitten in der Bewegung inne. „Geld ...", murmelte er.

Nicht schon wieder! Stefan ließ alle Vorsicht fahren. Er spurtete los und sprang gerade in dem Moment über die ungeputzten Schuhe des Mannes, als dieser die Tür losließ, um nach seiner Brieftasche zu suchen.

„Hoppla!", rief der Mann erschrocken.

Die Tür fiel zu und quetschte Stefans Hinterteil ein. Panik erfasste ihn. Mit aller Kraft stemmte er sich gegen die Umklammerung ... und kam schließlich frei. Allerdings nicht, ohne etwas Fell einzubüßen. Hastig versteckte er sich unter einem der Regale.

Das Quietschen von Birkenstocksohlen auf dem PVC-Belag gellte unangenehm in seinen Ohren wider, als die Verkäuferin den Gang entlangkam.

„Guten Abend, kommen Sie doch herein. Womit kann ich Ihnen helfen?", fragte sie.

„Ich glaube, Sie haben da eine Ratte", sagte der Mann.

„Oh, nicht nur eine", erwiderte die Frau lächelnd. „Vor zwei Tagen habe ich eine Lieferung hübsch gemusterter Farbratten bekommen, ganz possierliche Tierchen. Kommen Sie, ich zeige Sie Ihnen ..."

„Nein, ich brauche Knödel ... vier ... Meisenknödel ..."

„Ach so. Nun, die haben wir natürlich auch ..."

„Danke, aber ich habe mein Geld vergessen. Ich wollte nur sagen, dass die Ratte gerade durch die Tür kam. Sie war ziemlich groß ... etwa so groß wie ein Dackel."

„Durch die Tür?", gab die Verkäuferin zurück und runzelte die Stirn. „Eine dackelgroße Ratte, sagen Sie?"

„Exakt", erwiderte der Mann. „Wie lange haben Sie geöffnet?"

„Bis achtzehn Uhr."

„Oh, dann schaffe ich es wohl nicht mehr ..."

„Das macht nichts, wir haben morgen auch geöffnet. Bis sechzehn Uhr."

„Dann komm ich morgen wieder", entgegnete der Mann. „Aber schauen Sie sich lieber nach dieser Ratte um ... Sie schien mir ... recht seltsam. Vielleicht ist sie krank."

„Vielen Dank für den Hinweis", sagte die Verkäuferin.

Sie verabschiedeten sich, und die Ladenglocke bimmelte, als die Tür ins Schloss fiel.

„Na, gibt es denn so etwas ...", flüsterte die Verkäuferin und schloss den Laden ab. „Allmählich wird das hier zu einem Zufluchtsort für verwahrloste Ratten." Leise vor sich hin murmelnd, verschwand sie im Lager.

Lautlos kroch Stefan weiter. Hatte er anfangs nur mühsam unter das Regal gepasst, kam er nun bequem vorwärts. Er schrumpfte zusehends. *Vielleicht wäre jetzt der richtige Zeitpunkt, um deinen Plan etwas auszufeilen*, meinte eine leicht sarkastische Stimme in seinem Inneren. Er kroch unter dem Regal hervor, wich einem Katzenkorb aus und sah sich plötzlich einem gewaltigen, weit aufgerissenen und mit spitzen Reißzähnen versehenen Maul gegenüber. Der atemberaubende Gestank nach halb verdautem Hundetrockenfutter ließ ihn fast in Ohnmacht fallen. Für einen Moment stand er wie erstarrt da.

Dann klappte der Neufundländer seine Schnauze wieder zu und blinzelte ihn verschlafen und recht desinteressiert an. Anschließend gähnte das riesige Tier noch einmal herzhaft und legte seine Schnauze wieder zwischen die Pfoten.

„Hab ich dich!", dröhnte da die freundliche Stimme der Verkäuferin, und im gleichen Augenblick wurde Stefan von mächtigen, weichen Klammern gepackt und nach oben gehoben. Er stieß ein erschrockenes Fiepen aus.

„Du bist dann wohl die gefährliche Dackelratte", sagte die Verkäuferin und bleckte, wie es Stefan schien, ihre gigantischen weißen Zähne. „Weiß der Himmel, wie du aus dem Käfig entwischt bist. Nun aber ab nach Hause, du Ausreißer."

Stefan bewegte sich nicht. Er hatte eine Art Vision. Er hörte Stimmen. Nein, nicht wirklich Stimmen. Es war eher eine eigenartig ausdrucksstarke Mischung aus Geräuschen und Düften, die er mit seinen Sinnen wahrnahm und die sich in seinem Kopf zu Bildern formten. Ein seltsames Gefühl von Vertrautheit erfasste ihn. Und dann bildete sich mit einem Mal in irgendeinem ihm bis dato völlig unbekannten Winkel seines Hirns der Satz: *Mach Platz, du Trottel, andere haben auch Hunger!*

Die Stimmen wurden lauter und vielfältiger:

„Achtung, die Nahrungsklappe öffnet sich", rief jemand.

„Wurde auch Zeit!"

„Leute, lasst euch nicht von euren geheiligten Pflichten abbringen. Denkt immer daran: Wer fleißig seine Runden dreht, alsbald in einem Kornfeld steht."

„Ihr und euer Kornfeld-Schwachsinn. Jetzt ist Party angesagt!"

„Mist, es ist schon wieder nur ein Neuer!", knurrte jemand.

„Na, toll, das Futter reicht ja jetzt schon kaum", meldete sich eine weinerliche Stimme. „Wenn das so weitergeht, haben wir bald eine Rezession."

„Wann kapiert ihr endlich, dass dieses ganze System faul ist?", schimpfte eine jugendliche Stimme. „Ihr müsst kämpfen! Nur gemeinsam können wir ..." Der restliche Satz ging in

unverständlichem Nuscheln unter, das von einem merkwürdigen, nagenden Geräusch begleitet wurde.

„Rebellion, Aufruhr und Eigensinn! Was ist nur aus dieser
Welt geworden", lamentierte eine salbungsvolle Stimme. „Aber
euch wird die gerechte Strafe noch ereilen! Wartet nur, bis der
Winter kommt!"

„Du kannst einem echt tierisch auf die Backen gehen mit
deinem apokalyptischen Geschwafel. Kapier endlich: Es gibt
keinen Winter!"

„Deine blasphemischen Äußerungen werden dir irgendwann noch einmal mächtig leidtun."

Stefan wurde dicht neben einem Heuhaufen unsanft auf
einem Teppich aus Holzspänen abgesetzt. Auf einmal sah er
sich von ungefähr zwanzig Hamstern umringt und keiner von
ihnen sah besonders freundlich aus. Spätestens in diesem
Augenblick wurde der eigentliche Anlass seines Besuches von
dringenderen Problemen verdrängt und zu einigen verschla-
fenen Synapsen im hintersten Winkel seines Gehirns durch-
gereicht.

„Äh ... hallo, Jungs", kommunizierte er instinktiv, „alles im
grünen Bereich?"

Eine Weile reagierte keiner. Dann fragte ein kräftiger Hamster mit weißen Flecken auf den Backen: „Und? Zu wem gehörst
du?"

Stefan reagierte mit dem hamsterischen Äquivalent einer
gerunzelten Stirn und eines fragenden Blickes.

Weißbacke stellte daraufhin in ziemlich herablassendem
Tonfall zwei Optionen in den Raum: Die Bilder, die sich in Stefans Geist formten, passten am besten zu Begriffen, die sich
mit „religiöse Fundis" und „liberale Pragmatiker" übersetzen
ließen.

„Also, um ehrlich zu sein ...“, stammelte Stefan, „eigentlich würde ich mich weder als das eine noch als das andere bezeichnen. Ich meine ...“

„Aha“, unterbrach ihn ein streng aussehendes, hageres Hamsterweibchen und presste die Pfoten aneinander. „Du bist also einer dieser spätpubertären, radikalen Rodentinisten und Krawallmacher!“

„Hä?“, gab Stefan verwirrt von sich.

„Die halten sich für die einzig wahren Nagetiere“, erklärte das Hamsterweibchen und deutete mit einem Kopfnicken in die linke obere Ecke des Käfigs. Stefan folgte ihrem Blick. Ein kleiner brauner Zwerghamster war dort hinaufgeklettert. Er klammerte sich mit den Pfoten am Käfig fest und nagte wie besessen an einem der Gitterstäbe.

„Was hat der denn?“

„’nen Knall“, erwiderte Weißbacke. „Komm, Goldlöckchen, wir schau'n mal nach, ob noch ein bisschen gegorener Apfel übrig ist.“ Weißbacke packte ihn am Vorderbein und eine johlende Truppe Hamster drängte Stefan Richtung Futternapf. Auf seinem Rücken spürte er den missbilligenden Blick des hageren Hamsterweibchens. „Blick“ war eigentlich das falsche Wort. Das Ganze hatte eher etwas mit dem Geruchsinn und der mentalen Ausstrahlung des Hamsterweibchens zu tun.

Die liberal-pragmatischen Hamster machten es sich rund um den Futternapf bequem, knabberten an Mais, Roggenkörnern und Mohrrübenstückchen und ließen ein gammeliges Stück Apfel durch die Reihen gehen. Stefan tat es ihnen gleich. Erstaunlicherweise schmeckte ihm das Ganze. Der Apfel war tatsächlich etwas gegoren und hatte eine euphorisierende Wirkung.

„Und was macht ihr so den ganzen Tag?“, erkundigte Stefan sich.

„Das Leben genießen, was sonst?", erwiderte ein junger Hamster mit dichtem Schnurrbart.

„Besser, man nimmt, was man kriegen kann", ergänzte Weißbacke. „Wer weiß, wann die Versorgung die Nahrungszufuhr einstellt!"

Die anderen nickten zustimmend.

„Die Versorgung?", fragte Stefan. „Was meint ihr damit?"

„Sag bloß, du weißt nicht, woher unser Futter kommt?", kicherte Schnurrbart.

„Die Versorgung kommt in der Regel zweimal täglich", dozierte ein vorlautes junges Hamsterweibchen. „Wenn das Licht angeht, bringt sie Körner, und kurz vor dem Verlöschen bringt sie Möhren und Apfel. Aber manchmal macht sie auch Pausen. Zwar haben die Körner bislang immer gereicht ..."

„Aber man weiß ja nie ...", ergänzte Weißbacke und schob sich ein dickes Maiskorn zwischen die Kauleisten.

Der gegorene Apfel hatte Stefan merklich entspannt. Offenbar reagierte sein Hamsterkörper ziemlich schnell darauf. Und so kicherte er etwas albern: „Die Versorgung – ich bin mir sicher, die Verkäuferin wäre enttäuscht, wenn sie wüsste, wie sie von euch genannt wird ..."

„Verkäuferin?", unterbrach ihn Weißbacke.

„Ich meine die Menschenfrau, die euch regelmäßig das Futter bringt ..."

„Soso, du hältst dich wohl für besonders schlau, was?", knurrte Schnurrbart.

„Äh ..."

„Niemand weiß, was der Mensch denkt und was in ihm vorgeht", erklärte Weißbacke. „Er befindet sich einfach auf einer anderen Ebene als wir. Wir wissen nicht einmal, ob er so etwas wie eine Persönlichkeit hat, geschweige denn, dass wir irgendeine Aussage zu seinen Motiven treffen könnten. Wir beobachten ganz regelmäßig wiederkehrende Vorgänge, die dafür sorgen, dass wir meist genug zu fressen haben. Das ist alles. Der Mensch ist die Versorgung. Jeder Versuch, so etwas wie Persönlichkeit, Gefühle oder Beweggründe in ihn hineinzulegen, wäre reine Spekulation. An so etwas klammern sich nur schlichtere Gemüter wie diese religiösen Fundis. Sie können sich einfach nicht vorstellen, dass alles, was geschieht, schlicht nach den Gesetzen der Natur abläuft. Das Futter kommt, egal, ob sie ihre komischen Regeln befolgen und im Hamsterrad laufen oder nicht."

„Man muss einfach akzeptieren, dass keiner von uns weiß, wer oder was der Mensch eigentlich ist", stellte Schnurrbart fest.

„Oh, ich schon", erwiderte Stefan unbedarft. „Schließlich war ich selber einer."

Weißbacke runzelte die Stirn. „Nehmt ihm mal den gegorenen Apfel weg, Jungs. Unser Goldlöckchen verträgt offenbar nicht allzu viel."

„Tja, die Geschichte ist ein bisschen komplizierter und hört sich vielleicht wirklich ziemlich verrückt an," fuhr Stefan fort, „aber als ich heute Morgen aufstand, war ich noch ein Mensch und ..."

„Vielleicht fällt es dir nicht auf, Goldlöckchen", unterbrach ihn Weißbacke mit harter Stimme, „aber niemand hier interessiert sich für deine Märchengeschichten."

„Aber ich ..."

„Besser, du verziehst dich", knurrte Schnurrbart.

Allmählich dämmerte Stefan, dass die Atmosphäre merklich abgekühlt war.

„Der Typ hält sich für eine Art Überhamster", knurrte jemand.

„Absolut größenwahnsinnig", bestätigte ein anderer.

Der Ärger der liberalen Pragmatiker begann, allmählich in eine immer feindseligere Stimmung umzuschlagen. Stefan nahm den nächstbesten Fluchtweg, bevor die Situation eskalierte. Offenbar waren die liberalen Hamster nicht ganz so offen, wie es wünschenswert gewesen wäre. Hastig kletterte er den Käfig hinauf. Es ging ihm erstaunlich leicht von der Pfote.

„Na, Genosse, hast du auch genug von diesen bornierten Fresssäcken?", meldete sich eine jugendliche Stimme.

„Bitte?", fragte Stefan und wandte sich um. Ohne es zu merken, war er neben dem eifrig an den Gitterstäben nagenden Zwerghamster in der obersten Käfigecke gelandet.

„Diese Schwachköpfe haben noch immer nicht kapiert, dass sie sich selbst belügen", knurrte der drahtige kleine Hamster. „Sie denken, sie seien frei, und sehen gar nicht mehr den Käfig, in dem sie gefangen sind."

„Da magst du wohl recht haben."

„Natürlich habe ich recht! Es ist an der Zeit, dass wir uns vereinigen und uns gemeinsam gegen das System auflehnen. Macht kaputt, was euch kaputt macht!" Mit neuer Begeisterung stürzte sich der kleine Hamster auf den Gitterstab und fing wie besessen an zu nagen.

„Äh ... Entschuldigung", meldete sich Stefan zu Wort. „Glaubst du ernsthaft, dass es dir gelingen wird, das Gitter durchzunagen?"

Der Zwerghamster unterbrach seinen Angriff kurzfristig. „Alleine vielleicht nicht. Aber wenn wir alle zusammen nagen, wird uns nichts unmöglich sein! Komm, schließ dich uns an, gemeinsam können wir die Welt verändern!", forderte er Stefan mit leuchtenden Augen auf. „Rodentinisten aller Käfige, vereinigt euch!" Erneut stürzte er sich auf den Gitterstab.

„He, das Ding ist aus Stahl!", merkte Stefan an. „Selbst wenn wir alle zusammen unser ganzes Leben daran nagen würden, hätten wir keine Chance, da durchzukommen. Hamsterzähne sind nicht dafür gemacht, Stahl durchzunagen."

„Und woher willst du das wissen!?", fauchte der kleine Revolutionär. „Hast du es je ausprobiert? Oder bist du auch einer von diesen Schlappbacken, die aufgeben, bevor sie überhaupt den Versuch unternommen haben, eine Revolution auszurufen?"

Das Gespräch begann, sich auf gefährliches Terrain zuzubewegen.

„Okay, nehmen wir an, es gelänge dir tatsächlich durchzukommen", meinte Stefan, „was würdest du anschließend tun?"

„Da regt mich ja die Frage schon auf", knurrte der Zwerghamster, ohne die Stange aus den Zähnen zu lassen. „Was ich mache? Ha! Frei sein natürlich! Es geht darum, die Grenzen zu zerstören, nicht darum, neue zu schaffen, egal, ob materielle oder geistige."

„Du hast also noch nie wirklich darüber nachgedacht?", folgerte Stefan erstaunt.

Der Zwerghamster warf ihm einen bösen Blick zu. „Allmählich beschleicht mich der Verdacht, dass ich es hier mit einem Konterrevolutionär zu tun habe. Es gibt ein bekanntes Sprichwort bei uns: Wer nicht für uns ist, ist gegen uns! Also, wo stehst du?!"

„Äh ..."

„Gibt es Ärger?", meldete sich eine grimmige Stimme von unten.

Ein Hamster mit einem auffälligen schwarzen Fleck unter dem Auge kam die Gitterstäbe hochgeklettert, ein kleines, aber ausgesprochen aggressiv riechendes Testosteronpäckchen.

Ein paar schüchterne Synapsen aus den hinteren Sphären seines Hirns klopften zögernd an Stefans Bewusstsein. „Du ...", stammelte er, als die Erkenntnis in ihm aufblitzte. „Du warst das! Du hast mich gebissen."

„Quatsch", erwiderte der Hamster. „Das Einzige, das ich heute gebissen habe, war eine leere Versorgungsschaufel. Ich kenne dich überhaupt nicht. Und ich habe den Eindruck, dass ich daran auch nichts ändern möchte. Man riecht den Spießer in dir ja schon meterweit."

„Aber ..."

„Entweder du schließt dich uns an oder du verziehst dich!", fauchte das Testosteronpäckchen. „So läuft das hier!"

Stefan schwieg. Wie hätte er diesem Kerl erklären können, dass die leere Versorgungsschaufel, in die sich der aggressive kleine Hamster verbissen hatte, vor ein paar Stunden noch Stefans linker Zeigefinger gewesen war?

„Was glotzt du so?"

Einen kurzen Augenblick lang zog Stefan in Erwägung, den aggressiven Nager zu beißen und ihm ein wenig Blut abzuzapfen. Aber selbst wenn ihm dies gelänge, was er ernsthaft bezweifelte, ergaben sich eine ganze Reihe logistischer Fragen, auf die er momentan noch keine Antwort hatte. Also beschloss er, dass Rückzug in diesem Fall ein durchaus adäquates Mittel war.

„Ich bin dann mal weg", murmelte er.

Die beiden revolutionären Hamster warfen ihm feindselige Blicke zu und wandten sich dann mit neuer Energie ihrer revolutionären Nagearbeit zu.

Stefan kletterte seitwärts und ließ sich dann im Schutz des Hamsterhäuschens zu Boden sinken. Was für eine verrückte Geschichte!

„Die Typen sind völlig irre", murmelte er, „und ansteckend obendrein ..."

„Eine durchaus zutreffende Analyse", bemerkte das hagere Hamsterweibchen, das plötzlich aus dem Häuschen trat und sich das Fell mit einer Pfote streng zurückkämmte. „Du hast dich also mittlerweile davon überzeugen können, dass unsere armen Mithamster sich alle auf einem Irrweg befinden?!" Es war mehr eine Feststellung als eine Frage.

„Äh ..."

„Nun, es ist niemals zu spät, Buße zu tun und sich den wahren Muroideanten anzuschließen."

„Ach so ..."

„Auch wenn ich glaube, dass die meisten diesen Schritt wohl niemals tun werden", fuhr die Hagere – wie Stefan sie insgeheim nannte – fort und schnaubte missbilligend. „Aber bist du nun bereit, dich an die heiligen Gesetze zu halten und einer von uns zu werden?" Sie fixierte Stefan mit einem durchdringenden Blick.

„Na ja ..."

„Gut, dann folge mir!", befahl die Hamsterin. Sie trippelte zu einer Gruppe asketisch aussehender Hamster, die sich andächtig um ein Hamsterrad versammelt hatten, in dem einer von ihnen lief, als ginge es um sein Leben. Stefan beschloss, dass er sich später um das Blut des Testosteronpäckchens kümmern würde.

„Willkommen, Fremder", begrüßte ihn ein würdevoll dreinblickendes Albinomännchen.

„Willkommen", murmelten die anderen, ohne den leisesten Hauch von Herzlichkeit.

„Lasset uns uns waschen", sagte der Albino salbungsvoll, woraufhin die ganze Truppe sich würdevoll zu putzen begann.

Die Hagere stieß Stefan die Pfote in die Seite.

„Aber ich bin doch gar nicht schmutzig ...“

Der Albino räusperte sich und unter seinem rot glühenden Blick beteiligte sich Stefan hastig an der fragwürdigen Aktion.

Endlich waren sie fertig. Mittlerweile war der Läufer völlig erschöpft aus dem Rad getaumelt, und der Nächste machte sich daran, wie wahnsinnig auf der Stelle zu spurten.

„Einst gab es Kornfelder“, begann das Albinomännchen mit einer Stimme, die vor Würde und Salbung nur so triefte.

„So ist es“, murmelten die anderen Hamster.

Ein gestrenger Blick ließ auch Stefan hastig murmeln: „Äh ... genau!“

Die Hagere runzelte die Stirn.

Der Albinohamster fuhr fort: „Und alle Hamster lebten darin, und es gab Frühling, Sommer, Herbst und Winter und Körner in Fülle.“

„So ist es“, murmelten die Hamster.

„So ist es“, tat Stefan es ihnen rasch gleich.

„Dann begann die Gefangenschaft!“

„So ist es.“

„Und wir müssen laufen, um ihr zu entrinnen.“

„So ist es!“ Die Blicke aller Hamster ruhten andächtig auf dem Rad.

„Äh, Leute ...“, begann Stefan.

„Psst!“

„IHR ALLE WISST“, donnerte das Albinomännchen nun mit mächtiger Stimme, „dass der WINTER kommen wird!“

„So ist es!“

„Um genau zu sein, hat er sogar schon angefangen“, murmelte Stefan leise, wurde aber sofort mit felsenharten Blicken ermahnt, ruhig zu sein.

„Darum sammelt, meine Freunde! SAMMELT!" Die Stimme des Albinos schraubte sich zu einem hymnischen Crescendo empor. „Denn wir haben ein Fell, um es zu reinigen, wir haben Füße, um zu laufen, und wir haben Backen, um zu sammeln!"

„So ist es."

„Lasset uns singen!"

Mit penetranter Dissonanz intonierte die Gruppe kraftlos: „Wer fleißig seine Runden dreht, alsbald in einem Kornfeld steht."

Nachdem der Gesang beendet war, entspannte sich die Gruppe ein wenig. Offenbar war der offizielle Teil dieser Veranstaltung nun beendet.

„Und wie hat es dir gefallen?", fragte die Hagere.

„Äh ... ich bin verwirrt."

„Das ist verständlich", sagte der Albinohamster, der sich zu ihnen gesellte, „vermutlich fällt es dir wie den meisten Ungläubigen schwer zu glauben, dass Kornfelder mehr sind als nur eine fromme Wunschvorstellung."

„Oh, damit habe ich kein Problem", erwiderte Stefan. „Kornfelder sind absolut real. Ich weiß sogar, dass eines hier ganz in der Nähe ist ..."

„In der Nähe?", fragte der Albino.

„Ja, natürlich", sagte Stefan, der die Tonlage des anderen nicht ganz richtig interpretierte. „Aber ... ohne euch zu nahe treten zu wollen ... meint ihr das wirklich ernst?"

„Ob wir ...?! Also wirklich ... Du weißt wohl nicht, mit wem du sprichst!"

„Nimm es bitte nicht persönlich, aber irgendwie haben sich die Dinge bei euch völlig verdreht", fuhr Stefan fort, ohne die steinernen Mienen der wahren Muroideanten zu registrieren, die sich nun um ihn versammelten. „Ich meine: Es ist doch nicht der Sinn und Daseinszweck eures Fells, gewaschen zu werden. Es ist doch recht offensichtlich, dass es sich genau umgekehrt verhält: Man wäscht sein Fell, weil es ab und zu wieder sauber gemacht werden muss. Und natürlich wäre es richtig zu laufen, um das Kornfeld zu erreichen, aber doch nicht in einem Hamsterrad! Und was das Sammeln für den Winter betrifft ..."

„Du willst damit also sagen, dass unsere geheiligten, von Generation zu Generation weitergegebenen Gebote nichts als Unsinn sind?", unterbrach der Albino ihn in einem Tonfall, der beinahe das Wasser im Trinknapf gefrieren ließ.

Die wahren Muroideanten flüsterten und tuschelten miteinander, während sie Stefan umringten. Man konnte Worte wie „Unverschämtheit", „Lästerung" und „Anmaßung" hören. Stefan konnte ihren Zorn förmlich riechen.

Hastig räusperte er sich und hob beschwichtigend die Pfoten. „Ganz ruhig, Leute, ich sage ja nicht, dass eure Regeln generell falsch sind, sie haben nur aus irgendeinem Grund den richtigen Bezug verloren. Irgendwie ist die Sache aus der Bahn geraten und ..."

„Woher willst du das wissen?", fuhr ihn die Hagere an. „Was gibt dir das Recht, so über uns zu urteilen?"

„Nun ja ... also, um ehrlich zu sein ... ich war ... äh ... schon mal draußen."

„Wie *draußen*?", fragte der Albino.

„Na, draußen eben", erwiderte Stefan, „in der Freiheit, in der wirklichen Welt."

„Das ist Blasphemie!", zischte die Hagere voller Zorn.

„Quatsch!", knurrte Weißbacke. „Das ist völliger Irrsinn!"

Ohne dass Stefan es bemerkt hatte, waren auch die meisten der liberalen Pragmatiker hinzugekommen.

Weißbacke tapste mit einer Mischung aus Zorn und Verachtung auf Stefan zu. „Ihr solltet nämlich wissen, dass dieser Typ hier sich für die Versorgung persönlich hält ...“

„Du meinst, für den Versorger", korrigierte ein fetter Hamster mit säuerlichem Gesichtsausdruck penibel.

Doch sein Kommentar wurde von einem empörten Aufschrei übertönt: „Lästerei! Blasphemie!“, kreischten die wahren Muroideanten.

„Größenwahn!“, fauchten die freigeistigen Pragmatiker.

„Konterrevolutionär!“, kam es schrill aus der linken oberen Käfigecke.

Stefan sah sich von wütenden Fratzen, hasserfüllt blitzenden Augen und gebleckten Zähnen umgeben, die sich im nächsten Moment auf ihn stürzten!

„Tötet ihn!“, erklang es aus zwanzig Hamsterkehlen.

Er wurde zu Boden geworfen, ein zentnerschweres Gewicht drückte auf seine Lungen, Schreie gellten in seinen Ohren. Sie schlugen und bissen auf ihn ein. Spitze Zähne gruben sich in seine Backe ...

„Papa? He, Papa, wach auf!“ Krallenbewehrte Pfoten wandelten sich in weiche, warme Kinderhände, die an seinem Ohr zogen und versuchten, seine Augenlider aufzudrücken!

„Wie? Was?“

„Du schläfst zu laut!“, erklang es tadelnd.

Stefan öffnete die verklebten Augenlider. Die Hamster waren verschwunden, stattdessen blickte er in die vorwurfsvollen Gesichter seiner Kinder. Der Morgen dämmerte und ließ die Bob-der-Baumeister-Gardine in sanftem Gelborange erglühen. Alles sah freundlich und friedlich aus. Der Biss in seiner Wange war jedoch noch immer deutlich zu spüren.

„Ich … ich hab geträumt …“, stammelte Stefan.

„Geh weg“, schnaufte Max, „kaputt mach!“

Anna, die rittlings auf seiner Brust saß, schüttelte mit einem Gesichtsausdruck, den sie wohl von ihrer Erzieherin abgeschaut hatte, den Kopf. „Wegen dir sind wir jetzt alle wach!“

„Tut mir leid, Schätzchen.“

Max packte das Ohr seines Vaters mit beiden Händen und zog mit aller Kraft, die in seinem kleinen Körper steckte.

„Aua, was soll denn das!?“

„Aufsteh!“

„Du liegst auf seinem Bagger“, erklärte Anna.

Stefan richtete sich auf. Etwas Undefinierbares baumelte an seiner Wange und fiel gleich darauf zu Boden. Max hob es auf. Es war ein kleiner, arg verbogener Spielzeugbagger.

„Ganz mach!“, befahl Max und hielt seinem Vater das Fahrzeug unter die Nase.

Doch Stefan tat zunächst etwas völlig anderes. Er nahm seine beiden erbosten Kinder in die Arme und drückte sie ganz fest an sich.

Der Heilige Abend war vorbei, denn mittlerweile war schon seit einigen Stunden der 25. Dezember. Stefan saß im Licht des Weihnachtsbaumes auf dem Sofa und blätterte in dem dicken Buch, das er das letzte Mal anlässlich seiner Konfirmation in den Händen gehalten hatte. Zuweilen murmelte er leise vor sich hin, schüttelte den Kopf oder nickte.

Miriam gähnte, knöpfte ihren Pyjama zu und setzte sich neben ihn auf die Couch. Liebevoll kraulte sie seinen Hinterkopf.

„Suchst du nach einer göttlichen Begründung für dein pädagogisch völlig inakzeptables Verhalten?“

„Hm?“

„Wie konntest du den Kindern Hamster zu Weihnachten schenken? Nach all dem, was wir vorher besprochen hatten."

„Es gibt tatsächlich Parallelen ...", murmelte Stefan und kratzte sich geistesabwesend die Wange.

„Warum habe ich bloß dieses seltsam nagende Gefühl, dass wir zuweilen aneinander vorbeireden?", murmelte Miriam.

Stefan schüttelte den Kopf. „Verrückt, absolut verrückt. Es gab sie damals wirklich, die frommen Regelfanatiker, die Pragmatiker und die Revolutionäre, genau wie bei den Hamstern." Nachdenklich hielt er inne, kurz darauf fuhr er fort: „Sie nannten sich nur anders ..." Er klopfte auf die Bibel.

Miriam küsste sein Ohr und meinte: „Der Zusammenhang zwischen Revolutionären und Hamstern ist mir noch nicht so ganz klar."

Stefan kratzte sich nachdenklich an der Stirn. „Ich weiß, es klingt verrückt. Aber nur mal angenommen, es wäre tatsächlich wahr." Er lächelte fahrig. „Warum hat er das getan? Anna hatte mit ihrer Frage gar nicht so unrecht. Er musste doch gewusst haben, worauf es hinauslaufen würde ..."

„Das ist es, was ich so an dir liebe", sagte Miriam, „diese klaren, präzisen Aussagen."

Ohne auf den Kommentar seiner Frau einzugehen, blätterte Stefan in der Bibel, die in seinem Schoß lag, und las: „‚Am Anfang war das Wort. Das Wort war bei Gott, und das Wort war Gott selbst. Von Anfang an war es bei Gott ... Das Wort wurde Mensch und lebte unter uns.' Also, wenn ich das richtig verstehe, ist das Weihnachten quasi in der Kurzfassung."

„Wenn du es sagst."

„Wie gesagt, es gibt ein paar ziemlich kuriose Parallelen ..." Er lächelte versonnen. Dann wurde sein Blick ernst. „Aber vor allem gibt es einen krassen Unterschied: Er tat es vollkommen freiwillig, schließlich wurde er im Gegensatz zu mir nicht gebissen. Ich bin mir sicher, er muss die Konsequenzen gekannt haben." Stefan stutzte und lächelte seine Frau verlegen an. „Natürlich ist es ziemlich absurd, überhaupt darüber nachzudenken. Ich meine, wer glaubt denn heutzutage noch wirklich ..." Er verstummte nachdenklich.

Ein Hauch von Besorgnis trat auf Miriams Gesicht. „Bist du dir sicher, dass es dir gut geht? Wir haben eine stressige Zeit hinter uns und ..."

„Mir geht es gut, wirklich."

„Sicher?"

Als Stefan das Gesicht seiner Frau sah, musste er lachen. „Ich weiß, es klingt möglicherweise etwas wirr. Pass auf, ich mache uns einen Cappuccino, und dann erzähle ich dir alles von vorn." Er stand auf und ging in die Küche.

Etwas verloren blickte Miriam ihm vom Sofa aus nach. „Was erzählst du mir von vorne?", rief sie.

„Die Sache mit Weihnachten und dem Werhamster."

„Dem was?"

„Ich hatte einen Traum ... ist 'ne lange Geschichte."

Nach einem Moment des Schweigens erwiderte Miriam: „Machst du mir einen doppelten Espresso?"

„Kommt sofort, Schatz."

Der dicke Engel

Reichlich schräge Geschichte, war der erste Gedanke, der Marvin durch den Kopf ging, und als Zweites dachte er: ... *aber irgendwie auch faszinierend.* Er legte die Hamstergeschichte zurück ins Schubfach und machte sich gedankenversunken wieder an die Arbeit. Rasmus war oben mit einem Kunden beschäftigt, und Marvin beschloss, die Lieferung weiterzusortieren.

Interessanterweise fand Marvin im ersten Moment den Gedanken, dass Gott Mensch werden könnte, noch absurder als die Vorstellung, dass ein Mensch sich in einen Werhamster verwandeln könnte. Ein Hamster war immerhin ein Säugetier. Er atmete dieselbe Luft wie die Menschen, benötigte Essen und Trinken, wurde irgendwann geboren und starb irgendwann. Aber Gott? Gott war viel zu abstrakt, viel zu fern. Ein Gott, der Mensch wurde – das passte einfach nicht. So etwas mochte in Märchen geschehen oder in uralten Mythen, aber nicht in der Realität. Etwas in ihm weigerte sich einfach, Gott so konkret werden zu lassen.

Aber warum?, bohrte eine hartnäckige Stimme in ihm nach und zwang das gewohnheitsmäßige Denken in ihm zu einem inneren Dialog.

Weil es unwissenschaftlich ist, erwiderte die Stimme der Gewohnheit. *Es widerspricht den Naturgesetzen.*

Was sind denn die Naturgesetze? Die Beobachtung von bestimmten Zusammenhängen, die sich immer wiederholen und die empirisch nachgewiesen werden können. Aber wenn Gott Mensch würde, wäre das etwas Einmaliges. Es könnte sich also

gar nicht wiederholen. Und wer sagt denn, dass einmalige Er-
eignisse den natürlichen Ordnungen widersprechen? Wenn die
Urknalltheorie stimmt, ist das ganze Universum in einem ein-
maligen Akt entstanden – ist es deshalb auch irreal?

Es war recht verwirrend, dem eigenen inneren Dialog zu
lauschen. Die Stimmen in ihm waren so widersprüchlich, dass
sie von verschiedenen Personen stammen könnten, und doch
war er sich bewusst, dass es seine eigenen Gedanken waren.

Die eigentliche Frage ist doch: Ist die Geschichte von Weih-
nachten wahr oder ist sie eine Lüge, meldete sich seine innere Stimme zurück. *Wenn Gott wirklich Mensch würde, würde*
dann nicht genau das passieren, was von Jesus berichtet wird?
Würde er nicht Dinge hinterfragen, die alle für selbstverständ-
lich halten? Würde er nicht außergewöhnliche Dinge tun? Wür-
de er nicht immer wieder anders handeln, als man es von ihm
erwarten würde? Und würden die Menschen nicht irgendwann
versuchen, ihn umzubringen, weil sie den Gedanken, dass er
tatsächlich mehr als nur ein Mensch sein könnte, nicht ertragen
könnten?

Das gewohnheitsmäßige Denken schwieg.

Also, was wäre, wenn Gott Mensch würde?, bohrte seine innere Stimme nach. *Welche Konsequenzen hätte das für jeden*
Einzelnen … rein hypothetisch natürlich.

Es würde alles über den Haufen werfen, gab die Stimme der
Gewohnheit zu.

Und das heißt konkret?

Die Frage nach der Wesensart Gottes wäre nicht länger abs-
trakt und eine Sache der persönlichen Überzeugung. Jeder könn-
te sehen, wie Gott ist, würde hören, was ihm wichtig ist, und
könnte mit ihm in Kontakt treten.

Ist das nicht absolut faszinierend?

Na ja, es nimmt mir aber auch all die wunderbaren Möglich-keiten freier Spekulation, die sich aus der Ungewissheit ergeben.

Das ist wahr.

Aber warum sollte Gott, wenn es ihn denn gäbe, so etwas tun? Er würde seine ganze Macht aufgeben, er würde sich klein und verletzlich machen. Das Ganze wäre doch ein absoluter Alb-traum, gegen den die Verwandlung in einen Werhamster völlig harmlos erscheinen würde. Warum sollte er das tun?

Einen vernünftigen Grund gibt es dafür nicht.

Nicht für ein Wesen mit grenzenloser Macht, pflichtete das gewohnheitsmäßige Denken bei.

Gibt es vielleicht einen unvernünftigen Grund?

Nachdenklich starrte Marvin an den sich auftürmenden Bücherstapeln vorbei ins Leere. Er fühlte sich an eine kleine Episode erinnert, die in seinem Lieblingsbuch „Der Herr der Ringe" beschrieben wurde. Sie hatte ihn stets auf seltsame Art und Weise berührt. Dort hieß es, dass die Elbin Arwen ihre Unsterblichkeit aufgab, um mit Aragorn, dem Menschen, den sie liebte, zusammen sein zu können. Liebe wäre ein Grund ... ein unvernünftiger, geradezu irrationaler Grund. Aber konn-te Liebe wirklich Gottes Motiv sein? Schwer vorstellbar. Liebe würde Gott den Menschen so erschreckend nahe rücken und ihn gleichzeitig irgendwie schwach wirken lassen. Anderer-seits würde diese ganze Geschichte den Vorwurf entkräften, dass Gott sich nicht die Mühe machen und in das Chaos dieser Welt eingreifen würde. Allerdings wäre sein Eingreifen ganz gewiss nicht so, wie die Menschen sich das vorstellten und ge-wünscht hätten.

Aber wäre nicht genau das von Gott zu erwarten gewesen, wenn er tatsächlich real und mehr als nur ein Hilfskonstrukt des Menschen ist?

Ein Schauer lief Marvin über den Rücken. Er hatte noch immer tausend Fragen. Vieles blieb ihm rätselhaft, aber es gelang ihm nicht länger, das Ganze einfach als Unsinn abzutun. Für einen kurzen Moment hatte er das Gefühl, nicht alleine zu sein. Unwillkürlich blickte er sich um, doch niemand war zu sehen. Seine Haut kribbelte und sein Herzschlag beschleunigte sich.

„Gott?", fragte er vorsichtig.

Fast rechnete er damit, unvermittelt ein Licht zu sehen oder tatsächlich eine Stimme zu hören. Doch nichts dergleichen geschah.

Nach einigen Minuten der Stille kam Marvin sich plötzlich etwas albern vor. Wahrscheinlich hatte er zu lange in diesem Keller gehockt und obskuren Geschichten gelauscht. Kurz entschlossen stapfte er die Treppe hinauf.

„Ich bin gleich wieder da", rief er Rasmus zu, und etwas leiser fügte er hinzu: „Ich brauche dringend frische Luft."

Die Sonne schien hell; es war ein freundlicher Tag. Schräg gegenüber saßen Leute im Café und plauderten. Ein Mann las Zeitung. Die Schlagzeile lautete: „Gescheiterter Bankmanager erhält Boni in Milliardenhöhe." Eine alte Dame lief auf der gegenüberliegenden Straßenseite vorbei und zerrte ihren schnaufenden Mops hinter sich her. Marvin atmete tief durch und lief ein paar Häuserblocks weiter zur nächsten Hauptstraße. Ein mit greller Werbung beklebter Bus fuhr vorbei und aus den offenen Fenstern eines aufgemotzten Fords dröhnte laute Hip-Hop-Musik zu ihm herüber.

Willkommen in der Realität, meldete sich die Stimme der Gewohnheit in ihm. Ein Hauch von Selbstzufriedenheit schwang darin mit. Marvin gestattete sich ein Lächeln ... Es verschwand allerdings wieder, als sich eine leise, aber nicht zu überhörende Stimme in ihm meldete und fragte: *Was wäre,* *wenn einer jener Autofahrer plötzlich die Kontrolle über sein* *Fahrzeug verlieren und auf dich zurasen würde? Oder welche* *Bedeutung hätte diese Realität um dich herum noch, wenn du* *gerade vom Arzt kämst, wo du die niederschmetternde Diagno-* *se erhalten hättest, dass du unheilbar erkrankt wärst? Was wäre,* *wenn du nur noch zehn Tage zu leben hättest?*

„Das kann einem wirklich die Laune verderben", sagte er lauter als beabsichtigt und erntete dafür den misstrauischen Blick eines älteren Mannes, der gerade an ihm vorbeischlurf-te.

Man muss nicht einmal ganz so düstere Beispiele nehmen, fuhr seine innere Stimme fort. *Frag dich einfach, ob ein Indianer* *aus den Tiefen des brasilianischen Urwaldes deine Realität als* *genauso tröstlich empfinden würde, wenn er sich plötzlich hier* *wiederfände. Das, was du jetzt für eine beruhigende Normalität* *hältst, ist für das Menschsein an sich völlig bedeutungslos. Es* *berührt nicht einmal ansatzweise die wirklich entscheidenden* *Fragen. Weder stillt diese „Normalität" die tiefe Sehnsucht in* *dir, noch hilft sie dir irgendwie aus dem großen Dilemma des* *Menschen heraus – dem Wissen darum, dass er zwar gut sein* *will, aber seinen eigenen Ansprüchen nicht genügt. Sie nimmt* *dir nicht die Angst vor dem Tod und sie verleiht deinem Leben* *auch keinen Sinn. Die Sicherheit, die dieser Alltag verspricht, ist* *trügerisch und so beständig wie ein welkes Blatt, das vom Wind* *umhergeweht wird.*

„Schon gut, schon gut", murmelte Marvin. Er machte kehrt und schlenderte in weniger befahrene Straßen. Seine Gedan-ken begannen, sich in eine erschreckende Richtung zu ent-wickeln. Wenn das Ganze nicht völliger Unsinn war, wenn Gott wirklich existierte und ihm so nah war, wie er gerade befürchtete, dann könnte es auch sinnvoll sein, ihn darauf anzusprechen. Und sollte er sich täuschen und einfach nur ins Leere reden, dann hätte er nicht viel verloren. Die Argumentation war verblüffend simpel, aber ihre Logik war nicht von der Hand zu weisen.

Marvin wanderte in einen winzigen Park und blickte sich vorsichtig um. Kein Mensch war in der Nähe.

„Also gut, Gott", wisperte er, „ich habe den Verdacht, dass du tatsächlich existieren könntest. Aber um ehrlich zu sein, sprengt das Ganze meine Vorstellungskraft, und bislang ist es mir auch ein Rätsel, wie ausgerechnet du die Antwort auf meine Fragen sein könntest. Denn all die Dinge, die ich bisher mit dir verbinde, schrecken mich eher ab, zum Beispiel kalte Kirchen mit strengen, alten Damen, Männer in schwarzen Roben, die salbungsvoll Nichtssagendes von sich geben, oder religiöse Fanatiker, die aller Welt ihre Überzeugungen aufzwingen wollen. Ich könnte die Liste noch eine ganze Weile fortführen, aber vermutlich kennst du sie schon. Vielleicht bist du aber auch völlig anders, als ich bislang dachte – ich habe zumindest den Verdacht, dass es so ist. Und möglicherweise hast du tatsächlich Interesse an mir. Also, wenn du mir etwas zu sagen hast – nur zu! Ich habe nämlich keine Ahnung, was ich mit diesem ganzen Gedankenwirrwarr anfangen soll … Das war's fürs Erste."

Marvin wartete noch eine Weile ab, für den Fall, dass Gott ihm gleich eine Antwort geben würde, aber nichts geschah. Also ging er zurück. Er entschuldigte sich bei Rasmus für seine lange Abwesenheit und machte sich rasch wieder an die Arbeit. Irgendetwas hielt ihn davon ab, mit dem alten Mann über seine Gedanken zu sprechen, und daran änderte sich auch in den nächsten Tagen nichts.

Es gab erstaunlich viel zu tun. Marvin war die ganze Zeit beschäftigt und abends oft zu müde, um sich tief greifende Gedanken zu machen. Dennoch begann er, wenn auch etwas widerwillig, in der Bibel zu lesen. Er begann vorne, wie man das bei Büchern eben so macht. Vieles war verwirrend, einiges abschreckend, etliches schlicht langweilig. Hunderte von Seiten lang stand da nicht ein Wort über Jesus. Stirnrunzelnd legte Marvin das dicke Buch wieder beiseite. Beinahe schien es ihm, als wolle Gott die Sache auf sich beruhen lassen. Die Erleuchtung blieb jedenfalls aus.

Eines Abends stellte er fest, dass sein Briefkasten fast überquoll. Seufzend schloss er ihn auf und fing routiniert die herausquellende Werbung auf. Zu seiner Überraschung fand er neben all der üblichen Reklame auch ein blaues Kärtchen in seinem Briefkasten. Der Paketzusteller hätte ihn nicht angetroffen und ein Päckchen würde in der nächsten Postfiliale auf ihn warten. Stirnrunzelnd betrachtete Marvin den Zettel. Er hatte nichts bestellt. Mit einer Mischung aus Neugier und Skepsis machte er sich auf den Weg. Eine Minute vor Dienstschluss kam er an. Die junge Frau am Schalter warf ihm einen finsteren Blick zu, wühlte in einem Gitterwagen und kam schließlich mit einem Päckchen in der Hand wieder zurück.

„Vielen Dank!", sagte Marvin und setzte ein strahlendes Lächeln auf.

„Gern geschehen", knurrte die Angestellte und lieferte damit das perfekte Beispiel einer inkongruenten Nachricht, das jedem Lehrbuch über Kommunikationspsychologie zur Ehre gereicht hätte.

Als Marvin das Päckchen zu Hause öffnete, fand er sein T-Shirt und seine Hose vor, frisch gewaschen. Obendrauf lag eine Karte:

Hallo, Marvin,

vielen Dank, dass ich mich kürzlich bei Dir im wahrsten Sinn des Wortes auskotzen durfte. Irgendwie würde ich mich gerne revanchieren, und da mir nichts Besseres einfällt, lade ich Dich für Freitagabend um 19 Uhr in den „Dicken Engel" zum Essen ein. (Seit zwei Tagen habe ich mein Essen bei mir behalten, ich bin also zuversichtlich, dass die Geschichte nicht mit einem peinlichen Eklat enden wird.) Natürlich musst Du meine Einladung nicht annehmen, aber ich wäre beleidigt, wenn Du nicht kommst.

Lieben Gruß,
Linnéa

Marvin lächelte. Im Postskriptum hatte sie die Adresse des Restaurants angegeben; es lag in einem der Westbezirke, also nicht gerade um die Ecke. Er zuckte mit den Achseln. Dann fiel ihm ein, dass ja heute schon Freitag war, und sein Blutdruck stieg. Er warf einen Blick auf seinen Radiowecker: achtzehn Uhr zwanzig. Das war verdammt wenig Zeit. Nicht genug für eine Dusche und erst recht nicht genug, um ein Hemd zu bügeln.

Er sprintete ins Bad, vernebelte den Raum mit einer halben Dose Deospray, versuchte, mit einer Handvoll Gel so etwas wie Ordnung in seine Frisur zu bringen, und zog sich sein altes Jackett über das zerknitterte Hemd. Nur fünf Minuten später schwang er sich auf sein Fahrrad und spurtete los. Während der Fahrt verfluchte er abwechselnd die Taxifahrer, die die Eigenart hatten, an roten Ampeln so dicht am Bordstein zu stehen, dass man sich nicht mehr vorbeiquetschen konnte, und seine eigene Angewohnheit, nur einmal wöchentlich den Briefkasten zu leeren.

Marvin erreichte den „Dicken Engel" fünfzehn Minuten nach der verabredeten Zeit. Dafür war er allerdings so durchgeschwitzt, dass er glaubte, sein Hemd auswringen zu können. Er betrat das Restaurant. Über den Gästen schwebte ein dicker, pausbäckiger Engel aus bemaltem Pappmaschee. Linnéa saß bereits an einem reservierten Tisch. Sie trug ein helles Sommerkleid und sah einfach großartig aus. Als er näher kam, blickte sie von ihrer Karte auf und lächelte ihn strahlend an.

„Hallo." Sie ließ sich nicht anmerken, dass ihr sein durchgeschwitztes Hemd und das zerknautschte Sakko aufgefallen waren.

„Hallo. Bitte entschuldige mein Zuspätkommen und mein etwas derangiertes Äußeres. Ich habe deine Karte erst vor knapp einer Stunde gefunden."

„Oh."

Marvin setzte sich. Ein Schweißtropfen rann von seiner Nase und zerplatzte auf dem polierten Holztisch. Er erwog, sein Jackett auszuziehen, zögerte jedoch, seine Schweißflecken in aller Öffentlichkeit zu präsentieren.

„Irgendwie siehst du so aus, als könntest du etwas zu trinken gebrauchen", merkte Linnéa an.

Marvin wischte sich mit dem Ärmel hastig den Schweiß von der Stirn. „Das täuscht." Dann wandte er sich an eine Kellnerin, die gerade vorbeiging. „Könnte ich eine große Apfelschorle und ein Kristallweizen bekommen, bitte."

Linnéa kicherte leise. „Du hättest meine Karte eigentlich schon vor zwei Tagen bekommen müssen."

„Ich leere meinen Briefkasten erst, wenn er um Hilfe schreit."

„Ach so …" Linnéa nippte an ihrem Obstsaft. „Ich freue mich jedenfalls, dass du meine Einladung trotzdem angenommen hast."

„Ich auch."

Die Kellnerin brachte die bestellten Getränke.

„Danke!" Marvin leerte das Glas Schorle auf einen Zug.

„Wissen Sie schon, was Sie essen möchten?", erkundigte die Bedienung sich.

Linnéa sah Marvin fragend an. „Möchtest du einen Blick in die Karte werfen?"

„Ich vertraue dir blind. Bestell du für mich", entgegnete Marvin und griff nach seinem Bier.

„Dann nehmen wir zweimal frisches Schweinehirn aus dem offenen Schädel mit lebenden Meeresfrüchten an flambiertem Kartoffelbrei."

Marvin verschluckte sich und bekam einen Hustenanfall.

„Hä?", stieß die Kellnerin verwirrt hervor.

„War nur ein Scherz. Zweimal Käsespätzle, bitte."

Die Bedienung entfernte sich stirnrunzelnd, und Linnéa stand auf, um dem noch immer hustenden Marvin auf den Rücken zu klopfen.

„Du wolltest mich wohl umbringen, was?", krächzte Marvin.

„Hat aber nicht geklappt", erwiderte Linnéa. „Wem würde eigentlich deine Lebensversicherung zugutekommen?"

Marvin wischte sich die Tränen aus den Augen und räusperte sich. „Es gibt auch andere Methoden, mich zu fragen, ob ich noch Single bin."

„Blödmann", sagte Linnéa.

„Entschuldigung."

„Und – bist du's?"

„Ja."

Eine etwas peinlich berührte Stille trat ein. Dann erkundigte Marvin sich: „Und wie geht es dir?"

„Ich werde von Tag zu Tag fetter."

„Ist mir nicht aufgefallen."

„Ich werde garantiert eine von diesen Schwangeren, die
aufgehen wie ein Hefekloß und wie ein mutiertes Walross
durch die Gegend watscheln."

„Schwer vorstellbar. Ich vermute eher, du wirst die perfekte Schwangere, die alle Topdesigner als Model für die neueste
Umstandsmode haben wollen."

Linnéa nahm einen Schluck Obstsaft. Marvin stellte wieder
einmal fest, dass Komplimente nicht seine Stärke waren. Betreten spielte er mit seinem Bierglas.

„Hast du noch mal mit deinem Verlobten gesprochen?",
wollte er nach einer kurzen Pause wissen.

„Ich habe mit meinem Exverlobten einen Termin verein-
bart, an dem ich ungestört meine Sachen aus der Wohnung
holen kann, ohne Gefahr zu laufen, über fremde BHs zu stolpern", brummte Linnéa mit finsterem Gesichtsausdruck.

„Verstehe!" Irritiert stellte Marvin fest, dass die Endgültigkeit, mit der Linnéa „Exverlobter" gesagt hatte, eine tiefe Befriedigung in ihm auslöste. Und im selben Moment schämte
er sich dafür.

„Weiß Rasmus inzwischen von der Sache?", fragte er rasch.

„Ja."

„Und wie hat er es aufgenommen?"

„Ich war ziemlich überrascht, dass er nicht überrascht war",
meinte Linnéa nachdenklich.

„Ich habe ihm nichts erzählt!", beteuerte Marvin und hob
abwehrend die Hände.

„Auf die Idee wäre ich auch nie gekommen." Linnéa strich sich eine Haarsträhne aus der Stirn. „Auf Fremde wirkt Opa manchmal wie ein weltfremder Büchernarr, der mehr in den fantasievollen Welten seiner obskuren Geschichten zu Hause ist als in der Wirklichkeit. Aber das stimmt nicht." Sie lächelte und eine Spur von Traurigkeit lag in ihren Augen. „Ich glaube, es gibt keinen Menschen, der mich besser kennt als er."

Die Kellnerin brachte zwei Teller mit einem gewaltigen Berg dampfender Käsespätzle.

Erst jetzt bemerkte Marvin, wie hungrig er war.

„Die sehen wirklich sehr lecker aus."

„Sie sind es, glaub mir!"

Sie begannen zu essen, und Marvin stellte fest, dass Linnéa nicht zu viel versprochen hatte. Eine Zeit lang genossen sie einfach das Essen und keiner sprach. Nachdem der erste Hunger gestillt war, erkundigte Marvin sich: „Hattest du schon immer so eine enge Beziehung zu deinem Großvater?"

„Nicht von Anfang an, aber seit ich ungefähr sechs war, wurde er zur wichtigsten Bezugsperson in meinem Leben. "

„Und was war mit deinen Eltern?"

„Mein Vater starb, bevor ich geboren wurde, und meine Mutter war in dieser Zeit entweder voller Verzweiflung und Wut oder in tiefe Depressionen versunken. Sie konnte einem Kind einfach nicht das geben, was es brauchte."

„Das klingt nach einer nicht ganz einfachen Kindheit."

Linnéa zuckte die Achseln. „Ich habe das damals nicht so wahrgenommen, weil ich bei meinem Großvater glücklich war. Ich liebte seinen Laden und die kleine Wohnung darüber, die beide mit Büchern vollgestopft sind. Für mich war das Haus der Geschichten ein Zufluchtsort und gleichzeitig eine Welt voller Abenteuer."

„„Das Haus der Geschichten' – ein sehr passender Name",
sinnierte Marvin. „Führte dein Großvater schon damals seine
narratorische Apotheke?"

„Er begann gerade damit." Nachdenklich stocherte Linnéa
mit der Gabel in ihren Nudeln herum. „Damals war irgendwas
Besonderes geschehen. Erstaunlicherweise erzählte er mir nie
genau, was es war, obwohl er mich sonst an all seinen Erlebnis-
sen und Gedanken teilhaben ließ, wenn auch stets auf eine Art
und Weise, die meinem Alter angemessen war. Auf jeden Fall
fing er zu jener Zeit damit an, Geschichten zu sammeln. Ich
glaube, zum Teil arbeitete er damit seine eigene Geschichte auf
und die tragischen Ereignisse, die hinter ihm lagen. Vor allem
ging es ihm aber darum, anderen Menschen zu helfen." Sie
schob sich ein paar Käsespätzle in den Mund und starrte auf
den Salzstreuer. „Anfangs kamen allerdings nur sehr wenige.
Meine Mutter hatte dafür gesorgt, dass die meisten Menschen
aus unserem Bekanntenkreis ihm misstrauten."

Marvin hob überrascht die Brauen. „Inwiefern?"

„Sie nannte ihn einen Mörder."

Marvin verschluckte sich beinahe an seinen Spätzle. „Mörder?"

Linnéa seufzte. „Es ist eine tragische Familiengeschich-
te ..."

Marvin schwieg. Er legte seine Gabel beiseite und wartete.

„Mein Vater war der einzige Sohn meiner Großeltern",
begann Linnéa. „Meine Großmutter starb, bevor mein Vater
acht Jahre alt war. Mein Vater wuchs also überwiegend allein
bei meinem Großvater auf und die beiden hatten ein sehr en-
ges Verhältnis zueinander. Großvater hatte nie viel Geld, aber
die Sommerferien über nahm er sich stets frei, und die beiden
unternahmen ausgedehnte Reisen. Sie durchquerten zu Fuß

die Alpen, segelten mit einem kleinen Boot die Nordseeküste entlang bis nach Frankreich, gingen in Schweden paddeln und fuhren mit dem Fahrrad bis an die Südspitze Italiens ... Mit siebzehn Jahren verliebte mein Vater sich in eine Klassenkameradin. Sie begannen gemeinsam, Medizin zu studieren, und fünf Jahre später heirateten sie. Es war nicht ganz so geplant, aber schon in den Flitterwochen wurde meine Mutter schwanger – mit mir. Sie war im siebten Monat, als mein Vater noch einmal mit meinem Großvater verreiste. Sie hatte erst nach einigem Zögern zugestimmt. Aber sie wollte ihrem Mann noch ein letztes Abenteuer gönnen, bevor er sich um seine kleine Familie kümmern musste und für ausgedehnte Reisen keine Zeit mehr blieb. Also fuhren mein Vater und mein Großvater im Sommer 1982 in die Pyrenäen, um dort zu klettern." Linnéa hatte ihren Teller beiseitegeschoben. In einer unbewussten Geste legte sie beide Hände wie schützend auf ihren Bauch, als sie fortfuhr: „Ich muss meiner Mutter zugutehalten, dass sie trotz aller Verbitterung mir gegenüber sehr zurückhaltend war, wenn sie auf den Tod meines Vaters zu sprechen kam. Wenn ich dabei war, nannte sie meinen Großvater niemals einen Mörder. Aber an ihrem Tonfall und dem harten Blick in ihren Augen konnte ich selbst als Kind ablesen, dass sie ihn für die Geschehnisse verantwortlich machte. ‚Frag deinen Großvater!', erwiderte sie stets, wenn ich wissen wollte, wie mein Vater eigentlich gestorben war. Ich war zu jung, um das Ganze zu begreifen. Mein Vater war für mich eher eine abstrakte, ferne Gestalt, eine Art Engel, der mich vom Himmel aus beobachtete, mit dem ich aber nicht in Kontakt treten konnte. Mein Großvater hingegen war greifbar, er war ein Mensch aus Fleisch und Blut, er war für mich da.

Eines Tages fragte ich ihn in aller kindlichen Naivität: ‚Opa? Mama erzählt mir nie, wie Papa gestorben ist. Sie sagt immer, ich soll dich fragen.‘

Großvater sah mich ernst und mit einem traurigen Lächeln an. ‚Das verstehe ich‘, sagte er.

Ich fragte ihn, ob er dabei gewesen sei, als mein Vater starb, und er sagte: Ja, das wäre er. Dann schwieg er sehr lange. Ich wurde schon ungeduldig, da begann er zu berichten. Es war anders als sonst, wenn Opa Geschichten erzählte. Seine Stimme hatte einen anderen Klang und er sah mich nicht an. Sein Blick war an mir vorbeigerichtet, als könne er wieder all das sehen, was damals geschehen war.

Sie waren in den Pyrenäen unterwegs gewesen, die damals eine noch wildere und einsamere Gegend waren als heute. Die Wege waren gar nicht oder nur schlecht ausgeschildert. Sie erreichten die Steilwand, die sie erklimmen wollten, erst am späten Nachmittag und mussten den Aufstieg auf den nächsten Tag verschieben. Abends saßen sie mit ihrem alten Transistorradio in ihrem winzigen Zelt, und Opa versuchte, bei miserablem Empfang den spanischen Wetterbericht zu hören. Irgendwann verstand er das Wort ‚sonnig‘. Das musste reichen. Nachdem sich am nächsten Morgen der Frühnebel verzogen hatte, zeigte sich ein strahlend blauer Himmel über ihnen. Sie frühstückten und waren gut gelaunt und entspannt, als sie in die Wand einstiegen. Die ersten Hundert Meter kamen sie sehr gut voran, dann wurde es schwieriger. Auf einem Vorsprung verschnauften die beiden und besprachen den weiteren Aufstieg.

Plötzlich sagte mein Vater unvermittelt: ‚Versprich mir, dass du immer für unser Baby da sein wirst, so wie du für mich da warst.‘

‚Das verspreche ich dir gerne', erwiderte Großvater, ‚aber wie kommst du jetzt darauf?'

‚Keine Ahnung', meinte mein Vater und zuckte die Achseln. ‚Vielleicht will ich dir einfach Danke sagen für all die zurückliegenden Jahre.'

‚Ist auch alles in Ordnung mit dir?', hakte Großvater nach.

‚Mach dir um mich keine Sorgen', entgegnete Vater und grinste. ‚Gib mir lieber die Klemmkeile. Dieser Vorstieg ist nichts für alte Männer.'

Sie kletterten weiter. An einem brüchigen Riss hielten sie sich besonders lange auf, und als sie ihn endlich überwunden hatten, bemerkten sie, dass das Wetter umschlug. Wolken zogen auf und ein kühler Wind pfiff durch die Risse und Felsspalten. Sie sahen einander an. Mehr als drei Viertel des Weges hatten sie bereits geschafft. Das Ziel war schon so nahe. Großvater sah die Frage im Gesicht seines Sohnes. Er blickte nach oben. Aus weiter Ferne schien so etwas wie ein Donnergrollen zu ihnen hinüberzudringen, doch bei dem pfeifenden Wind mochte dies genauso gut auch eine Täuschung sein. Er blickte nach oben, die Wolken wirkten nicht sehr bedrohlich.

‚Wir machen weiter', entschied Großvater. ‚Etwas weiter westlich des Ausstiegs gibt es einen gut angelegten Pfad und nicht weit entfernt eine Schutzhütte. Dort können wir uns ausruhen.'

Mein Vater nickte. ‚Ich mache weiter den Vorstieg.'

Großvater erinnerte sich an jedes einzelne Wort, das sie gesprochen hatten. Sie hatten sich ihm ins Herz gemeißelt.

Sie kletterten weiter. Von ihrem Standort aus konnten sie es nicht sehen, aber von Nordosten her war eine gewaltige Gewitterkaltfront aufgezogen, und sie näherte sich beinahe mit Orkangeschwindigkeit. Nach einem sonnigen Vormittag waren schwere Unwetter vorausgesagt worden, doch das hatte mein Großvater nicht verstanden."

Linnéa machte eine Pause und nahm einen Schluck Obstsaft. Marvin stellte fest, dass die restlichen Spätzle auf seinem Teller inzwischen kalt geworden waren.

„Mein Großvater kletterte auf zum letzten Stand vor dem Gipfel. Nervös blickte er nach oben. Er spürte, dass ihnen nicht viel Zeit blieb. Er klinkte sich ein und nahm seinen Sohn hastig in die Sicherung – zu hastig.

‚Nur noch eine Seillänge!', ging ihm durch den Kopf.

Mein Vater war gerade bis zum nächsten Sicherungspunkt vorgestiegen, als das Unwetter so unvermittelt über sie hereinbrach, als hätte es hinter der Felskante des Gipfels auf sie gelauert. Innerhalb von ein oder zwei Minuten sank die Temperatur um mehr als fünfzehn Grad. Regen prasselte auf sie herab und ein gewaltiger Donnerschlag ließ die Felswand erzittern. Mein Vater blickte nach unten. Er befand sich nur knapp zehn Meter über meinem Großvater und doch war sein Gesichtsausdruck nicht mehr genau zu erkennen. Sein Gesicht war nur ein blasser, heller Fleck vor der dunklen, fast schwarzen Wand. Er sagte nichts und kletterte weiter. Noch vierzig Meter bis zum Gipfel.

‚Du schaffst es', murmelte mein Großvater, ‚du schaffst es!'

Mein Vater war ein sehr guter Kletterer, aber bei nassem Fels finden die Finger kaum einen Halt, und selbst die besten Reibungskletterschuhe können ihren Zweck nicht länger erfüllen. Irgendwie schaffte er es trotzdem, höher zu steigen. Es begann zu hageln. Erbsengroße Eisstücke trommelten auf die beiden ein. Mein Großvater kniff die Augen zusammen. Inzwischen war mein Vater nur noch zehn Meter vom Gipfel entfernt. Das Seil sog sich voll Wasser und wurde immer schwergängiger.

Ihre Hände wurden klamm. Dann geschah es ... Mein Vater schrie nicht, er gab keinen Laut von sich, er rutschte einfach nur ab. Und er fiel. Diesen Anblick wird mein Großvater nie vergessen: der Körper seines Sohnes, lautlos fallend in der Luft. Gleich musste der oberste Sicherungspunkt den Sturz bremsen. Das Seil zog an und Großvater fühlte einen heißen Schmerz in der rechten Handfläche. Im gleichen Augenblick riss der Klemmkeil aus seiner Verankerung und mein Vater stürzte tiefer. Es gab noch zwei weitere Sicherungspunkte, aber irgendetwas stimmte nicht. Dieser Schmerz in seiner Handfläche ... Mein Großvater blickte auf seinen Sicherungskarabiner ... Nach einem Moment ungläubigen Verharrens presste schieres Entsetzen ihm das Herz zusammen. Der Bremsknoten – er war falsch! Trotz all seiner Erfahrung hatte er das Seil in seiner Hast nicht korrekt eingelegt. Ein Anfängerfehler. Die Bremswirkung des Seils war damit praktisch gleich null. Und niemand kann den Sturz eines Menschen über mehr als zwanzig Meter mit bloßen Händen auffangen. Großvater versuchte es trotzdem. Mit beiden Händen griff er zu. Das Seil straffte sich, als der zweite Sicherungspunkt es auffing. Wie glühender Stahl brannte es sich durch Haut und Fleisch, als es durch Großvaters Hände raste. Die Zeit schien stillzustehen. Er sah, wie das Ende des Sicherungsseiles unaufhaltsam näher kam ... noch drei Meter, zwei Meter, ein Meter ... Ein verzweifelter Schrei entrang sich seiner Kehle, als das Endes des Seils aus seinen Händen glitt. Er sah den Körper seines Sohnes lautlos in die Tiefe stürzen!"

Linnéa hielt kurz inne. Ihre Stimme drohte ihr zu entgleiten und Marvin schluckte trocken.

„Was danach geschah, ist meinem Großvater nur noch schemenhaft in Erinnerung geblieben. Die Haut an seinen

Handflächen war verbrannt, teilweise war der blanke Knochen sichtbar. Dennoch klinkte sich mein Großvater aus und kletterte ohne Sicherung nach oben. Es ist ihm heute noch ein Rätsel, wie und warum ihm das gelang. Er wurde von einem einzigen Gedanken angetrieben: ‚Ich muss Hilfe holen! Ich muss schnell Hilfe holen.‘ Völlig entkräftet, durchgefroren und durchnässt bis auf die Haut, erreichte er die nächste bewirtschaftete Berghütte. Per Funk wurde die Bergwacht informiert. Sie bargen den zerschmetterten Körper meines Vaters noch am gleichen Abend. Er war sofort tot gewesen.

Es gab eine polizeiliche Untersuchung, aber es kam nicht zu einer Gerichtsverhandlung. Für Großvater spielte das keine Rolle. Er hielt sich für schuldig. Die nächsten Jahre verfiel er in tiefste Depressionen. Er magerte ab und wurde zu einem wandelnden Gespenst. Meine Mutter wiederum verlor an jenem Tag ihr Lachen. Als ich geboren wurde, gab sie mir all die Liebe, die in ihr war. Sie umsorgte mich und lächelte mich an, aber ich habe sie nie fröhlich oder ausgelassen erlebt.

Kurz darauf nahm sie ihren Mädchennamen wieder an – vielleicht, weil die Erinnerung an die wenigen Monate des Glücks zu schmerzhaft war. Großvater begegnete sie viele Jahre lang mit unverhohlenem Hass. Sie gab ihm die Schuld am Tod meines Vaters und sagte ihm das auch offen ins Gesicht. Er widersprach nicht. Dann geschah irgendetwas. Ich weiß nicht, was – beide sprachen nicht darüber. Aber ganz allmählich trat eine Veränderung ein. An meinem siebten Geburtstag besuchte mich mein Großvater zum ersten Mal. Er schenkte mir ein Buch …“ Linnéa lächelte versonnen. „Es war ‚Der König von Narnia‘ – was sonst. Ich bat ihn, es mir vorzulesen, und schon bald verbrachte ich fast jedes Wochenende im Haus der Geschichten bei meinem Großvater.“

„Puh!" Marvin fuhr sich mit der Hand durch die strubbeligen Haare. „Ich wundere mich, dass dein Großvater nicht daran zugrunde gegangen ist."

Linnéa nickte.

„Denkst du, das hat etwas mit seinem Glauben zu tun?"

Nachdenklich zuckte sie mit den Achseln. „Ich weiß es nicht. Mein Großvater ist ein ganz besonderer Mensch. Er ist anders als ich. Ich habe meine Zweifel an Gott, habe sie schon immer gehabt, und heute sind sie stärker als je zuvor."

„Warum?"

„Vielleicht, weil ich das Gefühl habe, dass tragische Zufälle in unserem Leben zu viel Macht haben. Fromme Leute glauben, dass Gott für ihr Leben einen festen Plan hat. Für mich sieht das Ganze leider eher planlos aus."

Marvin tippte sich nachdenklich mit dem Finger an die Lippen. „Das mit dem Plan verstehe ich nicht so ganz. Was ist damit gemeint: dass Gott genau vorherbestimmt hat, was wir tun und lassen sollen?"

„Nein, eher so, dass er uns vor allzu schlimmen Folgen bewahrt."

„Im Grunde würde das ja bedeuten, dass er uns nur einen begrenzten Spielraum lassen soll. Und jedes Mal, wenn unsere Entscheidungen allzu ungünstige Konsequenzen hätten, soll er sie einfach übergehen?"

„Hör auf, mir das Wort im Mund herumzudrehen", erwiderte Linnéa ärgerlich. „So habe ich das nicht gesagt!"

„Entschuldige." Marvin hob beschwichtigend die Hände. „Ich will dich nicht verärgern, ich versuche nur zu verstehen, was du meinst."

„Schon gut." Linnéa winkte ab. „Ich bin etwas überreizt und ich brauche dringend etwas Süßes." Sie winkte der Kellnerin.

„Ja, bitte?"

„Einen warmen Apfelstrudel mit Vanilleeis, bitte. Und legen Sie ruhig einen Schlag Sahne extra drauf." Sie wandte sich an Marvin. „Willst du auch etwas?"

„Einen Espresso."

„Kommt sofort." Die Kellnerin verschwand.

Nach einem kurzen Moment des Schweigens meinte Linnéa: „Okay, ich gestehe dir den Heidenbonus zu."

„Sehr freundlich", entgegnete Marvin irritiert, „den *was*?"

„Na ja, so wie du deine Fragen stellst, könnte man fast glauben, du versuchst, Gott zu verteidigen. Da du aber Agnostiker bist, kann ich dies wohl eher ausschließen. Ich werde dir also keine subtilen Bekehrungsversuche unterstellen."

„Das ist sehr großzügig von dir", stimmte Marvin ihr zu. Im Stillen stellte er sich aber kurz die Frage, ob Linnéas Aussage tatsächlich noch zutraf. Durfte er sich überhaupt noch „Agnostiker" nennen? Schließlich hatte er sich vor Kurzem sogar dazu hinreißen lassen, ein Gespräch mit Gott zu beginnen.

„Weißt du", unterbrach Linnéa seine Gedanken, „in der Bibel steht, dass Gott wie ein Vater zu uns ist. Jesus nannte ihn sogar ‚Abba'. Das ist im Grunde genommen ein aramäisches Kosewort, das übersetzt so viel wie ‚Papa' bedeutet. Wenn das stimmt, wenn Gott wirklich unser Papa ist, wie kann er dann all das Leid zulassen? Warum beschützt er uns nicht?"

„So etwas steht in der Bibel?", fragte Marvin überrascht. Möglicherweise hatte er doch an der falschen Stelle angefangen zu lesen. „Das klingt … sehr persönlich. Hat Jesus das denn so erlebt? Hat Gott ihn tatsächlich beschützt?"

Linnéa sah ihn einen Augenblick überrascht an. Dann meinte sie: „Nein, hat er nicht. Aber seine Geschichte war auch etwas Besonderes, das auf uns nicht zutrifft."

„Äh?"

„Und jetzt frag nicht, warum. Ich habe keine Lust, darüber zu reden", knurrte Linnéa.

In diesem Moment brachte die Kellnerin Apfelstrudel und Espresso.

„Sieht lecker aus", sagte Marvin

„Willst du was abhaben?", bot Linnéa an.

„Nein, danke. Ich bin satt."

„Bei Apfelstrudel ist das eigentlich kein Argument." Linnéa begann, mit großem Appetit zu essen. „Es tut mir leid." Sie lächelte zerknirscht. „Ich bin momentan eine emotionale Katastrophe."

„Kein Problem. Mir tut es leid. Ich bin, fürchte ich, leider nicht der richtige Gesprächspartner …"

„Blödsinn!", unterbrach Linnéa ihn. „Du bist ein hervorragender Gesprächspartner. Das ist es ja gerade, was mich so ärgert."

„Du schaffst es immer wieder, mich zu verwirren", gestand Marvin.

„Macht nichts, ich bin ja auch verwirrt", erwiderte Linnéa. „Und jetzt sag mir einfach, was dir durch den Kopf geht."

Marvin nahm einen Schluck von dem heißen Espresso. „Was die Vorstellung von einem guten Vater betrifft, habe ich etwas andere Assoziationen als du. Vielleicht liegt es daran, dass meine Eltern schon immer einen Plan für mein Leben hatten. Mein Vater war Ingenieur und ein findiger Kopf. Sobald er die Möglichkeit dazu hatte, gründete er seine eigene Firma. Auch meine Mutter war von Anfang an mit dabei und übernahm die Buchhaltung. Das Unternehmen war erfolgreich und wuchs jedes Jahr um fünf bis zehn Mitarbeiter. Die Firma war unser Leben. Ich nahm schon als Neunjähriger an

Betriebsausflügen teil. Später erledigte ich meine Hausaufgaben im Büro meiner Mutter. Beim Schulsport trug ich stets ein Trikot mit Firmenlogo ... Mein Lebenslauf war perfekt vorgeplant. Schon bei meiner Geburt war klar, dass ich einmal in die Fußstapfen meines Vaters treten sollte. Meine Eltern meinten es gut, keine Frage ... Sie hatten nur nicht mit mir gerechnet. Ich wurde eine große Enttäuschung für sie." Marvin lächelte schmallippig und nippte erneut an seinem Espresso. „Wenn Gott für mich tatsächlich wie ein liebevoller Vater wäre, dann stelle ich mir nicht vor, dass er einen Plan für mein *Leben* hat, sondern einen Plan für *mich*. Und dieser Plan würde vorsehen, dass ich meine eigenen Entscheidungen treffen darf, auch wenn ich dabei Fehler mache. Er würde mich nicht in einen längst vorherbestimmten Weg zwängen. Er würde mich nicht vor allem beschützen und sicherlich auch nicht alles rechtfertigen, was ich verzapfe, aber er würde zu mir stehen und immer ein offenes Ohr für mich haben ..."

Linnéa kniff die Augen zusammen und blickte ihn misstrauisch an. „Du versuchst nicht gerade, mir die Geschichte vom verlorenen Sohn unterzujubeln, oder?"

„Die was?", gab Marvin irritiert zurück.

„Schon gut." Linnéa winkte ab.

„Wie dem auch sei, ich glaube, liebevolle Eltern, denen ihre Kinder wirklich am Herzen liegen, wollen, dass diese die Persönlichkeit entwickeln, die in ihnen steckt. Sie wollen, dass sie all die positiven Potenziale ausschöpfen, die sie haben, und werden ihnen nicht irgendetwas aufdrängen. Sie wünschen sich, dass ihre Kinder aus freien Stücken eine Beziehung zu ihnen eingehen. Sie erzwingen keine Kontakte, aber sie freuen sich über jede echte Begegnung." Marvin lächelte etwas verlegen. „Ich gebe zu, dass meine Vorstellungen sehr stark von meinen persönlichen Erfahrungen geprägt sind. Natürlich müssen Eltern ihre Kinder auch schützen, gerade in den ersten Lebensjahren. Aber für mich liegt eben die Größe elterlicher Liebe vor allem darin, dass sie ihren Kindern auch die Möglichkeit lassen, eigene Entscheidungen zu treffen, auch wenn dies zur Folge hat, dass sie vom perfekten Weg abweichen."

Gedankenverloren nahm Linnéa einen Schluck aus Marvins Espresso-Tasse. Dann meinte sie: „Denkst du nicht, dass das für die Kinder manchmal schwer zu ertragen ist? Dass sie das Gefühl bekommen, im Stich gelassen zu werden?"

„Doch, bestimmt", erwiderte Marvin. „Gerade wenn sie jünger sind, fühlen sich Kinder sehr schnell ungerecht behandelt, verletzt und im Stich gelassen." Er lächelte. „Ich kann mich noch an eine Situation erinnern, die das ganz gut widerspiegelt. Ich lernte gerade Radfahren. Irgendwann war mein Vater der Meinung, ich wäre weit genug, und er montierte die Stützräder ab. Da ich nicht gerade zu den todesmutigsten und sportlichsten Kids gehörte, betrachtete ich das mit großer Skepsis. Aber wider Erwarten gelang es mir ganz gut, mich auf den Rädern zu halten. Ich wurde sicherer und schließlich übermütig. Als ich mich dann zu weit in die Kurve legte, fiel ich hin, schlug mir das Knie blutig und verstauchte mir das Handgelenk. Und wer war schuld? Natürlich mein Vater.

Bitte, versteh mich nicht falsch. Ich will damit nicht sagen, dass es immer unberechtigt ist, wenn Kinder sich im Stich gelassen fühlen. Manchmal ist es sogar umgekehrt: Kinder werden im Stich gelassen, verwahrlosen, werden sogar missbraucht und geben doch sich selbst an allem die Schuld. Was ich eigentlich sagen will, ist: Die Wahrnehmung von Kindern ist oft extrem subjektiv. Ihnen fehlt die Perspektive des

Erwachsenen. Alles hängt letztlich daran, ob sie denen vertrauen, die wirklich vertrauenswürdig sind."

„Womit wir wieder am Anfang angelangt sind: Woher soll man wissen, ob jemand vertrauenswürdig ist oder nicht?"

Marvin zuckte die Achseln. „Manchmal kann man so etwas spüren, und manchmal muss man jemanden erst sehr gut kennen, bevor man sich ein Urteil bilden kann. Ich glaube, da gibt es kein Patentrezept. Es ist von Situation zu Situation so verschieden, wie auch die Menschen unterschiedlich sind."

Linnéa seufzte. „Das Leben ist kompliziert."

Marvin nickte und nahm noch einen Schluck Espresso. Dieser Aussage konnte man schwerlich widersprechen. „Du erwähntest vorhin eine Geschichte von einem verlorenen Sohn. Was ist das für eine Geschichte?"

„Das ist ein Gleichnis von Jesus und steht in der Bibel."

„Ein Gleichnis?"

„Eine Kurzgeschichte, könnte man sagen. Jesus hat den Leuten oft Geschichten erzählt, um ihnen zu verdeutlichen, was er meinte."

„Oh, Jesus war also ein Geschichtenerzähler – das ist mir grundsätzlich nicht unsympathisch. Aber bislang habe ich nichts von ihm gelesen. Ich muss gestehen, der Neugier wegen habe ich angefangen, die Bibel zu lesen. Einiges davon hatte ich zuvor schon mal gehört, diese Sache mit Adam und Eva zum Beispiel, aber anderes ist doch sehr irritierend. Nachdem ich mich durch ellenlange Listen gequält habe, die genau aufzählen, wer der Sohn von wem ist, befinde ich mich nun mitten in der Bauanleitung für so eine Art heiliges Zelt. Mein Vater würde so etwas möglicherweise interessant finden, aber für mich ist das die perfekte Einschlaflektüre. Zwei Seiten Bauanleitung, und ich bin weg. Und das Schöne ist: Es funktioniert jeden Abend neu, weil ich mich an kein Detail mehr erinnern kann."

Linnéa kicherte. „Die Bibel ist schon ein sehr eigenes Buch."

„Kann man so sagen."

„Die Geschichten von Jesus findest du im Neuen Testament, sozusagen in der zweiten Hälfte der Bibel. Das Neue Testament beginnt mit den vier Evangelien. Vier unterschiedliche Menschen haben hier über das Leben von Jesus geschrieben. Als Erstes kommt das Matthäusevangelium. Es beginnt übrigens mit einer Auflistung der Vorfahren von Jesus."

„Toll." Marvin verdrehte die Augen.

„Aber dann kommt es gleich zur Weihnachtsgeschichte", fuhr Linnéa fort.

„Du kennst dich wirklich sehr gut aus", meinte Marvin.

„Da bin ich mir nicht so sicher." Linnéa strich sich eine Haarsträhne aus der Stirn und blickte Marvin in die Augen. Ein undefinierbares Lächeln umspielte ihre Lippen. „Danke!", meinte sie dann.

Marvin spürte, wie seine Wangen sich röteten. „Ich wüsste nicht, wofür du dich bedanken solltest …"

„Ich schon", erwiderte die junge Frau. Dann winkte sie der Kellnerin. „Zahlen, bitte."

Marvin sah auf die Uhr. Es war spät geworden. Er verspürte jedoch mehr als nur einen Hauch von Enttäuschung, als ihm klar wurde, dass sich dieser Abend dem Ende zuneigte.

„Vielen Dank für die Einladung … Ich würde mich gerne revanchieren."

„Revanchieren?"

Die Kellnerin brachte die Rechnung und Linnéa zahlte.

„Ich meine, ich würde mich freuen, wenn ich dich auch mal zum Essen einladen dürfte."

„Hast du mir nicht erst neulich einen Döner spendiert?"

„Das zählt nicht. Einladungen gelten nur, wenn das Essen auch drinbleibt."

Linnéa zog eine Grimasse.

„Außerdem sollte es schon ein richtiges Restaurant sein", fuhr Marvin hastig fort, „allein schon, um dir zu beweisen, dass ich auch gebügelte Hemden tragen kann und nicht jedes Mal völlig durchgeschwitzt zu einer Verabredung auftauche."

Linnéa lächelte, dann stand sie auf. Marvin folgte ihr. „Ich wünsche dir eine gute Nacht, Marvin."

„Ich dir auch."

Sie ignorierte seine ausgestreckte Hand und umarmte ihn. Dann wandte sie sich rasch um und ging zu ihrem Auto.

Marvin blickte ihr nach. Er sah zu, wie sie einen schmalen grünen Zettel unter ihrem Scheibenwischer hervorholte. Leise gemurmelte Schimpfworte waren zu vernehmen, als Linnéa durch die Beifahrertür auf den Fahrersitz kletterte. Erst als der schlammgrüne Polo hinter der nächsten Ecke verschwunden war, ging er langsam zu seinem Fahrrad und versuchte, die Gedanken, die in seinem Kopf herumschwirrten, einigermaßen zu ordnen.

Verwirrung

Es war Sonntagabend und Marvin hatte ein verwirrendes Wochenende hinter sich. Er hatte etwas mehr als die Hälfte des Neuen Testaments gelesen. Es war das seltsamste Buch, das er je in der Hand gehabt hatte. Wer würde schon viermal hintereinander die Geschichte desselben Menschen in ein Buch packen? Dramaturgisch gesehen eine ausgesprochene Katastrophe, aber dennoch nicht uninteressant, denn nicht jeder der vier Verfasser erinnerte sich an die gleichen Erlebnisse und Aussagen von Jesus. Es gab Unterschiede und auch ein paar Widersprüche, zum Beispiel in welcher Reihenfolge was wann passiert war oder wie die Vorfahren von Jesus im Detail hießen. In den wesentlichen Aussagen waren sich die Verfasser allerdings einig. Und diese wesentlichen Aussagen waren ein ziemlicher Hammer. Jesus war eine echte Persönlichkeit, er besaß Autorität, er ließ sich in kein Schema pressen, er stellte die bestehenden Ordnungen und Vorstellungen radikal infrage, und er schien irgendwie genau zu wissen, wie Gott war. Das war nicht nur für seine Zeitgenossen ziemlich provozierend.

Er musste mit jemandem darüber reden. Und er wusste auch genau, mit wem. Er kannte Bastian seit ihrer gemeinsamen Schulzeit und sie hatten sich seitdem nie ganz aus den Augen verloren. Bastian war der Sohn eines Pfarrers und hatte selbst ein paar Semester Theologie studiert, bevor er sich der Informatik zugewandt hatte. Inzwischen war er Systemadministrator bei einer Firma, die Solarzellen herstellte, und Marvins erste Adresse, wenn es um Computerprobleme ging.

Er wählte die Telefonnummer seines Freundes und wartete. Nach siebenmaligem Klingeln meldete sich eine nuschelnde Stimme: „Bastian Schwarzer." Im Hintergrund war das Rattern eines Maschinengewehrs zu vernehmen.

„Hi, hier ist Marvin. Störe ich?"

„Kein Problem, bin beim Abendbrot. Warte einen Moment." Die Maschinengewehrsalve endete in einer Detonation. Mehrere Schreie ertönten. Dann Stille. „So, da bin ich wieder."

„Findest du es angemessen, mit Anfang dreißig bei Tiefkühlpizza und Cola Ballerspiele zu spielen?", fragte Marvin.

„Hey, ich bin immer noch jung. Außerdem ist meine Freundin nicht da, das muss ich ausnutzen. Was gibt es? Spinnt dein Virenscanner wieder?"

„Nein, ich hab das Neue Testament gelesen, jedenfalls ungefähr die Hälfte."

„Oh."

„Du bist doch theologisch ziemlich versiert."

„Hm."

„Sag mir mal deine ehrliche Meinung: Was hältst du von Jesus?"

„Welchen Jesus meinst du?"

„Na, den aus der Bibel, du Scherzkeks", knurrte Marvin.

Bastian lachte. „Den Jesus aus der Bibel gibt es nicht, es gibt nur verschiedene Interpretationen von ihm. In der wissenschaftlichen Forschung ist man sich zwar einig, dass Jesus wirklich gelebt hat, aber wir wissen nicht allzu viel über ihn. Meiner Ansicht nach handelt es sich bei den meisten Texten in den Evangelien um Legenden und Dichtungen, mit denen die frühe Kirche theologische Glaubenssätze vermitteln wollte. Man darf das nicht so wörtlich nehmen. Jeder hat da seine eigene Wahrheit und legt seine eigenen Schwerpunkte. Ich persönlich hatte schon immer eine Vorliebe für den revolutionären Jesus, der für die Gleichheit aller Menschen eintritt und sich gegen die Mächtigen auflehnt. Mir gefällt auch der Ansatz, der ihn als ersten neuen Mann sieht, der in einer vollkommen patriarchalisch orientierten Welt eine emanzipatorische Sicht der Frau etabliert. Und neulich habe ich mal ein Buch gelesen, das seinen besonderen Bezug zur Umwelt beleuchtet und angesichts der rasant fortschreitenden Umweltzerstörung einen ökologischen Jesus postuliert ..."

„Entschuldige, wenn ich dich unterbreche. Habe ich dich richtig verstanden? Du glaubst also ernsthaft, dass es sich bei den Evangelien um Sagen handelt?", hakte Marvin nach.

„Hey, Mann, wir leben im 21. Jahrhundert!"

Marvin schwieg nachdenklich.

Bastian trank geräuschvoll einen Schluck Cola und fuhr dann fort: „Die Bibel ist voll von mythischen Bildern, aber selbst als aufgeklärter Mensch kann man sicherlich noch einiges aus ihr lernen ..."

„Wie viele Sagen und Legenden hast du denn schon gelesen?", unterbrach Marvin ihn.

„Sagen? Keine Ahnung. Ich hab mal einen Artikel über Artus gelesen. War sehr interessant. Ansonsten kenne ich natürlich Herkules, Siegfried, den Drachentöter, und so ..." Er stockte. „Was soll überhaupt diese Frage?"

„Von Theologie habe ich zwar keine Ahnung, aber ich habe eine Menge Sagen, Dichtungen und Legenden gelesen. Und das Neue Testament passt einfach nicht dazu."

„Was meinst du damit?"

„Ich kann dir einfach nicht zustimmen, wenn du sagst, dass Jesus, so wie er in der Bibel beschrieben wird, im Grunde nur eine fiktive Person ist. Ganz im Gegenteil. Seine Persönlichkeit ist sicherlich vielschichtig, aber sie ist klar erkennbar. Mit Sicherheit ist Jesus kein Sammelsurium von irgendwelchen Ideen, die ihm irgendjemand in den Mund gelegt hat."

„Aha, und was macht dich da so sicher?", fragte Bastian in leicht säuerlichem Tonfall.

„Gerade das letzte Evangelium, ich meine das, was von Johannes geschrieben wurde ..."

„Ich kenne das vierte Evangelium", knurrte Bastian.

„... es enthält ein schönes Beispiel für das, was ich meine", fuhr Marvin fort. „Da gibt es eine Episode, in der ein paar religiöse Experten eine Frau vor ihn zerrten, die beim Ehebruch erwischt worden war. Soweit ich verstanden habe, hätte sie dafür nach dem damaligen Gesetz gesteinigt werden müssen. Sie wollten nun von Jesus wissen, ob die Frau entsprechend verurteilt werden sollte. Und was machte Jesus? Er bückte sich und kritzelte irgendwas in den Sand. Weißt du, was er da schrieb?"

„Keine Ahnung", brummte Bastian. „Es steht nicht im Text. Ist doch auch völlig egal ..."

„Eben!", stimmte Marvin ihm zu. „Es ist völlig egal. Keiner weiß, was Jesus da schrieb, es wird einfach nicht erwähnt. Keine Lehre wurde darauf gegründet. Für den Fortlauf der Geschichte ist es absolut unwichtig. Also, warum wird es erwähnt?"

„Öhm ..."

„Und das ist auch nicht das einzige Beispiel. So was taucht öfter auf."

„Und was willst du damit sagen? Dass in der Bibel auch Belangloses steht? Das wusste ich vorher schon."

„Vielleicht liegt es daran, dass ich nicht Theologie studiert habe, aber ich kann darüber nicht so locker hinwegsehen. Für mich gibt es für diese Episode nur zwei sinnvolle Erklärungen: Entweder hat da irgendein Typ, der ansonsten literarisch nicht unbedingt herausragend begabt war, vor zweitausend Jahren die realistische Schreibweise moderner Romane erfunden. Oder aber er hat einfach nur aufgeschrieben, woran er sich erinnert. Eines ist jedenfalls ganz sicher: Mythen und Legenden sehen völlig anders aus."

Bastian schwieg und Marvin fuhr fort: „Ziemlich cool finde ich übrigens, wie die Sache letztlich ausging. Jesus sagte: ‚Wer von euch noch nie gesündigt hat, soll den ersten Stein auf sie werfen!' Und alle verzogen sich; klammheimlich ließen sie die Steine fallen und machten sich davon. Es fällt nicht schwer, aus diesen Zeilen herauszulesen, dass Jesus eine ziemlich beeindruckende Persönlichkeit war."

„Okay", pflichtete Bastian ihm bei, „okay. Nehmen wir mal an, du hast nicht völlig unrecht. Vielleicht gibt es ein paar Episoden, die wirklich authentisch sind. Aber nun sei mal ganz ehrlich: Hältst du dann etwa auch diese ganzen Wundergeschichten für wahr?"

„Das ist tatsächlich ein Problem", gab Marvin zu.

„Das ist sogar ein ziemlich mächtiges Problem", meinte Bastian. „Und damit ist auch klar, dass ein Großteil der neutestamentlichen Schilderungen wissenschaftlich nicht haltbar ist."

„Ich weiß nicht", murmelte Marvin. „Ist das wirklich so klar?"

„Ich glaube fast, du liest zu viele Fantasy-Romane."

„Die Frage ist ernst gemeint", erwiderte Marvin. „Irgendwie kommt es mir vor diesem Hintergrund so vor, als wäre die Sache damit eindeutig erledigt. Aber woran liegt das? Liegt es daran, dass ich wissenschaftliche Fakten habe, die dagegensprechen?

Oder liegt es möglicherweise auch daran, dass ich, ohne darüber nachzudenken, einfach voraussetze, dass es keine Wunder geben darf? Ich habe ein naturwissenschaftliches Weltbild. Es jault jedes Mal entsetzt auf, wenn von Wundern die Rede ist. Aber was sagt das über die Wahrheit aus?"

„Willst du damit etwa behaupten, dass unsere wissenschaftlichen Erkenntnisse bei Jesus nicht angewendet werden dürfen?"

„Ich lebe nicht zur selben Zeit wie Jesus, also kann ich seine Taten nicht naturwissenschaftlich untersuchen. Und ich kann die damaligen Bedingungen auch nicht experimentell wiederherstellen. Das Einzige, was mir bleibt, sind die Texte ... Ich habe überlegt, ob man nicht davon ausgehen muss, dass diese Wunderberichte so eine Art fantasievolle Ausschmückung sind, die seine Nachfolger später hinzugefügt haben, damit seine Autorität glaubwürdiger wirkt."

„Glückwunsch", meinte Bastian. „Damit bewegst du dich auf dem Boden seriöser Bibelforschung."

„Das müsste aber wiederum bedeuten, dass diese ganzen Berichte nicht wirklich zu Jesus passen, dass sie aufgesetzt sind", fuhr Marvin fort. „Aber das Erschreckende ist ja, dass sie passen! Das Ganze ist aus einem Guss. Der Mann, der einer ertappten Ehebrecherin auf geniale Weise das Leben rettet, heilt auch einen Gelähmten. Derselbe Jesus, der in der Bergpredigt die Prinzipien der Macht radikal infrage stellt, gibt auch einem Blinden das Augenlicht zurück. Es gibt keinen Bruch in seiner Persönlichkeit ..."

„Shit!", fluchte Bastian. „Shittishittishit!"

„Was ist los? Alles klar bei dir?"

„Da hat sich irgend so ein Arschloch in mein System gehackt."

„Äh ..."

„Tut mir leid, ich muss Schluss machen."

„Aber ..."

„Wir reden ein andermal weiter, okay? Und wenn ich dir einen guten Tipp geben darf: Nimm deine Nase aus den alten Büchern und lass mal ein bisschen frischen Wind darum wehen. Geh aus, verabrede dich ... Mach irgendwas, damit du mal auf andere Gedanken kommst." Im Hintergrund klapperte die Tastatur.

„Tja ... na dann, vielen Dank für das Gespräch", murmelte Marvin.

„Keine Ursache ... Dich mach ich fertig, du verdammter Drecksack ... Ciao, Marvin."

„Tschüss", sagte Marvin in das Tuten des Hörers hinein. Dann legte er auf und starrte nachdenklich aus dem Fenster. Poseidon trottete ins Zimmer und strich um seine Beine. „Geht es nur mir so, oder hast du auch zuweilen das Gefühl, dass du mit deinen Fragen nicht ganz ernst genommen wirst?"

Der Kater streckte sich und gähnte herzhaft.

„Du hast recht. Ich geh lieber schlafen."

Am nächsten Morgen erwachte Marvin noch vor dem Weckerklingeln. Allein das war schon verwirrend genug. Aber dann begannen seine Gedanken schon vor dem Zähneputzen, erneut um die biblischen Berichte zu schweifen.

Das Allerschlimmste kommt zum Schluss, ging ihm durch den Kopf, als er sich auf sein Fahrrad schwang und zur Arbeit fuhr. Jesus starb. Alle vier Verfasser gaben diesem Ereignis sehr viel Raum. Jesus wurde verraten, von seinen Freunden im Stich gelassen und aufgrund von falschen Anschuldigungen gefoltert und am Kreuz hingerichtet. Nun hätte man auch daraus noch etwas machen können. Auch Sokrates starb als Märtyrer und man hatte ihn bis heute nicht vergessen. Alle großen Religionsgründer starben irgendwann, Mohammed genauso wie Buddha. Hätte es nicht gereicht zu sagen: Jesus starb als Märtyrer, aber seine Lehre lebt weiter? Das wäre vernünftig und nachvollziehbar gewesen. Aber was stand stattdessen in der Bibel? Alle vier Verfasser berichteten ausführlich darüber, dass die Nachfolger von Jesus am Boden zerstört waren. Als Jesus tot war, machte sich keiner Gedanken um die Fortführung seiner Lehre oder die Ausgestaltung eines religiösen Systems. Das schien überhaupt keine Rolle zu spielen. Nur eines war wichtig: Die Person, die ihnen mehr bedeutet hatte als alles andere, war tot. Ihr Leben war ein Trümmerhaufen.

So hätte die Sache mit dem Christentum eigentlich ein stilles, unspektakuläres Ende nehmen müssen. Doch mit einem Mal war alles anders: Jesus begegnete seinen Leuten, zunächst nur einigen von ihnen, dann der ganzen Truppe auf einmal. Die Reihenfolge der Begegnungen unterschied sich je nach Verfasser. Aber das war im Grunde nebensächlich. Entscheidend war: Jesus lag nicht mehr im Grab, er lebte wieder, auch wenn sein Körper irgendwie verändert war. Dabei ging es nicht um irgendwelche Geistererscheinungen oder Visionen, sondern um eine körperliche Begegnung. Auch war es nicht so, dass der eine oder andere irgendwann einmal aus der Ferne eine Person gesehen hatte, die Jesus irgendwie ähnlich sah, und durch allgemeine Hysterie entstand dann der Mythos, Jesus würde noch leben. Nein, nach den Beschreibungen handelte es sich um echte Begegnungen. Jesus aß und trank mit seinen Freunden. Er ließ sich berühren und führte lange und intensive Gespräche mit ihnen.

Hatten die Leute sich das nur ausgedacht? Aber warum dann so kompliziert? Hätte es nicht gereicht, dass Jesus ihnen im Traum erschien und ihnen den Auftrag gab, sein Werk fortzuführen, oder etwas in dieser Art? Es wäre anderen sicher erheblich leichter gefallen, eine solche Geschichte zu glauben. Stattdessen zogen die Jünger los und berichteten, Jesus wäre leibhaftig von den Toten auferstanden. Etwas, das ihnen schon damals den Vorwurf einbrachte, sie wären am helllichten Tag besoffen.

Wenn jemand tatsächlich den Plan verfolgt hätte, ein neues religiöses System zu etablieren, hätte er das zweifellos geschickter anstellen können. Wenn die Jünger sich irgendwas eingeredet oder eingebildet hätten, um angesichts der schrecklichen Ereignisse nicht zu verzweifeln, wäre ebenfalls ganz sicher etwas anderes dabei herausgekommen. Vor allem, wenn man bedachte, dass die ganze Sache vielen von ihnen später Verfolgung, Folter und Tod einbrachte.

Marvins gewohntes Denken stemmte sich gegen die Vorstellung, dass nur ein Funke von dem, was in den Evangelien berichtet wurde, wahr sein könnte. Und doch wurde er den nagenden Zweifel nicht los, dass all das, was er bisher für selbstverständlich gehalten hatte, möglicherweise nicht das Maß aller Dinge war. Spontan musste er an die Geschichte vom Werhamster denken. Wenn Gott tatsächlich Mensch würde … Den verwirrenden Umstand, dass er dann gleichzeitig auch in seiner Dimension erhalten bliebe, was bedeuten müsste, dass er ein Wesen wäre, das aus mehreren Personen bestünde, ließ er bei dieser Überlegung erst einmal beiseite … Also, wenn Gott Mensch würde, dann hätte dies vermutlich genau solche Folgen, wie sie in der Bibel beschrieben werden. Dieser Mensch würde mehr über Gottes Wesen wissen als jeder andere Mensch. Er würde so manche religiöse Vorstellung als völlig verfehlt entlarven. Er würde Ansprüche erheben, die jedem wie Blasphemie erscheinen müssten. Die Menschen würden versuchen, ihn zu töten, weil er eine Bedrohung ihres Weltbildes darstellen würde. Nichts von dem wäre wirklich überraschend und doch – allein die Vorstellung, dass es wirklich geschehen sein könnte, war absolut abenteuerlich.

Marvin war ernsthaft verwirrt.

Er schloss sein Fahrrad mit einem Schloss an eine Parkuhr, schlenderte nachdenklich zum Antiquariat, kehrte um, als er feststellte, dass dies wohl keine adäquate Diebstahlsicherung war, und schloss es dann an eine Laterne. Als er den Schlüssel in die Tasche stecken wollte, entglitt dieser ihm und fiel in einen Gully.

„Okay, Gott, was willst du mir damit sagen?", murmelte der junge Mann. Er bückte sich und starrte in den Kanalschacht. Modrige Feuchtigkeit kam ihm entgegen, aber er konnte nicht viel erkennen. Seufzend und mit einem inneren Achselzucken erhob er sich wieder und überquerte kopfschüttelnd die Straße. Er würde sich später um den Fahrradschlüssel kümmern. Die Ladenglocke bimmelte, als er eintrat.

„Guten Morgen, Marvin, wie geht es Ihnen?", meldete sich eine vertraute, wenn auch etwas heisere Stimme.

„Guten Morgen …" Marvin, der gerade seine Jacke an die Garderobe hängte, hielt inne. Rasmus' Wangen wirkten eingefallen und seine Haut war von wächserner Blässe. Er bewegte sich sehr bedächtig und hielt sich leicht vornübergebeugt.

„Mir geht es gut, aber was ist mit Ihnen? Tut Ihnen etwas weh?"

„Ich kann nicht behaupten, dass es mir blendend geht", gestand Rasmus.

„Sind Sie sicher, dass Sie nicht lieber zum Arzt gehen sollten?", fragte Marvin. „Mich schicken Sie wegen einer kleinen
Schnittwunde nach Hause und Sie selber …"

„Ich erwarte Besuch", unterbrach Rasmus ihn.

„So etwas lässt sich doch verschieben."

Rasmus schüttelte den Kopf. „Kommen Sie." Er bedeutete
Marvin, ihm zu folgen. Langsam und bedächtig stieg er die
Stufen ins Lager hinab. „Der Mann, der uns heute besucht,
heißt Daniel. Ich kenne ihn schon seit vielen Jahren, nun,
vielmehr *glaubte* ich, ihn zu kennen. Er ist ein sehr engagier-
ter Diakon hier in der Kirchengemeinde ein paar Straßen
weiter."

„Ein was?"

„Er hat Sozialpädagogik studiert und kümmert sich vor allem um die Jugendlichen der Gemeinde, aber er ist auch in der
Seniorenarbeit aktiv."

„Aha."

„Er ist sehr verzweifelt. Ich schäme mich dafür, dass ich so
oberflächlich war, es all die Jahre nicht zu bemerken. Daniel
leidet an einer Art geistlichem Hörsturz und klagt über Got-
teshypästhesie."

„Und das heißt?"

„Er sagt, dass er Gott nicht spüren kann und dass er seine
Stimme nicht hört. Er hat das Gefühl, den Menschen seit Jahren etwas vorgemacht zu haben, indem er ihnen vortäusch-
te, eine Beziehung zu Gott zu haben. Im Grunde genommen
kommt es ihm so vor, als sei er Gott nie begegnet."

„Verstehe", meinte Marvin. „Für einen Mann der Kirche ist
das sicher ein Problem."

Rasmus drehte sich zu ihm um und lächelte. „Ich habe Daniel gefragt, ob er etwas dagegen hätte, wenn mein Assistent

mich heute unterstützen würde. Erfreulicherweise stört ihn das überhaupt nicht."

„Äh … wie bitte? Halten Sie das wirklich für sinnvoll? Was sollte ich diesem Mann schon zu sagen haben?"

„Ich möchte Sie nur bitten, ihm eine Geschichte vorzulesen."

„Aber …"

„Bitte", sagte Rasmus und legte Marvin eine Hand auf den Arm. Sie war kalt und zitterte leicht.

Mit einem Mal hatte Marvin ein schlechtes Gewissen. Sein Zögern kam ihm albern vor. „Es tut mir leid. Natürlich werde ich die Geschichte vorlesen."

„Danke."

Rasmus wollte sich abwenden, doch Marvin nahm sanft seinen Arm. „Sie …" Er schluckte. „Es ist natürlich Ihre Privatsache, und es geht mich im Grunde auch nichts an, aber ich mache mir Sorgen. Sie wirken auf mich mehr als nur ein bisschen angeschlagen. Ich habe den Eindruck, dass Sie ziemlich schwer erkrankt sind …" Er brach ab und gestikulierte hilflos mit den Händen.

„Ich danke Ihnen für Ihr Mitempfinden." Rasmus lächelte. „Sie brauchen sich keine Sorgen zu machen … Aber Sie haben recht: Zumindest die Ärzte bezeichnen meine Erkrankung als ernst."

„Sie sind ernsthaft erkrankt, aber ich brauche mir keine Sorgen zu machen?" Marvin blickte seinen Chef verwirrt an.

„Es ist alles eine Frage der Perspektive."

In diesem Augenblick drang das Geräusch der Ladenglocke zu ihnen hinunter.

„Oh, das wird Daniel sein. Würden Sie so freundlich sein und ihn nach unten führen?"

Wenig später hatten sich die drei in den Sesseln gegenüber der narratorischen Apotheke niedergelassen und jeder hatte eine Tasse dampfenden Tee vor sich.

„Wie geht es Ihnen, Daniel?", erkundigte sich Rasmus. Seine Stimme hatte einen festen Klang und im warmen Licht des Raums war ihm sein geschwächter Zustand nicht anzusehen. Marvin spürte, wie wichtig es dem alten Mann war, dass sein Gegenüber sich öffnen konnte. Auf keinen Fall sollte der andere das Gefühl haben, ihm zur Last zu fallen.

Der Diakon war ein kräftig gebauter, bärtiger Mann Mitte dreißig. Er hatte ein freundliches Gesicht, leicht gerötete Wangen und Hände, die an Bärenpranken erinnerten.

Er zuckte mit den Achseln. „Wie immer." Er lächelte schmallippig. „Ich glaube, man kann sich an fast alles gewöhnen."

Rasmus beugte sich vor. „Verraten Sie uns ein bisschen mehr über … *fast alles*? Wie fühlt es sich an?"

„Leer." Der Diakon zog eine Grimasse.

Rasmus schwieg.

Daniel seufzte, lehnte sich im Sessel zurück und begann mit leiser Stimme zu erzählen: „Als ich ungefähr acht Jahre alt war, schickten meine Eltern mich auf eine Reise, die vom Jugendamt organisiert wurde. Ich kannte keines der anderen Kinder, und obwohl ich es nicht zugeben wollte, fühlte ich mich sehr einsam. Schon am ersten Tag bekam ich eine Virusinfektion und kam auf die Krankenstation des Freizeitheims. Da ich in der Gruppe noch keine Freunde hatte, besuchte mich dort auch keiner. Natürlich schauten die Betreuer ab und zu vorbei. Ich wurde versorgt, aber im Grunde blieb ich von allem ausgeschlossen. Aus irgendeinem Grund, an den ich mich nicht mehr erinnere, konnte ich nicht nach Hause zurück. Meine Eltern waren telefonisch wohl nicht erreichbar. So kam es, dass ich erst in den letzten Tagen der Reise so weit genesen war, dass ich wieder zu den anderen stoßen konnte. Es war schrecklich: Alle hatten etwas Gemeinsames, das ich nicht teilen konnte. Am schlimmsten war die Rückfahrt. Überall im Bus saßen Kinder mit ihren neuen Freunden zusammen. Sie lachten, alberten herum und unterhielten sich über gemeinsam erlebte Abenteuer, und ich hockte zwischen ihnen, versuchte zu lächeln und wusste nicht einmal, wovon sie sprachen. Ich war allein, absolut allein." Daniel verzog die Lippen zu einem bitteren Lächeln. „So in etwa fühle ich mich jetzt wieder."

„Warum sind Sie eigentlich Diakon geworden?"

„Ich hielt es für eine gute Idee", erwiderte Daniel und lächelte gequält.

Rasmus nickte und wartete ab, ob sein Gegenüber weitersprechen würde.

Eine Minute lang herrschte Stille im Raum. Dann fuhr der Mann fort: „Einer meiner Kommilitonen hatte eine theologische Zusatzausbildung absolviert und berichtete begeistert von seiner Arbeit in einer Kirchengemeinde. Es klang interessant. Ich hatte durchaus eine positive Affinität zur Kirche ... Also beschloss ich, ebenfalls Diakon zu werden. Aber ich kann nicht behaupten, in irgendeiner Form ein besonderes Berufungserlebnis gehabt zu haben oder etwas Ähnliches. Es ergab sich irgendwie, wenn Sie verstehen, was ich meine."

„Und Sie glauben, bei alldem spielte Gott keine Rolle?", fragte Rasmus.

Der Mann zuckte die Achseln. Dann beugte er sich vor, stützte die Ellbogen auf seine Knie und starrte auf seine großen Hände. „Ich kann ihn nicht spüren", meinte er leise. „Ich habe die Bibel gelesen, und zwar mehrmals. Ich gehe fast jeden Sonntag in die Kirche. Aber die Worte, die ich lese und höre, gelten nicht mir. Es sind die Worte anderer für andere. Es ist wie damals in dem Bus: Ich lausche den Gesprächen der anderen. Ich zweifle auch nicht daran, dass das meiste von dem, was sie sagen, tatsächlich wahr ist, aber ich teile diese Erlebnisse nicht. Wenn ich bete, habe ich das Gefühl, eine abgeschirmte Zelle zu betreten. Meine Worte erreichen die Zimmerdecke und fallen leer auf mich zurück. Es ist niemand da, der sie hört oder gar auf sie antworten würde."

„Warum suchen Sie sich nicht einfach eine andere Tätigkeit, die nichts mit der Kirche zu tun hat?", wollte Rasmus wissen.

Marvin blickte ihn überrascht an. Mit dieser Frage hatte er nicht unbedingt gerechnet.

„Meinen Sie, ich sollte das tun?" Daniel nagte an seiner Unterlippe. „Natürlich haben Sie recht … Im Grunde genommen ist es Heuchelei, was ich da betreibe …"

„Bitte verstehen Sie mich nicht falsch", unterbrach Rasmus ihn. „Ich möchte Ihnen keine Ratschläge erteilen. Ich denke nur, es gibt einen Grund dafür, warum Sie diese für Sie sehr schwierige Situation schon so lange ertragen. Und ich glaube, es ist wichtig, diesen Grund zu kennen."

Daniel nickte. Nachdenklich tippte er sich mit den Fingern an die Lippen. „Ich habe darüber nachgedacht, die Kirche zu verlassen … Irgendwann wird es sich vielleicht nicht vermeiden lassen, dass ich diese Konsequenz ziehe. Aber es ist nicht das, was ich will."

„Und was wollen Sie?"

Ein winziges Lächeln trat auf Daniels Gesicht. „Hat Ihnen schon einmal jemand gesagt, dass Sie ziemlich penetrant sein können, Rasmus?"

Der alte Mann machte ein erstauntes Gesicht und Daniel schmunzelte. Dann wurde sein Blick wieder ernst. „Wenn ich ehrlich bin, gibt es mehrere Gründe. Ich habe eine Festanstellung, die vernünftig bezahlt wird. Das aufzugeben, wäre ein Risiko. Ein neuer Job birgt auch eine Menge noch unbekannter Herausforderungen ... Ich weiß nicht, ob ich dafür bereit wäre ... Aber im Grunde genommen möchte ich die Kirche nicht verlassen, weil da nach wie vor ein Funke Hoffnung ist, dass ich Gott doch noch irgendwie begegnen könnte."

Schweigen senkte sich über die kleine Gruppe. Rasmus zeigte mit keiner Reaktion, wie er die Aussage des Mannes bewertete. Er ließ sie einfach für sich stehen. Dann nahm er einen kleinen Schluck Tee und fragte: „Kennen Sie das Märchen vom König hinter den Nebeln?"

Daniel runzelte die Stirn. „Nein."

„Ich glaube, Sie sollten es einmal hören." Er holte einen Stapel Blätter aus einem Schubfach der Apotheke und drückte ihn Marvin in die Hand.

Marvin nahm die Blätter entgegen, räusperte sich und begann zu lesen.

Der König hinter den Nebeln

Mondschein war sehr aufgeregt. Mit ihren silberhellen Flügeln flatterte sie über die grasbewachsene Wiese, vorbei an friedlich grasenden Schafen und einem noch friedlicher schlafenden Hirtenjungen. Sie flog durch das offen stehende Portal des Schlosses, über den sauber gefegten Schlosshof bis in den Thronsaal des Königspalastes.

Der König saß auf seinem Thron, aber seine Gegenwart schien den gesamten Saal auszufüllen. Freundlich blickte er das kleine Geschöpf mit den wachen Augen und den ungezähmten wilden Locken an.

„Majestät, Ihr habt mich gerufen?"

„Ich freue mich, dich zu sehen, Mondschein. Heute ist dein großer Tag!"

„Ehrlich, Majestät?", zwitscherte die kleine Königsbotin.

Der König runzelte in spielerischem Ernst die Stirn.

„Verzeihung." Sie schlug sich mit der winzigen Hand gegen ihre makellose Stirn. „Ich bin nur so nervös, müsst Ihr wissen. Wie heißt er denn und wie ist er so?"

In den Augen des Königs lag ein glitzerndes Lachen, aber sein Gesicht blieb ernst. „Sein Name ist Melancholiton Trübsinn."

„Oh. Na ja, für seinen Namen kann er wohl nichts."

„Dein Schützling hatte keinen leichten Start. Überschäumende Fröhlichkeit haben ihm seine Eltern bei seiner Geburt nicht unbedingt mitgegeben. Er war nämlich ihr neuntes Kind, das das Licht der Welt beziehungsweise den Rauch der Küste erblickte."

„Umso erfreulicher ist, dass er sich doch auf den Weg gemacht hat."

„Ja." Der König lächelte. „Melancholiton Trübsinn – seine Freunde nennen ihn übrigens Melan – ist zwar von Natur aus sehr misstrauisch, aber er ist auch jemand, der ernsthaft nach der Wahrheit sucht. Du findest ihn in den Sümpfen nördlich der Düsterschlucht."

„Oh", entfuhr es Mondschein. „Dann hat er aber noch einen ziemlich weiten Weg vor sich."

„Und ich bin mir sicher, dass du ihm auf seiner langen Reise eine gute Begleiterin sein wirst."

Mondschein straffte unwillkürlich ihren kleinen Körper. „Danke, Majestät! Wann soll ich aufbrechen?"

„Unverzüglich", erwiderte der König. „Melan weiß es zwar nicht, aber er erwartet dich bereits sehnsüchtig."

„Bin schon auf dem Weg."

Der König gab ihr zum Abschied einen Kuss auf die Wange und die kleine Königsbotin sauste mit einer glücklichen Rotfärbung im Gesicht durch die Gänge des Schlosses hinaus auf die fruchtbare Hochebene. Sie beschleunigte und zischte wie ein winziger, glühender Komet über die grünen Auen hinweg.

Die Nebelinsel war riesig. Den weitaus größten Teil davon nahm eine fruchtbare Hochebene mit uralten Wäldern, Wiesen und Feldern ein. Ein schmaler, wesentlich tiefer gelegener Küstengürtel umgab die Insel – die Heimat der Zwerge. Die zähen, klein gewachsenen Geschöpfe hatten nicht immer dort gelebt, auch sie stammten ursprünglich von der Hochebene, und sie waren außerdem nicht immer Zwerge gewesen, aber das war eine lange und nicht ganz unkomplizierte Geschichte.

Es gab einen lauten Knall, als Mondschein die Schallmauer durchbrach und ihre Fluggeschwindigkeit sich bei etwa 387 m/s einpendelte. Die Gänseblümchen auf der Wiese erzitterten, ein überraschtes Murmeltier stieß durch die Nagezähne einen erschrockenen Pfeifton aus und kullerte in seinen Bau zurück.

Die kleine Königsbotin rief sich alles in Erinnerung, was sie für ihren Auftrag gelernt hatte: Die Zwerge lebten schon seit vielen Jahrhunderten in der Küstenregion. Sie waren es auch, die der Nebelinsel ihren Namen gegeben hatten, denn dort unten, am Fuße der steil aufragenden Felsen, wuchsen dichte Urwälder, von denen ständig ein feuchter Nebel aufstieg, der die Sicht auf die Hochebene ganzjährig verdeckte. Die Zwerge fürchteten den Nebel, aber noch mehr fürchteten sie das, was sich dahinter verbarg. Die dunklen Felsen erschienen ihnen bedrohlich. Zwar wussten einige von ihnen noch, dass es jenseits der Nebel einen guten König gab, der über die Insel herrschte. Dennoch zweifelten die meisten daran, dass dies mehr als nur eine Legende war. Und selbst diejenigen, die sich eine Ahnung dieser Wahrheit erhalten hatten, schenkten oftmals den abenteuerlichsten Gerüchten über den fernen Herrscher, der hinter den Nebeln lebte, Glauben. Daher ließen sie am Rande der Wälder Tag und Nacht Fackeln brennen, um sich etwas sicherer zu fühlen. Doch statt mehr Licht zu bringen, brachten diese vor allem einen stinkenden, ungesunden Rauch mit sich, der ihre Augen trübte. Ihr Sehvermögen war schließlich so geschwächt, dass sie nicht länger in der Lage waren, die Königsbotinnen wahrzunehmen.

Ja, die Zwerge machten es sich nicht unbedingt leicht. Je mehr sie versuchten, die Dinge zu durchblicken, desto weniger sahen sie. Deshalb sandte der König auch jedem, den es von der Küste in das Innere der Insel trieb, eine seiner Botinnen, damit sie ihm zur Seite stand.

So auch Melancholiton Trübsinn.

Es war bereits früher Abend, als Mondschein die Sumpf-gebiete erreichte. Mit elegantem Schwung umkurvte sie eine Gruppe von Glühwürmchen und hielt zielsicher auf die fernen Gedankenfetzen zu, die über das öde Sumpfland zu ihr hinüberdrangen.

... alles nur wegen dieses Spinners ...

... muss verrückt sein ...

... außerdem ist es hier kalt wie der Tod ...

Die Gedanken der Zwerge waren auch so eine Sache für sich. Zum einen waren sie laut genug, um selbst über viele Meilen hinweg hörbar zu sein, und zum anderen schienen sie niemals stillzustehen. Das war ein ziemliches Problem – vor allem für die Zwerge. Zwar konnten sie selbst die Gedanken ihrer Mit-zwerge nicht vernehmen, sodass ihnen ein solch dröhnendes Stimmengewirr erspart blieb. Aber die Gedanken jedes einzel-nen Zwerges waren für ihn selbst schon lärmend genug. Es war ihnen daher auch unmöglich, die feinen Stimmen der Königs-botinnen zu hören – eine der nicht unwesentlichen Schwierig-keiten, denen Mondschein sich gegenübersehen würde.

Ha, da sind sie ja schon!, frohlockte die kleine Königsbotin. Sie bremste ihren Flug ab und ließ sich auf einer schwanken-den Sumpfdotterblume nieder.

Ein kräftig gebauter Zwerg mit dichtem, braunem Bart hockte auf einem moosbewachsenen Baumstamm vor einem qualmenden Feuer und starrte auf seine schlammbedeckten Stiefel. Schräg gegenüber saß ein weiterer Zwerg im Schnei-dersitz und rauchte ein grässlich stinkendes Pfeifenkraut. Er war sichtlich schlechter Laune und wälzte intensiv eine ganze Reihe von missmutigen Gedanken. Angefangen von einer Bla-se am kleinen Zeh über die kalten Abendnebel bis hin zu den

seiner Ansicht nach miserablen Kochkünsten seines Wander-
gefährten, konzentrierte er sich auf alles, was seiner momentan so schlechten Stimmung dienlich war.

Er war so sehr damit beschäftigt, dass er die kleine Königsbotin auf seiner Schulter gar nicht bemerkte. Und das, obwohl
sie ihm aus Leibeskräften ins Ohr brüllte: „Pass auf, Wogdan,
eine Schlange! Deine linke Pobacke berührt fast den Kopf einer
Sumpfnatter!"

„Oh, hallo, Schneeglöckchen", begrüßte Mondschein ihre
Kameradin. „Kann ich dir irgendwie helfen?"

„Ja!", schnaufte die kleine Königsbotin mit heiserer Stimme.
„Du könntest versuchen, deinen Schützling zu bewegen, meinen Schützling zu warnen."

„Alles klar." Mondschein flatterte zu dem dunkelbärtigen
Zwerg hinüber und wurde von depressiv dröhnenden Gedan-
kenwogen begrüßt. *Was hat mich nur geritten, in diese leere, stin-
kende Einöde zu wandern? Ich muss völlig verrückt sein.*

„Hallo, Melan, ich heiße Mondschein. Der König hat mich
beauftragt, dich auf deinem Weg zu begleiten. Und ich habe
eine sehr wichtige Nachricht für d-"

Alle haben mich gewarnt!, wurde sie unterbrochen. *Aber ich
wusste es ja besser!* Melan seufzte. *„Hinter diesen Nebeln muss
doch irgendetwas sein!"*, machte er sich selbst nach. *Natürlich
ist hinter den Nebeln etwas*, grummelte er, *Sumpf! Nichts als verdammt matschiger, kalter und stinkender Sumpf.*

„Melan, dein Freund ist in Gefahr. Er sitzt zu weit vom Feuer
entfernt!"

*... es ist zwar erschütternd, aber Onkel Tumb, dieser aufgeblase-
ne Wichtigtuer, hatte tatsächlich recht ...*

„Du musst deinen Freund warnen!", brüllte Mondschein.

Überrascht blickte Melan auf. „Hast du was gesagt, Wogdan?"

„Ja", erwiderte dieser missmutig und ließ eine Wolke Tabakqualm in den Abendhimmel steigen, „vor ungefähr einer halben Stunde sagte ich: ,Dieser verdammte Sumpf nimmt einfach kein Ende.' Und wenn ich mich recht erinnere, lautete deine Antwort: ,Was kann ich denn dafür?!'"

„Ich meine *eben* – hast du *eben* etwas gesagt?"

„Hörst du etwa schon Stimmen, oder was?"

Melan winkte ab. „Ach, rutsch mir doch den Buckel runter."

Der andere schnaubte und starrte an seinem Kameraden vorbei in den Abendhimmel.

Verzweifelt sahen die beiden Botinnen einander an.

„Was sollen wir tun?", fragte Mondschein.

„Wenn wir versuchen, die Schlange zu verscheuchen, könnte sie erst recht erschrecken und zubeißen", meinte Schneeglöckchen. Dann schrie sie auf: „Oh, nein!"

„Was ist?"

„Sie bewegt sich auf die Wärme zu!"

Und dieses blöde Feuer qualmt auch mehr, als es brennt, dröhnten in diesem Augenblick die Gedanken von Melan, und er stocherte mit einem Ast in der Glut herum. Funken stoben auf.

Mondschein handelte im Bruchteil einer Sekunde. Sie holte Schwung und gab einem der hochgewirbelten glühenden Holzsplitter einen kräftigen Tritt. Er flog direkt auf Wogdans Knie zu. Schneeglöckchen erriet augenblicklich, was Mondschein vorhatte. Sie sauste im Sturzflug von der Schulter des Zwerges, drehte in der Luft eine Pirouette und verlängerte die Flugbahn des Funken mit einem eleganten, seitwärts gedrehten Fallrückzieher.

„Hey, was soll denn das?!", schimpfte Wogdan genau in dem Augenblick, in dem der glühende Holzsplitter den Kopf der züngelnden Sumpfnatter streifte. Diese zuckte zurück.

Aufgeschreckt von dem Geräusch, ließ der Zwerg seine Pfeife fallen und sprang auf.

„Verflucht!", kreischte er und stolperte rückwärts. Es gab ein unangenehm knirschendes Geräusch, als er dabei auf seine Pfeife trat. Die beiden Königsbotinnen stemmten sich mit vereinten Kräften gegen sein Hinterteil, um zu verhindern, dass er in die Flammen trat, und er plumpste unsanft neben dem Feuer auf eine vorstehende Wurzel.

„Was ist denn mit dir los?", fragte Melan wenig einfühlsam.

„Da war eine Schlange, verdammt", zischte Wogdan. Er stand auf und rieb sich die lädierte Pobacke.

„Siehst du jetzt schon Gespenster?", brummte Melan.

„Oh nein!", schrie der andere entsetzt auf.

„Was denn nun schon wieder?"

„Meine Pfeife!" Er kniete nieder und hob erschüttert seine in mehrere Teile zerbrochene Meerschaumpfeife hoch. „Sieh doch nur, was du angerichtet hast!" Er hielt Melan die Trümmer entgegen.

„Wieso *ich*?", stotterte Melan.

„Die Pfeife hat mich ein halbes Monatssalär gekostet!", fauchte Wogdan, als wäre das in irgendeiner Form eine Begründung. „Mir reicht's jetzt!" Er schleuderte die Bruchstücke ins Feuer. „Ich gehe!"

„Wie – du gehst?"

„Ich setze einen Fuß vor den anderen, und zwar in diese Richtung dort!", fauchte Wogdan. Dann stampfte er los und schlug den Weg zurück zur Küste ein.

„Aber ... aber es wird gleich Nacht", stammelte Melan.

„Hier bleibe ich jedenfalls nicht!", rief Wogdan über die Schulter zurück. „Du kannst deine verrückte Idee ja weiterverfolgen. Ich jedenfalls gehe jetzt nach Hause!"

„Ich muss los!", rief Schneeglöckchen Mondschein mit einem Anflug von Verzweiflung in der Stimme zu. „Hab Dank für deine Hilfe!"

„Gern geschehen", erwiderte diese. „Möge der gute König deine Flügel leiten."

„Das wird er", meinte Schneeglöckchen und flatterte los.

Na, großartig, nun bin ich ganz allein in dieser stinkenden, kalten Einöde. Unwillkürlich rückte Melan dichter ans Feuer und legte etwas mehr Holz nach.

„Du bist nicht allein!", rief Mondschein und flatterte auf seine Schulter.

Ihr Schützling bemerkte es nicht. *Tolle Freunde habe ich*, grummelte er. Dann schloss er die Augen und seufzte nicht ohne Selbstmitleid: *Wenn die alten Schriften nicht lügen* und *dieser mythische König tatsächlich existiert, dann hätte er sich ja wenigstens die Mühe machen können, irgendeinen Hinweis zu hinterlassen.*

Mondschein runzelte die Stirn. „Sind die alten Schriften, wie du sie nennst, etwa kein Hinweis?"

Melan öffnete die Augen und kratzte sich am Kopf. Die kleine Königsbotin war sich nicht sicher, ob er ihre Stimme vernommen hatte.

Hier ist doch alles tot, argumentierte die depressive Seite des Zwerges weiter. *Was ist, wenn ich mich täusche und dieser Königshof gar nicht existiert oder längst in den Untiefen der Geschichte untergegangen ist?* Er hustete, als der rußige Qualm in seine Lungen drang. *Oder was ist, wenn der König zwar existiert, aber gar nicht will, dass ich ihn finde?*

„Jetzt reicht's aber!", schimpfte Mondschein und stemmte die Fäuste in die Hüften. „Was meinst du wohl, warum ich hier bin?"

Melan gähnte. „Was für ein mieser Tag! Ich glaube, ich versuche einfach, eine Mütze voll Schlaf zu finden, und morgen sehen wir weiter." Er nahm seine Decke aus dem Rucksack, rollte sich am Feuer zusammen und war kurz danach eingeschlafen. Sein Schnarchen ließ schon bald darauf den Torfboden unter ihm erzittern.

Mondschein hatte nun alle Hände voll zu tun. Zunächst galt es, die penetrante Sumpfnatter vom Lager fernzuhalten, und dann musste sie auch noch einen hungrigen Luchs vertreiben, der den schnarchenden Zwerg als leckeres Mitternachtsmahl ins Auge gefasst hatte. Zwischendurch schickte sie immer wieder einen Hoffnungsstrahl in die verworrenen und bizarren Träume ihres Schützlings und verscheuchte einige Albe, von denen sich eine ganze Menge hier in der Gegend aufhielten.

Manche Zwerge, so hatte sie gehört, waren im Schlaf empfänglicher für die Worte der Königsboten. Melan allerdings schien nicht dazuzugehören. Als er recht spät am nächsten Morgen endlich sein verwuscheltes Haupt von seinem Lager erhob und missmutig irgendetwas von Kaffee brummte, hatte er seine Träume längst wieder vergessen.

Mondschein fühlte sich so erschöpft, als wäre sie einmal quer durch die Galaxie zu den Fixsternen und wieder zurück geflogen.

Sie nährte sich gewöhnlich von Liebe und guten Gedanken; beide hatten sich in dieser Nacht jedoch recht rargemacht. Glücklicherweise fiel es ihr nicht schwer, die allgegenwärtige Präsenz des Königs zu erspüren, und dort gab es Nahrung im Überfluss.

Während der Zwerg in einer Wolke aus halb fertigen Gedanken am Feuer saß und in einem verbeulten Napf eine Mehlsuppe kochte, hatte Mondschein sich bereits für den Tag gestärkt.

Nach dem Frühstück besserte sich die Laune ihres Schützlings erkennbar, und er war offener für die kleinen Hoffnungsstrahlen, die sie ihm sandte.

Der Zwerg schulterte seinen Rucksack und meinte: „Auf geht's, Melan. Du hast noch viel vor." Er marschierte los – leider in die falsche Richtung. Erst als Mondschein mehrmals so dicht an seinem Gesicht vorbeisauste, dass er den Luftzug spürte, blickte er auf und erkannte, dass er nach Osten marschiert war und nicht nach Süden. Glücklicherweise gab es genügend moosbewachsene Bäume, die ihm die Richtung wiesen. Kopfschüttelnd wandte er sich um. *Dieser verdammte Nebel! Es wäre schon nett gewesen, wenn der König mir einen Führer entgegengeschickt hätte. Aber man kann ja wohl nicht alles erwarten.* Er kicherte in seinen Bart, als hätte er einen großartigen Scherz gemacht.

Mondschein schnaufte empört und hinderte gleichzeitig eine Stechmücke, die eine gefährliche Krankheit in sich trug, daran, ihm zu nahe zu kommen.

Melans Gedanken drifteten in die verschiedensten Richtungen und landeten schließlich bei seinem Freund Wogdan. *Ich hätte mich besser um ihn kümmern müssen,* dachte er. *Ich war so sehr mit meinen eigenen Gedanken beschäftigt, dass ich seine wachsende Verärgerung gar nicht bemerkte. Ich glaube fast, er kam nur mir zuliebe mit, und ich habe ihm nie gesagt, wie dankbar ich ihm dafür bin. Manchmal bin ich einfach ein Riesentrottel.*

Mondschein flog ganz dicht an ihren Schützling heran und gab ihm einen Kuss auf die Wange.

Ich hoffe nur, der alte Dickschädel hat sich in der Nacht nicht allzu sehr verlaufen. Aber wenn der sich etwas in den Kopf setzt, ist er einfach nicht aufzuhalten. Nach ihm zu suchen macht auch keinen Sinn, er könnte jetzt wer weiß wo sein. Ich hoffe nur, ihm passiert nichts.

„Sei unbesorgt, der König hat Schneeglöckchen gesandt, um auf ihn aufzupassen."

Melan wusste nicht, warum, aber aus irgendeinem Grund fühlte er sich etwas getröstet und schritt kräftiger aus.

Er wird sensibler, dachte die kleine Königsbotin glücklich.

Dann rief sie plötzlich: „Pass auf, du kommst vom Weg ab!"

Ob es hier wohl Trüffel gibt? Sollten nicht an Weidenbaumwurzeln sehr geschmackvolle Exemplare wachsen?

„Melan, pass auf!", schrie Mondschein erneut.

„Wo habe ich nur mein Messer?" Der Zwerg kramte in seinem Rucksack herum.

Mondschein brüllte ihm vergeblich Warnungen ins Ohr. Schließlich packte sie sogar seinen Schnurrbart und zog daran.

Melan nieste. Dann murmelte er zufrieden: „Ah, da ist es ja!" Er zog eine gebogene Klinge aus der Tasche. Im selben Augenblick versank sein rechtes Bein auch schon mit einem schmatzenden Geräusch bis zum Knie im morastigen Boden. Der Zwerg verlor das Gleichgewicht, fuchtelte einen Moment lang wild mit den Armen und versank schließlich auch mit dem zweiten Bein tief im Morast. Die Klinge glitt ihm aus der Hand und verschwand mit einem Plumps im Sumpf.

„Verdammt!", fluchte Melan. Seine erste Sorge galt dem Messer. Er beugte sich ungeschickt vor und wühlte bis zum Ellbogen in der zähen, kalten Brühe. Die Klinge fand er nicht, aber als er schließlich den Arm wieder herauszog, baumelte ein fetter Blutegel daran. „Verfluchter Mist!"

„Lass den Blutegel und komm zurück auf den Weg!", rief Mondschein ihm zu. Das Tier war völlig ungefährlich, wenn auch zugegebenermaßen kein sehr attraktiver Anblick.

Melan ignorierte die Warnungen der Königsbotin und griff nach dem schleimigen Angreifer. Der Egel war vom Blut seines unfreiwilligen Spenders bereits um das Doppelte angeschwollen und schien sehr zufrieden. Melan bereitete dem Vergnügen mit einem angeekelten Schrei ein Ende und schleuderte den verdutzten Parasiten gut vierzig Schritt weit ins Moor hinaus. Blut troff von seinem Arm und mischte sich mit dem braunen Morast des Sumpfes. Mittlerweile war der Zwerg bis zu den Oberschenkeln eingesunken. Er bemerkte es erst, als er sich mit einem wütenden Knurren abwenden wollte und sich keinen Millimeter von der Stelle bewegte. Entsetzt starrte er an sich hinab.

„Hab keine Angst!", rief Mondschein ihm zu. „Du wirst hier wieder herauskommen. Jetzt hör mir genau zu: Die Wurzeln des Weidenbaums ..."

Ihre Worte gingen in einem Wirbel aus verzweifelten Gedankenfetzen unter. *Ich stecke fest ... Ich kann mich nicht mehr bewegen ... Ich werde sterben ... Oh nein! Jetzt bin ich schon wieder ein Stück tiefer gesunken ...* Melan blickte sich verzweifelt um, konnte aber außer den wallenden Nebeln, einigen Büscheln Sumpfgras und den reglosen Umrissen einiger Bäume nichts erkennen.

Mondschein, die direkt vor seiner Nase schwebte, sah er nicht.

„Hilfe! Ich versinke! Hilfe! Ist hier denn niemand? Wogdan, kannst du mich hören?"

„Dein Freund kann dich nicht hören. Aber ich bin hier, Melan! Hör mir zu ..."

Verzweifelt schlug der Zwerg mit dem Arm auf den Morast und die kleine Königsbotin musste den Schlammspritzern mit einer akrobatischen Einlage ausweichen.

„Der mächtige König der Nebelinsel, ha!", stieß Melan verbittert hervor. „Wäre ich doch nie auf die Idee gekommen, diesem Hirngespinst zu folgen! Ich werde hier elendig verrecken und von einem mächtigen König ist weit und breit nichts zu sehen!" Er versuchte, die Panik in Zorn zu ersticken. *Wo bist du, Nebelkönig? Siehst du von ferne zu und schweigst? Ist das etwa deine Antwort auf meine Suche? Verspottest du mich oder bin ich dir lediglich gleichgültig?*

„Melan, die Hilfe ist direkt vor dir!", rief Mondschein, doch erneut gingen ihre Worte im Strudel verzweifelter Gedanken unter. *Also gut!,* dachte sich die kleine Königsbotin. *Dann muss ich eben zu radikaleren Mitteln greifen.* Sie blickte sich um und entdeckte ein paar Dutzend Schritte entfernt eine kleine Gruppe von Fledermäusen, die friedlich dösend an den dicken Ästen einer Sumpfeiche hingen. Den Bruchteil einer Sekunde später war sie bei ihnen und riss die sensiblen Tiere mit schrillen Pfiffen aus dem Schlaf. Es war nicht schwer, die Meute in die gewollte Richtung zu lenken. Der verzagte Zwerg bemerkte den Schwarm erst, als er direkt über ihm war. Vor Schreck verlor er das Gleichgewicht und plumpste vornüber.

Mondschein lächelte zufrieden.

Die verzweifelt im Morast nach einem Halt suchenden Hände Melans fanden die Wurzeln des Weidenbaums und klammerten sich instinktiv daran fest.

Der Baum!, schoss es ihm durch den Kopf. Ein winziger Hoffnungsstrahl drang in den Strudel der Verzweiflung.

„Ja! So ist es gut!", rief Mondschein ihm ermutigend ins Ohr. „Zieh! Zieh fest. Du schaffst es!"

Die Angst verdoppelte die Kräfte des Zwergs. Am weitverzweigten und starken Wurzelwerk des Weidenbaums zog er sich Stück um Stück voran, bis er schließlich mit zitternden

Knien und keuchendem Atem wieder festen Boden unter den Füßen hatte.

„Puh", stöhnte er. „Das war knapp." Mit der erstaunlichen Elastizität des Zwergenhirns stellte er sich auf die neue Situation ein. Ein kurz aufblitzender Impuls der Dankbarkeit verblasste und er blickte trübselig an seiner völlig verdreckten und durchnässten Kleidung hinab. „Was für ein mieser Tag! Ich sollte einfach umkehren und nach Hause gehen!"

„Oh nein", widersprach Mondschein, „das solltest du nicht. Der König wartet schon so lange auf dich. Da wirst du doch wegen einer nassen Hose nicht aufgeben! Du wirst es schaffen, vertrau mir!" Die kleine Königsbotin legte all ihre Kraft in ihren Flügelschlag, wirbelte in engen Spiralen durch die Luft und schuf so für einige Herzschläge einen winzigen Riss in der dichten Nebeldecke. Ein Sonnenstrahl drang hindurch und kitzelte die schlammbespritzte Nase des Zwergs.

Melan brummte irgendetwas von „alberner Sentimentalität", aber dann machte er sich doch auf den Weg, und zwar nach Süden, weiter auf das Zentrum der Insel zu.

Mondschein lächelte. Melan war sensibler, als er ahnte. Sein Vertrauen und seine Hoffnung waren unter einem dicken Mantel aus Skeptizismus und Furcht verborgen, aber sie waren unbestreitbar ein Bestandteil seiner Persönlichkeit und stärker, als er selbst bewusst wahrnehmen konnte. Er war in seinem Leben schon oft enttäuscht worden und fürchtete sich davor, erneut im Stich gelassen zu werden. So folgte er der Wahrheit auf eine so pessimistische und zweiflerische Art und Weise, die selbst für einen Zwerg ungewöhnlich war.

Mondschein mochte ihren Schützling. Sie freute sich schon auf den Zeitpunkt, an dem der Schleier von seinen Augen genommen wurde und er erkannte, wie die Welt wirklich war. Bis dahin war es allerdings noch ein sehr weiter Weg und ein nicht ganz ungefährlicher dazu. Aus den Augenwinkeln hatte sie eine ganze Reihe von Düsterwolken bemerkt, die sich seit einiger Zeit an die Fersen des Zwergs geheftet hatten. Für eine Königsbotin waren Düsterwolken allenfalls ein wenig ärgerlich, für einen Zwerg aber konnten sie verhängnisvoll sein.

Einige Tage vergingen. Inzwischen hatten sich Dutzende von Düsterwolken wie eine schwarze Gewitterfront zusammengeballt und waren immer näher gerückt. Ihr Sog verlangsamte Melans Schritte und ihr wortloses Flüstern schlich sich in seine Gedanken. Früher als gewöhnlich hatte Melan beschlossen, sein Abendlager aufzuschlagen. An eine moosige Sumpfeiche gelehnt, starrte er in die rauchigen Flammen seines Kochfeuers. Die Düsterwolken krochen näher; langsam, aber stetig umschlossen sie ihn.

Mondschein unterdrückte den zornigen Impuls, sie mit dem Schlagen ihrer Flügel zu vertreiben. Auf diese Weise konnten sie nicht bekämpft werden, denn sie hatten keinerlei Substanz, die irgendeinen Widerstand bot. Sie waren wie Schatten, die im Grunde genommen nur aus der Abwesenheit von Licht bestanden. Wie Parasiten wurden sie von destruktiven Gedanken angezogen. Sie saugten sich an diesen Gedanken fest und machten sie schwerer, bis sie zu kalten, monströsen Gebilden wurden, die in nichtssagender Eintönigkeit das gesamte Denken ihrer Opfer ausfüllten. Manchmal bestand es dann nur noch aus einem einzigen Satz, beispielsweise: „Du bist wertlos!" Oder: „Es hat alles keinen Sinn." Natürlich waren diese Gedanken völlig substanzlos, aber das nahm ihnen nichts von ihrer Macht.

Bei einer Königsbotin, in der destruktive Gedanken keinen Raum hatten, fanden die Düsterwolken keine Nahrung, bei ihrem Schützling hingegen schon. Mondschein hätte Melans Denken übernehmen müssen, um ihn zu schützen und den Düsterwolken keine Angriffsfläche zu bieten. Aber das konnte und wollte sie nicht.

So stand sie ihm bei, als die Wolken ihn umringten und ihre kalten Finger nach seinen Gedanken ausstreckten.

Seit mehr als einer Woche stolperst du schon alleine durch diesen nebelumwaberten Sumpf. Wie lange willst du dieses vergebliche Unterfangen eigentlich noch fortführen?

„Du bist nicht alleine, Melan. Ich bin bei dir und gemeinsam sind wir schon ein gutes Stück vorangekommen."

Müsste sich nicht irgendetwas ändern, wenn du auf dem richtigen Weg wärst? Müsste nicht irgendwann ein Stück von der Straße des Königs sichtbar werden?

Mondschein flatterte auf die Schulter des Zwergs. „Aber du befindest dich doch längst auf der Straße des Königs. Sie führt dich sicher durch diesen Sumpf."

Sieh doch endlich ein, dass du dich getäuscht hast. Du rennst im Kreis und irgendwann gehst du dabei drauf. Mag sein, dass es andere gibt, bessere Fährtensucher, erfahrenere Wanderer, die tatsächlich auf der anderen Seite herauskommen, aber du? Sieh dich doch an! Gesteh dir endlich ein, dass du gescheitert bist, und kehr um, bevor es zu spät ist.

„Das ist Unsinn, mein Freund. Es gibt nur einen Königsweg. Du gehst ihn ebenso wie jeder andere Wanderer, der sich auf den Weg gemacht hat", rief Mondschein ihm immer wieder zu.

Doch Melan hörte sie nicht. Er starrte auf seine verschmutzten Füße und die Blasen an seinen Zehen.

Gib auf!, dröhnte es in ihm. *Gib auf!*

Mondschein strich ihm zärtlich über die Wange. „Du bist doch ein geübter Zweifler, Melan. Zweifle! Hinterfrage diesen

Gedanken. Lass nicht zu, dass die stumpfsinnigen Düsterwolken dich beherrschen."

Ein zynisches Lächeln breitete sich auf den bärtigen Lippen des Zwergs aus. „Du bist ein verdammter Idiot, Melancholiton Trübsinn!" Er erschlug eine Mücke, die auf seinem Unterarm hockte, und betrachtete mit grimmiger Zufriedenheit den Blutfleck, der dort zurückblieb. „Irgendwann wird man deine vertrocknete, blutleere Leiche am Wegrand sitzen sehen, als Mahnung an alle, die zu sturköpfig sind, um auf die Stimme der Vernunft zu hören."

Also hör auf die Vernunft und gib auf!

„Hör nicht auf zu denken, Melan!", flüsterte Mondschein.

Was hast du eigentlich erwartet?, fragte sich Melan. *In den alten Schriften stand nichts davon, dass das Königreich gleich hinter der nächsten Hügelkuppe wartet und ...* – er schlug sich mit lautem Klatschen auf die Wange – *... dass es unterwegs keine Mücken gibt.*

Verärgert schienen sich die Düsterwolken noch dichter zusammenzuballen. *Man kann nicht ewig hoffen. Irgendwann muss sich auch Licht am Horizont zeigen! Und wo ist es? Sieh dich doch um! Ist das hier das Leben, das du dir erträumt hast?*

„Der Weg ist nicht das Ziel", brummte Melan.

Aber Mondschein spürte, dass die Düsterwolken erneut an Macht gewannen. „Hab Vertrauen!", flüsterte sie.

Die Kälte wuchs. *Hör auf dein Herz!*, wisperte es trügerisch in Melan. *Tief in dir spürst du doch, dass alles vergeblich ist. Es gibt keinen König und keinen Weg zu ihm. Die alten Schriften sind nichts als Wunschdenken. Gib auf, ehe es zu spät ist!*

„Es ist nicht die Stimme deines Herzens, die dich lähmt", erwiderte Mondschein, „es ist die Stimme deiner Erschöpfung, deiner Furcht und deiner Enttäuschung."

Der Zwerg beugte sich vor und presste die Fäuste an die Schläfen. „Ich werde noch wahnsinnig!"

Gib auf!, flüsterte es in den Düsterschatten.

Plötzlich sprang Melan auf. Die Augen zornig in die Dunkelheit gerichtet, schrie er: „Weißt du was, Nebelkönig? Ich halte es nicht länger aus. Ich werde jetzt losmarschieren, und zwar so lange, bis ich dich gefunden habe oder draufgehe! Tu endlich etwas, egal, was, aber tu etwas, oder diesen Sumpf schmückt demnächst eine neue Moorleiche." Er marschierte los.

Erschrocken stemmte sich Mondschein gegen ihn. „Denk nach!"

Du wirst sterben!, schallte es aus den düsteren Schatten, die sich in ihm festgesetzt hatten.

Melan schnaubte. Dann kehrte er um, griff sich ein Holzscheit als Fackel und nahm noch ein paar geeignete Äste aus seinem Holzvorrat mit. Anschließend marschierte er mit finsterem Gesichtsausdruck und zusammengebissenen Zähnen in die Nacht hinaus.

Mondschein schwirrte voraus. Sie spürte die Gegenwart des Königs wie immer, und dies gab ihr neuen Mut. Melans Entscheidung irritierte sie. Er brachte sich in große Gefahr. Und auch wenn er sich momentan in die richtige Richtung bewegte, ging er nach wie vor von den falschen Voraussetzungen aus.

„Verzweifle nicht, Melan!", rief sie ihm zu. „Der König ist bereits da. Du würdest ihn gar nicht suchen, wenn du ihn nicht schon gefunden hättest! Hab Vertrauen ..." Ihr stockte der Atem und sie sauste zurück. „... und guck gefälligst, wo du hintrittst!" Sie zerrte an seiner Nase, bis er den Blick senkte und gerade noch rechtzeitig bemerkte, dass er drauf und dran war, in mooriges Wasser zu waten.

Der Zwerg fluchte leise und lenkte seine Schritte zurück auf den Weg. Dann marschierte er trotz Dunkelheit in halsbrecherischem Tempo weiter. Mondschein flatterte aufgeregt um ihn herum und versuchte, ihn irgendwie davon abzuhalten, den Weg zu verlassen, doch Melan war so voller Zorn, dass ihr Rufen nicht zu ihm durchdringen konnte. Voller Sorge tauchte sie ein in die spürbare Gegenwart des Königs.

„Was soll ich nur tun? Er lässt sich nicht aufhalten! Soll ich seine Gedanken übernehmen?"

„Nein!", drang die ferne Stimme des Königs in ihren Geist. „Seine Entscheidung war zwar falsch und wird schmerzvoll für ihn sein, aber wir werden Gutes daraus machen."

Mondschein seufzte erleichtert. Im nächsten Moment riss sie erschrocken die Augen auf. Dann raste sie an Melans Ohr vorbei, vollzog eine halsbrecherische Wende und rammte beide Füße in die Facettenaugen einer Witwenmacherspinne, die über dem Weg baumelte. Irritiert plumpste das vielbeinige Tier ein paar Ellen tiefer auf eine Wurzel. Den Bruchteil einer Sekunde später rannte Melan mit der Nase voran in das Netz der Spinne, deren Gift so stark war, dass es einen Ochsen außer Gefecht setzen konnte. Für den Zwerg wäre ein Biss tödlich gewesen.

Melan wusste nichts von seiner Rettung, stattdessen ärgerte er sich über die klebrigen Spinnenfäden in seinen Augenbrauen. Noch während er sich knurrend über das Gesicht rieb, kam er endgültig vom Weg ab. Er balancierte über einen umgestürzten Baumstamm und betrat schließlich felsigen Boden.

Na endlich, dachte er erleichtert.

„Oh nein", entfuhr es Mondschein.

„Ich dachte schon, dieser Sumpf würde nie enden", brummte Melan und begann, mit schlammverschmierten Sohlen den trügerischen steinigen Pfad emporzukraxeln.

„Warte! Warte, bis es heller wird!", rief ihm Mondschein zu – vergebens. Das kleine Geschöpf raufte sich die Haare. Der grimmige Zwerg ließ sich einfach nicht aufhalten. Auch als der Pfad immer steiler wurde und er schließlich mit Händen und Füßen über Geröll und Felsbrocken klettern musste, glaubte er noch, auf dem richtigen Weg zu sein. Alles war besser als dieser endlose Sumpf – dachte er zumindest.

Dieser Gedanke wurde jedoch abrupt unterbrochen, als der Zwerg auf den glitschigen Felsen abrutschte und seine wild umherrudernden Arme vergeblich nach einem Halt suchten. Melan stürzte mit einem gellenden Aufschrei einen steilen Abhang hinab. Mondschein tat alles, was in ihrer Macht stand, aber der Sturz war dennoch ausgesprochen schwer. Der Zwerg überschlug sich mehrmals, Zweige peitschten ihm ins Gesicht, scharfkantiges Gestein zerschnitt seine Haut, und schließlich prallte er mit so großer Wucht auf den harten Fels, dass er einen kurzen Moment lang das Bewusstsein verlor.

Als er die Augen wieder aufschlug, hockte Mondschein auf seiner Brust und betrachtete mitfühlend seine blutige Nase. Melan hingegen konnte sie nicht sehen, obwohl seltsame Lichter vor seinen Augen zu tanzen schienen. Er richtete sich stöhnend auf, hielt sich den dröhnenden Schädel und spuckte ein abgebrochenes Stück Zahn auf den Boden. Er hatte auch etliche Kratzer und leichte Schnitte davongetragen. Seine Rippen waren geprellt und er hatte einen verstauchten Knöchel. Aber angesichts seines Sturzes war es ein Wunder, dass er überhaupt noch am Leben war.

Melans Dankbarkeit hielt sich allerdings in Grenzen. Ein Schwall von Schimpfworten kam stattdessen nuschelnd über seine geschwollenen Lippen, während er schwankend aufstand. Der Schmerz trieb ihm die Tränen in die Augen.

Ich werde in dieser von allen verlassenen Einöde verrecken!

„Mach die Augen auf, du alter Brummbär!", rief ihm die kleine Königsbotin ins Ohr. Erleichterung schwang in ihrer Stimme mit und ein stilles Frohlocken.

All das drang allerdings nicht zu dem ramponierten Zwerg durch. Es dauerte noch eine ganze Weile, bis Melan aufgehört hatte, in Selbstmitleid zu baden. Dann erst nahm er wahr, was sich nur wenige Dutzend Schritte von ihm entfernt befand. „Was ... ist das?"

„Der Spiegelsee", erwiderte Mondschein. „Ich will ja nicht kleinlich sein, aber wenn du auf dem Weg geblieben wärst, hättest du ihn bereits vor einer halben Stunde erreicht, und das ohne einen einzigen Kratzer."

Doch Melan hörte sie nicht. Langsam humpelte er auf das seltsame Gewässer zu. Es war kein gewöhnlicher See. Die vollkommen glatte Oberfläche glänzte in sanftem Licht – doch weder Mond- noch Sternenlicht drangen durch die dunklen Nebel herab. Das Licht schien irgendwie vom Wasser selbst auszugehen. Vorsichtig kauerte sich der Zwerg am Ufer nieder und streckte zögernd seine Hände aus, um die glänzende Oberfläche zu berühren.

Mondschein setzte sich auf seine Schulter. „Tu es!", ermunterte sie ihn.

Der Zwerg tauchte seinen Finger in die glatte Oberfläche des Sees. Dann sog er scharf die Luft ein und zog seine Hand hastig zurück. Das Wasser war kühl gewesen und weich, aber zugleich hatte es ein prickelndes Brennen auf seiner Haut ausgelöst.

„Fürchte dich nicht!", ermunterte Mondschein ihn.

Melan zögerte. Sein Herz klopfte. Er erinnerte sich, irgendwo in den alten Schriften etwas von heilendem Wasser gelesen zu haben. Ein Verlangen tief in seiner Seele und eine schwer zu greifende Furcht hielten einander die Waage.

Mondschein wartete.

Schließlich seufzte der Zwerg tief. Dann tauchte er entschlossen beide Hände in das glänzende Wasser und begann, sich zu waschen. Es schmerzte, aber es tat auch gut, als die perlenden Tropfen all den Schmutz, den Schweiß und das Blut von seiner Haut spülten.

Ein breites, glückliches Grinsen zeigte sich auf dem Gesicht der kleinen Königsbotin, und sie spürte, dass auch der König hinter den Nebeln lächelte.

Staunend blickte Melan hinab auf sein Spiegelbild, das sich immer deutlicher vor ihm abzeichnete. Die heilenden Wasser hatten den Schleier, der seine Augen verhüllt hatte, seit er denken konnte, ein wenig gelüftet. So sah er sich selbst zum ersten Mal annähernd so, wie er wirklich war.

„Beim Barte meiner Großmutter ... Ich ... ich bin ein Zwerg!"

Mondschein schmunzelte. Das Selbstbild der Zwerge hatte im Allgemeinen nur wenig mit der Wirklichkeit gemein. Der Spiegelsee war daher für die meisten eine recht erschütternde Erfahrung.

Pikiert griff Melan sich an die Nase. „Ich habe einen Zinken wie ein Warzenschwein. Dagegen ist ja eine Schwarzwurzelknolle noch filigran."

„Nun übertreibst du aber!", schimpfte die kleine Königsbotin.

Das jedoch waren nur die Äußerlichkeiten. Der Spiegelsee zeigte dem Betrachter aber auch die Dinge, die sich unter der Oberfläche befanden. Melan sah Dinge, die er bislang stets vor sich selbst verborgen hatte. Ein Hauch von Traurigkeit zeigte sich auf seinen Zügen und er wollte den Blick senken.

„Gib nicht auf! Sieh tiefer!" Mondschein zupfte energisch an seinem Ohrläppchen.

Melan starrte in den See und seine Augen wurden groß. Die kleine Königsbotin konnte nur erahnen, was er sah. In seinen Gedanken tauchte ein kleines glimmendes Licht auf, ein warmes Funkeln.

„Ist es wahr?", flüsterte er. „Gibt es dich wirklich?"

„Natürlich!", lachte Mondschein.

Das Glimmen in Melans Geist verblasste jedoch rasch wieder. Er war noch nicht bereit, die Wirklichkeit länger zu ertragen. Dennoch lag ein versonnenes Lächeln auf seinen Lippen, als er sich der schmerzhaften Aufgabe zuwandte, seine Wunden zu reinigen und zu verbinden.

„Entweder hat der Sturz mein Hirn vollkommen aus dem Gleichgewicht gebracht oder ich habe gerade gesehen ... wie der König hinter den Nebeln mir zuzwinkert."

Mondschein flatterte auf seine Nase und drückte ihm liebevoll einen Kuss auf die lädierte Stirn. „Das hast du schön gesagt."

Während der Zwerg seine Stiefel auszog, fügte sie hinzu: „Vergiss es nicht, wenn die Zeiten wieder schwerer und deine Augen trüber werden. Eines Tages, da bin ich mir sicher, werden wir beide zurücksehen und feststellen, dass der lange, beschwerliche Weg sich gelohnt hat. Und dieser Tag ist gar nicht mehr so fern – glaube mir!"

„Hab ich dich endlich!", unterbrach Melan ihre Worte mit einem befriedigenden Knurren. „Du hast mir doch schon den ganzen Weg zur Hölle gemacht!" Er schüttelte einen Stein aus seinem Stiefel und betrachtete ihn vorwurfsvoll. Dann schleuderte er ihn weit hinaus in den Spiegelsee.

Mondschein verdrehte die Augen. Dann kicherte sie.

Auch Melan musste schmunzeln, er verstand sich selbst nicht ganz genau. Alles tat ihm weh, er hatte keine Ahnung, wo er sich befand und wie der Weg weitergehen würde. Aber die Luft um ihn herum schien vor Freude zu vibrieren. Und zumindest für einen kurzen Moment hatte er ohne jeden Zweifel die Gewissheit, dass er nicht alleine war auf seiner Wanderschaft.

Raum Nr. 5.18

Marvin legte das Manuskript auf den Tisch und nahm einen Schluck Tee.

Daniel blickte an ihm vorbei auf die tickende Uhr an der Wand. Gedankenverloren zupfte er mit den Fingern seiner rechten Hand an seinem Bart. Dann verzog er das Gesicht zu einem schiefen Grinsen. „Ein mürrischer kleiner Zwerg namens Melancholiton Trübsinn – ich bin mir nicht sicher, ob ich mich geschmeichelt fühlen soll." Dann hob er abwehrend die Hand. „Sagen Sie nichts, ich weiß schon: So war es nicht gemeint." Er tippte sich mit dem Finger nachdenklich an die Lippen. „Glauben Sie wirklich, dass jeden von uns ein kleiner Schutzengel begleitet?"

Marvin blickte ihn irritiert an. Diese Assoziation hatte die Geschichte gar nicht in ihm geweckt.

„Mir gefällt diese Vorstellung", gab Rasmus zurück, „aber in der Geschichte geht es nicht um Engel. Es geht um unsere eingeschränkte Wahrnehmung und um Vertrauen."

„Selig sind die, die nicht sehen und doch glauben?" Daniel seufzte und lehnte sich in seinem Sessel zurück.

Rasmus lächelte. „Sie mögen diese Aussage nicht besonders."

Daniel nickte. „Für mich klingt das irgendwie nach billigem Trost." Er atmete hörbar aus. „Ich weiß, ich weiß, als Diakon sollte ich so etwas nicht sagen. Schließlich stammen diese Worte von Jesus selbst. Aber er spricht sie nun mal zu jemandem, der ihn leibhaftig gesehen hat und dessen Zweifel durch Tatsachen aus dem Weg geräumt wurden."

„Das ist irgendwie frustrierend, oder?"

„Sie sagen es."

„Ist Ihnen schon aufgefallen, dass Jesus viele seiner Zeitgenossen ernsthaft frustrierte? Ja, sogar mehr als das. Ein nicht unbeträchtlicher Teil seines Volkes war hochgradig verärgert."

„Er war eben anders, als sie erwartet hatten", brummte Daniel.

Rasmus nickte. Dann beugte er sich vor und meinte: „Es ist normal, *nicht* zu sehen."

Der bärtige Diakon starrte Rasmus an.

„Sie sind frustriert, weil Sie sehen wollen, Daniel", sagte der alte Mann. „Aber es ist normal, nicht zu sehen. Es ist nicht möglich, ständig tief gehende religiöse Gefühle zu hegen. Menschen, die Gott auf sehr deutliche Art und Weise reden hören, sind rar gesät. Und nicht jeder, der von sich behauptet, einen solch unmittelbaren Bezug zu haben, hat damit auch recht. Ganz im Gegenteil. Nicht wenige hören Stimmen, die ganz sicher nicht von Gott kommen. Versuchen Sie nicht, irgendwelche Gefühle zu ‚produzieren'. Und glauben Sie nicht, dass Sie verloren seien, nur weil Sie etwas erwarten, das Gott nie versprochen hat. Seine Wirklichkeit ist anders, als wir es gerne hätten. Das ist mitunter frustrierend, aber es macht sie deshalb nicht weniger real."

Daniel schwieg. Auf seinem Gesicht spiegelten sich unterschiedliche Gefühle wider.

„Ist Ihnen eigentlich schon aufgefallen, dass der Titel der Geschichte nicht korrekt ist?", fragte Rasmus nach einer Weile.

„‚Der König hinter den Nebeln'?"

„Ja. Der König ist ja gar nicht wirklich hinter den Nebeln, es scheint den Zwergen nur so. Für die kleine Königsbotin ist seine Gegenwart überall auf der Insel spürbar."

„Und was hat der Zwerg davon?"

„Alles!", erwiderte Rasmus. „Für ihn gilt nämlich dieselbe Realität. Er ist nicht allein. Was auch immer er tut, wie auch immer er sich fühlen mag, er ist nicht allein! Am Spiegelsee bekommt er eine vage Ahnung davon. Aber er wird nicht ewig dortbleiben. Er wird weiterziehen und die Fragen werden wieder zurückkehren."

„Der Zweifel bleibt also bis zum Schluss", meinte Daniel.

„Er ist Teil unserer Natur", erwiderte Rasmus mit einem nachdenklichen Kopfnicken. „Vertrauen bedeutet keinesfalls, dass man sich immer sicher fühlt. Es bedeutet, dass man weitergeht. Fragen gehören dazu, ja, sie sind sogar notwendig, will man auf dem Weg bleiben."

„Das klingt irgendwie anstrengend", sagte Daniel nach einer kurzen Pause, aber in seinem Lächeln lag zum ersten Mal ein Hauch von Leichtigkeit. Er erhob sich. „Sie haben mir viel zum Nachdenken gegeben. Ich danke Ihnen." Er drückte Rasmus die Hand.

„Ich begleite Sie nach oben", sagte Marvin. Gedankenversunken stieg er hinter dem bärtigen Diakon die Treppe hinauf. Er hätte nicht gedacht, dass Menschen, die sich Christen nannten, so viele Zweifel hatten. Das war irritierend und erfrischend zugleich.

An der Ladentür angekommen, wandte der Diakon sich noch einmal um und meinte: „Sie machen da eine ... ganz besondere Arbeit."

„Oh ... ich habe die Geschichte doch nur vorgelesen. Es ist Rasmus, der ..."

„Ich danke Ihnen", unterbrach Daniel ihn. Er verabschiedete sich mit einem kräftigen Händedruck und verließ den Laden.

Marvin blickte ihm nachdenklich hinterher. Irgendwie hatte er das Gefühl, als wäre gerade etwas Wichtiges geschehen. Aber er konnte beim besten Willen nicht sagen, was es war. Dann riss ein dumpfes Geräusch ihn abrupt aus seinen Gedanken.

„Rasmus?" Keine Antwort. Eine plötzliche Beklemmung verspürend, eilte Marvin durch den Laden und die Stufen hinab.

Der alte Mann lag am Fuß der Treppe.

Starr vor Schreck blieb Marvin einige Herzschläge lang auf den letzten Stufen stehen und starrte auf die schmerzverkrümmte Gestalt. Dann hastete er zu ihm und kniete neben ihm nieder.

„Rasmus? Was ist passiert?"

Kalter Schweiß stand auf der Stirn des Mannes. Er stöhnte vor Schmerz und sein Atem ging stoßweise.

„Ich rufe einen Krankenwagen!" Marvin wollte aufspringen.

Der Alte schüttelte den Kopf. Seine Lippen bewegten sich flüsternd.

Marvin beugte sich vor und legte sein Ohr an die Lippen des Alten.

„Mantel ... Tabletten ...", flüsterte dieser mühsam.

„Aber ..." Marvins Puls hämmerte. Er starrte auf den Mann, der schmerzverkrümmt auf dem Boden lag. Dann sprang er auf und hetzte, zwei Stufen auf einmal nehmend, nach oben. Er fand den Mantel an der Garderobe und wühlte in den Taschen.

In diesem Augenblick betrat eine ältere Kundin den Laden und fixierte ihn mit vorwurfsvollem Blick, als er ihr nicht sofort seine Aufmerksamkeit schenkte.

„Geschlossen!", brüllte Marvin sie schließlich an.

„Na, hören Sie mal!", erwiderte die Dame empört.

„Geschlossen heißt: Wir haben nicht geöffnet!" Marvin schob die protestierende Frau unsanft hinaus und schloss die Tür. Dann fand er in der Innentasche des Mantels eine Packung Tabletten. „Fentanyl" stand darauf. Er hetzte die Treppe hinab, goss mit zitternden Händen eine Tasse Wasser ein und kniete neben dem schwer atmenden alten Mann nieder.

Rasmus schluckte die Tablette mühsam hinunter. Nach einigen langen Minuten schien sie zu wirken. Seine verkrampften Gesichtszüge entspannten sich ein wenig und sein Atem ging ruhiger.

„Was ist denn los mit Ihnen?", fragte Marvin. „Was haben Sie?"

Der alte Mann murmelte etwas. Seine Augenlider flatterten, und es schien ihm schwerzufallen, Marvin zu fixieren.

„Sie müssen ins Krankenhaus!"

Rasmus schüttelte matt den Kopf. Marvin ignorierte den stummen Protest und rief einen Krankenwagen.

Nach fünf langen Minuten, in denen der alte Mann nur halb bei Bewusstsein war, traf der Notarzt ein.

„Was ist passiert?", erkundigte er sich, während zwei kräftige Rettungssanitäter eine Trage hereinbrachten.

„Ich weiß nicht. Er brach plötzlich zusammen und hatte starke Schmerzen."

„Wissen Sie von einer Erkrankung?"

Marvin schüttelte den Kopf. „Aber ich habe ihm das hier gegeben." Er reichte dem Mann die Tabletten.

Der Notarzt nahm die Packung und pfiff leise durch die Zähne. Dann kniete er nieder und versuchte, Rasmus anzusprechen.

Der alte Mann reagierte kaum und der Notarzt prüfte die Vitalfunktionen.

„Was sind das für Tabletten? Habe ich irgendetwas falsch gemacht?", fragte Marvin besorgt.

„Schmerzmittel", erwiderte der Mann knapp. Dann bedeutete er den beiden Sanitätern, Rasmus auf die Trage zu heben. „Es war gut, dass Sie uns gerufen haben."

„Was hat er denn? Ist es sehr ernst?" Marvin blickte den beiden Sanitätern nach, die Rasmus die Treppe hinauftrugen.

„Sind Sie mit dem Patienten verwandt oder verschwägert?"

„Nein, ich bin sein Angestellter …"

„Das nächstgelegene Krankenhaus ist die Charité. Bitte informieren Sie doch seine Familie, dass wir ihn dorthin bringen."

„Aber … wollen Sie mir nicht sagen, was …?"

Der Notarzt schüttelte den Kopf. „Bitte nehmen Sie Kontakt zu seiner Familie auf. Vielen Dank für Ihre Mithilfe!" Er eilte den beiden Sanitätern nach. „Auf Wiedersehen."

Marvin ging nach oben und verschloss den Laden. Sein Kopf fühlte sich seltsam leer an, und gleichzeitig hämmerte sein Herz, als hätte er gerade einen Zweihundert-Meter-Sprint hinter sich. Er nahm das Handy aus der Tasche und wählte Linnéas Nummer.

„Wer sind Sie?", meldete sich eine barsche Männerstimme, die irgendwie an Clint Eastwood erinnerte. Ehe Marvin reagieren konnte, fuhr die Stimme fort: „Woher haben Sie die Nummer dieser Frau? Und was wollen Sie von ihr?"

„Äh …"

„Für die Beantwortung dieser Fragen und weitere Nachrichten haben Sie eine Minute Zeit, und zwar nach dem Signalton", erklang nun Linnéas Stimme.

Marvin fluchte leise. Er wartete den Piepton ab und sagte hastig: „Hallo, Linnéa, hier ist Marvin. Bitte ruf mich rasch zurück … Es ist dringend!"

Unruhig lief er im Laden auf und ab. Es war erschütternd gewesen, den alten Mann so hilflos und diesen furchtbaren Schmerzen ausgeliefert am Boden liegen zu sehen. Die verschiedensten Schreckensszenarien kämpften in seinem Kopf um die Vorherrschaft.

„Gott", murmelte Marvin leise, „jetzt wäre ein guter Zeitpunkt zu beweisen, dass dir nicht egal ist, was hier passiert. Kümmer dich um Rasmus, er ist es wert!" Nach kurzem Zögern fügte er hinzu: „Und ich hätte auch absolut nichts dagegen, wenn du mir irgendwie eine beruhigende Nachricht zukommen lassen könntest. Das hier macht mich echt fertig."

Kaum hatte er diese Worte ausgesprochen, schoss ihm ein Gedanke durch den Kopf. Rasch eilte er durch den Laden und schaltete den PC ein. Es schien ewig zu dauern, bis der Computer hochgefahren war. Als das Gerät endlich bereit war, seine Arbeit aufzunehmen, gab er „Fentanyl" bei Google ein. Schon die ersten Suchergebnisse ließen an Deutlichkeit nichts zu wünschen übrig.

„Verdammt", entfuhr es ihm. Das Zeug war ein synthetisches Opioid, 80-mal wirksamer als Morphin – ein hammerhartes Schmerzmittel. Es wurde bei Operationen und zur Behandlung von Krebs eingesetzt. Marvin starrte auf den Bildschirm. „Ist das deine Art, Gebete zu erhören, Gott?" Er nahm sein Handy und wählte erneut Linnéas Nummer.

„Wer sind Sie?", meldete sich Clint Eastwood.

Marvin legte auf. Da er nicht wusste, was er sonst tun sollte, surfte er durch die verschiedenen Foren und Erfahrungsberichte und las alles, was er über das Medikament finden konnte. Nichts davon trug in irgendeiner Weise zu seiner Beruhigung bei. Alle paar Minuten versuchte er, Linnéa zu erreichen – vergeblich. Schließlich sprang er auf. Er musste etwas tun!

Entschlossen verließ er den Laden. Als er vor seinem Fahrrad stand, fiel ihm ein, dass sein Schlüssel in den Gully gefallen war. Er unterdrückte den Impuls, laut zu schreien und vor Wut gegen die Speichen zu treten. Stattdessen griff er nach seinem Portemonnaie und verschaffte sich einen Überblick über seinen Bargeldvorrat – er war sehr übersichtlich. Marvin beschloss, dass es für ein Taxi reichen würde.

Während der Fahrt ins Krankenhaus starrte er auf den scheinbar endlosen Strom von Autos und die geschäftig umhereilenden Menschen auf den Straßen. Leuchtreklame blinkte und aus dem Autoradio plärrte ihm Werbung entgegen. Es war surreal ... es war unerträglich.

„Könnten Sie das bitte abstellen?"

Der Taxifahrer brummte irgendetwas und drehte das Radio leiser. Marvin seufzte und strich sich mit der Hand über die Augen. Sie kamen erstaunlich gut durch den Stadtverkehr. Kurz ging ihm durch den Kopf, dass er mit dem Fahrrad wesentlich länger gebraucht hätte. Dann tauchte auch schon das hoch aufragende Bettenhaus der Charité vor ihm auf. Das Taxi hielt in zweiter Spur.

„Siebenundzwanzigeurofuffzig", nuschelte der Fahrer.

Marvins Geld reichte bis auf den Cent genau. Er ging in das riesige Gebäude und fragte sich bis zur Rettungsstation durch. Eine junge Krankenschwester lächelte ihn müde an. Sie hatte dunkle Ringe unter den Augen.

„Entschuldigung, können Sie mir sagen, wo ich Rasmus-Salomo Eichdorff finde? Er traf vor Kurzem mit dem

Rettungswagen hier ein. Ich …" Marvin schluckte. „… bin sein Enkel."

„Einen Augenblick, bitte." Die junge Frau gab etwas in ihren Computer ein. „Er wurde auf die onkologische Abteilung verlegt." Sie erklärte ihm den Weg.

Marvin hörte nur mit halbem Ohr zu. „Onkologische Abteilung?", unterbrach er sie. „Das heißt … Krebs, nicht wahr?"

„Ja." Die junge Frau nickte. Als sie Marvins Gesichtsausdruck sah, fügte sie rasch hinzu: „Am besten, Sie sprechen erst einmal mit dem Stationsarzt."

„Die Ärzte haben ihm gesagt, es wäre ernst …"

„Sprechen Sie mit dem Stationsarzt", wiederholte die junge Frau freundlich. Dann erklärte sie ihm noch einmal den Weg.

Marvin eilte durch die sauber geputzten und von sterilem Neonlicht erleuchteten Flure. Wirre Gefühle und bruchstückhafte Gedankenfetzen rauschten an ihm vorbei, als würden sie nicht wirklich zu ihm gehören. Der schwer definierbare Geruch nach Krankenhaus lag in der Luft und umnebelte seinen Verstand. Als er mit dem Fahrstuhl nach oben fuhr, starrte er so unverhohlen und reglos in das blasse, leicht aufgedunsene Gesicht eines Patienten, dass dieser ganz unruhig wurde und nervös an seinem Bademantel zupfte.

Der Fahrstuhl hielt an und Marvin stieg aus. Er wandte sich nach rechts. Über einer Glastür stand „Onkologische Abteilung". Darunter war zu lesen, dass dort der Gebrauch von Handys streng untersagt war. Einen Augenblick lang erwog Marvin, einfach weiterzugehen. Dann zog er sein Handy aus der Tasche und wählte erneut Linnéas Nummer. Wieder war nur die Mailbox dran.

„Wo steckst du bloß?", flüsterte er kopfschüttelnd. „Hallo, Linnéa, hier ist noch einmal Marvin … Dein Großvater hatte einen … Schwächeanfall. Er ist in der Charité, onkologische Abteilung, Zimmer 5.18. Ich gehe jetzt zu ihm, muss aber das Handy ausschalten … Mach dir nicht zu viele Sorgen. Ich melde mich bald wieder. Tschüss." Marvin schaltete das Handy aus und hatte das Gefühl, alles falsch gemacht zu haben. Jedes Wort, das er gesagt hatte, schien ihm unpassend. „Es tut mir leid", murmelte er. Dann trat er durch die Glastür und begab sich auf die Suche nach dem Schwesternzimmer.

Eine freundliche Frau um die fünfzig schaute zu ihm auf. Sie bestückte gerade einen Wagen mit Medikamenten.

„Mein Großvater wurde vor Kurzem auf diese Station gebracht, Rasmus-Salomo Eichdorff. Man sagte mir, er würde in Zimmer 5.18 liegen. Darf ich zu ihm?"

„Selbstverständlich, folgen Sie mir."

„Wie geht es ihm? Ist sein Zustand … bedrohlich?", fragte Marvin.

Die Schwester zögerte einen kleinen Moment, während sie in den Gang hinaustrat. „Es liegen noch nicht alle Werte vor. Daher gibt es noch keinen Befund. Wir haben Ihrem Großvater Schmerzmittel gegeben, er ruht jetzt. Ich werde Dr. Warnke bitten, mit Ihnen zu sprechen, sobald die Ergebnisse vorliegen." Sie öffnete die Zimmertür.

Von den zwei Betten war nur eines belegt. Die schmale Gestalt von Rasmus lag auf einem weißen Kissen. Er trug eines dieser furchtbaren Krankenhausnachthemden und sah ohne seine altmodische Weste seltsam fremd aus. Über einen Venentropf erhielt er intravenös eine klare Flüssigkeit und ein Gerät überprüfte seinen Herzschlag. Der Anblick der Schläuche und Kabel verursachte ein dumpfes Zwicken in Marvins Eingeweiden.

„Ist er bei Bewusstsein?", erkundigte er sich leise.

„Vermutlich schläft er noch ein wenig", sagte die Krankenschwester. „Setzen Sie sich zu ihm, reden Sie mit ihm. Er wird sicher bald aufwachen. Wundern Sie sich nicht, wenn er durch die Schmerzmittel möglicherweise etwas verzögert reagiert." Sie ging zu Rasmus hinüber und berührte ihn sanft an der Schulter. „Herr Eichdorff, Sie haben Besuch. Ihr Enkel ist da."

Marvin schluckte.

Die Schwester nickte ihm freundlich zu. „Ich lasse Sie jetzt allein. Wenn Sie irgendetwas brauchen, drücken Sie den Klingelknopf."

„Danke."

Als die Tür sich geschlossen hatte, zog Marvin einen Stuhl heran und setzte sich neben das Bett. Zögernd berührte er den Arm des alten Mannes.

Rasmus stöhnte und bewegte sich. Hastig zog Marvin seine Hand zurück. Die bärtigen Lippen flüsterten ein paar unverständliche Worte.

„Rasmus? Ich bin es, Marvin. Bitte entschuldigen Sie, dass ich mich unter Vortäuschung falscher Tatsachen hier eingeschlichen habe. Aber ... man hätte mich sonst wohl nicht zu Ihnen gelassen. Sie haben mir einen riesigen Schrecken eingejagt, wissen Sie das?"

Wieder bewegte sich Rasmus stöhnend.

„Ich ... ich bin mir nicht sicher, ob Ihnen meine Anwesenheit recht ist. Wenn ich gehen soll, schmeißen Sie mich einfach raus", sagte Marvin.

Der alte Mann flüsterte etwas. Marvin beugte sich vor, um ihn genauer zu verstehen. Es war ein Name.

„Manuel", kam es von den Lippen des Alten. „Manuel." Die Augenlider des alten Mannes flatterten. Marvin berührte vorsichtig seinen Arm. Rasmus schlug die Augen auf. Sein Blick richtete sich auf das Fußende seines Bettes. Ein Lächeln trat auf seine Lippen.

„Rasmus?", fragte Marvin zögernd.

Langsam, als koste ihn diese Bewegung große Mühe, drehte der alte Mann den Kopf. „Oh … du bist auch da", kam es verwaschen von seinen Lippen. „Wie schön."

Die Worte klangen verwirrt. Marvin nahm die Hand des Alten. „Rasmus? Ich bin es, Marvin."

„Oh, ich weiß, schließlich habe ich nicht allzu viele Angestellte."

Marvin lächelte. „Wie geht es Ihnen?"

„Wollen wir nicht zum persönlicheren Du überwechseln?", fragte der Alte.

„Sehr gerne!"

„Könntest du mir einen Schluck Wasser geben?"

„Natürlich!" Marvin sprang auf, goss Wasser in ein Glas und half dem alten Mann, sich aufzurichten. Rasmus trank ein paar Schlucke und ließ sich dann wieder entkräftet auf die Kissen sinken. Er schloss einen Moment die Augen, öffnete sie aber sogleich wieder und blickte Marvin wach an.

„Ich will ehrlich sein, Rasmus", gestand Marvin. „Ich mache mir große Sorgen … um dich. Dieses Medikament ist wirklich starkes Zeug … und nun ja, dies hier ist die onkologische Abteilung …"

„Vor ungefähr vier Monaten ging ich zu meinem Hausarzt, weil ich seit geraumer Zeit Verdauungsbeschwerden hatte", berichtete Rasmus. „Ich rechnete mit einem Magengeschwür oder etwas Ähnlichem, aber der Arzt schickte mich zu einem Spezialisten, der dann Magenkrebs in fortgeschrittenem Stadium bei mir diagnostizierte. Kurz darauf entdeckte man

Metastasen im Darm, in den Lymphknoten und sogar in der Lunge."

Ein kalter Schauer lief Marvin über den Rücken.

„Eine Operation ist nicht möglich und die Erfolgsaussichten einer aggressiven Therapie sind weitaus geringer als die Risiken. Wir entschlossen uns daher zu einer rein palliativen Behandlung."

„Und das heißt?"

„Die Ärzte gaben mir damals noch ungefähr einen Monat."

Marvin spürte, wie etwas ihm die Kehle zuschnürte. „Also gibt es keine Hoffnung mehr ...?"

Rasmus lächelte. „Hoffnung gibt es immer."

„Aber du wirst sterben."

„Das ist wahr."

„Es ... es tut mir so leid."

„Aber das muss es nicht, Marvin. Ich will gerne gestehen, dass ich mir anfangs Sorgen gemacht habe. Aber inzwischen bin ich ganz entspannt, sofern die Schmerzen mir nicht einen Strich durch die Rechnung machen. Ich habe da nämlich eine Abmachung mit Gott."

„Und wie lautet diese Abmachung?"

„Ich vertraue ihm und er kümmert sich um den Rest."

„Das ist eine recht knappe Vereinbarung."

„Sie enthält alles, was nötig ist." Rasmus schmunzelte. Dann wurde er schlagartig eine Spur blasser und atmete hastig mit schmerzverzerrtem Gesicht ein.

Unwillkürlich hielt Marvin die Luft an. Als sich das Gesicht des Alten wieder etwas entspannte, meinte er: „Es ist furchtbar, nichts tun zu können."

„Aber du kannst doch etwas tun", widersprach Rasmus, „so, wie auch ich etwas tun kann. Leider entdecken wir das oft viel zu spät. Erst wenn wir mit unserer Weisheit am Ende sind und wenn unsere Hände kraftlos in den Schoß sinken, erst dann erkennen wir, was wir schon vor allem anderen hätten tun können: vertrauen! Und damit meine ich nicht blinde Schicksalsergebenheit, sondern das zuversichtliche und fröhliche Handeln eines Kindes, das nach der Hand seines Vaters greift und mit ihm staunend die Größe dieser Welt entdeckt."

„Was nützt uns die Größe dieser Welt, wenn wir sie verlassen müssen?"

„Oh Marvin!" Rasmus lachte leise, aber mit echter Fröhlichkeit. Dann krampfte sich sein Körper zusammen und er bekam einen Hustenanfall. Als er schließlich zurück in die Kissen sank, war ein Tropfen Blut auf der weißen Krankenhausdecke zu sehen.

„Weiß ... weiß Linnéa, wie es um dich steht?", fragte Marvin nach einer Weile.

„Sie weiß, dass ich Krebs habe, und auch, dass es ernst ist. Aber ich wollte sie jetzt noch nicht mit allen Details belasten. Sie macht gerade eine schwere Zeit durch und sie ist schwanger." Für einen Moment bekam sein Blick etwas Abwesendes. Dann wechselte er plötzlich das Thema. „Marvin", sagte er ernst, „ich möchte dich um einen Gefallen bitten."

„Natürlich. Worum geht es?"

Rasmus erklärte es ihm.

Als er geendet hatte, spürte Marvin einen Kloß im Hals. „Und wann?"

„Vertrau darauf, dass der richtige Zeitpunkt kommen wird. Das ist eine gute Übung."

Marvin schnaufte und zog eine Grimasse, die Rasmus beinahe schmunzeln ließ. Dann entfuhr es ihm unvermittelt: „Warum ich?"

„Manchmal – und das sind meine glücklichsten Momente – habe ich den Eindruck, dass sich die entscheidenden Dinge meinem Einfluss entziehen", erwiderte Rasmus. „Es war nicht wirklich meine Idee, mich mit der Suche nach einem Assistenten an das Arbeitsamt zu wenden." Der Anflug eines Lächelns zeigte sich auf seinem Gesicht. „Was mich aber nicht daran hindert, es mittlerweile für eine ganz ausgezeichnete Idee zu halten."

Marvin erhob sich mit schiefem Lächeln. Dann ging er hinüber zum Schrank und nahm einen Briefumschlag aus der Westentasche des Alten. Gleich darauf hörte er Stimmen vor der Tür: „... schläft vielleicht noch. Aber er wird sich über so regen Verwandtenbesuch sicherlich freuen, wenn er wach wird." Es klopfte.

„Reger Verwandtenbesuch?", vernahm er Linnéas Stimme.

Marvin schob den Brief rasch in eine Hosentasche.

„Herein", sagte Rasmus mit rauer Stimme.

Das freundliche Gesicht der Krankenschwester erschien in der Tür. „Oh, Herr Eichdorff, Sie sind wach, wie schön. Ihre Enkelin ist da."

Linnéas Gesicht war angespannt und so blass wie eine weiß getünchte Wand. „Opa!" Sie eilte durch den Raum und umarmte Rasmus so fest, dass dieser aufkeuchte. Dann setzte sie sich auf die Bettkante und strich ihm sanft über die bärtige Wange.

Die Schwester verließ den Raum. Marvin blieb einen Moment unschlüssig stehen, dann räusperte er sich. „Ich ... äh ... ich warte dann draußen."

Linnéa wandte sich um und warf ihm einen schwer zu deutenden Blick zu.

Rasmus lächelte, aber er sah müde aus.

Sorgfältig schloss Marvin die Tür hinter sich. Er wusste nicht genau, was er fühlen sollte. Er war besorgt und beruhigt, traurig und doch nicht ohne Hoffnung. Alles war sehr verwirrend. Er strich sich mit der Hand durch die Haare und ging langsam den Gang hinab. Der Brief knisterte in seiner Hosentasche, aber er spürte, dass jetzt nicht der richtige Zeitpunkt war, ihn zu lesen.

Am Ende des Ganges gab es einen kleinen Aufenthaltsraum. Ein Mann in einem Rollstuhl saß reglos da und starrte auf den Fernseher. Zeitschriften lagen ausgebreitet auf einem Tisch. Eine kitschige Vase mit Kunstblumen stand auf einer gehäkelten Tischdecke. In einer Ecke kämpften ein paar grüne Zimmerpflanzen einen aussichtslosen Kampf gegen die Sterilität des Raumes.

Marvin nickte dem Mann im Rollstuhl zu, der keinerlei Notiz von ihm nahm, und stellte sich an das große Panoramafenster. Unter ihm lag Berlin, die große Stadt – doch nichts hätte ihm gleichgültiger sein können. Die Zeit floss träge dahin, und Marvin sah zu, wie die Sonne langsam nach Westen wanderte und sich dem Horizont zuneigte. Sein Magen knurrte, aber er wollte nichts essen. Es fiel ihm schwer, sich zu konzentrieren, seine Gedanken schweiften ab, und das Geplärr des Fernsehers zerrte an seinen Nerven. Selten war er sich der menschlichen Schwäche so bewusst gewesen wie in diesem Moment. Ein Mann lag im Sterben, nur ein paar Meter von ihm entfernt, ein Mann, der ihm viel bedeutete und der mit ihm über Dinge gesprochen hatte, die die Urgründe des Seins berührten – und er? Er stand hier mit betäubten Gefühlen und ertappte sich immer wieder dabei, dass sein trüber Verstand sich einer völlig zweckfreien Fernsehsendung zuwandte, in der irgendwelche Leute kochten und übereinander herzogen.

„Was bist du nur für eine jämmerliche Figur?!", flüsterte er zu sich selbst.

„… ein wunderbarer Mensch", sagte plötzlich eine Stimme mit unverwechselbar amerikanischem Akzent. „Ein ganz wunderbarer Mensch." Verdutzt wandte Marvin sich um. Der Mann im Rollstuhl, der sich wahrscheinlich stundenlang nicht gerührt hatte, hatte auf einmal den Sender gewechselt. Ein Mann wurde interviewt. Es ging um irgendeine historische Persönlichkeit aus der Zeit des Zweiten Weltkriegs. Selbstverständlich hatte die Sendung überhaupt nichts mit ihm zu tun, und doch hatte Marvin für einen winzigen Moment das Gefühl, dass das Ganze kein Zufall war. Es schien ihm beinahe, als könne er einen Engel leise kichern hören.

Dann sah er aus den Augenwinkeln eine Gestalt näher kommen. Es war Linnéa. Rasch ging Marvin ihr entgegen. Sie hatte rot geränderte Augen. Ihre Finger zitterten, als sie sich eine Träne von der Wange wischte.

Marvin schluckte. „Ist … ist Rasmus …?"

„Er schläft jetzt", sagte Linnéa. „Wir haben viel geredet, sogar ein wenig gelacht … Ich glaube, das hat ihn mehr angestrengt, als er zugeben wollte." Sie versuchte zu lächeln. Es misslang kläglich.

Einen Moment herrschte Schweigen. Marvin wusste nicht, was er sagen sollte. Linnéa verschränkte die Arme vor der Brust und starrte an die Wand. Es schien, als würde sie frieren.

„Geh nach Hause, Marvin. Es macht keinen Sinn, dass du hier wartest."

„Kann ich irgendetwas für dich tun?"

Linnéa schüttelte den Kopf. „Nein." Sie blickte zu ihm auf. „Aber … vielen Dank."

Marvin nickte. „Rufst du mich an?"

„Ja."

Marvin zuckte unbeholfen mit den Schultern. „Dann ...
dann geh ich jetzt besser."

„Opa bat mich, dir etwas auszurichten", meinte Linnéa, als
er sich gerade abwenden wollte.

Er blickte sie fragend an.

„Gott mag dich, Marvin. Und deshalb legt er auch Wert darauf, dass du deine eigenen Entscheidungen triffst."

„Das hat er gesagt?"

Sie nickte.

Als Marvin hinaus auf die Straße trat, gingen gerade die
Straßenlaternen an. Er nahm sie nur verschwommen wahr,
was wohl an den Tränen lag, die ihm unvermittelt in die Augen stiegen.

Hoffnung

Rasmus-Salomo Eichdorff starb noch in derselben Nacht. Um zwei Uhr siebenunddreißig hinterließ die tränenerstickte Stimme von Linnéa eine Nachricht auf Marvins Mailbox.

Er hatte sein Handy im Flur liegen lassen. Vom Klingeln aus dem Schlaf gerissen, hatte er den Hörer zu spät abgenommen. Nun hörte er die Nachricht bereits zum dritten Mal ab, als könnte irgendeine Kleinigkeit, die er überhört hatte, ihren Worten die Endgültigkeit nehmen.

„Er ist tot, Marvin … Opa ist tot … " Dann war ein Schluchzen zu vernehmen und sie hatte aufgelegt.

Bis fünf Uhr früh saß Marvin in der dunklen Küche und hing seinen Gedanken nach. Mehr als ein Dutzend Mal hatte er sein Handy in die Hand genommen, um Linnéa anzurufen, und jedes Mal hatte er es unverrichteter Dinge wieder zur Seite gelegt. Er spürte, dass jetzt nicht der richtige Zeitpunkt war.

Die Sonne ging gerade auf, als Marvin, bereits frisch geduscht und mit einer Portion trockener Cornflakes im Magen, auf die Straße trat. In seiner Jacke trug er eine rostige, zusammenklappbare Metallsäge und einen schwarzen Edding. Es war ein weiter Weg zu Fuß bis nach Berlin Mitte – das Beste, was er sich momentan vorstellen konnte. Kühle Morgenluft prickelte auf seiner Haut. Das gleichmäßige Laufen tat ihm gut. Es schien, als würde die äußerliche Bewegung auch die Erstarrung in seinem Inneren lösen.

Die Erinnerungen kamen wie von selbst. Es schien erst wenige Tage her zu sein, dass er Rasmus zum ersten Mal begegnet war. Schmunzelnd erinnerte der junge Mann sich an den

Wutausbruch des Pfarrers bei ihrer allerersten Begegnung und vor allem an die bizarren Vermutungen, die dieses Ereignis in ihm ausgelöst hatte. Drogen, Erpressungsbriefe oder Geheimdienstaktivitäten – seine Fantasie hatte reichlich Material für Spekulationen gehabt. Die ganze Sache war einfach zu mysteriös gewesen. Wie hätte er auch ahnen können, dass eine Sammlung von Geschichten das besondere Geheimnis dieses Kellergewölbes war?

Überraschenderweise hatte Marvin den alten Mann trotz all der wilden Vermutungen von Anfang an gemocht. Das schalkhafte Glitzern in seinen Augen, sein Lächeln, vor allem aber seine Ehrlichkeit und seine ungeheure Präsenz in der Begegnung mit Menschen – all dies hatte Rasmus zu einer ganz besonderen Persönlichkeit gemacht. Marvin war noch nie zuvor einem Menschen wie ihm begegnet, und er konnte sich nicht erinnern, jemals mit einer anderen Person solche Gespräche geführt zu haben wie mit Rasmus.

Der junge Mann spürte, wie die Traurigkeit erneut nach ihm griff. Ohne es zu merken, schritt er rascher aus, durchwanderte einen Park und suchte sich seinen Weg durch die kleineren Seitenstraßen. Er ließ seinen Gedanken, Erinnerungen und auch seinen Gefühlen freien Lauf. Kein Passant schenkte ihm Beachtung, wenn er lachte und im selben Moment weinte, wenn er leise vor sich hin sprach oder mit leerem Blick ins Nichts starrte. Die Gassen waren leer, nur hier und da fuhr ein Auto vorbei. Wie von selbst wurde aus seinen Gedanken ein Gespräch mit Gott. Ein ausgesprochen formloses und recht einseitiges Gespräch. Marvin redete sich den Kummer von der Seele und Gott hörte zu.

Natürlich war Marvin sich darüber im Klaren: Es gab keinerlei Beweise dafür, dass Gott ihm wirklich zuhörte. Ein ziemlich verschnupfter agnostischer Teil seines Selbst hielt es für seine Pflicht, ihn darüber zu informieren, dass er genauso gut auch mit einem Baum oder der nächsten Litfaßsäule sprechen konnte, aber diese Stimme fand wenig Gehör.

So war er noch immer in eine recht lebhafte Unterhaltung vertieft, als er sein Ziel erreichte.

„Und warum zum Schluss auch noch solche Schmerzen …?", sagte er gerade zu Gott. „… musste das sein?"

Gott schwieg und Marvins Blick fiel auf ein vertrautes Schaufenster:

∼ Antiquariat ∼
Bücher und Geschichten

Er seufzte und schloss die Tür auf. Ein gewohnter Geruch nach Büchern strömte ihm entgegen, die Dielen knarzten unter seinen Füßen. Eigentlich hatte er nur ein Schild aufhängen wollen, doch nun wandten sich seine Schritte unwillkürlich der Treppe zu. Er stieg hinab und betrat den Raum, der so vieles verändert hatte. Sein Blick schweifte über den schweren Apothekenschrank. Morgenlicht fiel durch die schmalen Oberlichter in den Raum. Marvin wandte sich um und starrte hinauf. In diesem Moment erinnerte er sich daran, dass er Rasmus genau an dieser Stelle hatte stehen sehen. Er hatte einige Zettel in der Hand gehabt …

Inzwischen ahnte Marvin, welche Zettel das gewesen waren. Er griff nach dem Briefumschlag in seiner Hosentasche und öffnete ihn. Irgendwie war es ihm richtig erschienen, zu warten und die Geschichte erst hier in diesem Raum zu lesen. Nachdem er einige Zeilen gelesen hatte, runzelte er verwundert die Stirn. Das war nicht unbedingt das, was er erwartet hatte. Er las weiter, fast ein wenig verärgert. Seine Augen folgten dem Text, Bilder entstanden in seinem Kopf, und wider Willen umspielte ein leises Schmunzeln seine Lippen. Schließlich erreichte er das Ende der Geschichte und ließ die Hände sinken. Kopfschüttelnd faltete er die Zettel zusammen und murmelte: „Wie soll ich dafür nur jemals den richtigen Zeitpunkt finden?"

Er schloss die Tür zur narratorischen Apotheke hinter sich und stieg wieder nach oben. Und noch während er sich still fragte, ob Rasmus dieses Mal möglicherweise ein Fehler unterlaufen war, stellte er fest, dass er getröstet war.

„Okay", sagte er, „okay, ich nehme das einfach mal als Antwort hin."

Oben angelangt, ging er zur Ladentheke, nahm einen Zettel und zog den mitgebrachten Edding aus seiner Hosentasche. Es fühlte sich merkwürdig an, die Worte zu schreiben. Sie fühlten sich nicht richtig an. Aber er wusste nicht, was er sonst schreiben sollte.

Mit Tesafilm klebte er den Zettel an die Scheibe der Eingangstür:

Wegen Trauerfall bis auf Weiteres geschlossen.

Rasch schloss er die Tür wieder ab und ging hinüber zu seinem Fahrrad.

Während er sein rostiges Werkzeug auspackte, ging ihm durch den Kopf, dass sein Verhalten möglicherweise einen falschen Eindruck erwecken könnte. Und in der Tat: Kaum hatte er begonnen, das einfache Kettenschloss mit der Säge zu malträtieren, näherte sich eine Frau, die mit einem Tier spazieren ging, das entfernt an ein mutiertes Meerschweinchen erinnerte, vermutlich aber ein Hund war. Mit durchdringendem Blick fixierte sie Marvin, während der kleine Kläffer gegen eine Laterne pinkelte.

„Keine Sorge, das ist mein Fahrrad", erklärte Marvin. „Mir ist bloß der Schlüssel in den Gully gefallen."

Die Frau sagte nichts, aber ihr Blick wurde noch durchdringender. Das mutierte Meerschwein beschloss, sein Revier zu erweitern, und bepinkelte nun fröhlich die auf Hochglanz polierte Felge eines Geländewagens.

Marvin seufzte, dann blickte er auf und sah der Frau direkt ins Gesicht. „Seien Sie ehrlich, würden Sie *dieses* Fahrrad klauen?"

Die Frau wandte sich wortlos ab. Vielleicht hatte sie seine bestechende Argumentation überzeugt, vielleicht vermutete sie aber auch, dass Marvin gewalttätig werden könnte. In jedem Fall gelangte er nach Hause, ohne von der Polizei aufgegriffen zu werden.

Dort erwarteten ihn der maunzende Poseidon und eine große Leere. Marvin servierte dem Kater mild geräucherten Thunfisch an Brokkoliröschen und wartete.

Die Sonne schien währenddessen ihren Lauf zu verlangsamen. Minuten, Stunden und Tage blieben an der großen Leere haften und schienen sich nur widerwillig lösen zu wollen.

Marvin wartete. Es blieb ihm auch gar nichts anderes übrig, denn Linnéa hatte ihr Handy abgestellt und war nicht zu erreichen. Eine ganze Woche verging, dann fand er einen schwarz umrandeten Brief in seinem Briefkasten.

Die Beerdigung fand auf einem kleinen Friedhof in der Nähe der Innenstadt statt. Es war ein warmer, sonniger Tag und Marvin schwitzte in seinem schwarzen Anzug. Das samtene Jackett saß etwas knapp, hatte aber den Vorteil, dass es kein allzu großes Loch in seinen Geldbeutel gerissen hatte. Unmengen von Menschen versperrten den Friedhofseingang. Während Marvin nach einem bekannten Gesicht Ausschau hielt, ärgerte er sich darüber, dass die Friedhofsverwaltung offenbar mehrere Beerdigungen gleichzeitig angesetzt hatte. Bei einem so kleinen Friedhof war das, gelinde gesagt, pietätlos.

Die Glocken läuteten und die Menschenmenge machte sich auf den Weg in die Friedhofskapelle. Es dauerte eine ganze Weile, bis Marvin schließlich begriff, dass all diese Leute zu der Beerdigung von Rasmus-Salomo Eichdorff gekommen waren. Es waren Hunderte. Die Kapelle war viel zu klein, um sie alle zu fassen.

Von der Rede des Pfarrers bekam Marvin nicht allzu viel mit. Das lag zum einen daran, dass er ganz hinten in der dichten Menschentraube stand, die sich vor dem Eingang zusammendrängte, weil drinnen kein Platz mehr war. Zum anderen aber war Marvin so abgelenkt von der faszinierenden Vielfalt der Menschen um ihn herum, dass er kaum auf die Worte achtete, die gedämpft aus der Kapelle nach draußen drangen. Er sah ältere Personen, die wie typische Kirchgänger aussahen, neben einigen Obdachlosen stehen. Eine Gruppe von Jugendlichen schaute ernst unter ihren Basecaps hervor, während eine Frau mittleren Alters versonnen lächelnd in ihrem Rollstuhl saß. Ein alternder Punk in zerfetzten Jeans und eine junge Frau, die sich scheinbar direkt aus dem Frankfurter Börsenviertel hierher gebeamt hatte, standen Schulter an Schulter und trugen den gleichen nachdenklichen Gesichtsausdruck. Marvin hatte das Gefühl, als sähe er die Vergangenheit des Mannes, den er nur so kurze Zeit gekannt hatte, direkt vor sich, lebendig und unglaublich vielgestaltig. All diesen Menschen war Rasmus auf seine unnachahmliche Art und Weise begegnet und hatte in ihrem Leben seine Spuren hinterlassen. Diese Erkenntnis drang tiefer als alle Worte und war beeindruckender als die bewegendste Rede.

Schließlich wurde der Sarg herausgetragen und die Menge setzte sich in Bewegung. Über all die Köpfe hinweg konnte Marvin nur einen kurzen Blick auf Linnéa erhaschen, die ein knielanges schwarzes Kleid trug und ihre blonden Haare zu einem Knoten hochgesteckt hatte. Es schien Stunden zu dauern, bis alle Trauergäste kondoliert hatten. Marvin bewunderte die Ausdauer und Kraft, mit der Linnéa all das durchstand.

Es gab nur wenige Angehörige. Neben Linnéa stand eine sehr schlanke Frau Mitte fünfzig, die allem Anschein nach ihre Mutter war. Nach allem, was er über sie wusste, wunderte er sich ein wenig darüber, dass sie hier war. Daneben standen zwei ältere Männer, die eine entfernte Ähnlichkeit mit Rasmus aufwiesen – vielleicht seine Brüder?

Marvin trat als Letzter ans Grab und nahm etwas Erde aus dem bereitgestellten Behälter. *Erde zu Erde, Asche zu Asche, Staub zu Staub.* Während sein Blick den herabfallenden Erdkrumen folgte, spürte er mit absoluter Gewissheit, dass dies nur die halbe Wahrheit war. Aber er war nicht in der Lage, dies angemessen in Worte zu fassen, und so bekundete er murmelnd sein Beileid, als er den ihm unbekannten Angehörigen von Rasmus die Hände schüttelte.

Dann stand er vor Linnéa und hatte noch immer nicht die richtigen Worte gefunden. Sie wirkte unendlich erschöpft und einsam. Ihr Blick schien durch ihn hindurchzugehen, und er fürchtete fast, sie würde ihn gar nicht erkennen.

Marvin ergriff ihre schmale Hand.

Plötzlich umarmte sie ihn, ja, klammerte sich regelrecht an ihm fest.

„Es tut mir so leid", murmelte Marvin mit spröder Stimme. Eine halbe Ewigkeit standen sie schweigend da, dann löste sich Linnéa von ihm. „Kommst du mit zur Trauerfeier?"

Marvin schluckte. Er hasste solche Veranstaltungen. Aber als er ihren Gesichtsausdruck sah, nickte er.

Die Feier fand in kleiner Runde statt. Es schien, als wären überwiegend Angehörige anwesend, und Marvin kam sich fehl am Platz vor. Ein paar Episoden aus Rasmus' Leben wurden ausgetauscht, doch die Worte rauschten an ihm vorbei. Diese Menschen sprachen von einem früheren Rasmus, einem Mann, den er nicht kannte und zu dem er auch nichts sagen konnte.

Auch Linnéa schwieg.

Sie schien ebenso erleichtert wie er, als die Feier schließlich endete und sie hinaustraten. Der Himmel zog sich zu und es wurde zunehmend kühler.

„Wollen wir noch ein Stückchen gehen?", fragte Marvin.

„Gerne."

Ohne dass sie darüber gesprochen hatten, lenkten sie ihre Schritte zurück zum Friedhof. Langsam gingen sie über das parkähnliche Gelände.

Nach einer ganzen Weile meinte Linnéa: „Sei mir nicht böse, aber du siehst ein bisschen so aus, als hättest du deinen Konfirmationsanzug aus der Mottenkiste geholt."

Marvin blickte stirnrunzelnd an sich herunter. „Du vergisst, dass ich atheistisch erzogen wurde. Bei mir gab es keine Konfirmation."

„Wenn ich all diese Gräber sehe … und auf den Grabsteinen diesen winzigen Strich zwischen zwei Zahlen, dann kommt mir alles so bedeutungslos vor. Ein ganzes langes Leben, und zum Schluss bleibt nur ein Strich zwischen zwei Zahlen."

„Ich finde nicht, dass du große Ähnlichkeit mit einem Strich hast", erwiderte Marvin.

Sie blickte stirnrunzelnd zu ihm auf. „Danke für das Kompliment …"

„Ohne Rasmus würde es dich nicht geben", erklärte Marvin. „Und damit meine ich nicht nur die biologischen Aspekte. Auch ich wäre nicht hier und würde über Dinge nachdenken, die mir zuvor nicht mal im Traum in den Sinn gekommen wären. Keiner dieser unzähligen Menschen wäre hier gewesen. Ich glaube, Rasmus hat weitaus tiefere Spuren in dieser Welt hinterlassen, als wir überhaupt ahnen können."

Linnéa widersprach nicht. Sie verließen den Friedhof und wanderten eine Weile schweigend durch die Nebenstraßen.

„Das Verrückte an der Sache ist", griff Linnéa plötzlich den Gesprächsfaden wieder auf, „ich bin mir ziemlich sicher, dass all das für Opa vollkommen bedeutungslos war."

„Was meinst du damit?"

„Ich glaube, er hat in seinem Leben nicht einen Gedanken daran verschwendet, welche Spuren er hinterlässt und ob man sich in dreißig Jahren noch an ihn erinnern wird. Er sagte oft zu mir: ‚Konzentriere dich auf die Gegenwart, Linnéa, denn die Gegenwart kommt der Ewigkeit am nächsten. Die Vergangenheit ist statisch. Wir können sie nicht ändern, auch wenn wir es uns noch so sehr wünschen. Und auch die Zukunft entzieht sich unserem Zugriff, sosehr wir uns auch in Gedanken an sie verlieren mögen. Wir leben immer nur jetzt, das war gestern so, und das wird morgen auch nicht anders sein.' Und wenn ich ihn dann mit großen Augen fragend ansah, dann lächelte er auf die für ihn so typische Art und Weise und meinte: ‚Lass das Kleine nicht links liegen, weil du Großes erwartest. Wer in der Gegenwart lügt, weil er in der

Zukunft die Wahrheit sagen will, der betrügt sich selbst. Und wer den Schicksalsschlägen der Vergangenheit die Macht über das Jetzt überlässt, der beraubt sich selbst. Alles ist nur in der Gegenwart möglich. Hoffen, glauben, lieben – all das kann ich nur jetzt tun.' Und als ich mich dann darüber beschwerte, dass die Hoffnung doch wohl auf die Zukunft bezogen sei, meinte er: ,Hoffnung ist nicht etwas, das irgendwann kommt. Wenn ich erst in der Zukunft hoffe, hoffe ich gar nicht. Hoffnung geschieht jetzt. Sie ist der stetige Blick auf das Hauptsächliche, wenn es noch von Nebensächlichkeiten verdeckt ist.'"

„Hm", brummte Marvin. „Denkst du das auch?"

„Ich weiß nicht." Linnéa zuckte die Achseln. „Ist Hoffnung nicht einfach nur das Träumen von einer besseren Zukunft? Kann man nicht auch falsche Hoffnungen haben?" Mit bitterem Lächeln fügte sie hinzu: „Ich jedenfalls hatte schon falsche Hoffnungen."

„Ich glaube, der Unterschied zwischen deinem Großvater und den meisten Menschen ist der, dass er davon überzeugt war, dass die Wirklichkeit weitaus größer ist als das, was wir tatsächlich wahrnehmen. Vielleicht haben wir uns so sehr daran gewöhnt, dass subjektive ,Wahrheiten' unser Leben bestimmen, dass wir den Begriff ,Wahrheit' seiner Kraft beraubt haben. Ich habe fast den Eindruck, der Glaube selbst scheint uns wichtiger als das, woran wir glauben. Etwas, das ein Widerspruch in sich ist."

„Und was willst du mir damit sagen?"

„Nur weil unsere falschen Hoffnungen enttäuscht werden, heißt das nicht, dass alles hoffnungslos ist."

„Ich finde, du redest ziemlich abgedrehtes Zeug", sagte Linnéa und verdrehte die Augen. „Du klingst schon fast wie Opa."

„Das fasse ich als Kompliment auf."

„So war es auch gemeint."

Eine Weile liefen sie schweigend nebeneinanderher. Dann sagte Marvin: „Dein Großvater meinte, ich würde schon merken, wann der richtige Zeitpunkt ist. Ich glaube, ich merke es gerade."

„Okay", entgegnete Linnéa verwirrt, „das ist bestimmt eine wunderbare Erfahrung für dich …"

„Wollen wir uns dort drüben auf die Bank setzen?"

Linnéa runzelte die Stirn, folgte ihm aber.

Marvin holte tief Luft. „Kurz vor seinem Tod gab Rasmus mir etwas. Es ist … eine Geschichte. Möchtest du sie hören?"

Linnéa hockte sich auf die Bank, zog die Beine an und barg ihr Kinn auf ihren Knien. „Ja."

„Ich muss dazu sagen, dass diese Geschichte etwas eigenartig ist und …"

„Fang schon an", unterbrach Linnéa ihn. Doch ihr barscher Tonfall konnte das Zittern in ihrer Stimme nicht ganz überdecken.

Umständlich zog Marvin den Briefumschlag aus der Jacketttasche. Er öffnete ihn allerdings noch nicht, stattdessen räusperte er sich und meinte: „Du hast mir erzählt, dass dein Großvater nach dem Tod deines Vaters in tiefe Depressionen verfiel und dass sich das eines Tages ziemlich unvermittelt änderte."

Linnéa nickte.

„Nun, diese Veränderung hängt mit einem besonderen Ereignis zusammen. Als deine Mutter die Kraft dazu hatte, die Unterlagen deines Vaters zu sortieren, fand sie einen Briefumschlag, der an deinen Großvater adressiert war. Um deines Vaters willen beschloss sie, ihn trotz der bitteren Vorwürfe und der Wut, die in ihr waren, an Rasmus weiterzugeben. Dieser

Umschlag enthielt eine Geschichte. Dein Vater hatte sie aufgeschrieben, nur wenige Tage bevor er sich auf diese verhängnisvolle Reise begab. Es ist eine Geschichte, in der auch du vorkommst ... allerdings ... Nun ja, mir scheint, dein Vater hatte einen recht eigenwilligen Humor oder möglicherweise auch ziemlich skurrile Träume ..."

„Wenn du weiter so um den heißen Brei herumredest, schlag ich dir mit dem Mülleimer dort den Schädel ein", bemerkte Linnéa mit einem schmallippigen Lächeln.

„Entschuldige." Marvin öffnete den Umschlag, entnahm ihm einige Blätter und begann zu lesen.

Linni und die fatalistischen Drüsen

Neulich hatte ich einen Traum. Ich träumte, ich sei der linke Eileiter einer schwangeren Frau. Das mag jetzt auf den ersten Blick irritierend klingen, aber es war keinesfalls das Absurdeste, was ich je geträumt habe. (Vor einiger Zeit durchlebte ich im Traum die Schrecken der fragwürdigen Existenz einer überfahrenen Gurke. Ich war vom Wagen eines Gemüsehändlers gerollt und dann vom rechten Hinterreifen als grünlich wässriger Profilabdruck auf den Asphalt gequetscht worden. Das Schlimmste waren keinesfalls die Schmerzen; als Gurke ist man da relativ unempfindlich. Das, was mich am meisten quälte, war die gähnende Langeweile: Man sieht nichts außer einem wolkenverhangenen Himmel über sich und ab und zu die nahenden Umrisse einer staubigen Schuhsohle, die dann hastig nach rechts oder links verschwinden.)

Doch zurück zu meinem Dasein als Eileiter.

Wie gesagt, meine Existenz als solche bedrückte mich weniger, mein Problem war vielmehr die Tatsache, dass ich mit ansehen musste, wie die kleine Linni zunehmend an Lebensfreude verlor, und dass es mir nicht gelang, dies zu verhindern. Kurz: Ich war Leber und Gallenblase argumentativ unterlegen. Aber vielleicht berichte ich am besten erst einmal, wie alles begann:

Anfangs war Linni nicht gerade eine Schönheit. Als sie mich verließ, hatte sie mehr Ähnlichkeit mit einem Kichererbseneintopf als mit einem kleinen Menschen. Aber trotzdem: Ich liebte sie vom ersten Augenblick an. Voller Begeisterung und

Tatendrang machte sich die Kleine daran, die Welt zu entdecken. Alles war neu, alles war aufregend.

Staunend und mit einem warmen, dankbaren Gefühl in jenen Keimzellen, die einmal ihr Bauch werden sollten, durchschwamm Linni ein riesiges, blubberndes, liebevolles Universum.

Wenig später bezog sie ihre erste eigene Wohnung. Jauchzend vor Vergnügen, warf sie sich an die angenehm schleimige Wand und machte es sich gemütlich. Es war warm, kuschelig dunkel und immer gut geheizt. Linni spürte ganz genau, da gab es jemanden, der es gut mit ihr meinte.

Für mich war es das reine Vergnügen, zuzusehen, wie die kleine Linni sich entwickelte. Schon bald fing ihr winziges Herz an zu schlagen und sie genoss ihre Bewegungsfreiheit. Ich freute mich mit ihr, während ich beobachtete, wie sie den ganzen Tag herumtollte und sich in die weiche Wohligkeit ihres Zimmers fallen ließ. Sie war versorgt und hatte alles, was sie brauchte.

So gingen die Tage ins Land und Linni wuchs und wuchs. Und plötzlich machte sie eine unangenehme Erfahrung: Je älter sie wurde, desto größer wurde sie. Oder anders ausgedrückt: Ihre Wohnung wurde allmählich eng. Ihr Bewegungsspielraum wurde immer eingeschränkter und sie wurde zunehmend unzufriedener.

Es stimmte mich ein wenig traurig, als ich hörte, wie sie eines Morgens beim Frühstück brummte: „Also, mal ganz ehrlich, der Zimmerservice lässt wirklich zu wünschen übrig. Etwas anderes als ständig dieser Mutterkuchen wäre auch mal ganz nett."

Ich redete ihr Mut zu, sagte ihr, sie solle dankbar sein für das, was sie hatte, aber sie hörte nicht auf mich. Irgendwie spürte ich, dass mein Einfluss schwand.

Etwa zu dieser Zeit begannen die anderen Organe auch, mit ihr Kontakt aufzunehmen, allen voran die Leber.

„Na, Kleine, wo drückt das Gewebe?", fragte sie und verzog ihren Gallenblasengang zu einem selbstgefälligen Lächeln.

„Hi, wer bist denn du?", erwiderte Linni.

„Nun ja, ich will mich nicht selbst loben, aber ich bin hier die wichtigste Drüse vor Ort."

„Vor allem bist du der größte Wichtigtuer hier vor Ort", meldete sich die Bauchspeicheldrüse etwas säuerlich zu Wort.

„Nun mach dich mal locker, Pankri, immerhin bin ich im Gegensatz zu dir multitaskingfähig. Außerdem musst du dich nicht immer einmischen. Wenn die Pizza spricht, schweigt das Knäckebrot."

„Freunde, lasst uns nicht streiten, wir sind doch alle Gefährten auf der langen Wanderung ins Nichts", mischte sich die Gallenblase mit einem leicht sphärischen Unterton in der Stimme ein.

„Was für Freaks!", brummte Linni und wandte sich ab.

Instinktiv spürte ich, dass zu viel Kontakt mit diesen Organen meinem Mädchen nicht guttun würde. Leider sollte ich recht behalten.

Einige Tage später befand Linni sich in ihrem täglichen Training und absolvierte gerade eine dreifache rechte Schraube mit anschließendem gestrecktem Salto rückwärts – was sich in letzter Zeit aufgrund der zunehmenden Enge als nicht ganz einfach erwies –, als die Leber in anerkennendem Ton meinte: „Alle Achtung, fast perfekt!"

„Findest du?", fragte Linni und lächelte stolz.

„Absolut", erwiderte die Leber. „Ich könnte so etwas nicht."

„Wie?", giftete die Bauchspeicheldrüse. „Und das, obwohl du multitaskingfähig bist?"

„Klappe halten, Pankri, die Leistung des Mädchens muss man anerkennen", wies die Leber ihre Kollegin zurecht.

„Zumal sie nicht mehr lange dazu in der Lage sein wird", fügte die Gallenblase düster hinzu.

„Wie? Was meinst du damit?", fragte Linni.

„Hör nicht auf sie!", rief ich dazwischen. „Die ist doch völlig verbittert."

Linni ignorierte sowohl mich als auch die stichelnde Bauchspeicheldrüse. „Warum werde ich das bald nicht mehr können?", hakte sie nach.

„Ach ..." Die Gallenblase winkte ab. „Der Eileiter hat recht. Hör nicht auf mich. Genieße dein Leben, solange du jung bist!"

„Aber ...?!"

„Wofür trainierst du eigentlich?", fragte die Leber rasch.

„Ich, äh, keine Ahnung, einfach so ... nehme ich an."

„Aha." Die Leber nickte weise. „Der Weg ist das Ziel, nicht wahr?"

„Wenn du es sagst", murmelte Linni.

„Na, dann schönen Tag noch!" Die Drüsen verabschiedeten sich.

Kaum dass sie schwiegen, versuchte ich, Linni zu trösten.

Doch sie fuhr mich an: „Lass mich doch in Ruhe!"

Missmutig zog sie sich in einen Winkel der Gebärmutter zurück. Ich hörte sie leise vor sich hin murmeln und spürte, wie sie litt. Aber ich kam nicht an sie heran. Was auch immer ich sagte, ich bekam nur zu hören: „Du verstehst mich sowieso nicht."

Linni wurde immer stiller und grüblerischer. Die Worte der Gallenblase hatten sich wie ein Stachel mit Widerhaken in ihr festgesetzt. Sie wurde das Gefühl nicht los, dass irgendetwas mit dieser Welt nicht stimmte. Das hier, das war doch nicht etwa ihr ganzes Leben, oder? Das konnte doch nicht alles sein! Anfangs hatte sie gedacht, wenn sie erst älter wäre, dann würden all ihre unbestimmten Träume in Erfüllung gehen. Wenn sie erst Finger hätte und einen Daumen, um daran zu lutschen, ja, dann würde ihre tiefste Sehnsucht endlich gestillt. Oder wenn sie erst alt genug wäre, um Fruchtwasser zu trinken, dann wäre sie wahrhaft glücklich.

Aber, ach, die Zeit verging und alles Daumenlutschen und Fruchtwassertrinken half nicht. Jener tief verborgene Lebensdurst in Linni blieb ungestillt. Aus einem fröhlichen kleinen Embryo wurde ein frustrierter Fetus, der nur noch selten mit jemandem sprach.

Und dann, einige Tage später, traf Linni der vernichtende Schlag. Es begann ganz harmlos:

„Na, was geht ab?", fragte das rotgesichtige Blutreinigungsorgan in gekünsteltem Jugendslang.

„Hmrmph", erwiderte Linni recht wortkarg.

„Verstehe", meinte die Leber und setzte ein mitleidiges Lächeln auf.

„Du hast mich gefragt, wofür ich trainiere", merkte Linni nach einer Weile leise an.

„Das ist richtig", erwiderte die Leber.

„Ich habe darüber nachgedacht." Linni sah traurig auf. „Es macht gar keinen Sinn, nicht wahr? Das wolltest du doch andeuten, oder?"

„Nun, zumindest eine Zeit lang hast du es für richtig gehalten, und das ist doch nichts Schlechtes."

„Aber all meine Bemühungen sind doch völlig umsonst."

„Das kann man so nicht sagen", meldete sich die Bauchspeicheldrüse zu Wort. „Immerhin hat es dir eine Weile Spaß gemacht."

„Und darauf kommt es schließlich im Leben an", ergänzte die Gallenblase mit gekünstelter Fröhlichkeit, „dass man ein bisschen Spaß hat. Lasset uns lachen und fröhlich sein, bevor ..."

„Halt endlich die Klappe, Giftsack", fuhr ich sie an.

„Genau", sprang die Bauchspeicheldrüse mir bei. „Du bist in etwa so konstruktiv wie ein Darmgeschwür. Merkst du nicht, dass du alles nur noch schlimmer machst?!"

Nach einer Minute unheilvoller Stille ergriff die Leber das Wort: „Ich glaube, es ist an der Zeit, dir reines Hämoglobin einzuschenken, Linni. Du wirst dich an den Gedanken gewöhnen müssen, dass du nicht mehr lange zu leben hast."

Linni schluckte.

„Dem Menschen ist es beschieden, neun Monate zu leben, manche machen es etwas länger, manche kürzer. Du spürst es ja schon: Zum Ende hin geht das Leben mit immer mehr Einschränkungen einher. Man kann sich fast gar nicht mehr rühren und die Nahrung wird knapp."

„So ist es", ergänzte die Gallenblase. „Pass auf, bald fängt es an, dann wirst du dich mit dem Kopf nach unten drehen. Wenn es so weit ist, solltest du dein Testament machen, denn bald darauf beginnt ein schreckliches Pressen und Drücken. Du hast gerade noch Zeit, einen letzten Blick auf dein dunkles Heim zu werfen, in dem du lebtest und das dich nun fallen lässt wie einen nutzlosen, abgestorbenen Zellklumpen. Das Pressen wird immer schlimmer und es wird enger und enger. Und dann ist es aus!"

„Aus?", fragte Linni, die ganz bleich im Gesicht geworden war.

„Es ist aus und vorbei mit dir", fuhr die Gallenblase gnadenlos fort. „Du gehst ins Nichts zurück, aus dem du gekommen bist. Manche sagen, dass aus dem dunklen Todesschacht noch ein letzter schrecklicher Schrei in die Welt zurückdringt, aber das ist dann auch alles."

„Das hast du wirklich sehr zartfühlend gesagt", brummte die Bauchspeicheldrüse.

Linni war wie erstarrt.

Ich wagte ein letztes Aufbegehren. „Aber woher wollt ihr das alles wissen?", rief ich. „Wart ihr denn selber schon einmal dabei?"

„Genauso wenig wie du", erwiderte die Leber. „Aber es wäre Selbstbetrug, etwas anderes anzunehmen."

„Finde dich damit ab, Linni", riet die Gallenblase. „Nach neun Monaten ist alles vorbei."

Ich konnte förmlich spüren, wie der letzte Funke Lebensfreude die kleine Linni verließ. Mit einem Mal sah sie alt und müde aus. Ich wusste, was sie fühlte: *Diese Sinnlosigkeit! Wozu das Ganze? Wozu erst gezeugt werden, um dann doch zu sterben?* Das ganze Leben war mit einem Mal öde und leer geworden.

Es war mein eigener Schrei, der mich weckte. Schweißgebadet schreckte ich hoch, die Hände in meine Daunendecke gekrallt. Einige bange Herzschläge lang war ich völlig verwirrt. Dann gewann ich allmählich die Fassung zurück und wusste wieder, wer ich war und wo ich mich befand.

Behutsam drehte ich mich auf die Seite, lüpfte die Decke und legte mein Ohr vorsichtig an Johannas sichtbar gewölbten Bauch. Ich vernahm ihren Herzschlag und gluckernde Darmgeräusche.

„Die Leber hat keine Ahnung!", flüsterte ich. „Und die Gallenblase erst recht nicht!" Sanft tastete ich mit der Hand nach dem kleinen unsichtbaren Wesen. „Es hat alles einen Sinn, einen ganz wunderbaren sogar! Hörst du? Ich bin's, der Papa. Keine Angst, Kleine, wir holen dich da raus, und dann ..."

Ein halblautes Räuspern unterbrach meinen Gesprächsfluss.

Über die Rundung von Johannas Bauch hinweg sahen mich zwei müde Augen halb entrüstet, halb besorgt an. „Die Leber hat keine Ahnung?"

„Ich ... äh, die Meinung von Körperdrüsen wird gemeinhin völlig überschätzt", stammelte ich zur Erklärung.

Johanna seufzte leise.

„Alles in Ordnung, schlaf ruhig weiter, ich wollte nur sichergehen", beruhigte ich sie. „Hab ein bisschen schlecht geträumt."

Johanna sah mir lange und tief in die Augen, dann murmelte sie leise etwas Unverständliches und sank zurück in die Kissen.

Ich wartete, bis ihre Atemzüge tiefer wurden, dann wisperte ich der runden Kugel, die sich deutlich unter der Bettdecke abzeichnete, zu: „Keine Bange, Kleine, das Beste kommt erst noch!"

Linnéa sah an Marvin vorbei hinauf in den bewölkten Himmel. Ihre Augen glänzten feucht.

Marvin schwieg. Sein Herz klopfte. Hatte er einen Fehler gemacht?

Unvermittelt erhob sich Linnéa. „Ich glaube, ich möchte jetzt allein sein."

„Ich verstehe." Marvin schluckte trocken.

Linnéa beugte sich vor und küsste ihn auf die Wange. Dann wandte sie sich wortlos ab.

Marvin blickte ihr nach, bis sie um die nächste Ecke verschwand.

Der Antrag

Herbst und Winter kamen und gingen und die Frühlingssonne ließ alles in einem besonderen Licht erstrahlen. Selbst das klobige, in den Himmel ragende Amtsgebäude wirkte an diesem Morgen nicht ganz so kalt und abweisend wie gewöhnlich.

„Ich bin, ehrlich gesagt, ein bisschen nervös", gestand Marvin, während er durch die gläserne Eingangstür trat. „Aber immerhin sind wir pünktlich. Damit ist schon mal die erste Hürde genommen. Sie hasst nämlich Unpünktlichkeit, musst du wissen."

Mara lächelte und er strich ihr sanft über die dichten, schwarzen Locken.

Marvin geriet etwas ins Schwitzen, als er die Treppenstufen hinaufstieg, aber das war in letzter Zeit öfter der Fall, wenn Mara bei ihm war.

Im Gang blickten die Wartenden auf, als die beiden den kargen, von Leuchtstofflampen erhellten Flur entlanggingen. Einige lächelten, andere schauten irritiert.

„Ich finde, wir sind ein tolles Paar", flüsterte Marvin. „Siehst du, wie neidisch die Typen alle gucken?"

Mara blickte zu ihm auf, und in ihren Augen lag ein Glanz, der nicht gänzlich frei von Selbstzufriedenheit war, wie er fand.

Marvin zog eine Wartenummer. „Wir sind gleich dran", murmelte er nach einem Blick auf die Anzeigetafel. Im Stillen fragte er sich, ob er auch wirklich alles bedacht hatte, ob er wirklich für diesen Schritt bereit war. Dabei schreckte ihn nicht nur die finanzielle Verpflichtung – es war in erster Linie die Verantwortung, die damit verbunden war.

„Oh Gott, bin ich wirklich der Richtige?", murmelte er. „Kannst du mir nicht irgendwie eine Vision schicken oder so? Irgendein Zeichen? Wenn jetzt zum Beispiel ein in rosa Samt gekleideter Sumoringer aus jener Tür dort treten würde und das sprechende Frettchen auf seiner Schulter würde zu mir sagen: ‚Tu, was dein Herz dir befiehlt.' Das wäre doch schon mal ein Anfang!"

Mara lehnte ihren Kopf an seine Brust. Er konnte ihren Herzschlag spüren.

„Du bist nervös, gib es zu!", wisperte Marvin in ihr Ohr.

Mara nieste.

„Danke auch", brummte Marvin und schnipste einen kleinen grünen Popel von seinem Hemdkragen.

Ein Gong ertönte und auf der Anzeigetafel wurde die nächste Nummer eingeblendet.

Marvin schluckte. Dann klopfte er an die Tür und trat ein.

Frau Linder blickte auf, sah auf ihren Bildschirm und dann hastig wieder auf. Ihre sonst so strengen Gesichtszüge wurden sanfter.

„Guten Tag, Herr Heider. Wie ich sehe, kommen Sie heute nicht alleine."

Er schüttelte ihre Hand. „Ich habe mir Unterstützung mitgebracht." Er setzte sich und spürte, wie ihm plötzlich warm wurde, insbesondere an der Brust.

Frau Linder räusperte sich. „Sie haben da etwas …"

Marvin senkte den Blick und seufzte. Dann nahm er seinen Rucksack ab und fischte eine Baumwollwindel heraus. „Sie ahnen nicht, wie oft sie mich schon vollgekotzt hat, Frau Linder." Er entfernte die zähflüssige milchige Flüssigkeit.

„Dort auf dem Tragetuch ist noch etwas", meinte die Fallmanagerin.

„Danke", brummte Marvin. An das Baby gewandt, das an seinem Bauch lag, murmelte er: „Ich glaube, diese besondere Begabung hast du von deiner Mutter."

Mara blickte stolz lächelnd zu ihm auf.

„Wie alt ist sie denn?", erkundigte sich Frau Linder, während sie ein Formular aus einer Ablage zog.

„Viereinhalb Monate."

„Ich nehme nicht an, dass Sie uns eine Tochter verschwiegen haben."

Marvin schüttelte den Kopf. „Ich bin nur der Babysitter."

Frau Linders Augen verengten sich.

„… unentgeltlich", fügte Marvin rasch hinzu.

Die Fallmanagerin räusperte sich. „Nun gut, Herr Heider, kommen wir zur Sache. Sie wollen sich also selbstständig machen und beantragen Gründungszuschuss."

„So ist es."

Frau Linder beugte sich vor und faltete die Hände auf ihrem Schreibtisch. „In Ihrem Antrag schreiben Sie zu ‚Art des Unternehmens': *Haus der Geschichten – Antiquariat und narratorische Apotheke.* Was genau habe ich mir darunter vorzustellen?"

„Das ist eine längere Geschichte." Marvin lehnte sich in seinem Stuhl zurück und lächelte versonnen. „Mögen Sie eigentlich Geschichten, Frau Linder?"

Danksagung

Mein größter Dank gilt Dir, Anne. Ohne Deine liebevolle Unterstützung, Dein Mitdenken und Dein felsenfestes Vertrauen wäre dieses Buch nicht zustande gekommen.

Herzlich danken möchte ich auch Tina Poock, die als das einzige weitere Mitglied unserer Schriftstellerselbsthilfegruppe so manche Kapitelgeburtswehen tapfer mit durchgestanden hat.

Ich danke Lena Rolfink und meiner Mutter Ursula Franke fürs Test- und Korrekturlesen.

Johannes Leuchtmann möchte ich für seine großartige Unterstützung und sein Vertrauen in dieses Projekt danken und Nicole Schol für die hervorragende Zusammenarbeit.

Jeannette Woitzik danke ich für zwei wunderbare Cover, die sie Blut, Schweiß, Akkus, ein Stativ und einen neuen Rechner gekostet haben.

Mein Dank gilt auch dem großen Denker und Schriftsteller C. S. Lewis. In vielerlei Hinsicht ist er mir zu meinem persönlichen Rasmus geworden. Ohne ihn würde es manchen entscheidenden Gedanken in diesem Buch und vor allem die Geschichte über die Brücke so nicht geben.

© 2010 Gerth Medien
in der SCM Verlagsgruppe GmbH,
Berliner Ring 62, 35576 Wetzlar

Die Bibelzitate wurden der folgenden Bibelübersetzung entnommen:
Hoffnung für alle®; © 1986, 1996, 2002 by Biblica Inc. ™; Verwendet mit
freundlicher Genehmigung des Herausgebers Fontis, Basel.
Alle weiteren Rechte weltweit vorbehalten.

1. Auflage der Jubiläumsausgabe 2024
Bestell-Nr. 821060
ISBN 978-3-98695-060-6

Umschlagfoto: Shutterstock
Umschlaggestaltung: Karolin Offermann
Satz: Apel Verlagsservice, Celle
Druck und Verarbeitung: GGP Media GmbH, Pößneck
Printed in Germany

www.gerth.de